伯爵様は
魅惑のハニーがお好き
伯爵シリーズ2
高月まつり
蔵王大志
Ill.Taishi Zaou
Matsuri Kouzuki presents

Contents

## -人物紹介-

### クレイヴン伯・エドワード・ヒュー・キアラン

通称・エディ。
イギリスの伯爵で、その正体は吸血鬼。明を花嫁として自分の祖国へ招待するが…。

### 比之坂明

桜荘のオーナー兼管理人。

吸血鬼・エディと種族を超えた恋人関係になる。しかし、エディの城を訪れたことである悩みを抱えることに…。

### チャールズ・カッシング

通称・チャーリー。カッシングホテルグループの御曹司。魔物ハンターとして日本にやって来た。

### 遠山聖涼

道恵寺の跡取り息子であり退魔師。
狐の妖怪である早紀子と結婚した。

### マリーローズ・グラフィド・モンマス

吸血鬼。エディの祖国からの手紙を届けにやって来るが…。

### ステファン・クレイヴン

エディの祖父。
見た目は二十代後半くらいの美青年。

## -Main characters-

# -周辺人物-

**ジョセフ・ギルデア**

イギリスの伯爵で、性格に難ありの吸血鬼。棺桶の中で謹慎中。

**トーマス・ギルデア**

ジョセフの父親。

**アンガラド・モンマス**

マリーローズの娘。エディを慕っている。

**宮沢雄一**

チャーリーの幼なじみで自他とも認めるお世話係。

**遠山早紀子**

桜荘の元住人。聖涼の妻で狐の妖怪。

**遠山高涼**

聖涼の父親で道恵寺の住職。頑固一徹だが素晴らしい退魔師。

**河山洋司**

桜荘の住人。七色の作風を持つベストセラー小説家で猫又。

**曽我部・ダレル・大輝**

桜荘の住人で狼男。伊勢崎と幼なじみ。

**伊勢崎・ユージン・壮太**

桜荘の住人で狼男。幼なじみの曽我部とともに可愛いお嫁さん募集中。

**大野和志**

桜荘の住人で犬の妖怪。食品会社の企画開発部に所属。

**橋本友之**

桜荘の住人で蛇の妖怪。服飾メーカーの商品管理部に所属。

**弁天菊丸**

犬だが、聖涼の助手。

-Sub characters-

*Illustration*
蔵 王 大 志

# 伯爵様は秘密の果実がお好き♥

ダーリンの名はエドワード・クレイヴン伯爵。通称エディ。

ハニーの名は比之坂明《ひのさかあきら》。二十四歳。

二人は、明が管理人兼大家の「桜荘」で出会い、紆《う》余《よ》曲折の後に、ラブでスイートな関係となってしまいました。

ラブでスイートという点では、世の新婚さんとちっとも変わりませんが、いかんせん彼らは男同士。ホモです。いやゲイです。人生の裏街道まっしぐらです。

それだけではありません。エディは人様に決して言えない重大な秘密を持っていました。

なんと彼は、齢《よわい》数百歳の吸血鬼だったのです。

暦の上ではすっかり春だが、まだまだ薄ら寒い三月の初め。

　近所の子供から「お化け荘」と言われていた桜荘は外観の塗装をすっかり終えて、クリーム色の屋根にココア色の壁になり、今ではその色から「お菓子荘」と言われている。

　桜荘の入り口付近に植えられたアパートの象徴である桜の大木は、たくさんのつぼみをつけ、開花の準備は整った。


　穏やかな日差しが降り注ぐ日曜日。

　部屋着姿の、大きな図体をした男たちが四人、管理人室で少々早めのアフタヌーンティーを始めようとしていた。

　テーブルの上に載っている三段のティースタンドは一番下にキュウリとスモークサーモンのサンドウィッチ、二段目にスコーン、一番上にはプチケーキがぎっしりと置かれている。

　食器は銀製で、ポットとソーサーはボーンチャイナ。可愛らしい花で飾られたテーブルクロスは若草色。

　どこからかピアノの生演奏が聞こえてきそうなほど、実に優雅な光景だ。

　部屋が畳敷きの和室なので、全員正座。しかもテーブルクロスの下はちゃぶ台ということを除けば。

「随分本格的ですね……」

　明は場違いなほど素晴らしいセッティングを前に、目を丸くする。

「すいません、大げさで。まさかこうなるとは……。全てチャーリーのせいです」

　桜荘二〇一号室に住む宮沢《みやざわ》雄一《ゆういち》は、渋い表情で頭を下げた。

　去年入居した彼はチャーリーことチャールズ・カッシングの幼なじみで、現在はカッシングホテルグループの日本支部に勤めている。

「ノーっ！　雄一、ノーっ！　君がそろそろイギリスが恋しくなるだろうと、英国式のアフタヌーンティーをプレゼントしたというのにっ！」

　雄一の「上司」であるチャーリーは、両手で頭を押さえ、「どうして私の愛はストレートに君に伝わらないんだろう」と嘆いた。

「日本支部の責任者のくせにホテルを私物化するな。カッシングホテルは、ケータリングサービスなどしていない」

「だからこれは、愛のなせる業なんだが……マイダーリン」

チャーリーは雄一に向かって両手を広げたが、彼は「誰がダーリンだ」と眉を顰《ひそ》めて鼻を鳴らす。

「あのな、お前ら」

黙って成り行きを見守っていたエディは、世の女性がうっとりと頬を染めること間違いなしの美形顔をしかめると、低い声で言葉を続けた。

「愛を語るなら、自分たちの部屋へ行きやがれ。ここは俺様と明の愛の巣だ」

「お前も黙れ」

明はエディの頭を軽く叩き、雄一に向き直る。

「……取り敢えず、勿体ないので食べましょう。宮沢さん、お茶を淹れてくれますか？」

機転を利かせたというよりも、これ以上ここで騒がれたくないというのが明の本音だが、そんなことはおくびにも出さない。

「あ、はい」

雄一は腰を上げて台所に行くと、ケータリングで届いたミネラルウォーターをやかんに移し替える。

「しっかし、イギリス人はいつもこんな豪勢なおやつを食べてるのか？　太るぞ」

「いつもというわけでは。……ゆったりと食べている時間もないしね。休日ぐらいだよ。ただ、観光客は別だ」

チャーリーは苦笑しながら答えた。

「ふうん……って、エディっ！　お前はなんてことをしてるんだっ！」

話に加わらず大人しいと思ったら、エディはスタンドの一番上に載っているプチケーキのいちごだけを摘《つま》んで食べていた。

「俺様は、サンドイッチやスコーンは食わねぇんだ。これぐらい可愛い行為だと思え」

「どの口でそんなことを言うのかな、エドワード・クレイヴン」

明は、もぐもぐと口を動かしているエディの頬を掴《つか》むと、にゅっと引っ張る。

「貴族のくせに、躾《しつけ》がなってない！」

「……二個しか食ってねぇ」

エディは明の手を強引に振り解《ほど》いて言い返した。

「私と雄一の分には手をつけていないんだ。化け物のくせに気が利くじゃないか」

「人間のくせに、俺様を化け物呼ばわりすんじゃねぇよ」

エディは形のいい眉を思いきり顰め、チャーリーを睨《にら》む。

だがそれもつかの間、エディは「お？」と変な声を上げると、狭い台所でいそいそとお茶の用意をしている雄一を押しのけて玄関に向かった。

明とチャーリーは「一体何をする気だろう?」と互いに顔を見合わせて首を傾げる。

エディは乱暴にドアを開けると、目を細めて相手を見つめた。

「おいエディ。誰か来たのか? 勧誘か? 確認もしないですぐドアを開けるなよ」

「何か……様子が変ですよ?」

明の声に、ポットにお湯を入れていた雄一が怪訝そうに答える。

「そう勧誘じゃねぇ。こいつはマリーローズ・グラフィド」

「訂正よろしくて? エドワード。今はマリーローズ・グラフィド・モンマスよ」

エディに仰々《ぎょうぎょう》しくエスコートされながら居間に入ってきたマリーローズは、立ち居振る舞いが王女のように優雅で美しい。

つばの広い帽子を被《かぶ》り、目には黒いサングラス。首にはスカーフ。パンツスーツに手袋といった、春のUVカット対策は万全スタイルの彼女は、エディに紹介されて微笑んだ。

明は彼女の一挙一動から目が離せなかった。

「私、正座ができないので足を崩してもいいかしら?」

「あ……はい。どうぞ、楽にしてください」

この人が、前に聞いていたエディの元婚約者か。でも、なんで今頃現れた? エディをイギリスに連れて行くのか? それはちょっと困る……。

返事をする明の声が、少々固い。

エディはそれに気がついて、「このバカ、また余計なことを考えやがったな」と僅かに眉を顰めた。

「失礼」

彼女は帽子とサングラスを取り、帽子の中の栗色の艶やかな巻き髪を肩に垂らすと、明るい緑色の瞳で明たちを見つめる。

「エディさんの知り合いということは……つまり」

「知り合いではなく元婚約者。つまりは吸血鬼ね」

雄一はお茶を出し彼女に尋ねると、もの凄い勢いでチャーリーの後ろに隠れた。チャーリーはチャーリーで、愛する雄一が自分を頼ってくれたことが嬉しくて、鼻の下をだらしなく伸ばす。

「そ、そんなに簡単に……正体をばらしちゃっていいんですか?」

潔いというか無謀というか、明は頬を引きつらせて尋ねる。

「大丈夫。エドワードと仲良くしているということは、既に彼の正体を知っているということ。万が一があったとしても、餌《えさ》にして操ってしまえば万事解決でしょう？」

マリーローズは明を見つめたまま、発達した犬歯を見せて微笑んだ。

「餌って……おい！」

エディは何か思うところがあるのか、文句を言おうとした明の口を慌てて塞《ふさ》ぐ。

「仲良くというのは全く違うが、確かに私たちはコレが吸血鬼だと知っている」

「コレと言うな、コレと。もし噛みつかれたらどうするんだ？　そうなったら俺は、お前と一生口を利かない！」

「ノーッ！　雄一、それはノォォォォーッ！」

チャーリーは大げさに叫び、明と雄一に「うるさい」と拳《こぶし》で殴られた。

「いきなり噛みつくなんて行儀の悪いこと、しないわ。桜荘のオーナー比之坂明。カッシングホテルグループの御曹司《おんぞうし》チャールズ・カッシング、そしてその右腕である宮沢雄一」

「吸血鬼がどうやって、俺たちのことを……？」

吸血鬼が二体も日本にいること自体信じたくない雄一は、チャーリーの後ろから恐る恐る尋ねた。

「この世のありとあらゆる動物たちは、吸血鬼の僕《しもべ》となりうる。知りたいことは僕から聞けばいい。ご存じ？」

いやー、そんなん初めて聞きました。

チャーリーと雄一は顔を見合わせて頷《うなず》く。

「んで、おめぇは一体なんの用でここに来た？」

「エドワード。その下品な口調は一体なに？」

質問を質問で返され、エディはムッとする。

それは嘘っ！

「うっせぇな！　この国じゃこれが標準なんだよ！」

明、雄一、チャーリーの三人は心の中で激しく突っ込んだが、二人の会話を遮《さえぎ》りたくないので辛《かろ》うじて堪《こら》えた。

「おばさまから貴方《あなた》宛のお手紙を預かってきたの。日本にビジネスで来たついでにね」

彼女は笑みを浮かべたまま、ハンドバッグから一通の手紙を取り出すと、それをエディに手渡す。

エディは神妙な表情で、蝋《ろう》で封をされた封筒を開け、手紙を引っ張り出した。

彼が手紙を読んでいる間、残った連中はしずしずとお茶を飲み、無言でサンドイッチに手を伸ばす。

エディは小さなため息をつくと、手紙を明に乱暴に押しつけた。明は英文を見ただけで首を左右に振り、隣の雄一に手渡した。

「あのな、マリーローズ」

「帰国するなら早くしましょう。パスポートなら私がすぐに用意できる」

「そうじゃねぇ」

「あなたはクレイヴン伯爵なのよ？　我が同族を束ねる使命があるのよ？　こんなみすぼらしい、物置部屋にもならない部屋で暮らしているなんて知られたら、故郷の同族に笑われてしまうわ」

みすぼらしくて、悪うござんした！

祖父が残してくれた大事な桜荘をバカにされ、明の頬が引きつる。

「あの、これ、もしかして『このバカ息子。さっさと帰ってきなさい』と書いてあるような気が」

手紙を読み終えた雄一は、複雑な表情を浮かべて彼らの話に割り込んだ。

「気が、じゃなくて雄一。そう書いてあるよ」

雄一とチャーリーの言葉に、エディの頬まで引きつる。

「ええ。おばさまは、エドワードの花嫁候補を山ほど用意して待っていらっしゃるわ。ほら、私はもうさっさと結婚してしまったじゃない？　だから新たな花嫁が必要。それはもう、あなたには勿体ないくらいの『麗《うるわ》しの花』よ」


マリーローズの言葉に明は硬直し、チャーリーと雄一は目を丸くする。

「ちょっと待て、マリーローズ。俺は結婚なんてしねぇ」

「え？」

「なぜなら、俺様には既に大層立派なスペシャルハニーがいるからだ！」

エディは鼻息も荒く宣言すると、硬直したままの明を力任せに抱き締めた。

「あらまあ、確かに体格は立派……ではなくっ！　男同士でどうやって繁殖するのかしら？」

直球ストレートど真ん中の質問をするマリーローズに、エディはますます偉そうに答える。

「俺様が死ななきゃいいんだろうが。そうすりゃ、地球に危機が起きねぇ限り、エドワード・クレイヴンが同族を束ねてやる！」

「それはごもっとも。でもエドワード。彼は人間よ？　餌よ？　あ！　もしかして同族にする直前だったのかしら？　だったらごめんなさい、比之坂明。私、あなたのことを餌と呼んでしまったわ」

マリーローズは申し訳なさそうな顔で、明にぺこりと頭を下げる。

「生物学上『雄』同士だということがスルーされてい

るぞ？」

「私もそれには突っ込みを入れたいんだが……」

　雄一の指摘に、チャーリーが頷きながらムズムズと体を動かした。

「聞こえていてよ？　元魔物ハンター。……そこなのよ、一番の問題は。私も恋愛に関しては波瀾万丈だったから、エドワードのことは頭から否定できないけれど、これはゆゆしき問題よ？　みな、吸血鬼一族の繁栄を望んでいるもの。繁栄というからには繁殖でしょう？　いくら吸血鬼でも、同性同士で繁殖できるほど進化していないし……」

「いや、分かんねぇぞ。明なら、もしかして子供を作れっかも。なんてったって、俺のシャイニーラブハニーだからな！」

「俺は子供は産まんっ！　というか産めんっ！」

　恐ろしいことを言うなと付け足して、明はエディを力任せに殴った。

　殴られたエディは、すぐさまコウモリに変身する。

「いたいけで愛らしい小動物に暴力を振るうんじゃねぇっ！」

　彼はぺとりと明の肩に掴まり、頭をごしごしと擦《こす》りつけて怒鳴り返す。

「愛らしいままでいたいなら、大人しく肩に止まってろ！　一言も喋《しゃべ》るなっ！」

「それは無理ー」

「この……握り潰すぞ」

「愛するお前に殺されるなら本望だっ！」

　コウモリは明に掴まれたまま、うるうると瞳を潤ませ、彼の親指を自分の小さな両手でしっかりと掴んで言った。

「まあ、熱烈。そして深い愛情。たった数分の出来事だけど、このマリーローズ・グラフィド・モンマス、エドワードと比之坂明の愛を、しっかりと見させていただいたわ」

　一体どこに愛が？　いや、ひと思いに握り潰さないところに愛があったのかも。

　両手を握りしめてポッと頬を染めるマリーローズに、明・チャーリー・雄一の三人は心の中で鋭く突っ込む。

「エドワード。素晴らしい伴侶と出会えておめでとう。私、心から祝福するわ」

「おう！　たまーに、ダーティーハニーになるけど、俺の大事なハニーには違いねぇ」

「あなたたちの出会いを語ってくださらない？　そして私の壮大なロマンスを聞いて！」

　少女のように瞳を輝かせるマリーローズに、コウモリはポンと人型に戻って深く頷いた。

エディと明のロマンスを聞き終えた彼女は、自分の話を始めた。

日本を目指して乗った船が難破した後、棺桶の中で眠っていた彼女はマカオに流れ着いたこと。

古美術商に買い取られたまではエディと同じだが、その後、運良くイギリスの実業家であるモンマス家に買い取られ、それから数年後に目を覚ましたら「あらびっくり。なぜか祖国に帰っていたわ」になっていたこと。

モンマス家の跡取り息子と深い恋に落ち、燃えに燃えまくった末、跡取り息子は吸血鬼になることを選び、紆余曲折の末に結婚したこと。

そして怒濤《どとう》の二十世紀を生き抜き、こんにちは二十一世紀となったこと。

「モンマス家を知っていて？」

「十八世紀半ばに薬草酒で財を築いたモンマス家でしたら。モンマス・シロップとモンマス・エールは数世紀に亘《わた》るロングセラーですよね」

雄一の言葉に、マリーローズは小さく頷くと誇り高く微笑んだ。

「あのモンマス家か！　私はモンマス・エールが好きなんだが、日本には輸入されていなくて残念だよ。日本のビールはどうも好きになれなくて……」

チャーリーもポンと手を打って、故郷を懐かしむ。

「悪いが、俺には何がなんだかさっぱりで……」

「比之坂明、一度イギリスへいらっしゃったらいかが？　人間もたくさん住んでいるわよ」

「そうだな。お母様に俺様のハニーを紹介する、いい機会だ」

「一波乱起きそうな予感がするけど、それもまた楽しいに違いないわ。新たなロマンスの誕生に乾杯」

マリーローズはティーカップを目線の高さまで上げると、微笑みを浮かべてエディたちにも強要した。

温《ぬる》いお茶で乾杯。

みんなが勢いで一気に飲み干したところで、雄一は手際よく二杯目を注いだ。

「では用件が済んだので、私は仕事に戻るわね。車を外に待たせてあるの」

マリーローズは帽子の中に髪を押し込み、サングラスをかける。

「マリーローズ。俺はお前に聞きたいことがある」

「あらなあに？」

「今日は晴れてるんじゃねえの？」

「ええ。とてもいいお天気」

「なら、なんで歩き回れんだ？」

もっともな質問だ。吸血鬼は日光の下では灰になってしまう。

だがマリーローズは自信たっぷりに微笑んだ。

「昨今の化粧品や衣類の進歩をご存じないの？　エドワード。素晴らしきはＵＶカット技術！　現代の奇跡！　……苦痛は完全に取り除かれたわけではないけれど、曇りの日に外出するのと変わらない効果が得られるわ」

今の化粧技術はそれほどなのかと、エディは文明の利器を見るように元婚約者を見つめた。

「大したおかまいもできませんで……」

「こっちがいきなり押しかけたんだもの、気にしないで。素敵な出会いだったわ、比之坂明」

彼女は「カッシングホテルに宿泊しているから、連絡をちょうだいね」と付け足して立ち上がり、颯爽《さっそう》と部屋から出て行く。

明は日光が入らないよう閉じられたカーテンをほんの少し開け、日傘をさしたマリーローズが黒塗りの車に乗っていくところを、窓越しに見送った。

「本当に……青空の下を歩いてる」

明は最初、呆気にとられていたが、何かを思いついて窓から離れる。


「エディ」

彼はエディをじっと見つめた後、顔を緩ませて「ぷっ」と笑った。

「お前……今、俺の女装姿を想像したな？」

「なぜ分かった？」

「俺とお前はダーリン・ハニーの間柄、つまり以心伝心、何でも受信してやる」

「だったら俺のために、この時期に『スイカが食いたい』と駄々をこねるな」

明はエディの鼻を摘み、「今夜もグレープフルーツだ」と付け足す。

エディは眉を顰めて彼の手を離した。

「マリーローズが故郷故郷言いやがるから、ブラッドベリーが食いたくなった」

「あのな、ブルーベリーは小さなパックで四百円もするんだが」

「ブルーベリーじゃねぇ。ブラッドベリー。クレイヴン家の領地に生《な》ってる果物だ」

偉そうに言うエディの前で、チャーリーと雄一は首を傾げた。

「ブラッドベリーなんて食べたことがあるか？　チャーリー」

「いいや。ブラックベリーならタルトやパイで食べたことがあるんだけど……」

「そうだよな。……市場に出回らない希少価値の高いベリーなんだろうか」

腕を組んで首を傾げる雄一に、チャーリーが反論する。

「希少価値の高いものか。ならばむしろ、私たちが食べていない方がおかしい」

チャーリーは名家の出でカッシンググループの御曹司。雄一はその右腕。世の中の不思議なものは、食べようと思えば何でも食べられる立場にいる。

「食おうと思うなよ。人間の口には合わねぇ」

「そんなにまずいのか……？　そういや、イギリス料理はまずいと聞く」

真面目に返す明に、チャーリーが猛然と反発した。

「ノーっ！　明！　正直に言おう。確かに昔は、『イギリスで旨《うま》いのは紅茶とスコーンだけ』だった。だが今は、モダンブリティッシュ万歳！」

「私も、そこそこ旨くなったと思います。比之坂さん、イギリスに行ったら是非モダンブリティッシュ料理を食べてください」

「ロンドンで食べ歩きもいいものだよ」

「アフタヌーンティーだったら、ミッドランドカッシングホテルか、系列のローズハウスで是非。手前みそですが、ロンドン一だと思います」

「まだ少し寒いけど、地方に足を伸ばすのもいいと思うよ？　どこまでも続く緑の牧草地。草をはむ羊や牛や豚……」

「ちょっと待った」

二人に一気に話された明は、神妙な顔で会話を止めた。

「俺がイギリスに行くこと前提で話してないか？　二人とも。……って、イギリスでは豚まで放牧されてるのか？」

青い空に緑の大地、その中で草をはむピンクの豚を想像した明は、「ちょっと可愛いかも」と呟《つぶや》く。

「イギリスに行きたまえ、明。化け物の巣窟を探検するのは、かなりスリリングだと思うけど、私特製のラッキーアイテムを持てば大丈夫！」

「そんなものを持ってしまったら、『化け物さん、いらっしゃい』状態になりそうで嫌だ」

「ノー！　明、ノー！」

「俺は、エディの故郷に行く気は……」

明はエディの鋭い視線を感じ、最後まで言うのをためらう。

「一緒に行くぞ！　そしてお前を俺のハニーとして同族に紹介する！　新婚旅行も兼ねてだな！　俺様頭い

い！」

　エディは体全体で「里帰り」をアピールしながら、明の手を力強く掴んだ。

「英語も満足に話せないのに、イギリスになんか行くか！」

「おいこら。マリーローズは『何語』を話してた？　あぁ？　言ってみろ」

　ここで気づくのもバカらしいが、エディ以外の全員が「あ！」と揃《そろ》って声を上げた。

　彼らは、マリーローズが「日本語を話していたこと」に気がつかなかった。

「揃いも揃って、バカだとは……」

　エディは肩を竦《すく》めると、バカにしたように鼻を鳴らす。

「俺たちは、その気になればどんな言語でも話せんだよ」

「だが、観光ともなると……。日中エディを連れ回したら、日光で灰になるし……」

「だったら、聖涼《せいりょう》を連れて行けばいい。あいつなら、たとえ英語が話せなくても図々しく街中をうろつくに決まってる」

　ずびし。

　エディは明の手刀を頭に受け、呻《うめ》き声を上げた。

「聖涼さんにはいろいろ世話になってるんだから、そういう言い方はするな！　それに早紀子《さきこ》さんは妊娠中の身だぞ？　身重の妻を置いて旅行する薄情な男が、どこの世界にいるってんだ？　おい！」

「あいつは人でなしだから大丈夫！」

「聖涼さんは人でなしじゃないぞ！」

「俺をコレクションに加えようとしたじゃねぇか！　こんな、愛らしさの塊《かたまり》のようないたいけな俺様を！」

「うーるーさーいー」

　明とエディは、ズレたところで言い争いを始める。

「イギリスに行ってもこんな感じだったら、聖涼さんは大変だな」

「いやむしろ、あの人でなければ明と化け物を引率できないと思うよ」

　チャーリーと雄一は「どうなることやら」と思いつつ、アフタヌーンティーを再開した。


　その夜、渋る明を強引に引っ張って、エディは道恵寺を訪れた。

「一緒にイギリスに行ってくれ？　そりゃ何度か行ったことがあるから案内はできると思うけど」

「ダメだって言ってるだろ！　聖涼さんは早紀子さん

の側にいるべきだ！」

ちゃっかり晩ご飯のご相伴《しょうばん》に与《あずか》りながら、明は顔をしかめる。

「エゲレスか。俺も若い頃にヨーロッパには何度か行ったな〜」

遠山《とおやま》聖涼の父・高涼《こうりょう》は、目を閉じて昔を懐かしんだ。

「新婚旅行はイタリア、フランス、イギリスだったわよねぇ」

「おう。楽しかったなあ。二人で『ローマの休日』ごっこをしたっけ……」

熟年夫婦は仲良く、うっとりと過去の美しい思い出に浸る。

それはいったい、どんな「ごっこ」なんだろう。

現在の二人の姿からは想像がつかない明は、曖昧《あいまい》に笑ってみそ汁をすすった。

「どーすんだ？　行くのか？　行かねーのか？　ハッキリしやがれ」

エディは聖涼の母・聖子が用意してくれた特大いちごを頬張りながら、偉そうにふんぞり返る。

「そうだねぇ。私も行きたいのは山々なんだが……早紀子を置いては……ちょっと……」

「あらあなた。エディさんのお願いは比之坂さんのお願いでもあるんじゃない？　私は大丈夫だから、是非行って。そしてたっぷりお土産を買ってきて」

早紀子は「楽しみにしてるわ」と笑顔で言い、空になったどんぶり茶碗に、二杯目を山盛りに盛った。

「うーん……。イギリス行きということは、もしかしてエディ君の実家に行くのか？」

「それ以外の何があるってんだ」

「吸血鬼がウジャウジャか……」

聖涼は何かよからぬことを考えたらしい。端整な顔で不気味に微笑む。

「っつーことは、とうとう道恵寺の宝物殿にも、吸血鬼コレクションができるわけか。こりゃめでたい。聖涼、最低でも五匹は掴まえてこいよ？　仕事仲間に自慢してやる」

「五匹か……。難しいけど、どうにかなり……」

聖涼が最後まで言う前に、エディが「ふざけんじゃねぇ！」と怒鳴った。

「冗談だよ、冗談」

「お前の台詞は冗談に聞こえねぇ」

エディがしかめっ面をする前で、高涼が残念そうな声を出す。

「こんなことなら、去年の冬にとっ掴まえた吸血鬼を棺桶ごとエゲレスに送り返しちまわないで、うちで飼ってればよかったな」

「でも一向に慣れなかったじゃないか」

「そうよあなた。エディさんコウモリの方が、何百倍も可愛いわ。色艶も最高だし」

妻の言葉に、高涼はようやく折れた。

「……で？　いつから行くんだい？」

聖涼は刺身を食べた後、エディに尋ねる。

「早けりゃ早いほどいい」

エディが偉そうに言ったところで、聖子が「あ！」と声を上げた。

「エディさんをどうやって連れ出すの？　ここから成田空港まで、二時間はかかるわよ？」

それをすっかり忘れていた。

一同は、旨そうにいちごを食べ続けるエディを、神妙な顔で見つめる。

「スーツケースに詰めて……？」

「明君、荷物検査に引っかかるよ」

「ぬいぐるみということにすれば……」

「それでもやはり、骨が映るんじゃないかな？」

明はコウモリのレントゲン写真を想像して、「ちょっと可愛いかも」と呟いた。

「帽子にコートに手袋。顔にはお面をかぶせてあげれば、日光は遮断できるんじゃないの？」

聖子はウキウキと提案するが、エディにその格好をさせたら、飛行機に乗る前にパトカーに乗せられてしまう。よって即座に却下《きゃっか》となった。

「やはり化粧をさせて、UVカット……」

「え？　化粧？　一緒に歩くのはいやだなぁ」

眉を顰める聖涼に、エディも「そんなん絶対に嫌だっ！」と猛反発した。


それから一週間後。

結局、「よし行くぞ」と意思表示をしないままここまで来てしまった……。

明は両替した五十ポンド札を二枚握りしめ、ため息をついた。

着慣れたライダースジャケットにジーンズ、肩からショルダーバッグを斜めがけにし、傍らにはスーツケースという「旅行ファッション」にも拘《かか》わらず、浮ついた気分になれない。

「あれ？　明君、十ポンド札でもらわなかったのか？　ちょっと貸して、交換してもらってくる」

ショートトレンチにコットンパンツ姿の聖涼は、明の手から紙幣を抜いて再び銀行の両替窓口に並ぶ。

「あー……エディがセキュリティーチェックに引っかかったらどうしよう」

ショルダーバッグの中には、パスポートと財布、飛行機チケットに身だしなみグッズ、そして「生きのいいコウモリ」が一匹入っていた。

「人間の姿に戻りゃ、大丈夫だっての」

コウモリはほんの少し空いたファスナーの間からちょこんと顔を出して、自信満々に答える。

バッグから顔を出す姿は、死ぬほど可愛らしいし、身もだえするほど愛くるしい。だが今の明には、その可愛らしさを堪能する余裕はなかった。

「顔を出すなー」

明は人差し指でコウモリの小さな頭を押すと、バッグの中に戻す。

そこに、聖涼が戻ってきた。

「はい。十ポンド札に交換してもらったよ。搭乗まで時間があるけど、どうする？」

「何よりも先に出国審査を通り過ぎたいです」

「じゃ、トイレに行ってエディ君を人型に戻しておいで。私はここで待っているから」

明はポンド紙幣を財布に入れると、浮かない顔で頷いた。

トイレの個室に入った明は、ショルダーバッグに片手を突っ込んでコウモリを鷲掴みにすると、閉じられた便座の蓋《ふた》にちょこんと置く。

「この愛らしい俺様を便座の上に置くとは、失敬なハニーめ！」

コウモリはすぐさま人型に戻り、便座に座ったまま腕を組んで明を見上げた。

ジャケットにスラックス、足元はローファーというどこにでもある春先の服装だが、エディが着ると高そうに見える。

「ほら。シャツの襟が片方、ジャケットから出てる」

明はジャケットの中に襟を戻してやると、エディの頭をそっと撫《な》でた。

「行こう。聖涼さんが待ってる」

「チュウは？　チュウ」

「ここは用を足すところであって、キスをする場所じゃない」

「俺様が、お前の緊張をほぐしてやる」

「お前の存在が、今現在、俺に緊張を強いていると気づけ」

「なら、ごめんなさいのチュウ」

エディは立ち上がると、明の頬に触れるだけのキスをした。

それはコウモリ姿のときのキスに似ていて、明は苦笑を返す。

「ちっとはリラックスできたか？」

「そうかもな」

明は素早くエディの唇に自分の唇を押しつけると、先に個室から出て行こうとする。

「ったく。俺様のハニーは素直じゃねぇんだから」

エディは唇を指でなぞると、ニヤニヤしながら彼の片手を掴んで引き戻した。

「エディ……っ！」

「大きな声出すと、ヤバいんじゃねーの？」

「聖涼さんが待ってるんだぞ？」

「向こうについてホテルに落ち着くまで、なーんもできねぇなんて嫌だ。そんな我慢、したくねぇ」

エディは瞳を深紅に変えて明を見つめると、彼を自分の膝の上に乗せる。

「反則技……使うな……っ」

明は頬を染めてエディの頬を両手で包んだ。

「向こうに着いて、どんな邪魔が入るか分かんねぇだろ？」

「つまり、邪魔をしたがるようなヤツがいっぱいいるということか？」

「んー……灰になってなければ、約一名」

呟くエディの唇に、明は自分の唇を押しつける。

「ったく淫乱ちゃんめ。ノリノリじゃねぇか」

「お前が……悪いんだ……っ、急に……目の色を変えるから……っ」

キスの合間に低い声で囁《ささや》き合いながら、二人はきつく抱き締め合う。

「服、汚せねぇよな？」

エディがそう呟いたとき、ドアの外で人の気配がした。

明は体を強ばらせるが、エディはお構いなしに彼の下肢に手を伸ばしてベルトとフロントボタンを外し、ファスナーを引き下げる。

トイレにやってきたのはツアー客らしく、用を足しながら行き先について雑談を交わしていた。

エディは声を出さずに唇だけ動かす。明は外を気にして大人しく従った。

ドアの外では相変わらず、ビデオカメラのバッテリーがどうとか、デジタルカメラのメモリーがどうとかの話が聞こえてくる。

エディは明のジーンズを下着ごと太股まで下ろし、後ろを向かせる。そして、既に半勃《だ》ちになっている明の雄を優しく扱《しご》きながら、自分を受け入れる場所にそっと舌を這《は》わせた。

敏感な体でも、いつもならもう少し我慢ができる。

だが公共施設のトイレの個室、しかもドアの外には他人がいるというシチュエーションに、明は奇妙な興奮を覚えた。

それを素早く察知したエディは、一層執拗な愛撫を彼の下肢に与える。彼にしてみれば、ここで自分たちの行為がバレても「他人だし、二度と会ったりしねぇし」なので、むしろ明が声を出さないよう必死に耐える姿を見られて嬉しい。

一番敏感な場所をわざと指の腹でゆっくり撫で回し、後孔を舌で嬲《なぶ》ってやる。

明は今にも泣き出しそうな顔のまま両手で口を押さえ、エディの指と舌が動くたびにびくびくと体を震わせた。

すっかり潤った後孔を目の前にして、エディは自分のスラックスのファスナーを下ろし、猛《たけ》った雄を出す。

そして、明の尻を大きく左右に押し広げると自分の上に座らせた。

「……っ！」

明は自分の指を噛んでようやく声を堪えると、自分の腰を支えたエディの手を叩く。

「外に聞こえる」

囁かれた言葉で、明はすぐに大人しくなった。

うわーっ！　マジ可愛いっ！　声を出さないように必死で耐える姿！　なのに淫乱ちゃんだから滅茶苦茶感じてしまう辛さ！　それを知ってて責める俺様！　素直な淫乱ちゃんって、最高じゃねえか！

エディは心の中で両手の拳を振り上げて狂喜乱舞し、赤く染まった明のうなじを舐めた。

「絶対に声、出すな」

明がぎこちなく頷いたのを見たエディは、彼の片足からジーンズと下着を取り除く。

これで、好き勝手に動けるな。

エディは明の腰を抱えて、ゆっくりと立ちあがった。

既に外には人の気配はないが、今の明には分からないだろう。

彼は「いしし」と嬉しそうに笑うと、動き出した。

エディの雄が、明の内部でもっとも感じる場所を集中して突く。

明は必死に声を抑えていたが、繋がった場所から絶え間なく与えられる激しい刺激に限界を感じていた。

「後ろだけでイッてみ？」

「や……だ。……声……出る……っ」

「お前の恥ずかしい声、俺様が聞いてやる」

エディは明をドアに縋《すが》らせた。

両手でドアに手をついた明は、口を押さえることが

できずに低い喘《あえ》ぎ声を漏らす。

「ほら。……ここも一緒に可愛がってやる」

明の濡れそぼった雄に、エディの指が絡みついた。

「は……っ……あ、あ……っ」

エディのいやらしい指の動きは、「可愛がる」というよりも「弄《まさぐ》る」と言った方がいい。

先走りを指の腹で広げて一番敏感な部分を撫で回したかと思うと、興奮して膨らんだ袋を掌《てのひら》に載せて、柔らかく揉む。

突き上げられながら袋を揉まれると、ただでさえ敏感な明の体は、胸の奥が締め付けられるような切ない気分になって黙っていられない。

「エディ……も……俺……っ」

彼は自ら腰を振り出すと、エディの雄をきゅっと締め付けて最後の刺激をねだる。

「こういう場所ですっと、いつもと違ってすっげー感じるだろ?」

「ん……っ」

「お前のエロい声、もしかして外に聞こえたかもな」

エディのわざとらしい言葉に、明の体は羞恥心と興奮で強ばった。

「もっと声出して。俺様にいっぱい聞かせろ」

「き……聞かせる……から……っ……早く……っ」


明は、エディに合わせて腰を振る。

「ホント、可愛いハニーだ」

今すぐにでも、首筋に噛みつきてぇ。

エディは自分の思いにギクリと我に返り、小さく舌打ちをすると激しく動き出した。


何事もなく出国審査を終えた三人は、搭乗口脇にある、日の当たらないカフェで一息ついていた。

「君たちは、いわばハネムーンだ。私もそれを分かっているから、大抵のことは笑って許せると思うけどね……」

聖涼はため息をついて明とエディを交互に見る。

「途中で携帯に連絡をくれればよかったのに。そうすれば、二十分もボーッと待たずに、先にどこか喫茶店に入ってお茶でも飲んでいたよ」

「そりゃ悪かった。今度からそーすっから」

エディが偉そうに答えた。

今度って、いつだよっ!

明は真っ赤な顔でパクパクと口を動かし、情けない顔で聖涼を見た。

聖涼はそんな明に苦笑してみせると、話を切り替える。

「いいチケットを用意してくれたよね、宮沢さん」

「え…？　あ、はい。しかも『チャーリーがいつも迷惑をかけているのでこれくらいは当然です』ってプレゼントですよ？　どんなお土産を買って帰ればいいのか悩みます」

「俺様は飛行機は初めてだから、今からとっても楽しみだ」

「桜荘のみんなには？　ちゃんと説明してきたかい？」

聖涼はコーヒーを一口飲んで尋ねる。

「河山《かわやま》さんに留守をお願いしてきました」

「猫又なら、世話好きだから大丈夫だな」

エディはそう言うと、紅茶を飲んでしかめっ面をした。

「まずっ」

「思っても口に出すな。バカもの」

明はエディに教育的指導をしようと手を挙げたが、ふと集団の視線に気づいて元の位置に戻す。

通りすがりの旅行者たちは、エディの素晴らしい美形っぷりに頬を染めたり、こっそりと写真に収めていたのだ。

「エディ君は、どこにいても目立つねぇ」

聖涼も気づいたようで、ニヤニヤと笑う。

「まーな。俺様だけに」

「浮かれてコウモリ姿になるなよ？　フォローできない」

明は両手にパスポートと航空チケットを持ち、渋い表情で呟いた。

「ハニーが困るようなことをするダーリンは、生きてる価値なし！」

「んじゃお前は、今まで何百回死んだんだ？」

「口が減らねぇ。可愛くねぇ」

「はいはい。痴話《ちわ》喧嘩もそれくらいにしてね。搭乗準備が完了したようだよ。早く並ぼう」

聖涼はゆっくり立ち上がると、二人の頭をポンポンと軽く叩いて搭乗ゲートに向かった。


後方にはバーカウンター。赤とグレーを基調にした豪華なシートは、乗客のプライベートを損なわないようにゆったりとした空間に配置されている。

座席はビジネスマンや、明らかに「お金持ってます！」と分かる職業不明の女性、時間と金が有り余ってますといった感の老夫婦と、みなアッパークラスの席に座り慣れているような人々で埋まっていた。

窓際の席に腰を下ろした明は、ジーンズ姿で間違って高級レストランに入ってしまったかのような居心地の悪さを感じ、体を縮こませた。

隣のエディは伯爵様だけに、なにも臆することなく堂々としている。

聖涼も後ろの席で、のんびりと構えていた。

「心配すんな。俺様がついてる」

「そ、そうだな」

これが地上なら「バカなことを言うな」と偉そうに言い返すのだが、外国人の乗務員を山ほど見てしまった今は、素直に頷く。

「いつもこうだと、すっげー可愛いのに」

エディはそう呟くと、愛しそうに明の頬をそっと撫でた。


ほぼ満員の飛行機は、十五分ほど遅れて離陸した。

初めて飛行機に乗るエディは離陸する瞬間を喜んだが、それもつかの間、すぐにブランケットをすっぽりと被って大人しくなる。

明は最初は首を傾げたが、すぐに理由が理解できた。

今、飛行機は雲の上。

小さな窓から、キラキラと太陽の光が差している。

明は慌てて窓のブラインドを下ろし、エディに囁いた。

「どこか火傷、しなかったか？」

「してねーけど、ヒリヒリする」

「あまり日差しがきついと、みんなブラインドを下ろす。それまで少し待て」

「そーする」

明は自分の分のブランケットもエディに掛けると、安心させるように優しく肩を叩いてやる。

「ヒリヒリすっけど、明の愛をもの凄く感じた」

「寝言は寝て言え」

明は顔を赤くして言うと、インフォメーション雑誌を開いた。

「へえ……。いろんな映画がやってる」

日本語吹き替え版と英語版の二種類あるが、吹き替え版が少ないのは仕方がない。明は備え付けのヘッドフォンをつけ、モニターを見ながらコントローラーを操作した。

ちょんちょん。

「ん？」

腕をつつかれた明はヘッドフォンを外し、隣を見た瞬間に「ぷっ」と噴き出す。

エディがブランケットの中から目だけ覗《のぞ》かせ、頼りなさげな視線で明を見ていた。

「大丈夫だって。お前が灰になったら、俺が困る」

「コールドハニーめ」

「俺の大事なダーリンは、こんなところで灰になったりしない。違うか？」

「俺様は今すぐ、お前にチュウがしてぇ。猛烈にしてぇ」

明はエディの頭を軽く叩くと、再びヘッドフォンをつけて映画に集中した。

……集中して見ていたはずだったが、いつの間にか眠ってしまったらしい。

明は聖涼に肩を叩かれ、慌てて目を覚ます。

「へ……？　聖涼……さん？」

「食事を頼むなら一緒にどうかと思ったんだけど。……エディ君は？　トイレ？」

聖涼は、通路でグッと伸びをしながらのんびり尋ねた。

「エディはずっと俺の隣に……」

そこまで言って、明は頬を引きつらせる。

聖涼も思わず目を見開いた。

エディの席にエディはおらず、二人分のブランケットが掛けられたまま。

それだけではない。ブランケットの中央にぽっこりとした盛り上がりがあり、それが規則正しく上下に動いている。


「この盛り上がりは、もしかして……」

「もしかしても何も、エディだと……」

明は「やってくれたぜ、このくそダーリン」と呟きながら、指先で盛り上がりをちょこんと触った。

すると、その「盛り上がり」は小さく動き、ブランケットの隙間から眠たそうな顔を二人に見せる。

小さな両手でつぶらな瞳を擦りながら「かふ」とあくびをする仕草は、飛行機から今すぐダイビングしたくなるほど愛らしい。ぴょんぴょんと、あちこち寝癖のついた黒い羽毛も、心臓を鷲掴みにされるほど可愛らしい。

だが今の二人には、コウモリの愛らしい姿を愛《め》でている余裕はこれっぽっちもなかった。

「す、す、すぐ人間に戻れ！　エディ！　今すぐにだ！」

明はできるだけ小さな声できつく言うと、半分寝ぼけているコウモリの耳を、思いきり引っ張る。

「ってーっ！」

エディが、いや、正確にはコウモリが大きな悲鳴を上げた。

それに気づいたブロンドの客室乗務員が、「何か起きたのか？」と、急いで彼らの元にやってくる。

明は慌ててコウモリにブランケットを被せ、聖涼は取り繕《つくろ》うように英語で対応した。

ああ、聖涼さんがいてくれてよかった。俺一人だったら、どうなっていたことか……。

客室乗務員とあれこれ話している聖涼を横目に、明は安堵のため息をつく。

「明君。ついでに食事も頼んじゃおう。和食と洋食、何が食べたい？　お勧めのコースもあるようだけど」

「あ、俺は和食のお勧めで。それと……赤ワインと果物もお願いします」

明はエディのために、ワインと果物も頼んだ。

「了解」

聖涼は再び、あれやこれやと乗務員と英語で会話をする。

乗務員が食事の支度をするためにその場を去った後、周りの乗客の様子をしっかり確認し、誰もこちらを注目していないと分かったところで、二人はコウモリに人間に戻るよう急《せ》かした。

「ったく。人が気持ちよく眠ってたってのによー。強引に起こすんじゃねぇっつーの！」

「お前、人じゃないだろうが」

お決まりの突っ込みも、機内ではヒソヒソ声になる。

「エディ君て、寝るときはコウモリ姿なの？」

「んー？　気が緩むと、たまに……」


エディは両手で髪を掻き上げると、大きなあくびをした。

「機内では、気を引き締めておかないと。下手をするとパニックになるよ？」

聖涼はそう言って、自分の席に戻る。

「悪かったな」と言ってブランケットを被ったエディは、明に邪魔をされた。

「なんだよ」

「みんな殆《ほとん》どブラインドを閉めてる。もう頭から被らなくても平気だ」

「そーか。んじゃ、腹減った」

エディはおもむろに明の左手を掴むと、噛み傷がたくさんある彼の人差し指を、そっと口に含んだ。

「おい……」

「トイレん中じゃ囓《かじ》れなかったろ？　だから、今」

「ホテルに着くまで我慢しろ……っ」

明は慌てて指を引き抜くと、頬を引きつらせて低い声で言う。

「ケチ……」

そこにタイミング良く、乗務員がワインと果物の盛り合わせをワゴンに載せて来た。

「それ、お前のだから」

明はエディのテーブルを出して広げてやる。

テーブルの上には、色とりどりの果物とワイングラス、そして栓を抜いたワインがフルボトルで置かれた。

「アッパークラスだけに、ワインもフルボトルか」

「そーらしー」

エディは、初めて見るいくつかの果物に目を輝かせつつも、育ちがいいので礼は欠かさない。

彼の発音を聞いた乗務員は、微笑みながら何かを尋ねた。

明には内容はサッパリだが、どうやらそれはエディの気を引くものだったらしい。

エディはワインをグラスに注ぎながら、ベラベラと偉そうに喋る。

ちょっと待て。こいつが自己紹介したのは分かる。カウントって言うのは伯爵のことだろ？　キャッスルは城で……。ああ、後は早すぎて分からない。俺も英語を習おうかな…。

一人疎外感を感じた明は小さなため息をついた。

頬をバラ色に染めた乗務員が帰った後、エディは何事もなかったようにワインを飲み、色鮮やかなマンゴーをフォークで刺した。

「食う？」

「その前に、あのオネエサンと何を話してたんだ？」

「イギリスの方ですかって聞かれたから、自己紹介してやった。そしたら、『お城が家だなんて素敵』って言われたから、まーなと答えた。そんだけ」

「そうか……」

安堵する明に、エディは「ヤキモチ妬《や》いちゃって。かわいー」と鼻の下を伸ばす。

「うるさいな。……マンゴー食べるの初めてだろ？先に食べろ」

「ほう。このオレンジ色の物はマンゴーというのか」

エディはひと齧りすると、「ほれ」と、齧りかけのマンゴーを明の口元に持っていく。

「おい」

「すっげー旨い。お前にも食わせてやる」

きっと日本に戻ったら、「いちごとマンゴーを食わせろ！」と駄々をこねるに違いない。

明はそう確信しつつも、マンゴーを食べた。

「……旨い」

「な？　次は……いちごだ」

エディは子供のようにはしゃぎながら、皿の中の果物をゆっくりと味わう。

ほどなくして、明と聖涼の料理が運ばれてきた。

エディはそれには興味を示さず、優雅にワイングラスを傾ける。

「空の上だと気圧が違うから、飲み過ぎるなよ？」

「ボトルの一本や二本で酔ったりしねーっつーの」

エディは肩を竦めて笑うと、発達した犬歯でブドウを囓った。


ゆったりリクライニングシートで思う存分眠り、好きなときに好きなだけ飲み食いをし、アッパークラスの雰囲気を気持ちよく満喫したと思ったら、もうイギリスはヒースロー空港。

「聖涼さん。外は？」

「いい天気だよ。まだ四時だから、あいにくと日が沈む前だ」

「そうですか。エディ、飛行機を出たら作戦通りに動けよ？」

エディは神妙な顔で頷く。

他の乗客は、手荷物を片手に出口に向かっていた。

彼らもその後に続き、笑顔で「ありがとうございました」と「サンキュウ」を言っている乗務員たちの間を、あくまで落ち着いて通り過ぎる。

が、連結通路に一歩踏み出した途端、一気に駆け出した。

周りが奇妙な顔をしても気にしない。眉を顰めても気にしない。


とにかく三人は、日が降り注ぐ巨大なガラス張りの通路を突っ切り、入国審査カウンターに向かって一目散に走った。


歩いて十五分はかかる入国審査カウンターまでの距離を、三人は日光を避けながらひたすら走った。

そしてやっと、審査に並ぶ列に辿り着く。

「ここなら……日光は差し込まない。なんてったって……窓がないから……ね」

聖涼は額の汗をぬぐいながら、息を整えた。

「とにかく、無事に入国審査を通過できれば、心配はないということですね……？」

「あ、でもね……エディ君は向こうのカウンターだよ。君のパスポートはイギリスだから」

マリーローズがどんなあくどい手を使ったのか知らないが、エディのパスポートは正真正銘のイギリスパスポートで、桜荘に郵送されてきたときには「二ヶ月前に日本に入国した印」までついていた。

眉を顰めるエディの耳に、列を整理する係員の声が聞こえてきた。

「そーらしーな。んじゃ」

エディはパスポートを持って、右端の入国審査カウンターに向かう。

「私たちはこっちだ」

「一人ずつでなくていいんですか?」

「二、三人の観光グループであれば、一緒でもいいそうだ」

きっと英語で言ったんだろうな。俺にはサッパリだった……。

明は少々落ち込んだが、他のカウンターに行った日本人観光客が「みんな一緒でいいんだって!」「そんなん、日本語で言えっての!」と言って笑っているのを聞いて、気が軽くなった。

彼らはすんなり入国審査を通過すると、今度はスーツケースを受け取りに向かう。

「当たり前ですけど、外国人ばっかりですね」

日本では明は背が高く、しっかりした体つきの部類に入るのだが、外国人の中に入ると骨格の違いからか華奢《きゃしゃ》に見える。だが聖涼は、何度も海外を訪れていて場にとけ込む術を知っているのか、外国人の中にいても違和感がなかった。

エディは外国産の吸血鬼だから、外国人の中にいても違和感がないのは当たり前だが、明の目には思いきり「外国人」に見える。

日本にいるときは全く感じなかったのにな。華奢なようでいても、外国人なんだ……。

明は、スーツケースを運ぶベルトコンベアを楽しそうに見つめているエディの横顔を感慨深げに見つめる。

「明! スーツケースが来たぞっ!」

エディの大声に、周りにいた外国人たちは「どこの言葉を喋っているんだ?」と驚き、日本人たちは「外国人なのに日本語ペラペラ?」と驚いた。

「黙っていても目立つのに、喋られちゃったら悪目立ちだな」

聖涼は苦笑すると、自分のスーツケースをベルトコンベアから引っ張り出す。

「本当に……」

明も赤面しながら、スーツケースを勢いよく下ろした。

「回転寿司だな、回転寿司! アレに乗って、ぐるぐる回ってみてぇ」

「そんなことをしてみろ。ソッコーで警備員に取り押さえられる」

「んじゃ、成田で……」

エディは、明がしかめっ面で拳を固めたので、慌てて口を閉ざす。

「ヒースローからどうやってロンドンに入ろうか? タクシーか地下鉄か……」

聖涼は、インフォメーションペーパーが積まれている棚から地下鉄マップを取ると、路線を確認した。

「一応、マリーローズには今日イギリスに着くって連絡しといたけど。あいつ、まだ日本にいるんじゃねぇかな？」

「では聖涼さん。タクシーにしましょう。イギリスのタクシーって、ころんとしてて可愛い形をしてるんですよね？」

明はスーツケース押しをエディにさせると、バッグの中から「ぶるるん★イギリス観光案内」を取り出し、楽しそうにペラペラとページをめくる。

最大の心配事であった「エディの出国・入国審査」が終わったので、一気に観光気分になった。

「その前にエディ君は、日が暮れるまではコウモリになっておいた方がいい」

「んじゃ、ここで変身しちまうわ」

「誰かに見られる！」

「大丈夫だって」

そしてエディは、出口に向かう細い通路で素早くコウモリに変化する。

自分たちのことで頭がいっぱいの観光客が殆どだったが、運悪く目撃者がいた。

「マミーッ！」


聖涼と明は、冷や汗を垂らして声のした方を振り向く。

そこには六、七才ぐらいの金髪少女が、くまのぬいぐるみを抱き締め、目をまん丸にして彼ら二人を指さしていた。

「な、内緒っ！」

明は日本語で大声を出して、唇に人差し指をあてがう。

彼女はその必死な姿に、何かを感じ取ったらしい。自分の口を片手で押さえた。

「あー、可愛いなあ。うちの子も、女の子だったらあんな感じに育つのかなぁ〜」

聖涼は子供が生まれる前から親バカぶりを炸裂させる。

彼女は小さな足取りで二人に近づくと、舌足らずの英語で「今のは何？　手品？」と聞いた。

それに聖涼が丁寧に英語で答える。

「明君。この子がコウモリに触りたいって」

「あ……？　は、はい」

明は、自分のジャケットにしがみついたコウモリを掌に載せ、彼女にそっと差し出した。

彼女は最初は恐る恐る触れたが、ふわふわな羽毛に安堵したらしい。嬉しそうに頬を染め、何度も何度も撫でた。

そこに、彼女の母親らしき女性が血相を変えて走ってきた。

誘拐犯と間違われてはたまらない。聖涼は嘘も方便、「お嬢さんが転んでしまったので助けてあげたんです」と台詞を並べ、少女も笑顔で頷き、母親を信じさせることに成功する。

少女は母親に手を引かれながら何度も振り向き、明がしたように唇に人差し指を押し当て、ウインクをして去っていった。

「本当に、可愛いなぁ〜」

「俺は心臓が止まりかけました……」

明はバッグの中にエディを乱暴に突っ込むと、眉間に皺《しわ》を寄せる。

「さて。タクシー乗り場に急ごう」

一行は「二人と一匹」になると、ガラゴロとスーツケースを転がして出口に向かった。


パーテーションの外では、旅行会社の添乗員や出迎えに来た人々が、社名や名前の入った大きなカードを持って立っている。

「あれ？　私たちの名前カードを持ってる人がいる。……いやあ、美人だ。早紀子には負けるけど」

聖涼は、ここに早紀子がいれば、「いやーん！　あ・な・たったら！」と、照れ隠しの百叩きをしそうな台詞を呟いた。

「あの人……マリーローズ・グラフィド・モンマスさん」

「じゃあ、あの人もエディ君と同類なんだ」

「そのとーり！　日本にいると思ったら、俺たちより先に戻ってるとは！」

コウモリはバッグの中からひょっこり可愛い頭を出すと、わざわざ答えてやる。

「お前は大人しくしてろ！」

明は即座にコウモリを押し戻し、マリーローズに向かって手を振った。


ゴージャスなリムジンカーの乗り心地に安堵した明は、車窓から見える景色に夢中になった。

その横で、聖涼とマリーローズは和気藹々《あいあい》と「日本語」で会話をしている。

「遠山家の宝物殿にエドワードの棺桶が？　日本の寺というのは、こっちで言う大聖堂と同じようなものなんでしょう？　そんなところに置いて、大丈夫なのかしら？」

「ははは、大丈夫です。全く問題ありません」

「よかった。ところで聖涼さんのことはモンク？　それともプリーストとお呼びすればいいのかしら？　私、仏教には疎《うと》くて」

「どちらでも……というか、聖涼でいいですよ。英語で言われると気恥ずかしい」

「では聖涼さんと呼ばせて頂くわ」

「ところで女性の吸血鬼は、化粧品の進化のお陰で、男性の吸血鬼よりも行動範囲が広くなったというのは本当ですか？」

「ええ、そうよ」

向かいの席に座っていたマリーローズは、グラスにシャンパンを注いだ。

運転手とポーターはモンマス家の使用人だが人間なので、彼女は車に乗ってすぐ、後部座席のプライベートが保てるように仕切りで区切っていた。

「エドワード。もう外は太陽が隠れているから、バッグの中から出てきても平気よ」

「おう」

コウモリはにじりにじりとバッグから出ると、明の肩にぴとんと止まり、一緒に景色を眺める。

「どう？　久しぶりの故郷の風景は」

「別に。ネットでいろいろ見てたし」

「え！　エディ君、君ってパソコンが使えるの？」

コウモリが、小さな手で一生懸命マウスを操作するところを想像した聖涼は、「ぷっ」と噴き出した。

「失敬な奴め！　俺様だって、パソコンは使う！」

「分かったから、耳元で怒鳴るな」

明は景色から目を離さず、コウモリの頭をポンと軽く叩く。

おとぎ話に出てくるような木と漆喰《しっくい》で作られた家や、赤煉瓦《れんが》の家が高速道路の脇にずらりと並び、それぞれの庭には明の知らない草花が小さな花をたくさん咲かせていた。

「やけに芝生が青々としてますね……。桜荘の庭にも欲しい……」

「日本の芝と種類が違うらしいよ。真冬でも生い茂ってるんだ。初めて見たときは、私も驚いた」

シャンパンを飲みながらの聖涼の解説に、明は「ほほう」と感嘆のため息を漏らす。

「なんか……こんな綺麗《きれい》な景色ばっかり見て、自分の目がカメラのレンズになったような気がする。いいなあ。どの家にも煙突があって。やっぱり煙突はロマンだよな。おまけに、霧のロンドンとか言われても少しも霞《かす》んでない。俺たちって旅行運がいいんでしょうか」

明はロンドン郊外の風景にすっかり魅せられたようだ。

「明君。一つ誤解がないように言っておくが、『霧のロンドン』の『霧』は、自然現象の霧じゃないそうだ」

「えっ！」

明は驚いて振り返ると、「じゃあなんですか？」と尋ねる。

すると、聖涼・マリーローズ・コウモリの二人と一匹が「スモッグ」と同時に答えた。

「なんだよ……それ……」

夢を壊されたと愕然とする明に、聖涼が説明する。

「暖炉用に使われた、あまり質の良くない石炭から発生した煙が原因らしい。学生の頃に初めてイギリスに来たとき、日本のガイドさんがそう教えてくれたよ」

「え？　じゃあ聖涼さん、今は暖炉は使ってないんですか？　煙突あるのに勿体ない」

「使ってるんじゃないの？　そうですよね？　マリーローズさん」

「ええ。使っているわよ。害にならないものを使うよう、厳しく定められているけれど」

「そうか。よかった……」

「シンクレア城に行けば、いくらでも暖炉の炎が見られると思うわ。まだ寒いもの」

シンクレア城とは一体どんな城だろう。

明は不思議な響きに首を傾げた。

「俺様の城だ！　世界でもっとも美しい、一角獣の城と呼ばれてんだぞ！　すげぇすげぇ！　さすがは俺様の城！」

コウモリは明の肩に掴まって偉そうに胸を反らすと、ふわふわの腹毛を見せつける。

「それって……」

明はバッグの中から「ぶるるん★イギリス観光案内」を引っ張り出すと、観光名所のページを開く。そこにシンクレア城を見つけ、歓声を上げた。

「凄いじゃないか！　エディ！　お前の家って世界的に有名だったのか？　うわー、行きたいなー……。ロンドンから車で二時間だって。聖涼さん、行きましょうよ！」

無邪気な明の言葉に、聖涼は生ぬるい笑顔を浮かべる。

「君はなんのためにイギリスに来たのかな？」

「エディの……一族に会いに、だと思っていたんですけど」

「エディ君の居城は？」

を言いました」

「シンクレア城……あ！　すいません、間抜けなこと

照れる明に、マリーローズはシャンパンを勧めた。

「ロンドンには何日滞在なさるの？　聖涼さん、比之坂明」

「お土産も買わなくちゃならないから……二日ぐらいですかね。ギャラリーを回るなら、あと二日ぐらいプラスするけれど……」

「俺、ギャラリーよりロンドン塔が見たいです！」

「あそこにゃ、ウジャウジャいるぞー」

コウモリはつぶらな瞳で明を見上げ、「何がいる」とは言わずに口を閉じた。

「可愛らしい姿のときは、そういうことを言うな！」

明はコウモリの首根っこを摘み、目の前でぶらぶらさせる。

だがコウモリはそれを好機と見て、明の顔に張り付いてチュウとキスをした。

「あら、熱烈」

「ハネムーンだもんね、それくらいは当然か」

明は無言でコウモリを引き剥《は》がすと、小さなため息をつく。

「コウモリ相手のキスなら、可愛いからまあいいかって感じです」

「人間姿のカッコイイ俺様もコウモリのプリチーな俺様も、どっちも俺様っ！」

コウモリは、明の指をカジカジと甘噛みしながら自己主張した。

「はいはい」

明はおざなりに呟くと、再び車窓にへばりつく。

コウモリはそんな彼の頬に自分の体をふわりと押しつけ、大人しく外の景色を見た。


『ミッドランドカッシングホテルに部屋を用意できなくて申し訳ありません。でも凄くいいホテルですよ？　うちの系列の中で、若い方に一番人気があります。こぢんまりとしていますが、サービスは最高です』

明は宿泊するホテルを見上げながら、手配してくれた雄一の言葉を思い出した。

七階建ての赤煉瓦の建物。たくさんの小さな窓には色とりどりの花が飾られている。

車寄せの下には重厚だが小さな扉があり、その横にはワイン色のコートを着た白ひげのドアマンが微笑みながら立っていた。

「可愛い……」

「メルヘーンって奴か」

人型に戻ったエディも、明の隣で頷く。

聖涼はマリーローズから連絡先の書かれた名刺を受け取り、二人に声をかけた。

「マリーローズさんが帰るよ」

明はぺこぺこと日本人らしく頭を下げ、エディは軽く頷く。

マリーローズは肩を竦めて微笑みながら、リムジンに乗って去っていった。

「可愛いね、ローズハウスだって。さて諸君、寒くなってきたから中に入ろうか」

聖涼は、軽快に現れたベルボーイたちにスーツケースを任せると、ローズハウスに入る。

「英語が話せないと、まるっきり約立たずになりそうだ」

「そんなことねぇ」

「聖涼さんにおんぶに抱っこだし」

「お前が側にいると、俺様は最高に嬉しい」

エディの自信満々な台詞に、明は照れ臭そうに笑って「バカ」と言った。

雄一が彼らに用意した部屋は最上階にある二つのスペシャルルーム。

聖涼は自分の部屋に入る前に、エディに向かって何かを投げた。

エディは受け取った後、「ああそうか」という顔をする。

「以前旅行したときの小銭が残ってたから、持ってておいたんだ」

「すまねぇな」

「そう思うなら夜は控えめに。明君が観光できなくなったら可哀相だろ？」

「んー……努力する」

エディは言葉を濁して部屋に入った。

スペシャルといっても、部屋が広いわけではない。だが一流の調度品で揃えられた部屋の中は、最高に居心地のいい空間が作られていた。チャイニーズアンティークで揃えられたテーブルにソファ、天蓋《てんがい》付きのベッド。壁には風景画が何枚も飾られ、テーブルに置かれたバラからは、ふわりといい香りが漂っている。

うわ、すげー必死な顔してる。なんか可愛い～。

エディは、設備の簡単な説明をするベルボーイの言葉を聞き取ろうとしている明の顔を見て、思わず微笑んだ。

「エディっ！　何度も聞き返すのが申し訳ないから、お前が話を聞いてくれ！」

明は額を汗で滲《にじ》ませながら、泣き出しそうな顔でエディに縋りつく。

「よしよし。俺様が側にいねぇと、お前はなんもできねぇんだから」

エディは嬉しそうに顔を緩めると、明の頭を軽く叩いた。

明が何分もかかったところが、ほんの数十秒で終わる。

ベルボーイはエディからチップを受け取ると、礼儀正しく部屋を出た。

「俺きっと、従業員に笑われてるんだ……」

明は自己嫌悪に陥りながら、天蓋付きのベッドに突っ伏す。

「脇の下まで汗びっしょりになったし……」

「俺から離れなけりゃ、済むことだっての」

「お前が俺から離れたんじゃないのかよ……」

明は恨めしそうにエディを見上げ、深いため息をついた。

「悪かった」

エディはポンとコウモリに変わってベッドに腹から着地すると、爪で引っ掻かないように明の頬をそっと撫でる。

「くすぐったい」

「いつも元気で、ときたま俺様を拳で殴り倒すぐらい元気な明が好きだ」

しょんぼりしているのは似合わないと言いたいのだろう。コウモリは、ツヤツヤでふわふわな羽毛を明の顔に擦りつけて慰《なぐさ》めた。

「気持ちいいな。タンポポの綿毛みたいだ」

「俺様は育ちがいいからな！」

「それ、関係あるのかよ」

明は苦笑すると、コウモリの小さな鼻先に自分の鼻を擦りつける。

コウモリの鼻先は、湿っていてひやりと冷たい。

「せっかく俺様の故郷に来たんだ。もっと楽しそうに笑え」

「じゃあ、いつでもどこでも俺の側にいると約束するか？」

「当然だろ？　お前は俺様の大事なハニーだ」

「その姿で言われると、どんな台詞でも許すって気持ちになる」

コウモリは明に抱き締められる前に、人型に変わった。

「おい……」

「コウモリのままじゃ、この先イイコトできねぇだろ？」

エディはニヤリと笑って、青い瞳を深紅に変える。

「別に俺は……コウモリのままでも……」

明はベッドに突っ伏すと、うなじを赤く染めた。

「いくら超絶テクを持ってる俺様でも、コウモリ姿のままでお前を満足させることはできねぇって。想像してみ？　愛らしい姿の俺様が、お前の体の上を這いずり回ってる姿をよ。なっさけねぇ」

明は突っ伏したまま、想像してみる。

必死に動く姿はもの凄く可愛らしいと思う。だが、いざセックスとなったら、どこをどう動かすのか。

「可愛らしいが……たしかに……ちょっと……」

「な？　だから、このカッコ」

エディは明を抱き締め、頬や耳にキスを落とした。

「きょ、今日は……も……っ」

「聞こえねぇ」

「朝、空港で……っ」

エディの意地の悪い指が、ただでさえ敏感な明の体に欲情の火をともす。

「バカ……っ……せめて……風呂に、入らせろっ」

「俺は風呂嫌い」

「ダーリンなら、ハニーのお願いを聞けっ！」

明は熱い吐息を吐き出しながら、やっとのことでエディの腕を振り解いた。

「んじゃ、風呂でやる」

吸血鬼は水が苦手なのに、エディは気合いの入った顔でジャケットを脱ぐ。

「おい、エディ。無理は……」

「ハニーのためだ。どうにかなるっ！」

「いつもカラスの行水だろうが！　五分で終わるセックスなんて、俺はしたくないぞっ！」

もう体に火がついてしまった明は、潤んだ瞳でエディを睨みつけた。


青い染料でバラが描かれたタイルが、壁と床に敷き詰められ、乳白色のバスタブは金色の猫足で支えられている。蛇口やシャワーヘッドも金色だが、つや消しされているせいか下品に見えない。

反対側の壁には淡いブルーの陶器の洗面台が設置され、籐を編んだ籠にアメニティグッズが入っている。

エディはそこから、キャンディのように丸い入浴剤を何個か掴み、バスタブに放り投げ、お湯を入れた。

バスタブの中はすぐさま桃色の泡でいっぱいになり、バスルームはバラのいい香りに包まれる。

「さっさと入ってこい！」

エディは素早く裸になると、開けっ放しのドアの向こうに向かって大声を出した。

「偉そうに言うな！」

「俺様と一緒に風呂に入ってください」

「よし」

一秒もぐずぐずしていたくない明は、エディの視線に見つめられながら服を脱ぐ。

「もう準備いいんじゃん。やっぱ、いつもと違う場所ってのは、興奮すんだろ？」

既に半勃ちになった明の雄を見下ろし、エディが笑った。

「お前だって」

ラブな恋人同士になって随分経つのに、明は未だにエディの股間を凝視することができず、ちらちらと盗み見る。

「お前、可愛いな」

エディは明を引き寄せてチュッと唇に触れるだけのキスをした。

「バカ。それだけじゃ足りない」

明はバスタブの中に入ると、エディに向かって手を伸ばす。

このまま一緒にバスタブの中でいちゃいちゃして、一気に熱烈合体といきたいところだったが、エディは三十秒も湯に浸かっていられずに、下半身を泡だらけにしてタイルの上に避難した。

「エディ！」

「てめえ、この！「ハニーのためなら」と言った台詞は嘘だったのかっ！

明は非難囂々《ごうごう》の視線でエディを睨む。

「申し訳ございません」

エディはその場に正座すると、やっぱり無理でしたと情けない顔で頭を下げた。

「ちくしょう……俺様のバカ……」

「もういい！　さっさとコウモリになれ！　体を洗ってやるから！」

思わぬお預けを食らった明は、怒りに身を任せてエディに向かって片手を伸ばす。

彼は素直にコウモリになると恐る恐る明の掌の上に乗ったが、もの凄い勢いで洗われ、泡を洗い流され、再びタイルの上に放り出された。

食器を洗うより乱暴に扱われたエディは、いつもなら「失敬な！」と怒るところだが、今日ばかりはそうもいかない。

彼は人型に戻ると、ぐっしょりと濡れそぼった体をバスタオルで必死に拭いた。

「期待した俺がバカだった！」

「この後はご期待に添えると思いますが……」

「もう冷めた！」

明は自分の体まで乱暴に洗うと、バスタブの栓を抜いて立ち上がる。そしてシャワーコックを捻《ひね》り、体から泡を洗い流す。

「それくらいなら、俺様がやってやる」

エディはシャワーヘッドをフックから取り外すと、明の体にまんべんなくシャワーを当てた。

「これじゃ、新婚旅行にもなりゃ……っ」

明は最後まで言う前に、びくんと体を震わせる。

「エディ……っ」

「ここのシャワーは勢いがいいから、結構感じんだろ？」

ついさっきまで大失態とがっくりしていたのもつかの間、「新たなグッズ」を手にしたエディは、名誉挽回とばかりに明の股間にシャワーを当てた。

「あ……こんなの……っ……」

もっとも敏感な、雄の先端にだけシャワーを当てられ、明は壁にもたれて喘ぐ。

「これから風呂に入るときは、こうしてやる。そしたら俺も、風呂嫌いになんねぇと思うぞ。いや、むしろ大好きになる。……ここもちゃんと泡を流さねぇとな」

シャワーが頭に移動すると、明は首を左右に振って片手で髪を梳《す》いた。

彼の体にまとわりついた泡は、溶けたソフトクリームのようにとろりと滑り落ちていく。

「エディ……」

「ん？」

「も……頭は……いいから……」

「もっとここにシャワーを当ててくれって？」

エディはニヤリと微笑み、シャワーを彼の股間に移動させた。

「ん……っ……あ……」

「全く。お前はホントに可愛い淫乱ちゃんだ」

「あっ、ん、んんっ……」

明は敏感な部分をシャワーの湯で刺激されたまま、足を左右に広げる。そして雄を握りしめようと右手をそこに添えた。

「手は使うな。俺様が後でうんと可愛がってやるんだから」

「でも……」

「俺様に可愛がって欲しくねぇってなら別だけど」

明は快感に潤んだ瞳でエディの赤い瞳を見つめ、ぎこちなく左右に首を振る。

「俺がいいって言うまで我慢してみろ。そうすっと、イくときすっげぇよくなるから」

シャワーは雄の先端からじわじわと移動し、今度は興奮して膨れあがった袋を集中して責めた。

水圧で持ち上げられるように下から上へとシャワーが当たり、そのたびに明は体を反らして掠《かす》れ声で喘ぐ。

雄の先端からは先走りが滲むが、それは溢れる前にシャワーで洗い流される。

「エディ……っ、も、だめ、そこ……だめっ」

明は目尻に涙を浮かべて、もっと激しい刺激を望んだ。

「お前を怒らせた分、たっぷり気持ちよくさせてやんねぇと」

エディはシャワーを明の雄にあてながら、彼の唇を自分の舌でなぞる。

「も、充分……」

「俺が納得いかねぇの」

意地悪く微笑むエディの首に、明の腕がゆっくりと絡まった。

エディは、明の熱く濡れた体を片手で抱き締める。

「ベッドに行く。……ハネムーンなら……ベッドだろ……っ」

「なら、お姫様抱っこで！」

「俺は男だぞ」

「じゃ、お殿様抱っこで」

「バカ」

今は冗談につき合っている暇はない。

明はエディの唾液で濡れた唇を舌で嘗《な》め、切なそうに彼を見つめた。

「そんな物欲しそうな顔をされっと、ハネムーンなのに優しくしてやれねぇだろ？」

「今だけ……許す」

「終わった後、殴るなよ？」

「た……多分」

エディは苦笑すると、片手に持っていたシャワーヘッドをバスタブに放り、蛇口を捻って湯を止めた。

「桜荘と違うから、気を遣わずに声を出せよ？」

エディは明をベッドに横たわらせ、ウインクをしてみせる。

「分かったから、さっさとこい！」

明はエディの濡れ髪を両手で掴んで引き寄せ、噛みつくようにキスをした。

「う……っ」

明の短い呻き声に、エディは慌てて顔を離して眉間に皺を寄せる。彼の唇はエディの牙で傷つき、血を滲ませていた。

「いつもはこんな失敗しねぇのにな。キスは俺に任せとけってことか？」

エディは明の唇に滲んだ血を指でぬぐうと、その指を自分の口に含む。

その極上の味をもっと味わおうと、エディは明の唇にできた傷を何度も丁寧に嘗め、優しく吸った。

明は低く掠れた声を上げ、エディの舌から与えられる僅かな痛みとじれったい快感に体を強ばらせる。

舌が傷口から離れたと思ったら、今度は首筋を甘噛みされ、明はエディの背に回した手に力を込めた。

「安心しろ。本気で噛んだりしねぇから」

「ごめん……」

エディは「気にするな」と言う代わり、明の頬に優しくキスをする。

「なんか、優しくできそう」

「バカ。……そういうのは、わざわざ口にするな」

「悪かった……って、悪かったついでに一つお願いがあるんだけど」

エディは神妙な顔で呟いて、明を見下ろした。

「お願い？」

「そ」

エディは深く頷くと、明の耳に「あること」を囁く。

途端に明の顔が真っ赤になった。

「無理強いはしたくねぇから」

「そ、それは……いい心がけだ」

「俺様の故郷に来た記念にもなるし」

「そういう記念は……別に……」

いつかそういう日は来るだろうと思っていた。ああそうだとも。俺とエディはダーリン・ハニーの間柄。だがそれが今日だとは！　まさか、今日だとは！

あまり長くは悩めない。体は新たな快感が欲しくて疼《うず》いている。

明はじっと待っているエディの深紅の瞳を見つめ、「分かった」と蚊の鳴くような声を出した。

ああきっと、俺は世界で初めて吸血鬼のアレを銜《くわ》える人間の男になるんだ。

明は体を伏せたまま、大層元気な彼の雄を目の前にして神妙な面持ちになる。

エディはというと、とっても嬉しそうな顔で枕をクッション代わりにしてもたれ、彼の前に大きく足を広げていた。

「いっぺん、コレをさせてみたかったんだよな。今まで俺様が散々銜えてやったんだから、やり方を知らねぇとは言わせねぇからな。気合いを入れて丁寧に嘗めろ」

「みなまで言うなっ！　ムードが台無しだっ！」

明は真っ赤な顔で怒鳴る。

「そこ、怒鳴るとこじゃねぇって」

余裕の表情を見せて呟くエディを散々睨みつけた後、明は腹をくくって彼の雄を口に銜えた。

辿々しく絡んでくる舌に、エディは気持ちよさそうな声を漏らす。

「なかなか上手いじゃねぇか。俺様の躾のたまものだな」

優しくできそうと言ったのは、どこの誰だったか。明はエディの感想が恥ずかしくて、耳まで赤くする。

「自分がして欲しいように嘗めてみろ」

エディは笑みを浮かべながら呟くと、明の滑らかな背に指を這わせた。

肩胛骨から背中のくぼみまでをなぞり、そのまま脇腹に滑り込む。

硬く膨らんだ乳首を指で摘まれ、明の体がびくんと反応した。

それに気をよくしたエディは、今度は両手を使って乳首を優しく摘む。

「ん……っ……う……」

明はエディの雄を口いっぱいに頬張りながら、くぐもった声を上げた。

「ほら、ちゃんと嘗めろ」

エディは意地悪く笑い、摘んだ乳首を指の腹で撫で回し、時折きつく引っ張る。

明は瞬く間に快感に支配され、無我夢中でエディの雄に舌を絡めて吸った。

口の中がエディの先走りと自分の唾液でいっぱいになり、それが唇の端から零《こぼ》れても構わない。

一生懸命になっちゃって。すっげー可愛い。こんな可愛いところ見せられたら、我慢できねぇじゃねーか。……ちょっと早いけど、最初はこんなもんっつーことで。

エディは快感に乾いた唇を舌で嘗めると、明の乳首から指を外し、今度は彼の頭を両手で掴んだ。

「零さず全部飲み込めよ？」

「ん、ん……っ」

彼は明の頭を押さえつけたまま、下から激しく突き上げる。明が呻き声を上げて苦しそうに眉を顰めても決してやめない。

「ぐ……っ」

「そら、飲み込め」

エディは上ずった声を上げ、明の口腔にしたたか精を放った。

明は苦しさに目尻に涙を浮かべたまま、喉の奥で熱い迸《ほとばし》りを受け止める。何度も吐き気がこみ上げたが、エディに頭を押さえつけられたままなので、彼の吐精を飲み込むしかなかった。

「よくできました」

エディは、明の頭を押さえつけていた手を離し、これ以上ないくらい嬉しそうな顔で彼の頭を優しく撫でる。

明は手の甲で口をぬぐいながら、涙目でエディを睨んだ。

「苦しかった?」

「当然……だ……っ!」

「けど、興奮したろ? ちっとも萎《な》えてねぇ」

エディは明の股間に視線を移し、ニヤリと笑う。

「今度は俺様が、お前を満足させてやる。なんてったって、ハネムーンだし」

「だったら……さっさと……しろ!」

「任せろ、ハニー」

エディは何を思ったのかベッドから下りると、明を抱えて部屋の中を移動した。

そして、クロゼットの横にある大きなアンティークの姿見の前に彼を下ろす。

「エ……エディ……?」

「俺がいつも、どうやって明を気持ちよくさせてるか、よく見てろ」

エディは明を姿見の前に膝立ちにさせると、背中からそっと抱き締める。

「吸血鬼は……鏡に映らないって……何かの本で……読んだ……」

「気を抜いてると、映るの忘れる。けど、今は気合い入りまくりだから、心配ねぇ」

姿見に、雄を勃起させて全裸を晒《さら》している明と、彼を後ろから抱き締めているエディの姿が映っていた。

「な……っ」

「桜荘じゃ、こんなことできねえだろ? 第一、あの部屋にゃ、こんなデカイ鏡はねぇ。こら、目を逸らすな。俺様がどんな風に明を可愛がってやってるのか、よく見ろ」

「バカ……っ! 俺はこんな恥ずかしい真似は……っ」

鏡の中でエディと視線が合い、明は最後まで言えなかった。

「明は恥ずかしいことが大好きな淫乱ちゃんだってのの、俺様はよーく知ってんだ」

「淫乱と……言うなっ」

「思い出いっぱいのハネムーンにしような?」

エディは明の太股に片手を添えると、強引に大きく開かせる。そして、改めて乳首に指を這わせた。

姿見に、エディの筋張った長い指が二つの乳首に愛撫を加える様子が映る。

指先で摘まれ、小刻みに弾かれた乳首は、鮮やかな赤に色を変えて悦《よろ》んでいた。

明は恥ずかしくてたまらないのに鏡から視線を逸らすことができず、愛撫される自分の胸を見つめて掠れた声で喘ぐ。

「ちょっと弄ってやっただけで、もうトロトロだな。下を見てみ？」

明は視線を下ろし、先走りが溢れている自分の雄を鏡越しに見た。

「ここ、弄って欲しいか？」

エディは両手を下にずらし、明の下腹を撫でたり柔らかな体毛を指でそっと摘んで引っ張ったりして焦《じ》らす。

明の雄はひくひくと動き、先走りは糸を引きながら絨毯《じゅうたん》に零れ落ちた。

「エディ……っ」

明は自分の下腹を撫で回している彼の手首を掴むと、刺激を欲している雄を握らせようとする。

「その前に」

エディは小さく笑って明の手を振り解き、逆に彼の手首を掴んで、さっきまでエディが愛撫していた場所に押し立てた。

「自分でやってみ？」

「そんなこと……できるか……っ」

「いっぺんに何ヶ所も弄ると、すっげー気持ちよくなんの知ってんだろ？　ほれ……」

「エディ……お前……意地が悪い」

「んなわけねぇだろ。俺様ほど明を愛してる奴はいねえっ」

エディは低く囁くと、明の耳を甘噛みする。

「ん……っ」

抵抗できない明は、おずおずと両手を胸にあてがい、すっかり硬くなった自分の突起を指で弄り始めた。

「目ぇ、ちゃんと開けて見てろ」

エディは右手で明の雄を優しく扱きながら、膨らんで持ち上がった袋を左手でゆっくり揉み出す。

「あ、あ……っ！」

自分で乳首を弄り、性器はエディに嬲られる。鏡は、明の淫靡《いんび》な姿を余すところなく映した。

「や……やだ……っ……エディ……っ」

明は首を左右に振って拒絶の言葉を吐き出すが、突起を弄る自分の指を止めることができない。それどころか、もっと快感を得ようと腰を動かした。

「もっとよく見てみ？　俺にどんな風に弄られてるか。自分の体がどれだけ淫乱ちゃんだか、自分で確かめろ」

　エディの左手の中で、袋は形が変わるほど揉まれている。苦痛を感じるほど揉まれているというのに、鏡に映った明は頬を上気させて悦んでいた。

　雄から溢れる先走りには白いものが混じり、エディの指をぬらぬらと光らせている。

「エディ……俺、気持ちいい……っ」

「そうだろ？　俺が、お前を気持ちよくさせてる。よく見てみ、俺好みのいやらしい体だ」

　エディは、先走りが溢れる明の雄の割れ目だけを指の腹で執拗に弄りながら、彼のうなじに吸い付き、赤い痕をいくつもつけた。

「も……もう……俺……っ……出る……っ」

　明は慌てて鏡に両手をつき、崩れ落ちそうになる体を辛うじて支える。

「俺にイかされるところ、見てろ」

「見るっ……見るから……も……勘弁してくれ」

　エディは唇に笑みを浮かべ、明に最後の刺激を与えた。

「……はっ、あ、あぁっ！」

　明は、エディの指で射精させられる瞬間を食い入るように見つめる。

　彼の吐精は何度も鏡に飛び散り、ねっとりと流れ落ちた。

「すっげー興奮する」

「エディ……ここも……」

　明は涙目でエディを見つめた後、膝をつくと頭を絨毯に押しつけて腰を高く上げ、震える指で尻を左右に押し開く。

　こんな大胆なおねだりを初めて見たエディは、驚きと喜びの入り交じった表情を見せて喉を鳴らした。

「淫乱ちゃんらしいおねだりの仕方だ」

「も……淫乱でいい……エディが欲しい……」

「どんな風にしてほしい？」

「エディの……好きなようにしていい。……指も、好きなだけ噛んで……俺の中、めちゃめちゃにして、気持ちよくして」

　明は期待に体を震わせる。

「よし。超淫乱ちゃんなハニーを満足させてやる」

　エディは嬉しそうに目を細めると、明の尻を優しく撫でた。

「……意外と旨いもんだね。モダンブリティッシュ。明君にも食べさせてやりたかったな」

無農薬野菜のサラダと、白身魚のグリーンソース添えを平らげた聖涼は、ちぎったパンにソースを付けながら平然とイヤミを言う。

「疲れてぐっすり眠ってるところを起こすなんて、俺様にゃできねぇ」

エディはワイングラスを片手に、しかめっ面で聖涼を見つめた。

二人はホテルの一階にある、こぢんまりとしているがサービスと値段は最高のレストランで、夕食をとっていた。

彼らはスーツに着替えて通りに面した窓際の席に陣取り、周りで食事をしている客たちが外国人なのをいいことに日本語で会話をしている。

「起きあがれないほど疲れるようなことをしておいて、よくもいけしゃあしゃあと言えたもんだ」

聖涼はそう言うと、バターナイフを掴み、パンにバターを塗って口に入れる。

「言っておくが、俺たちはハネムーン。いつもより燃え上がって当然」

「それは理解できるがね。……後でルームサービスを頼んであげなさい」

「分かってるって」

エディはグラスを置くと、上品に皿に盛られた果物の盛り合わせにフォークを突き刺し、赤紫色のベリーを二、三個食べた。

「明日は明君のための観光だからね」

「はいはい。今夜はもう、なーんもしねぇ」

釘を刺されたエディは、すぐさま言い返す。だが彼は、明との甘いひとときを思い出して、すぐに顔を緩めた。

「その顔、やめなさい。だらしないよ。美形のくせにみっともない」

「あーあー、坊主はうっせえなー」

エディは唇を尖らせ、グラスにワインを注ぐ。

「まあね。説教は得意だよ」

聖涼がカトラリーを皿に並べると、従業員がスマートに下げに来た。

「んで？　どこをどう観光すんだ？」

「バッキンガム宮殿にロンドン塔、大英博物館。そしてハードロックカフェでTシャツを買おうかなと。夕食は中華街がいいんじゃないかと考えている」

「てんこ盛りじゃねぇか」

「元気なうちに、一気に回ろうかと」

「他には？　地方には行かねぇのか？　のんびりでき

っぞ？」

「行きたいのは山々だが、まず先に君の実家に行かなくては。今回の旅の目的は、明君を君の一族に紹介するということじゃなかったのかい？　私たちは二週間後に帰国するんだから、明君のための観光を済ませたらすぐ君の実家だ」

　従業員がプチケーキとアイスクリームの盛り合わせを持って現れたので、聖涼は一旦口を閉ざした。

　洋なしのタルトの横にバニラといちごのアイスクリームが添えられた皿を一瞥《いちべつ》し、エディが羨《うらや》ましそうに呟く。

「それ、旨そうだな」

「だったら君も、お勧めのコースを頼めばよかったんだ。無理をすれば、人間の食事もできるんだろう？」

「飯っつーのは無理して食うもんじゃねぇの。アイスクリーム、一口ちょーだい」

「指一本くれれば、あげてもいいよ。吸血鬼の指のミイラをコレクションにするのもなかなか素敵だ」

　にっこり微笑む聖涼に、エディはムッとした顔で「ふざけんな」と呟いた。


　空腹で目が覚めた明は、目を擦りながらベッドから体を起こす。

　間接灯に照らされる豪華な内装に、自分はどこにいるんだろうと首を傾げたが、やがて思い出した。

「俺はイギリスに来たんだっけ……」

　そして、ホテルに着いて早々、足腰が立たなくなるまでヤッたというわけか……。

　明は首まで真っ赤になって顔を覆うと、恥ずかしさのあまり意味不明の呻き声を上げた。

　穴があったら入りたい。むしろ、入る穴を掘らせてくれっ！

「これじゃ……エディに淫乱と言われても……言い返せない……」

　明が低い声で呟いたとき、夕食を終えたエディが部屋に戻ってきた。

「おー。マイハニー。目が覚めたか」

「今さっき、な……」

「まだ上手く動けねぇだろ？　ルームサービス取ってやる。何がいい？」

　エディはドア横のカウンターに置かれていたインフォメーション冊子を掴み、ベッドに腰かけると明に渡す。

「……何がどんな食べ物なのか、想像できない」

「あ、そっか。んじゃ、俺が適当に頼むぞ？」

エディは明の頬にキスをしてサイドボードに手を伸ばし、バラの装飾が施されたアンティーク調の受話器をとった。

エディは英国生まれの英国育ち吸血鬼だから、英語を話すのは当然なのだが、こうして目の前で話している姿を見ると、知らない誰かに見える。

彼が愛するダーリンであるにも拘わらず、明はひとりぼっちでイギリスに来てしまったような心細さを感じた。

「これでよし、と。……ん？　どうした？　変な顔しやがって」

受話器を置いたエディは、明の顔を覗き込んで微笑む。

「なんでもない。疲れてるだけだ」

「……一人にされて寂しかった？　けど、ぐっすり寝てるお前を起こすのは可哀相だと思ってよ」

エディは明をそっと抱き締め、優しく背中を叩いてやる。

「ずっと側にいてやっから、安心しろ」

明は「分かった」と返事をする代わりに、体を強ばらせた。

何か窓にへばりついているのだろうか、レースのカーテン越しに、影が映っている。

それはちょうど明の掌に載るくらいの大きさで、もぞもぞと動いていた。

窓に背を向けているエディは、「それ」の存在が分かったらしく、明の唇に自分の人差し指を押し当て「声を出すな」と唇を動かす。

なんなんだ？　あれは！　もの凄くなじみ深い形をしているんだが。もしかしてエディの仲間が会いに来たのか……？

明は、ゆっくりと自分から離れ、何も知らぬ風を装って窓際に向かうエディを見つめて冷や汗をかく。

エディは眉間に皺を寄せると、レースのカーテンを掴んで勢いよく引いた。

「コウモリだっ！」

明はベッドから身を乗り出し、窓にへばりついているものに向かって叫ぶ。

羽毛が月光でキラキラと光って大変美しいが、それはどこからどう見てもコウモリ以外の何物でもない。

必死にへばりついていたコウモリは、エディに睨みつけられて慌てて窓から離れた。

「おいこら！　待ちやがれ！」

エディはコウモリを掴もうと窓を開けたが、コウモリはぱたぱたと必死に翼を動かして闇に紛れる。

「エディ！　コウモリだぞ！　コウモリ！　お前の仲

間か？」

明は腰にシーツを巻き付けて窓際に走り寄った。

だが彼は、渋い表情を浮かべたまま何も言わない。

「エディ……？　どうした？」

「たしかにあのコウモリは吸血鬼だ。けど俺様は、黒くないコウモリなんざ見たこたねぇ」

「は？」

「イギリスに、白いコウモリなんていねーっての」

「だ、だったら……よその国の……」

「よその国？　フランスの吸血鬼ならただじゃおかねぇ！　あれほど、ドーバーを渡ってくんなって言ったのに！　俺様が超極上の血を持つラブリーハニーを連れて帰ってきた途端、偵察にきやがって！　明は誰にも渡さねーっつーの！」

エディは大声で怒鳴りながらカーテンを元に戻し、明を力任せに抱き締めた。

「フランスの吸血鬼とは……仲が悪いのか？　同じ種族なのに……」

「仲が悪いなんてもんじゃねぇ。最悪だ。領土拡大で、数え切れねぇほど争った。……けど、待てよ」

「なんだ？　まだ何かあるのか？」

「フランスの吸血鬼は、もうジジババしかいねぇはずだ。あいつら、人間との間に子供を作ろうとしなかったからな……。となると……」

結局、「白いコウモリ」が誰なのか分からない。

明は眉を顰めてエディの頭を軽く叩いた。

「なにすんだ」

「吸血鬼だけでも『ありえない』存在なのに、これ以上化け物を増やすな。気色悪い」

「日本の方がわけのわかんねぇ化け物が山ほどいるだろうが。それに比べたら、ヨーロッパなんて可愛らしいもんだ。あ、地方に行けば、うまくすっと妖精が見られる」

「化け物は、桜荘の住人と吸血鬼だけで、いっぱいいっぱいだ」

明は首を左右に振ってため息をつく。

「とにかく！　得体の知れねぇもんがうろつくようなところに、大事なハニーを置いちゃおけねぇ。明日は観光が終わったら、すぐ俺の城に行くぞ！　クレイヴン家の領土なら、よそ者は入ってこられねぇからな」

「ロンドン観光は一日で終わりかよ」

「お前のためだ」

エディの、いつになく真剣な眼差しに、明はそれ以上文句を言うことができなかった。

快晴とは言えないが、観光を楽しむには充分な空の下、聖涼と明は石畳の道をのんびりと歩いていた。

都心のような高層ビル群はなく、その代わりに何世紀も建ち続けているような重厚な石造りの建物や赤煉瓦の建物が隙間なくぎっしりと並んでいる。それが低い空と石畳の道によく合っていた。

「アスファルトなのは車道だけか。……それにしても、歩きにくい」

石畳の道は、歩き慣れない旅行者にとって少々難儀な道となる。明は足の裏に感じる違和感に、複雑な表情を浮かべた。

「転ぶなよ？　お前は変なとこが抜けてっから、俺様はとっても心配だー」

「エディ。……時々日が差してくるから、バッグから顔を出すな」

「故郷に戻ってきたってのに、情けねぇ」

「仕方がないだろうが」

「そんでも、情けねぇ」

コウモリは、明のショルダーバッグの中から愛らしい顔を覗かせたまま、小さなため息をつく。

「あはは。ダメだよ、ぬいぐるみが動いちゃ」

「随分と楽しそうに言いやがって！　ムカつく！」

コウモリは聖涼に向かって牙を剥《む》き出した。

「声を出すな！　通りすがりの外国人さんに注目されたら恥ずかしいだろ」

明はコウモリの頭を軽く突き、聖涼に声をかける。

「ロンドン塔はここからだと、『中央線』に乗って、途中で『山の手線』乗り換えですか？」

「そうだね。でもその前にバッキンガム宮殿に行くから……」

聖涼は、明が持っていた「チューブ・マップ」を覗き込むと「グリーンパークだから、東西線？」と呟いた。

「お前ら、ここはイギリスだっつーの」

エディの突っ込みに、明が笑いながら言い返す。

「だってこれ見ろ。ロンドンの地下鉄路線図って、都内の路線図によく似てる」

「……おー、ホントだ」

「東京に住んでいるとロンドンの路線図は覚えやすいんだよね。以前来たときもその要領で地下鉄に乗ったよ」

「俺様がいた頃は、チューブはこんなにいっぱいなかった」

コウモリは感慨深そうに呟くと、ぬいぐるみの振りをして辺りの景色を熱心に見つめた。

その間、聖涼と明は観光地図を眺めながら最寄りの地下鉄駅に向かう。

赤い輪に「ＵＮＤＥＲＧＲＯＵＮＤ」と書かれた青い横棒が入った地下鉄のプレートを確認すると、階段を下りていく。

聖涼は腕時計に視線を移し、時間が午前九時半を回って一日乗車券が使える時間帯になったことを確認すると、券売機に向かった。明も後を追う。

「クレジットカードで地下鉄の切符が買えるんだ。うわ、凄い……」

感心する明を横に置き、聖涼は財布からクレジットカードを出してタッチパネルを操作し、手際よく一日乗車券を二人分買った。

「はい、これ。今日一日使うからなくさないようにね」

「あ、すいません。後で精算してください」

定期券と同じぐらいの大きさの一日券を受け取り、明はペコペコと頭を下げる。

「いいよそれぐらい。さてと、『東西線』に乗ろうか」

明は、キョロキョロと頭を動かすコウモリの頭をバッグの中に押し戻すと、聖涼についてホームへの階段を下りた。

地下鉄乗り場がアンダーグラウンドで、地下鉄がチューブなのは分かった。どんな地下鉄が来るんだろう。日本と変わらないものか？　それとも、外国人が乗るだけあって大きいのかな？

明は子供のように胸をときめかせながら、身を乗り出してトンネルの奥を見つめた。

観光客まるだしの行動だが、彼の他にも同じような格好で列車が来るのを待っている人々がいるので目立たない。それに地元の人々は観光客慣れしているようで、殆ど無関心だった。

そして、待ちに待った列車が現れた。

「……真っ赤なかまぼこだ」

もしくはロールケーキ。

とにかくチューブの車両は、そう思わざるをえない形をしていた。

「ほら、早く中に入って」

聖涼は苦笑しながら、呆気に取られている明を車内に引っ張る。

「せまっ！」

明は日本語で大声を出した後、慌てて手で口を押さえた。

車内は狭かった。席は一人一人きっちり座れるように肘掛けがあったが、座ると向かいの席との隙間は１

メートルもなく、人一人がようやく入れるぐらいの隙間しかない。それに天井は低く、長身の外国人は体を少し曲げで窮屈そうにしていた。

「日本の電車の方が、一・五倍ぐらい広くないですか？」

「そうだねぇ。でも小さくて可愛いじゃないか。それと、スリに気をつけて」

聖涼の言葉に明は曖昧に笑い、コウモリの入ったショルダーバッグを前に持ってくる。

少し離れたところから、日本語が聞こえてきた。ちらりと視線を移すと、女性の観光客が三人、ドアにもたれながら今日の予定を話し合っている。

「外国で日本語を聞くと安心します」

「はは。私は新婚旅行でドイツを回ったとき、英語が話せるドイツ人に会えて、安心したよ。なかなか英語が通じなくてね。あれは困った」

「もしかして、迷子になったんですか？」

「早紀子が、『あれも見たい、これが欲しい』って、いろんなところを歩き回ったから」

新婚旅行では仕方あるまい。明は、照れ臭そうに話す聖涼を見てニヤニヤと笑った。

「そーいう顔をする。君たちだって、今回、新婚旅行じゃないか。相手はバッグの中にいるけど」

「コウモリ相手にイチャイチャしてたら、ただの危ない人ですよ」

「旅の恥は掻き捨てと言うじゃないか」

「恥を掻いたら、容赦なく恥の元を捨てます」

明は言い返し、バッグを力強く叩く。

だがバッグの中から呻き声が聞こえたので、慌てて撫でた。


「エディ！　あまり遠くに行くなよっ！」

明は心配そうな顔で、グリーンパークの木々を見上げる。

まだひんやりとした朝の気配を残している公園は、通りを挟んだ向かいにバッキンガム宮殿があるというのに人通りがまるでなかった。

「心配すんな！」

明の真上にある枝にぶら下がったコウモリが、嬉しそうに体を振った。

「エディ君、そうやっていると本物のコウモリみたいだね」

「曇り万歳って感じだな！　文字通り羽を伸ばせる。気持ちいい！」

コウモリはパタパタと器用に木々の間を飛び回る。

だが明は、コウモリが次にぶら下がった場所を見上げて頬を引きつらせた。

聖涼もあんぐりと口を開ける。

「ん？　どーした？　二人とも」

「エディ！　後ろ、後ろ！」

明の怒鳴り声に、コウモリは面倒くさそうに首を後ろに回す。

そこには、灰色の毛で覆われふさふさとした尻尾《しっぽ》を持ったリスが、不機嫌そうにコウモリを見つめて、いや、睨んでいた。

「逃げろっ！　囓られるぞっ！」

「うわー、あれ……台湾リスの仲間かな？　エディ君の三倍はあるね」

慌てて逃げるコウモリと、耳障りな声を上げるリスとを交互に見て、聖涼がのんびりと呟いた。

「聖涼さん！　そんな呑気な！　エディ！　戻ってこい！」

明はショルダーバッグの口を大きく開けて、コウモリの後を追いかける。

だがエディはバッグの中には入らず、ぺたりと明のジャケットにしがみついた。

「あー、びっくりした」

「驚いたのはこっちの方だ！　もう少しで囓られるところだったぞ！」

「俺様は吸血鬼だから、リスなんかに囓られたりしねぇっての！」

「あと一秒遅かったら、絶対に囓られてたっ！」

明はコウモリを両手で掴むと、その柔らかな腹毛に顔を埋《うず》める。

「心配させんな。バカエディ」

「もう大丈夫」

コウモリは明の額に小さな顔を押しつけ、愛情たっぷりにぐりぐりと擦った。ふわふわとした毛がこそばゆくて明は小さく笑う。

「そろそろ衛兵交代式が始まる時間なんだけど」

「あ、はいっ！」

甘い雰囲気はどこへやら、明は急いでコウモリをバッグの中に突っ込んだ。

俺様を乱暴に扱うんじゃねぇ！

コウモリはそう言いたかったが、明の手に頭を押さえつけられてもがくしかなかった。


宮殿の前と宮殿に続く道路脇に、数え切れないほどの観光客がひしめいている。

ロータリーにもなっている噴水前では、観光客たちが間違って車道に出ないように騎馬警官たちが警備していた。

明は新品のデジタルカメラを片手に、騎馬警官の凛々《りり》しい姿を何枚も写真に収める。

「衛兵の行進が終わったら、すぐ場所を移動するよ」

「え？　なんでですか？」

「ここからだと、噴水が邪魔になって騎馬隊の行進が見えないんだ」

聖涼は、噴水の横にあるライオンを従える女性の銅像の右側を指さして「あそこらへんじゃないと、写真が撮れない」と言った。

「聖涼さんって、物知りですね！」

「インターネットで、ベストアングルの場所を調べたんだ。早紀子にも『騎馬兵ってカッコイイらしいじゃない？　写真撮ってね、あなた』とねだられてしまった」

「それじゃ俺は、直に見られないエディのために写真を……」

明がそう呟いたとき、観光客の耳に衛兵を率いる音楽隊の音が聞こえてきた。

衛兵の写真を撮って、騎馬兵の写真を撮って、ついでに、騎馬兵隊の一番後ろを徐行していた「馬の糞掃除車」まで撮った明は、満足げな表情でメモリー画像をチェックする。

「あれが白馬だったら、『白馬の王子様』って感じでしたね！　すっげーカッコイイ！」

細長い、黄色の房のついた帽子を目深に被り、真っ赤なマント姿で現れた騎馬兵たちのインパクトが強烈だったため、明は衛兵たちがどんな格好をしていたのかすっかり忘れてしまった。

「馬なら、俺様だって乗れる」

コウモリはフンフンとバッグから鼻先を出し、騎馬兵に興奮している明に威張る。

「はいはい。あー凄かった。聖涼さん、ロンドン塔に行く前にどこかでお茶しませんか？　俺、喉が渇いちゃって」

「そうだね」

二人は民族大移動のような観光客の波に身を任せ、地下鉄乗り場に向かった。

「俺様は、今日はこの後、絶対にコウモリにはならねえ」

エディは椅子に体を投げ出し、長い足を優雅に組んで宣言した。

彼の美形っぷりは地元でもいかんなく発揮されるらしい。周りでコーヒーを飲んでいた客や従業員が、ちらちらと彼に視線を移し、頬を染めてこそこそとお喋りをしている。

「いいんじゃない？　今日はもう曇りみたいだし」

「イギリスの天気は油断ならないって、ガイドブックに書いてありましたけど……」

明は隣でふんぞり返っているエディを一瞥し、のんびり呟く聖涼の顔を不安そうに見つめる。

彼らは日本でもおなじみのコーヒーチェーン店の一角に腰を下ろし、大きなマグカップを前に一息ついていた。

「あ、そーだ。俺様、マリーローズに連絡取らなきゃなんねぇんだ」

「連絡先を書いたメモなら、私が持ってるよ」

聖涼は財布の中から名刺を取り出すと、エディに渡す。

「ホテルに帰ってからじゃダメなのかい？」

首を傾げる聖涼に、エディは昨夜の「不思議白コウモリ」の話をした。

「……それっきり気配は全くねぇんだけど、やっぱ心配だから自分の領地に早く戻りてぇ」

「白コウモリか。随分と珍しい……」

「聖涼さん。今、もの凄く嬉しそうな顔をしてましたよ。まさか捕獲しようなんて思ってませんよね？　聖涼さんに何かあったら、早紀子さんになんて言えばいいんですか？　絶対にやめてください」

明はトールサイズのマグカップを両手で持ち、表情を強ばらせてコーヒーを一口飲む。

「大丈夫だよ明君。こんなこともあろうかと、商売道具を一式持ってきておいて正解だったな。仮死状態にして航空便で先に送れば、出国もスムーズだろう。早紀子にいい土産ができた」

低い声で「ふふふ」と笑う聖涼に、エディは「やっぱこいつ、油断ならねぇ」としかめっ面をした。

「朝、ホテルで電話をしておけばよかったんだ。マリーローズさんだって、いきなり迎えに来いと言われても困るだろう？」

「お前におはようのチュウをしたら忘れた」

エディは椅子にふんぞり返ったまま明の方に腕を回し、そのまま自分に引き寄せる。

「公衆の面前で、ゲイをアピールするな」

明は顔を真っ赤にして離れようとするが、周りの客たちの視線は「ゲイだわ」「ほんとゲイね」「東洋人は華奢だから」と語っている。日常会話なら英語でも支障のない聖涼は苦笑し、彼に笑われたせいで、明も察してしまった。

ああもう。俺は、世界を股にかけるゲイになってしまった。

明がいろんな意味で目頭を熱くしている横で、エディはマリーローズの名刺をじっと見つめる。

「聖涼、お前のスマホを寄越せ」

「はいどうぞ。通話の仕方はわかるよね？」

聖涼はバッグの中から携帯端末を取りだして、エディに差し出す。

「おう」

「だったら俺は、エディが電話をかけてる間は休んでる。足の裏が痛い」

明は慣れない石畳を歩いたせいで、足の裏を少し痛めていた。

「だったら俺様がお殿様抱っこで……」

「俺に恥をかかせたら、離婚だぞ離婚」

明はマグカップをコーヒーテーブルに置くと、バッグの中から財布を取り出して脅す。

「離婚は嫌だぞ！」

エディはキッパリと言い放ち、聖涼の携帯端末を持って店の外に出た。

「ところで、お殿様抱っこって何？」

「エディの、その……造語です」

「どういういきさつでできた言葉かは、聞かない方がいいのかな？」

「ぶ、武士の情けということで……」

明は顔を赤くしたまま、聖涼に頭を下げる。

「まあ……いいんじゃない？　君たち、ハネムーンだし」

「そ、そうですね」

だがしかし、ハネムーンとはいえ、やっていいことと悪いことがあるっ！

明はそっぽを向いて、小さなため息をついた。


その後ロンドン塔を満喫した一行は、ホワイトタワーの横にあるセルフサービスのカフェでジュースとローストビーフサンドを食べていた。

サンドと言っても、三角形のサンドイッチではない。成人男性の掌サイズの丸いパンを二つに切って、その間に山盛りの熱々ローストビーフを挟むという、「日本人なら一つで二人分じゃないか？」という豪快なものだ。

その上、零れ落ちんばかりのポテトチップが添えられている。

「これで飲み物を入れると……八ポンド。日本円にすると一四〇〇円ぐらいか。高いな」

「そんなんどーでもいい。俺も飯食いてぇ」

「朝、食べさせてやっただろうが」

フォークとナイフを握りしめようとした明は、新しい傷のついた左手の人差し指をエディに突き出し、唇を尖らせた。

「……早く領地に帰りてぇ」

エディはオレンジジュースのボトルをに両手に抱え、情けない顔で呟く。

『あらエドワード！ 明日連絡しようと思ってたのよ。あなたと比之坂明の歓迎パーティーの準備がまだ終わらないの。だから、今夜は迎えに行けないわ。急いで支度をするから、明日の朝まで待っててちょうだい。ね？ 明日の朝九時に、ホテルのロビーで。ではごきげんよう』

というわけで、今夜のうちに自分の城に帰ろうとしたのに、明日までお預けになってしまったのだ。

「我慢しろ。ホテルに戻ったら、ちゃんと食わせてやる」

明はエディの口にポテトチップを一枚突っ込むと、「いただきます」と言ってカトラリーを手にした。

「でもさ、明君。エディ君……ちょっと燃費が悪くなったんじゃないか？」

神妙な顔をする聖涼に、明もはたと気づく。

「言われてみれば……。故郷に帰ったせいで吸血鬼としての本質に目覚めたとか！」

「しーっ。明君、声が大きい」

聖涼は視線を移動させて、日本人観光客の存在を明に知らせた。

「あ、すいません。……しかしエディ。あんまりガッつくと太るぞ？ ずっとコウモリ姿でいるなら、愛らしいことこの上ないが」

明は、ぷくぷくに太ったコウモリを掌の上でコロコロと転がす自分を想像して、「やっぱ、猫とコウモリはデブが可愛い」と呟く。

「いくら愛らしいからといっても、大事なハニーのお願いだといっても、俺様はデブになる気は毛頭ねぇ。第一、うまく飛べなくなる」

明は本当に残念そうな顔をしてエディを見ると、食事を始めた。

「エディ君。得体の知れない白コウモリの気配は？」

「しねぇ」

「よかった。ここにいるのは獄死した人間の幽霊と処刑された人間の幽霊だけか」

「そーいうこと。うろうろしてて邪魔くせぇったらありゃしねぇ」

生きた人間も数に入れてくれっ！

明は、希代の退魔師と人外に挟まれて食事をしながら、心の中で泣きそうになった。


ロンドン塔を後にして、大英博物館をおおざっぱに見学し、とっぷりと日が暮れた午後六時半。

中華街への道のりの途中、エディはいきなり立ち止まり、キョロキョロと辺りを見回し始めた。

「どうした？　エディ」

足の裏がますます痛くなった明は、できれば立ち止まらずにさっさと中華街に行きたい。

「明君。私たちから離れないように」

だが聖涼まで立ち止まると、歩道の端に明を移動させて右手をジャケットのポケットに突っ込んだ。

夜遊びに繰り出す連中や観光客の群れ、そして帰路につく人々は、自分たちのことで頭がいっぱいで、彼らが立ち止まっていても見向きもしない。

「分かるか？　聖涼」

「当然だろう。これは女性の悪意だね。しかもこの悪意は、明君一人に注がれている」

「大英博物館で見たミイラの霊ですか？　それともロンドン塔から何か連れてきた？」

「いや違う。これは……なんと言ったらいいのかな。生き霊？　とにかく、相手は生きた女性だ」

「俺、イギリスの女性に恨みを買った覚えはないんですけど」

いやちょっと待て。エディは地元産の美形だ。それもとびきりの美形だ。俺が一緒にいるのをよく思わない人もいるかもしれないっ！

二人が黙ったまま何も言わないので、明はどんどん悪い方向へ考える。

「これは、夕べ見た白コウモリの気配だ。間違いねぇ。なんだこいつ」

「じゃあ、その白コウモリはメスだね。何らかの形でエディ君に一目惚れして、噛みの側にいる人間が気にくわないってところかな？」

「メスって言うなー」

「だがコウモリに女性と言うのはいかがなものか？」

「細かいことを気にすんな！」

「しかし……」

本当にどうでもいいことを話し合っている二人に、明が疲れた顔で割り込んだ。

「エディ、俺は腹が減った。足の裏が痛い。腰がだるい。お前のせいなんだから、殴られる前に俺に中華を食わせろ」

明は人目もはばからず、エディの肩口に自分の額を押しつける。

エディは目を丸くして驚いたが、すぐさま片手で彼を抱き締め、髪にキスを落とした。

異国の路地でそっと寄り添う貴族と庶民。

ここに聖涼の母や妻がいたら、「ああ！　まるで宝塚の悲恋物！　素敵！」と宇宙の果てまで妄想を飛ばしてくれるだろう。

聖涼は彼女たちのために、寄り添う二人の姿を写真に収めた。

だが写真を撮っていたのは彼一人ではなく。

気がつくと通りすがりの観光客や、題材を探して町中を徘徊していたアーティストらしき人々まで、カメラを構えていた。

中には「ゲイだって？　けしからん」とあからさまに眉を顰める者もいたが、それを気にしていたら男同士で恋人などやっていられない。

「飯、食いに行こう」

「ん……」

エディは明の手をしっかりと握り、自分たちを激写している聖涼の側に向かった。


牛肉と野菜の焼きそばに、海鮮チャーハン、春巻きにシュウマイ。そしてエディには果物と紹興酒《しょうこうしゅ》。

中国語と英語が飛び交う騒がしい店内の片隅に腰を下ろし、熱いジャスミンティーを飲んだ明は、安堵のため息をついてスニーカーを脱いだ。

「足の裏がパンパンに腫れてる。ちゃんと体を鍛えてたつもりなんだけどな。こんなこと初めてだ。聖涼さんは大丈夫なんですか？」

「私は父さんに足の裏まで鍛えられたからねぇ。数え切れないほど、山道をわらじで歩いたよ。マメはできるわ、血は出るわで、そこいらのスプラッター映画より大変なことに。おかげさまで、鋼鉄の足の裏になりました」

「足の裏が、面の皮と同じぐらい厚いってわけか」

エディはジャスミンティーの入った小さな茶碗を掴み、匂いを嗅いだ後に一口飲んだ。

「エディ。お前はどうして、そういう憎まれ口を叩くんだ？」

「俺様は愛らしい上に素直だからな！」

「答えになってない」

「さっきは俺様にもたれて甘えてたくせに、そういうことを言う」

「は……？」

　従業員が小さなテーブルの上に、できたて熱々の料理をぶっきらぼうに置いていく。

「『は？』って！　町中で堂々と俺様に甘えたじゃねぇか。大感動だったぞ。な？　聖涼」

　話を振られた聖涼は、軽く頷いて自分のデジタルカメラを明に渡した。

　メモリーに収められた画像を見た途端、酒も飲んでいないのに明は顔を真っ赤にする。

「足は痛いわ腹が減ってるわで、機嫌が悪かったことしか覚えてない。うわー、なんだこれ。どっかのポスターみたいだ」

「覚えてねぇだと？」

「おう。……さーて飯だ！　旨そうな焼きそばとチャーハン」

「覚えて……ねぇ……」

　明は、愕然とするエディを放ったまま、聖涼と一緒に料理に箸をつけた。

　どこの国で食べても中華は旨いと聞いたことがある。それをたった今体験した明は、頬を緩めた。

「う……旨いっ！　これ、日本の中華料理と全く違いますよ！　この絶妙な味！　俺が河山さんみたいに小説家だったら、いろんな言葉で褒められるのに！　それができないのが悔しい」

　明は焼きそばを頬張ったまま、瞳をキラキラと輝かせて興奮する。

「この店、当たりだったね。チャーハンも旨いよ。口の中で魚介と米のオーケストラが…」

　聖涼も旨さに頬を染めた。

　人間、旨い料理を食べると自然と笑顔になる。

　その横で、エディはふてくされた顔で紹興酒をちびちびと飲んでいた。

　やっと人前でイチャイチャできたと思ったら、覚えてねぇって！　意味ねぇじゃん！　俺のせいか？　夕べ無理させた俺のせいか？　だとしたら俺様のバカ！

　なんて、心の中で散々自分を罵《のの》りながらエディは杯を重ねる。

「ところで、さっきの生き霊って、もうそばにいないんだよな？」

　明は小皿にチャーハンを山ほど盛り、やさぐれ吸血鬼に尋ねた。

　だがエディは何も言わない。

　明は聖涼に視線を移すが、彼は明の視線を無視してシュウマイを口に入れる。

「……いるのかよ。まだいるのかよ」

「気配を感じねぇヤツが気にすんな。こーいうのは俺様に任せておけ」

「エディ君の言うとおりだよ」

チャーハンを口に入れられずに、明は頬を引きつらせて二人を見つめた。

「幽霊というのは、見えそうで見えないから怖いのではないかと……」

「見えたら見えたで怖がるくせに」

「見えずに済むなら、俺は一生見なくていい」

「そうかよ。……って、これ、どうやって食うんだ?」

エディは皮付きのライチを突っつくと、「これ果物じゃねぇ」と唇を尖らせる。

「これはライチと言ってだな、皮を剥いて中身を食べる」

明は皿をテーブルに置くと、エディのためにライチの皮を剥いた。赤茶色の皮の中からぷるんとした乳白色の果実が現れる。

「中に大きな種があるから気をつけろ。ほれ」

エディは明の手からライチを食べ、果汁に濡れた彼の指をそっと嘗めた。

「旨い」

「だろ? 俺も結構好きだ」

エディはようやく機嫌が直り、「旨いものを食べている顔」になる。


しかしすぐに、顔をしかめた。

嫉妬以外の何物でもない激しい感情が明に注がれたのに気づいたのだ。


翌日。三人は、雄一に手配してもらった可愛らしくもゴージャスな「ローズハウス」を、二晩泊まっただけでチェックアウトした。

「宿泊料金が……既に払われていたとは」

支払ったのは、ルームサービス料金だけ。

明は大きなレシートを片手に、目玉の飛び出そうな金額を見て呟く。

「宮沢君には感謝だが、彼はチャーリー君は君たちによほど迷惑をかけたと思っているんだね。少しだけ……チャーリー君が可哀相になったよ」

聖涼は苦笑しながら、レシートをたたんだ。

そこに、時間きっかりにマリーローズが現れる。

「ごきげんよう皆さん。……あら? エドワードは?」

これから居城に帰るのに当主がいないのはおかしいと、マリーローズは首を傾げた。

「今日、天気がいいじゃないですか。なので……この中に」

明は彼女にショルダーバッグの中身を見せる。

そこには小さな黒マリモ……否、コウモリが一匹、不満そうにふんぞり返っていた。

「お化粧できないと不便ねぇ、エドワード」

マリーローズは「うふふ」と小さく微笑んで、聖涼と明をリムジンに案内した。


どこまでも続くなだらかな牧草地帯。見渡す限り牧草地帯。

国土は日本の四分の三ほどなのだが、山が殆どないので広々としている。

のんびりと草をはんでいる羊の群れ。牛の群れ、豚の群れ。

あー、本当に豚も放牧されてるんだ。可愛いなぁ、ころころに太った子豚。

明は、母豚にぴったりと寄り添っている子豚の姿を発見し、頬を緩ませる。

野生のキジや野生のシカも、牧草地に入り込んでゆったり歩いていた。

その緑の絨毯の所々に、おとぎ話に出てくるような昔ながらの煉瓦の家が建っている。

ロンドンも古い町並みだと思ったが、ここにはそれとはまた違う、素朴な趣があった。


明は車窓にへばりつき、瞳を輝かせて延々と続く牧草地を見つめる。

「こんなところに住んで、庭いじりができたらどんなに楽しいだろう。四季折々の花の手入れをして、牛や羊と一緒に暮らす。ロマンだ……」

「だったら、日本に帰らず俺様と城で暮らせ。立派な庭園があるから、弄り甲斐があるぞ！」

コウモリは日光を避けるように、ほんの少しだけバッグから顔を出し、提案した。

「お城の庭か。やっぱりバラとか植えてあるんですか？　マリーローズさん」

明は自分の向かいに座っているマリーローズに尋ねる。

「立派なバラ園があるから、エドワードに案内していただいたら？」

「そうします。……でもエディの城って、どんなだろう。バッキンガム宮殿みたいな感じかな？　それとも、ベルサイユ宮殿？」

明は「キャッスル」と「パレス」をごっちゃにして呟いた。

「なんだろう。……これは結界かな？　見えない手に頭を撫でられているような気がする」

聖涼はくすぐったそうに頭を振ると、「初めての体験だ」と嬉しそうに笑う。

「せ、せ、聖涼さんっ！」

明はバッグの中に手を突っ込んでコウモリを鷲掴みにすると、自分を安心させるように柔らかな腹毛を頬に押しつけた。

「さすがは聖涼。よく分かりましたね。この付近はカーウェン卿の領地です」

「外国の化け物の結界って、こういう感じなのか。いや貴重な体験」

「もう少し先に進むとクレイヴン家の領地になります。懐かしいでしょう？　エドワード」

「まあな。城に近づいてるのは匂いで分かる」

「コウモリのくせに犬みたいだな」

得体の知れない化け物の結界でないことにホッと胸をなで下ろした明は、エディの湿った鼻先に、自分の鼻を擦りつける。

「ここまでくれば、瞬間移動も楽々だ」

「そういうわけの分からないことをするな」

「ハニーがそう言うなら、我慢してやる」

コウモリは申し訳程度の小さな手で、明の鼻を優しく撫でた。


ロンドンから車で高速道路に乗って約二時間。

リムジンは石造りの巨大な門をくぐり、チケットセンターの横を通り過ぎる。

車道は舗装されているが、両側には中世を舞台にした映画の中に登場するような森に覆われていた。

そこからまた十五分ほど車を進めると、巨大な観光バスが一台と大型ワゴンが数台止まっている駐車場が見える。リムジンはそこに停車した。

明は運転手がドアを開けるより先に自分で飛び出し、胸を高鳴らせながら青々とした芝生で覆われた外庭に向かって走る。

目の前に広がるのは、空の青を含んだ大濠に浮かぶ、重厚な城。

「貴様ら、ようこそシンクレア城へ。あの城が、俺様の家だ」

コウモリはバッグの中で黒マリモ状態になりながらも、偉そうに言った。

「エディ！　エディ！　ああもう！　なんて言ったらいいんだ？　俺は、こんな綺麗な建物は初めて見たっ！」

長い歳月を経た城の外壁は蜂蜜色に染まり、大濠からの反射光を受けて輝いている。

バッキンガム宮殿のような華やかさはないが、自然

にとけ込んだエディの城は清楚な美しさを醸《かも》し出していた。

大濠には白鳥や黒鳥が優雅に浮かび、大濠の周りの広大な芝の庭には、明の知らない小鳥たちが羽を休めている。

それだけではない。森の中からは白鹿が顔を出し、何羽ものメスを従えた雄のクジャクが、自分を誇示するように美しい尾羽を広げていた。

「おとぎ話の世界だ……」

明は感動のあまり、城を見つめて涙ぐむ。

「これからは、お前の城でもあるんだぞ？　明」

「そんな、勿体ない」

「バカ。お前は俺様のハニーだろうが。俺様のもんはお前のもんだ。だから、城もお前のもん」

「そんなことを言われると、腰が抜ける」

首を左右に振る明の後ろから、パカポコと軽快な蹄《ひづめ》の音が聞こえた。

「明くん。ごらんよ。貴族様のやることは凄いね」

びっくりして振り返ると、二頭立ての馬車に乗ったマリーローズと聖涼が、彼に手を振っている。

「観光客は徒歩で観光するけれど、ゲストは違うのよ。さあいらっしゃい」

近くを歩いていた観光客の団体が感嘆の声を上げ、明の乗り込んだ馬車を我先にと写真に収めた。

「石橋を渡って一番手前にあるのが、門衛詰め所。その隣が一角獣の塔。庭を挟んで隣がシンクレア城。ブリッジの廊下を通って一番端にあるのが見張り塔。グロリエットと呼ばれているわ」

マリーローズはコウモリの代わりに城の説明をする。

「あの……城の向こう側にある小山は？」

明は大濠の後方を指さした。

「庭師や馬の世話係が住んでいるわ。今ではその建物の一角を改装して、ギネヴィア・クリスホテルとなっているのよ。おばさまも冗談がお好きよね。使用人の宿舎をホテルにしてしまうなんて」

マリーローズは肩を竦めて笑うが、明と聖涼は顔を見合わせて曖昧に笑った。

「さあ、エドワード。貴方の城に到着したわ！」


橋を渡って、幕壁の内側にある巨大なロータリーを時計回りにぐるりと半周し、馬車はようやく停車した。

クレイヴン家の紋章「麗しき花弁に集う小鳥と蝶」が刻まれた扉の前で、中世の衣装に身を包んだ二人の使用人が、深々と頭を下げている。

「この庭までは観光客が入ってこられるの。彼らの服装は、観光客へのささやかなサービスね」

馬車を下りながら、マリーローズが囁くように明たちに説明した。

数百年もの歳月を音に表すと、きっとこうなのだろう。

扉は呻くような低い音を響かせ、大事なゲストたちをゆっくりと招き入れる。

石造り独特のひんやりとした空気の中、彼らはフロントホールに足を踏み入れた。

正面の壁には巨大なタペストリーが飾られている。繊細な刺繍で施されているのは一人の青年。エディと同じ黒髪に青い瞳。顔の作りまで似ているので、きっと彼の祖先の一人だろう。

明はタペストリーを見上げてそう思った。

聖涼も、興味深そうな瞳で周りを観察する。

そこに二人の使用人が現れ、彼らの前で腰を落として挨拶をした。

彼女たちは裾がふわりと広がった緑色のワンピースを着、レースのエプロンをつけている。

それが栗色の巻き毛によく似合っていた。

「うわー可愛いなぁ。私に娘ができたら、是非ともこういう可愛い格好をさせたいね」

聖涼は思わず日本語で呟く。

彼女たちは何も言わずに微笑みを浮かべたまま、彼らをインナーホールへと案内した。

全ての部屋に通じる分岐点のインナーホールの向かいには、二階へと続く階段が見える。

窓という窓は、緞帳《どんちょう》のようなカーテンによって日光を遮られていたが、天井を煌《きら》びやかに飾るシャンデリアで、部屋の中は外と変わらぬ明るさを保っていた。

ここなら大丈夫だと、明はバッグの中に片手を突っ込み、黒マリモ状態になっていたコウモリを外に出す。

「はーっ！　俺様の家の匂いっ！」

コウモリはすぐさま人型に戻ると、ぐっと背伸びをして懐かしそうに目を閉じた。

「ちっとも変わってねぇな、マリーローズ」

エディは部屋の中をぐるぐると歩き回り、自分がいた頃と全く変わらない調度品の数々を見て「よし」と頷く。

「ここ、誰もいないけど……？」

明は首を傾げた。

天井が高く細長いこのインナーホールには城をモデルにした大きな風景画が飾られ、アンティークのソファが置かれている。小さな円テーブルの上に載った巨大な花瓶には花が生けられているが、少々殺風景だ。

「みんなが待ってんのはパーティー用のホールだ。いっとくけど、ここは部屋じゃねぇ。他には、会議室に図書室、音楽室に食堂、開かずの間になってる礼拝堂に、寝室が四十。この城はあんまりでっかくねぇから、こんなもんだな」

寝室が四十もあって、「こんなもん」って言われても。畳にすると何畳なんだろう……。

唖然とする明に、今度は聖涼が声をかける。

「明君。念のためにこれを貸してあげよう」

彼はパンツのポケットから小さな玉で作られたブレスレットを取り出すと、明の左手首にはめた。

「これ……数珠、ですか？」

「ただの数珠じゃない。これをつけていれば、君に悪さをしようとしても、魔物は近づくことさえできない。よそ見している間に血を吸われないように」

「便利ですねぇ」

明は感心するが、エディは違った。

「余計なことをするんじゃねぇ。明は、この俺様が守り抜く！」

というか、俺まで近づけなくなったらどーすんだ！この人でなし！

エディは鼻に皺を寄せて明の左手を掴むと、力任せに振って数珠を床に落とした。

「あーあ。勿体ない。……白コウモリの気配がしたから気を利かせてあげたのに」

「ええっ！」

この城に、得体の知れない化け物がいる。そう思った途端、明は冷や汗を垂らす。

「それくれえ、俺にも分かってる。この城にいるってことは、俺様の身内が。だが明にゃ指一本、牙一本触らせねぇ！」

きっぱり言い切るエディに、聖涼は数珠を拾い上げると苦笑した。

「白コウモリ……？　ちょっと待ってエドワード。そのコウモリはもしかしたら……」

マリーローズが最後まで言う前に、使用人たちは彼らをパーティーホールの扉へと案内した。

窓という窓はカーテンで閉められ、一筋の日光も中に入ることは許されない。

煌びやかなシャンデリア、白塗りの壁に掛けられた数々の肖像画。深紅の絨毯が敷かれた床。飾り箪笥《タンス》の上にはオリエンタルな色彩の陶器が飾られていた。

部屋に入ってすぐ横の壁には大きな暖炉があり、その上にはクレイヴン家の紋章が刺繍された大きな布が垂れ下がっている。

そして。

明と聖涼は、そこに待っていた人々、いや、吸血鬼たちを目の当たりにしてあんぐりと口を開けた。

一人残らず燕尾服にドレス姿で、口々にエディの名を呼びながら拍手をしている。

エディは何度も「吸血鬼に不細工はいない」と豪語していたが、まさにその通り。

瞳や髪の色は様々だが、全員、ため息が漏れるほどの目映《まばゆ》い美形揃い。しかも気のせいか、キラキラと輝いて見える。

中には少々薹《とう》が立っている者もいたが、美しいことに変わりはなかった。

エディは「静粛に」と手を軽く上げて、明を自分の脇に引っ張る。

「長い間、城を留守にしていてすまなかった。私は遙か東の国で、花嫁を見つけてきた。紹介しよう、彼が私の花嫁。明、比之坂明だ」

エディは英語で言ったのだが、聖涼が明のために同時通訳をしてくれた。

ホールは水を打ったように静まりかえる。

だが、誰かの呟きがきっかけで蜂の巣を突いたような大騒ぎになった。

「聖涼さん、みんな俺のことを言ってるんですよね？意味は？」

「極上の餌を手土産に帰宅したと思ったのに、かな……」

予想はできた台詞だが、こんなに大勢の吸血鬼から餌呼ばわりされたらビビる。

明は「エディには申し訳ないが、最悪の事態になったらカーテンを開けるぞ！」と硬く心に誓った。

と同時に、エディが鋭い声で何事か叫んだ。

「ええと、『お前ら、俺様のハニーのために日本語を話せ。できるだろうが』と言ってる」

俺はむしろ、彼らの言葉の意味など知りたくないので英語のままでいいです！

明は同時通訳に心の中で突っ込みを入れる。

「これは失礼なことをした。そうか、君が比之坂明か。マリーローズから話は聞いていたんだがね」

まだ納得いかない吸血鬼の皆さん方を掻き分けるように、一人の男性が現れた。

英語なまりの全くない、流暢《りゅうちょう》な日本語を話して微笑む彼の姿に、明は再び目を丸くして驚く。

艶やかな長い黒髪を後ろで一つに結んでいる彼は、エディにとてもよく似ている。優雅な物腰や口調にはエディよりも年期が感じられるので、もしかしたら兄だろうかと明は思った。

彼は自分の姿に驚いている明の左手を持ち上げると、その薬指にクレイヴン家の指輪がはまっていることを確認してからキスを落とす。

「だーっ！　このクソジジィ！　俺様のハニーに勝手なことをすんなっ！」

「少しぐらいならいいじゃないか、エドワード。君のハニーということは、明君は私の孫娘だよ？　祖父が孫を可愛がって、どこが悪いんだ？」

「孫っ？　俺が孫っ？」

目の前にいるのは、どう見ても二十代後半の、超がつくほどの美青年。その彼が、明を孫と呼ぶ。

それには聖涼も驚いたが、彼は冷静にも「それなら孫娘じゃなく、孫息子と呼ばなくちゃねぇ」と突っ込んだ。

「すまん、エディ……。詳しく説明してくれ。俺にはサッパリ……」

「吸血鬼は、成人したら外見の年は取らねぇっつーのは、以前話したろ？」

「あ、そうか。そうだったな。吸血鬼は便利な生き物だった」

つまり、大昔に生まれた吸血鬼も若いまま。

「私はステファン・クレイヴン。エドワードの祖父だ。君には特別に、『お祖父様《じいさま》』と呼ぶことを許してあげよう」

「孫のハニーをどうこうしようって思ってんじゃねえの？　クソジジィ」

エディは明をぎゅっと抱き締め、祖父に向かって牙を剥き出す。

「ノーノー、エドワード、私がそんなことをすると思っているのかい？」

「思ってるから言ってんじゃねぇか！」

「なんと……またそんな悲しいことを、汚らしい言葉遣いで言う」

「うっせぇな！　さっさと向こうへ行け！　クソジジィ！」

「静かになさい、エドワード」

凛と通る、美しい日本語。

ドキドキしながら成り行きを見守っていた吸血鬼の輪がすっと途切れ、そこからゴージャスな金髪美人が扇子を片手に現れた。

「世話をかけましたね、マリーローズ。エドワードを連れてきてくださってありがとう」

彼女はエディたちの後ろにいたマリーローズにねぎらいの言葉をかける。マリーローズは軽く会釈をして彼らから離れた。

エディを女にしたらこんな感じだろうか。じっと見てると、あまりの美人さに目が潰れそうになる。

明はごくりと喉を鳴らし、不躾だとは思いながらも美女をじっと見つめた。

「わたくしはギネヴィア・クリス・クレイヴン。エドワードの母。お前が、エドワードが一生を誓ったという人間？」

お母さん、俺と同い年ぐらいにしか見えないんですけどっ！

明は頭の中が白くなりかけながら、辛うじて頷く。

ギネヴィア・クリスの、形のいい眉が不機嫌につり上がった。

「人間に惹《ひ》かれるのはクレイヴン家の血筋なので仕方がありません。けれど、エドワード。あなたの父祖は、相手の性別を間違えるほど愚か者ではなくてよ？」

丁寧な言葉に、冷ややかな口調。彼女は明を歓迎していない。

明は羞恥心にカッと頬を染め、唇を噛み締めた。

「しかし……招かれざる客ではあるけれど、城主のゲストには変わりありません。わたくしたちは弱きものには寛大です。わざわざ極東からやってきた力弱き人間たちをもてなしてあげましょう」

ギネヴィア・クリスは、つまらなそうにそう言ってホールを後にした。


ギネヴィア・クリスの辛辣な言葉で一時はどうなるかと思ったが、明と聖涼の人間組は吸血鬼の群れに受け入れられたようだ。

聖涼は「御仏《みほとけ》のご加護」を、一人の吸血鬼を使って実践し、吸血鬼たちから「おお！」と驚きの声を上げさせることに成功した。

彼らは「宗教が違っても、信仰の威力は同じ」ということを知り、「日本のソウリョとやらは凄い」で盛り上がった。

「聖涼は放っておいても大丈夫だな。それより、ちゃんと同族の数を数えておかねぇと。あいつのコレクションにされたら困っから」

「いくら聖涼さんでも、そんなことはしないだろ」

あーでも……聖涼さん、すっごく嬉しそうな顔をして吸血鬼の皆さんと話してるんだよな。俺からも、あとで「コレクションにしないでくださいね」とお願いしておこう。

明は言葉とは裏腹のことを思い、辺りを見渡す。

そこに、一人の青年が神妙な顔でやってきた。

「明さん。私はトーマス・ギルデアと申します」

「ギルデア……？　ギルデアって……もしかして！」

「はい。ジョセフの父です。日本では私の息子が大変ご迷惑をおかけしまして、あまりの申し訳なさに、言葉もありません」

おっとりとした、人のよさそうな美青年は、深々と明に頭を下げる。

「あの、その……いいえ。もう済んだことですから。ところでジョセフは？」

「あのバカ息子は、棺桶の中で謹慎中です。しばらくは出しません」

ギルデア卿は再び頭を下げると、明から離れた。

「父親は礼儀正しい吸血鬼なのに、息子がなぁ」

明は、彼に受けた仕打ちを思い出しながらため息をつく。

「ギルデア家でバカなのは、ジョセフだけだ。他の奴らは礼儀正しい」

エディは明にシャンパンを勧め、肩を竦めた。

「お前のお母さん、びっくりするほど綺麗だった」

「嫌な思いさせてすまなかった。けど、俺はクレイヴン家の当主だ。あんなひでぇこと、二度と言わせねぇ。安心しろ」

「でもな、エディ。もし俺がお前の母親だったとしても、同じようなことを言うと思うぞ？　なんてったって、跡取り息子が連れてきた『嫁』が男なんだから」

「そういう辛気くせぇことを言うな」

エディは明の頬に片手を添えると、そのまま彼にキスをする。

明は「バカ」と言おうとしたが、可愛らしい声に遮られた。

「何をしているの？　人間のくせにエドワードお兄様に触っていいと思っているの？」

彼らの前に立っていたのは一人の少女。

緩やかなウエーブのかかった腰までのプラチナブロンドがキラキラと輝き、すみれ色の大きな瞳は大切なものを奪われたような怒りに燃えている。

「エドワードお兄様！　初めまして！　私、アンガラド・モンマスです。お母様の名はマリーローズ！」

桜色の艶やかな唇が、真珠色の歯を覗かせて動いた。彼女が動くたびに、絹糸のようなプラチナブロンドが虹色に輝く。

青いシルクに白いレースがたっぷりとあしらわれたワンピースを着た少女は、動かなければ名匠の作り上げた人形のようだ。

「お兄様って……おい」

お前、あの怪しげな白コウモリだろ？　ったく。

エディは苦笑を浮かべ、アンガラドを見下ろす。

「いやだわ！　アンガラド！　勝手に歩き回らないで

ちょうだい！」

そこにマリーローズと彼女の夫が慌ててやってくる。夫のモンマス氏は、美しいプラチナブロンドとすみれ色の瞳を持った三十代後半に見える美丈夫だった。

「お母様。私、未来の旦那様にご挨拶をしていたのよ。ね？　エドワードお兄様」

「おい、マリーローズ。話が見えねぇ」

「ごめんなさい、エドワード。話はまたあとで。子供はここに来てはいけないといったでしょう？　ママのいいつけを守りなさい」

「いや！」

アンガラドはポンと白コウモリに変身すると、エディの胸にしがみついた。

本来なら明は、「俺のエディに！」と憤慨しなければならないのだが、初めて見た白コウモリがあまりにも可愛らしかったので、思わず「ほんわ」と和んでしまう。

「いやいやいや！　私、エドワードお兄様とずっと一緒にいるの！」

必死にエディにへばりつき、小さな頭を左右に振る仕草は、凶悪的に愛らしい。

「私、お兄様と結婚するの！」

「ちょっと待て」

エディは渋い表情で白コウモリの首根っこを掴むと、自分の目の前に持ってくる。

「エディ、こんな愛らしい生き物を乱暴に扱うな。しかも小さな女の子だ」

「お前は黙ってろ。こらアンガラド。なんで俺がお前の旦那様なんだ？」

いくら同族でも、友人の子供でも、自分たちの愛を阻《はば》むものは決して許さない。エディの青い瞳はそう語っていた。

「お母様やギネヴィア・クリスのおばさまが、私にエドワードお兄様のことをいろいろ語ってくださったの。ドーバーを渡って旅をしたお話や、エジンバラの公爵令嬢を振ったお話など素敵なお話をたくさん聞いたわ。だから私、旦那様にするなら絶対にエドワードお兄様だと心に誓っていたの。お兄様がイギリスに戻ってきてくれて、私とても嬉しいわ」

白コウモリはエディの瞳に臆することなく、嬉しそうに羽ばたく。

「それで、嬉しさのあまり、ロンドンまで見に来たってわけか？」

「イエス！　イエス！」

エディはうんざりした様子で腕を伸ばすと、マリーローズの手の中に白コウモリを落とした。

「アンガラド。俺様には運命のハニーがいる」

白コウモリは母の手の中で「お兄様は意地悪ね！」と言いながら暴れる。

「ごめんなさいね、エドワード。女の子だからと甘やかし過ぎたみたい」

「お前に子供がいるなんて初めて知ったぞ。いつ作った？」

「十三年前よ。ねぇあなた」

「そうだね、マリーローズ。私が吸血鬼になって五十年目のアニバーサリーの夜だった」

モンマス夫妻は、ぎゃーぎゃー騒ぐ娘をよそに、ぴったりと寄り添ってラブ光線を振りまいた。

「十三歳か。若《わ》っけぇな」

「ええ。ではエドワード、晩餐会のときに」

マリーローズは白コウモリを逃がさないよう掴むと、夫と共にホールを出て行く。

「可愛いかったな、白コウモリ」

「俺様のコウモリ姿の方が、うんと可愛いし愛らしいだろが」

明は、唇を尖らせてムッとしているエディを見つめ、小さく笑った。

「そうだな。エディの方がうんと可愛らしい。……それと、みんなが日本語を喋ってくれるから俺は一人でも大丈夫だ」

さっきからこちらを気にしている吸血鬼の団体に視線を移し、明が言った。

「バカ。一緒にいるに決まってんだろ？　ずっとお前の側にいるって言ったじゃねぇか」

エディは明の頬にキスをすると、明を伴って、当主の帰還を祝おうと待っている吸血鬼の中に入った。


「本当に、あなたが来てくれてよかったわ。このままだったら私たち、エドワードの花嫁候補にされていたもの！」

「クレイヴン家は魅力的だけれど、同族を束ねていくのは大変そうじゃない？」

「気苦労が多いと、美容に悪いもの」

美女たちは我先にと明の元に駆け寄り、彼の手を握りしめながら礼を言う。

「それに私たち、まだ結婚したくないの」

「人間の殿方と恋愛していないから、それも体験したいし」

「そうよねぇ？」

「目指すはロマンスの達人よ！」

あー……います、います。人間の女性にもこういう人たちはいます。というか、もの凄く人間ナイズしてるぞー。

明は曖昧な笑みを浮かべて、上品な香水を漂わせてはしゃいでいる女性たちを見つめた。

「女性陣、話はそれくらいにしてくれないか？　種族は違っても、男は男同士で話す方が楽しいに決まっている」

「あらエドワード、お言葉ですこと！　私たちの話がつまらないとでも言うのかしら」

彼女たちはわざと澄まして言い返した後、苦笑を浮かべながら明から離れていく。

エディのハニーでも、ちゃんと男と認めてくれるのは嬉しいが、明は今度は男性吸血鬼に囲まれてしまった。

「東洋人のハニーとは、エドワードもなかなかやるな」

彼らは「極東の島国」「行ったことがない」と連呼してはしゃぐ。

「しかも、極上だ」

彼らはそこで口を閉ざし、それぞれ胸に手を当てて、明の発する「美味《おい》しい匂い」を胸一杯に吸い込む。

そういやお前ら、俺のことを最初は「餌」と呼んでいたんだよな。

明は頬を引きつらせながら、エディのジャケットの裾を掴んだ。

「まだなんの印もついていないようだが、一族に加えるのはこれからなのか？」

明の首筋に噛み痕がないことに気づいた一人が、首を傾げてエディに尋ねる。

「それは、ここで話すことじゃねぇ」

エディはそこで話題を断ち切る。

「しかし！　同性の花嫁とはね。結婚式はどうする？　誰がドレスを着るんだ？」

すぐさま話題を変えた他の吸血鬼が、明を見つめてニヤニヤと笑った。

「俺様がドレスを着るわけねぇだろ。明だ、明」

「僕はドレスよりも東洋の民族衣装の方がいいと思う。ええと……キモノだったかな？　日本の民族衣装はそうだろう？」

民族衣装って……確かにそうかもしれないけど。

明は自分が振り袖を着ているところを想像し、似合わないと力無く首を左右に振る。

「私も日本に行ってハニーを見つけてこようかな。黒髪に黒い瞳、曖昧なようで魅力的な不思議な笑顔。いいね、実にいいね。エドワード」

栗色の髪の青年が明に顔を寄せ、指先でそっと彼の頬を撫でようとした。

「俺様のハニーに触るんじゃねぇ！」

エディが彼の腕を掴むより先に、明の拳が相手のボディーに炸裂する。

青年は腹を押さえると無言のままその場にしゃがみ込んだ。

「あ……。も、も、申し訳ないっ！　ついいつもの調子で殴ってしまった！」

明は慌てて頭を下げるが、青年は彼を見上げて笑みを浮かべる。

「いや、素晴らしい攻撃だった。さすがはエドワードのハニー」

「こういうのを、ヤマトナデシコと言うんだろう？　初めて見たよ」

「いやいやいや、サムライじゃないのか？　日本にはサムライという種族がいるらしい」

日本の知識が滅茶苦茶なんですけど……。

明は、キラキラと瞳を輝かせている彼らに、「サムライという種族はいません」と辛うじて呟く。

「エドワードが羨ましいよ。……明君、エドワードが嫌いになったらいつでも僕のところにきてくれ。君のような美味しい匂い……ではなく、かぐわしい香りを持った人間がハニーになってくれたらとても嬉しい」

「抜け駆けは許さないよ。私の方が明君にふさわしいに決まっている」

「この際、同性でもいい。美味しいハニーをずっと側に置いておきたい」

「その体には、どんなに素晴らしい血液が流れているんだろう。想像するだけでたまらなくなる」

結局食うのか！　おい！　食うのか！　俺は餌じゃないぞっ！

明は心の中でシャウトしたが、エディは思ったことを口に出した。

「そうか、そうか。そんなに俺様のハニーは魅力的か！　もっともだ！　だがな、誰にもやらねぇ。よく聞け。明は俺様一人のもんだ。絶対に、決して、誰にもやらねぇ。もし誰かが俺様の目を盗んでこいつに指一本でも触れてみろ。俺様は同族殺しの罪を背負うぞ」

エディは彼らを威嚇《いかく》するように牙を見せて冷たく微笑むと、明の頬にそっとキスをする。

「人前でそういうことをするな！　そして仲間を脅迫するな！」

明はエディの耳を引っ張り、「同族殺しは勘弁して！」と焦っている吸血鬼たちを見渡した。

「だって俺様、偉いし」

「誰が偉いって……?」

明はエディの耳を掴んだまま、しかめっ面で顔を近づける。

「俺様……」

「あぁ? よく聞こえないんだが?」

「ええと……俺様、なんですけど」

だが明は、ますます怖い顔をしてエディを睨みつけた。

「……ごめんなさい」

「分かればいい。仲間を苛《いじ》めるなよ?」

明は偉そうに言うと、エディの耳を離してやる。

「やはりあれは、ヤマトナデシコ」

「人間って……怖い」

「あれぐらい気が強くなくては、クレイヴン家を切り盛りできないということか……」

吸血鬼たちは口々に呟き、尊敬と畏怖の入り交じった視線で明を見つめた。

ホールの隅では、(外見は若いが)年配の吸血鬼たちが「最近の若いもんは」という視線で、彼らを見て苦笑する。

「シンクレア城も、久しぶりに活気づきましたな」

「ギネヴィア・クリスは厳しかったようだが」

「なになに、嫁と姑はああいうものよ」


ステファンはそれを横で聞きながら、使用人が手にするトレイからシャンパンの入ったグラスを手に取った。


怒濤の紹介からやっと解放された明は、愛想はいいが無口な使用人に連れられ、グロリエットの二階にある部屋に案内された。

天蓋付きのベッドに、舞い飛ぶ小鳥たちの刺繍が入ったベッドカバー。

暖炉には赤々と炎が燃え、夕焼けを敷き詰めたような色の絨毯の上には、座り心地のよさそうなソファと椅子が二脚。手紙を書くのに丁度いい机と椅子は、艶やかに光っていた。

だが、なんと言っても素晴らしいのは肖像画の数々。

「これはもしかして、エディか?」

明は外の景色を見るより先に、肖像画の前に躍り出た。

幼いエディの肖像画を前に、明は「可愛い」と顔を緩ませる。

使用人は明のスーツケースを部屋の隅に置き、そっと部屋を後にした。

「おう。ここは俺様の部屋だからな」

「なんていうか……これなんて、『エリザベス』だ」

明は以前見たことのある映画のタイトルを口にすると、一枚の大きな絵画の前で足を止める。

そこにはドレス姿のギネヴィア・クリスと少年のエディ、そして明の知らない青年が描かれていた。彼らの服装は、数百年は前のものだろう。

「この黒髪の人、誰だ？」

「お父様だ」

「エディは母親似だな。一番似てるのはお祖父さんだけど」

「お母様がジジィの娘だからな。似ていて当然」

「で？　お前の父親はどこにいるんだ？　俺、ちゃんと挨拶をしないと」

「旅行中に魔女狩りの暴徒にな、殺された」

そりゃ一体、いつの時代だ？

なんて突っ込みはない。明は申し訳ないことを聞いたと、項垂《うなだ》れる。

「悪い……」

「気にすんな。吸血鬼にはよくあることだ」

「そう！　クレイヴン家の歴史、そして我が同族の歴史を知りたければこの私が教えてあげよう！」

このままキスをして軽くエッチになだれ込み、と思っていたエディは、壁の中から上半身を表したステファンを思いきり睨みつけた。

「このクソジジィ！　勝手に湧いて出てくるんじゃねぇ！」

「私は新しく孫に加わった明君を可愛がってあげようときたんだよ？」

「そういうのは、余計なお世話っつーんだ！」

エディが怒鳴る。

だが今度は、向かいの部屋に案内されていたはずの聖涼が、礼儀正しくドアから部屋に入ってきた。

「ちょっとエディ君。君のお祖父さんにちゃんとドアから出入りするように伝えて……って、また壁から顔を出してるし……」

聖涼は呆れ顔でステファンを見つめる。

「おやおや、聖涼。また会ったね」

ステファンは全身を露《あらわ》にすると、陽気に笑った。

「また、じゃありません。今度壁から現れたら、容赦なく退治しますよ？　そして私のコレクションに。……いいよね？　エディ君」

聖涼の言葉に、エディは「是非！」と即座に返事をする。

「年寄りは大事にしてほしいな」

若々しい美形姿でそんなことを言われても実感が湧かない。

聖涼は肩を竦め、明は苦笑した。

「この部屋、私の部屋に飾られている肖像画と全く違うね。このちびっ子はエディ君かな？　子供というのは、たとえどんな生き物でも可愛らしいんだね」

さらりと酷い台詞を呟く聖涼に、今度はステファンが楽しそうに笑う。

「君の部屋はアリアスの部屋と呼ばれてる。赤茶けた髪の女性が描かれ、何枚も飾られていただろう？　彼女がアリアスだよ」

「肖像画の割には、なぜかどれも寂しそうな表情でしたね」

「いろいろと理由があるからね。それよりもクレイヴン家の歴史を知りたくはないかい？」

ステファンは言いたくてたまらない表情を浮かべる。ああ、エディもよくそんな顔をするんだよな。

明はそんなことを思いながら、「どれくらいの歴史があるんですか？」と尋ねた。

「ざっと千年？　いや……千五百年ぐらいだったかな。とにかく長いよ」

「曖昧だけど長いことには変わりないか……」

「由緒正しい家系だからね。聞きたいかい？　そうか、ならば私の膝の上に座りなさい。好きなだけ話をしてあげよう」

「いや、別に今すぐでなくとも……」

なのにステファンは、ソファに座ると自分の膝の上をポンポンと叩いて明を誘う。

「ジジィ。てめぇいっぺん太陽の光を思う存分浴びてこい。明は俺様の大事なハニーだ！　明、ほれ！　お前が座るのは俺様の膝の上！」

エディもソファに座ると、自分の膝をポンポンと叩く。

よく似た顔の二人が同じ動作をする光景に、明は呆れて眉間に皺を寄せた。

「さてと、私はスーツケースの中身をクローゼットに入れ替えて、城の中を探索するとしよう。明君、彼らの面倒をよろしくね。それと、油断はしないように。可愛いアンガラドちゃんが城の中をうろうろしている」

エディ相手にわがままを言っていたアンガラドをしっかりチェックしていた聖涼は、最後にそう忠告して部屋を出た。

「あー……逃げられた。……って、いつまで同じ格好で膝を叩いてるんだ？　祖父孫揃ってバカバカしいことをするなっ！」

明は腰に手を当て、エディとステファンを見下ろす。

「ステファン祖父さんは一旦この部屋から出る！　エ

ディは俺がスーツケースの中を片づけるのを手伝う！　分かったかっ？」

彼はステファンを「祖父さん」呼ばわりし、エディの頭を軽く叩いてスーツケースを部屋の中央に引っ張った。

「エドワード。君のハニーは本当に気が強いね」

「そこに惚れてんだ。絶対にちょっかい出すなよ？　ジジィ」

「ま、今日のところはね。君は君で、ギネヴィア・クリスをちゃんと説得しなさい」

ステファンはゆっくり立ち上がると、スーツケースを開けようとしていた明の顎を掴む。そして素早く、彼の頬にキスをした。

「何をするっ！」

明はステファンがエディの祖父だというのを忘れ、彼のボディーに思いきり拳を打ち込む。

「さ……さすがは……エドワードのハニー……」

「クソジジィ！　殺すっ！」

エディは両手の指をぼきぼきと鳴らしながら、世にも恐ろしい表情でステファンに向かった。

「同族殺しは御法度《ごはっと》……」

「孫のハニーに手を出すそっちが御法度だっ！」

「これはほんの挨拶代わりだよ」

ステファンはそう言うと、猛スピードで部屋から逃げていく。

「なんで俺が、お前の祖父さんにキスされなくちゃならないんだっ？」

明はキスされた場所を掌でごしごしと擦りながら、顔を真っ赤にして怒鳴った。

「悪かった。あのクソジジィは、あとで俺が日光に当てておくから機嫌を直せ」

「悪いと思ったら、まずスーツケースの中身をクローゼットに入れるのを手伝え！」

「その前に……」

エディは明を抱き締め、文句を言おうとした彼の唇をキスで塞ぐ。

優しく宥《なだ》めるようなキスで明の体がほどよく柔らかくなった頃、エディはそっと唇を離した。

「不意打ちだぞ、エディ」

「俺様は、怒ってるお前を見たくないの。初めて城を見たときみたいに、嬉しそうに笑っててほしいの」

エディは、明が愛しくてたまらないといった表情を浮かべる。

「俺もそうしたい。だがなエディ。そうそう嬉しそうな顔もしていられない。重要な問題がある」

「ん？」

「俺がどれだけエディが好きか、ちゃんと分かってもらいたい。そりゃ俺は人間の男で、孫の顔を見せることはできないが、それでも……」

「バーカ」

エディは猫のように目を細めて笑うと、明の額に自分の額を押しつけた。

「そんなこと、お前が心配すんな。面倒なことは全部俺様に任せておけ」

「それが心配だから、言ってるんじゃないか。アンガラドちゃんはお前にぞっこんだし」

「妬いてんの？　可愛い」

「あれだけの美少女に迫られたら、俺でなくとも心配する」

「確かにな。あれだけの美少女は、同族の中でもマレだ。成人したら、求婚者が後を絶たねぇと思う」

「ほら！」

「けど俺様には、東洋で見つけた素敵なハニーがいるから、よそ見なんてする暇ねぇし。むしろ俺様の方が心配。お前がクソジジィに誑《たぶら》かされねぇよーにとか、他の連中に押し倒されねーようにとか」

明はエディの頬を軽く叩くと、顔を赤くしたまま言い返す。

「確かにな、気を付けないと齧られそうだ。それに、俺をヤマトナデシコと言ってちやほやするのも、勘弁して欲しい。頭が痛くなる」

「綺麗なもんや可愛いもんを愛でるのは、貴族のたしなみの一つ」

「そういうもんか？」

「でなきゃ、クソジジィがお前にちょっかい出したりしねぇ」

「それは血筋だとばかり……」

明はエディから視線を逸らし、「あはは」と力無く笑った。

「失敬なことを言うな。……いや、それも一理あるか。クレイヴン家の吸血鬼は、他の吸血鬼よりも人間と恋に落ちる確率が高ぇ」

そう言えば、ギネヴィア・クリスもそんなことを言っていた。

明は彼女の言葉を思い出し、「どういうことだ？」と尋ねる。

「正しくは、クレイヴン家の男子だ。みーんな人間の女の子と恋仲になってる。成就した恋愛もあれば、悲恋で終わったものもある。人間と恋仲になる吸血鬼は珍しくもねぇが、クレイヴン家は始祖、曾祖父、ジジィ、俺と続いてる。親戚にも多い。同族と結婚したのは数えるくれぇだ。その中にお母様もいるけどな」

エディは名残惜しそうに明から離れると、クローゼットの扉を開けた。

聖涼と二人で昼食を済ませた後、明はデジタルカメラを持って城の外に出た。

数人の庭師が芝を刈ったり花の手入れをしている様子を、カメラに収める。

植物は種類別にきっちりと植えられていると思ったが、むしろ逆で、昔からそこに生えているような自然さがある。それが蜂蜜色の城とよく似合っていた。

「……というわけで、日本人と違い、イギリス人は種から草花を育てることは滅多にしません。苗を買ってきて植えるんですね」

明の耳に、日本語が聞こえてきた。振り返ってみると、十名ほどの日本人観光客がガイドのうんちくに耳を傾けている。

へえ、そうなんだ。今知った。

明は少し得した気分になりながら、もっと面白い話を聞くことができるかもと幕壁にもたれる。

「このシンクレア城は、別名『一角獣の城』と呼ばれています。十世紀ごろに建てられたときは、それは美しい純白の城だったことから、こう呼ばれるようになりました」

別名があるのか。なるほどな。

明は小さく頷きながら、ガイドの名調子に耳を傾けた。

「この城には美しくも悲しい伝説があります。この城は、当時ここいら一帯を収めていたイーハン卿が、自分の美しい娘・シンクレアを住まわせるためだけに作りました。イーハン卿は娘を愛するあまり、誰の目にも触れさせたくなかったんですね。城を守る兵士と数人の召使いに囲まれたシンクレアは、城に閉じこめられてしまった自分を、悲しみのあまり呪ったそうです。ですが、そんな彼女にもある月夜の晩、素晴らしい出来事が訪れました。世にも美しい一人の青年が、彼女の前に現れたのです。二人は瞬く間に恋に落ちました。いいですねぇ、私もそんな美青年と出会いたいです」

中年のガイドの冗談に、観光客から小さな笑いが起きる。

だが明は、真剣に聞いていた。

これって……もしかして、エディのご先祖の話か？　だよな？　兵士のいる城に、そう易々《やすやす》と入れるわけがない。そう、コウモリにでもならなければ！

ガイドの名調子はまだまだ続く。

「ほどなくして、青年とシンクレアは二人だけの結婚式を挙げ、結ばれました。青年は太陽が沈んでから現れ、朝日が昇る前に帰ってしまいましたが、シンクレアはそれはとても幸せだったそうです。ですが、そんな幸せも長くは続きません。彼女は身ごもり、それは召使いの知るところとなりました。大事な娘がどこの馬の骨ともしれない男の子を身ごもったと知ったイーハン卿は大層激怒しましたが、すぐにシンクレア城に駆けつけることはできませんでした。その頃彼は、領地拡大のために近隣の領主と戦争をしていたのです。イーハン卿がやっとのことで城を訪れたときには、彼女の腕には一人の赤ん坊が抱かれていました。激怒したイーハン卿は、呪いの言葉を叫びながら自分の娘を剣で刺し殺しました。けれど赤ん坊は、彼女が逃げる途中でどこかに隠されて命拾いをしました。そして、いつものように、日が暮れてから彼女の元を訪れた青年は、無惨な姿で晒されている妻の姿を見て嘆き悲しみます。彼は隠されていた我が子を抱き、イーハン卿に復讐を誓い、その夜のうちに成し遂げました。なぜすぐできたのかと言いますと、その青年は人間ではなかったのです」

観光客の中から「うそー!」「信じられない」「伝説だしね」と、声が挙がる。

いーや、俺は信じるぞ。吸血鬼なら、絶対にできる! ……というか、お前のご先祖は凄いご先祖だな、エディ。

明は手に汗を握り、「早く続きを聞かせろ!」と心の中でシャウトする。

「伝説というのは、美化されるものですからね。そして、イーハン一族を滅ぼした青年は、城に自分の一族を呼び、人間に化けてここで暮らしたそうです」

「だとするとー、今このお城に住んでいる人たちは、お姫様と魔物の子孫なんですか?」

一人の観光客が、好奇心いっぱいの質問をした。

「さあどうでしょうねえ。シンクレア城の現城主はエドワード・クレイヴン伯爵です。言い伝えによると、シンクレアと結ばれた青年もクレイヴンと言ったそうですよ。はい、ではこの城はこれ以上中には入れないので、ギネヴィア・クリスホテルに向かいます。あそこは、使用人たちが寝泊まりしている場所の一部を改装して……」

ガイドはきびすを返し、観光客たちを引き連れて城を後にする。

橋を渡った向こうの森まで探索しようと思っていたが、クレイヴン家の歴史が気になる。

いろいろエディに聞いてみよう。

明はそう思って、きびすを返した。

「あら！　まだここにいたの？　もうとうに帰ったのかと思ったわ！」

　細くて狭い廊下を自分の部屋に向かって急いでいた明の前に、アンガラドが現れて悪態をついた。

「日本語を喋ってくれるんだ」

「仕方なく合わせてあげているだけ。私は育ちがいいから寛大なのよ！」

　アンガラドはふわふわとプラチナブロンドを揺らして明を見上げると、すみれ色の瞳で彼を睨む。

「エドワードお兄様をお世話してくれたことには感謝してあげる。でももう、貴方の役目は終わったわ。お兄様はお城に戻ってきた。だから貴方は、日本に帰っていいの。もういらないわ」

　このクソガキ……っ！

と、怒鳴ることができたら、どんなにすっきりすることか。

　だが年端もいかない少女を相手に喧嘩をするなんて大人げない。明は怒りで頬を引きつらせながらも堪えた。

「どいてくれないか？　俺は部屋へ帰りたいんだ」

「図々しい人間ね！　お兄様に少し優しくしてもらったくらいで有頂天になってしまったの？」

「……あのな。なんで俺が君に指図されなくちゃならないんだ？」

「だって私、エドワードお兄様の妻になるんですもの！　お兄様からクレイヴン家の指輪を受け取って、左手の薬指にはめるの！」

「その指輪って、これのことか？」

　明は自分の左手薬指にはめられている指輪を、彼女の目の前に持ってくる。

「そう！　それよ！　……え？　なぜあなたがそれをはめているの！？　お兄様から盗んだのね！　これだから人間はっ！」

　アンガラドは自分の都合のいいように解釈すると、明の手から指輪を取り返そうと両手を伸ばした。

「これはエディが俺にはめてくれたものだ」

「お兄様、可哀相。……人間に騙《だま》されてしまうなんて。……でも、そんなお兄様も素敵」

「はいはい。とにかく、早くどいてくれ」

「指輪を返してくれたら通してあげる」

「これは俺の指輪だから、ダメ」

「そういうことを言うと、噛みつくわよ！」

　アンガラドはポンと白コウモリになると、明の周りをパタパタと飛ぶ。

「愛らしい姿で威嚇してもダメ」

コウモリを素手で掴むのはエディで慣れている。明はむんずと白コウモリを掴んだ。

「あれ？　明君。そこで何してるの？」

聖涼は向かいの角から顔を出し、首を傾げた。

「聖涼さんこそ。城の探索ですか？」

「図書室に行って、クレイヴン家の歴史を読んでたんだ。面白いね、ここの家系。他に何冊か本を借りてきた……って、君。何を掴んでいるの？」

「アンガラドちゃん。可愛くて小さい、白コウモリです」

聖涼は瞳を輝かせて、明の元にやってくる。

「うわ、可愛い。これ、一匹もらってもいいかな？　早紀子のペットにしてあげたい」

「失礼ね！　あなた、人間のくせにとっても失礼ね！　私は誰のペットにもならないわ！」

白コウモリはもぞもぞ動きながら大声を出した。

「この子がさっきからうるさくて。聖涼さん、話し相手になってください」

明は彼に白コウモリを押しつけると、自分の部屋に走った。


エディは、愛らしいコウモリ姿でベッドの上で気持ちよさそうに眠っていた。

「この時間帯は、吸血鬼の昼寝タイムなんだな」

彼らを出迎えた大勢の吸血鬼の姿も、ここに来る途中どこにも見あたらなかった。きっとみんな、エディのようにコウモリ姿で眠っているのだろう。

「うりゃ、黒マリモ」

明はベッドに腰かけると、腹を見せて眠っているコウモリをちょんと突く。

コウモリは口をむにゃむにゃと動かし、体を丸めて明の指を小さな両手で掴んだ。

うーっ！　可愛いっ！　吸血鬼ってのは、コウモリになるとみんなこんな風に可愛いのか？　愛らしいのか？

「俺も、吸血鬼になったら……こんな姿になれるんだろうか」

「一番愛らしくて一番可愛いコウモリになるー」

コウモリは大きなあくびをして、のろのろと目を覚ました。

「俺たちゃ、美コウモリなダーリン・ハニー」

寝ぼけ眼《まなこ》のコウモリに、明は「なんだよ、それ」と苦笑する。

「んー……俺様の愛らしい頭を撫でろ」

「はいはい」

ふわふわとした感触が掌に気持ちいい。

そうしているうちに、明も小さなあくびを零す。

クレイヴン家のこと、もっと聞きたかったんだけどな。あとでいいか。

明はコウモリの頭に顔を寄せ、そのまま目を閉じた。


その夜の晩餐会は、吸血鬼だけのものだった。

人間である明と聖涼は、ダイニングルームで使用人の給仕で夕食を取った。

吸血鬼たちはエディを議長に、なにやらいろいろと話し合った様子。

エディが部屋に戻ってきたのは、時計の針が午前二時を回った頃だった。

ベッドの中では、夢見が悪いのか、明が眉間に皺を寄せて眠っている。

「取り敢えず、問題の一つは解決したぞ。お前は俺様の大事なハニーだと、同族はみんな認めた。書類にサインもさせた。お前を嚙ろうとするヤツはいねぇから、安心しろ」

エディはベッドの端に腰を下ろし、明の頭を優しく撫でた。


『それはそうとエドワード。彼はいつまで人間のままでいるのかね？』

『人間の男性をハニーにするというのは……まあ……百歩譲って認めるにしても、人間を仲間には加えられない』

『放っておけば、百年もしないうちに死んでしまう種族よ？　しかも老いる。仲間に加えるなら、今が一番いいと思うけれど？　それはどうなっているの？』

吸血鬼たちは本音を隠し、明に対してスマートに接していたが、同族会議の前では率直な意見を発した。

仲間たちの言葉が脳裏に蘇る。

「俺様が一番頭を痛めてることを、ズケズケと言ってくれるぜ」

エディは窓の外に浮かぶ月を眺めて呟いた。

「そう言いなさんな。みなはお前を心配しているのだよ？　エドワード」

するりと壁を通り抜け、ステファンが現れる。

「クソジジィ……」

「でも君たちの気持ちも分かる。吸血鬼になるか否かを選ぶのは、人間にとってかなりの覚悟がいることだからね」

「こいつ、覚悟ができなくてごめんって、泣きそうな顔で俺に謝んの。そんな顔なんてさせたくねぇのに。

俺はいつまでだって待ってやるっていうのに」

「明君は、本当にエドワードが好きなんだね」

「そうでなきゃ、吸血鬼のハニーになんてなんねぇだろ」

「エドワード」

「なんだよ」

「君は大事な孫だ。私と同じような目に遭ってほしくないな」

エディは瞳を大きく見開き、ステファンを見つめた。

「人間に恋するクレイヴン家の血筋は、どうしようもないがね」

ステファンはエディの頭をぐりぐりと力強く撫で、再び壁の中に消える。

「俺たちは俺たちだ。俺様は明を絶対になくしたりしねぇ」

エディは小さく掠れた声で、頼りなげに呟いた。


「まだいたの？　ああもう！　本当に図々しい人間ね！」

城の中庭を探索していた明と聖涼の背中に、アンガラドが辛辣な声をかける。

今日は朝から曇っているので、いつもなら日の当たる中庭を歩いても大丈夫なのだろう。

「そう言わずに、私と一緒に見張り塔へ遊びに行こう、お嬢様」

聖涼はアンガラドに手を差し出すと、にっこり微笑む。

「…………また面白いお話をしてくれる？」

「いくらでも」

「そう。だったら、一緒にいてあげてもいいわ！　聖涼は人間にしては礼儀正しいから好きよ」

アンガラドは女王よろしく、聖涼の手に自分の手を優雅に載せた。

明は、彼女の自分に対する態度と全く違うことに驚きつつも、助け船を出してくれた聖涼に感謝する。

彼はアンガラドをエスコートする聖涼の後ろ姿に軽く頭を下げた後、中庭に植えられている花々に視線を移した。

「これ……バラか？　桜荘に似合いそうだな。しかし、苗を日本に持って帰れるんだろうか？　こういうのも輸入になっちゃうのかな……？」

うす紅色の小さな花弁を前にして、明は真剣に悩む。

その彼に、城に宿泊している吸血鬼が声をかけた。昨日のような正装ではなく、今どきの服装だ。

「明君、明君」

「……え？　あ、はい。なんですか？」

明は数歩後ろに下がり、強ばった笑みを浮かべた。

「君を餌扱いしないから、そんなに下がらないで」

「それに私たち、元は人間だったのよ」

彼らはニコニコと微笑む。

「元人間？　ということは……」

「私の夫が吸血鬼なの」

「僕は妻が吸血鬼なんだ」

そして彼らは、吸血鬼になればどんなに素晴らしい生活が待っているかを、明に延々と語り始めた。

空を飛びまくれるとか、どんな壁でも自由に通り抜けられるとか、動物を操れるようになるとか。

殆どは明も知っていたが、彼らの熱意に負けて話につき合った。

一時間ほど語られただろうか。

だんだんと、たちの悪いキャッチセールスに掴まってしまったような心境になっていた明の元に、エディが慌ててやってくる。

「このバカ！　一人でうろうろすんじゃねぇ！　この城には、昔ながらの罠が至る所にあるんだぞ？　お前は変なところが抜けてっから、『あれ？　これなんだ？』って罠にはまる可能性が大！」

ずびし。

明はエディの頭に手刀をお見舞いして怒鳴った。

「俺はそんなにバカじゃないっ！」

「けど、ずっと俺と一緒にいるって言った」

「気持ちよさそうに寝てたから、起こしたら悪いと思ったんだ！　バカ！」

「あーもー、可愛い口で俺様をバカと言うなー」

エディの呆れ声に、明に語っていた元人間たちが笑い出す。

「では私たちはこれで失礼します。あなたが私たちの仲間になるのを楽しみにしてるわ」

「そうなると、東洋人初の吸血鬼の誕生だ」

彼らはエディに軽く会釈をして、その場を後にした。

「あいつらと何を話してたんだ？」

「いや別に。世間話だ」

「なーんか隠してんな？」

「隠してない！　ほら！　メシ食え！」

明がエディの口に自分の左手人差し指を突っ込むと、彼は反射的に囓る。

口の中にとろりと広がる「極上のゴハン」を、エディはうっとりと目を閉じて味わった。

吸血鬼になることを延々と勧められてたなんて、お前に言えないだろ？　お前は、俺が自分の意志で決めるまで待っててくれるって言ったのにさ。だからエディ。これは内緒だ。

だが明はこの日から、ことあるごとに元人間の吸血鬼から、「私たちはこうして吸血鬼になりました」語りを聞く羽目になった。


シンクレア城に着いて一週間ほどが過ぎた。

明と聖涼は城内での暮らしをほぼ満喫していた。

ほぼと言うのは、彼らが城内を探索するたび、城に泊まっている元人間の吸血鬼や現吸血鬼が、いかに吸血鬼は素晴らしいかを語ってうるさいからだ。

いつでもどこでも明にへばりついているエディは、「気にすんな」と言うが、「吸血鬼になるか否か」という重要な問題を抱えている明にはそれができない。

彼らはそれだけでない。よほどスキンシップが好きなのが、ベタベタと明に触れてくる。これにはエディが目を三角にして怒鳴るが、彼らは「美味しい匂いをさせているから、欲情してしまうんだ」と言って、やめようとしない。

明は別の意味で、吸血鬼たちに大層気に入られてしまったのだ。

おまけにアンガラドは、明の顔を見るたびにイヤミを言う。

「……そして今日はこれかよ。ったく、あのお子様は！」

朝食を終えた彼は、親切を通り越してお節介な吸血鬼たちから逃れて部屋へ戻ろうとしたが、頭上から突如大量の水が振ってきて驚いた。

急いで上を見上げると、階段の上にアンガラドの笑顔。彼女の手には大きなバケツ。

「こら！　吸血鬼は水が苦手じゃなかったのか！」

「苦手よ！　でも、あなたをここから追い出すためなら我慢するの！　さっさと日本へ帰りなさい！　あ、でも聖涼は残して！　あの人は私の遊び相手だもの！」

アンガラドは天使のような微笑みを浮かべると、今度は明に向かってバケツを落とした。

間一髪で避けた明は、顔いっぱいに怒りマークをつけ、階段を駆け上がる。

「もう許さないぞっ！　掴まえてマリーローズさんに突き出してやる！」

「あなたが指輪をエドワードお兄様に返して、この城を出ればいいのよ！　そうしたら、私もこんな意地悪をしなくて済むわ！」

聖涼が図書室に行かずにここにいたら、丸く収めてくれただろうが、今はそうも行かない。明はぐっしょり濡れた前髪を掻き上げ、猛然とアンガラドに立ち向

かった。

「掴まえたっ！」

　彼は走って逃げようとするアンガラドの腕を、力任せに掴んで引き寄せる。

「子供だから、何をしても許されると思ってるのか？　ちゃんと叱ってもらわないとな！」

「子供じゃないわ！　レディよ！」

「レディがこんな悪さをするか！　ほら来い！　マリーローズさんの部屋へ連れて行く！」

「何よっ！　本当にエドワードお兄様を好きじゃないくせに！」

「なんだと……？」

　明の体がぴくりと強ばり、唇が僅かに震える。

「みんなが噂をしているわ！　いつになったらあなたは吸血鬼になるんだろうって。人間は仲間にできないって！　みんな、エドワードお兄様のいる前じゃ何も言えないけれど、噂してるわ！」

　アンガラドは明に腕を引っ張られながら大声を出した。

　その声につられて、のんびりした朝を過ごしていた吸血鬼たちが、階段に集まってくる。

「エドワードお兄様が好きなら、吸血鬼になるはずよ！　吸血鬼になった人間はみんなそうよ！　愛する人とずっと一緒にいるために、吸血鬼を選んだ！　エドワードお兄様は人間になれないのよ？　知ってるでしょ！　あなたが人間のままでいるなら、私にお兄様をちょうだい！　お兄様を独占しないで！」

「アンガラド！」

　血相を変えたマリーローズが、階段を駆け上がってくる。

「この子は何を言ってるの！　ああ、ごめんなさいね、比之坂明。いつもはこんなことを言うような子ではないのよ」

　明は何も言わず、強ばった表情でマリーローズにアンガラドを渡した。

「本当にごめんなさい。私たちはちゃんと分かっているわ。人間が吸血鬼になるのを選ぶまで、どれだけの覚悟がいるか。私の夫がそうだったもの……っ！」

「はい。分かってます。俺は……分かって……」

　君は本当にエディを愛しているのか？　だったらなぜ吸血鬼になることを選ばない？

　初めて言われた言葉じゃない。

　それに明は、自分なりにいろいろと考えているつもりだった。

　けれどエディの故郷に来て、彼の居城で言われると、なぜこんなに胸に深く突き刺さるんだろう。

「大丈夫です、マリーローズさん。俺……大丈夫……」

声が震える。みんなが心配そうな表情で自分を見ているのが分かる。涙で目が霞む。

だから彼は、部屋の扉をするりと通り抜けて背後に現れたエディに気がつかない。

「バカ。泣くな」

明の目が、優しい大きな手で塞がれた。

エディの手だ。そう思った瞬間、明の瞳から涙が溢れる。

「こらアンガラド。俺様の大事なハニーを泣かすな」

「だってエドワードお兄様。私……」

「だってじゃない。これ以上騒ぎを起こしたら、お前はこの城の出入り禁止」

冷ややかな声で言われてショックを受けたアンガラドは、大きなすみれ色の瞳からぼろぼろと涙を零した。

「わ……私……っ、こんなにお兄様が好きなのに……っ、こんなことなら、お母様やギネヴィア・クリスのおばさまに、エドワードお兄様のことを聞かなければよかったっ！」

アンガラドはマリーローズの腕を振り解き、泣きながら走り去る。

「親の躾が悪いと言われても仕方がないわ、エドワード」

マリーローズは心底困惑した表情を見せると、ため息をついて娘の後を追った。

「みなさん。エドワードのゲストは見せ物ではなくてよ？」

明が心配で去るに去れない吸血鬼たちの後ろから、凛とした声が響く。

ギネヴィア・クリスがステファンと共に現れ、僅かに眉を顰めて吸血鬼たちを見つめた。

「わたくしならば、騒ぎが済んだら部屋へ戻ると思いますけど？」

吸血鬼たちは、後ろ髪を引かれる思いでその場から離れた。

「エドワード。彼が落ち着いたら、彼ともう一人のゲストと一緒にわたくしの部屋へいらっしゃい。話があります」

エディは彼女の言葉に小さく頷くと、明の体を支えて自分の部屋に戻った。


「泣ーくーなー」

「ご……ごめ……んっ」

「ガキの言うことをいちいち気にしてたら、仕方ねぇだろ？」

エディは明を部屋に引っ張りこみ、ソファに座らせると、自分はその前に跪《ひざまず》く。

「分かってる……っ……でも俺は……」

「吸血鬼になるならないって話は、何度もしたろ？　俺はいつまでも待てるって言った。お前がどんな答えを出してもいいって言ったじゃねぇか」

明は頷きながら、子供のように涙を零した。

「俺様が一番嫌なのは、お前の泣き顔を見ることだっての！」

エディは明の頬を両手で包み、途方に暮れた顔をする。

「こんなにお前を泣かすんだったら、イギリスに来るんじゃなかった」

明は盛大に鼻をすすると、「バカ」と掠れた声を出した。

「誰に何を言われても平然としてろ。お前は俺様の、たった一人の大事なハニーなんだから。お前の代わりなんてこの世に存在しねぇ。俺はお前以外の誰も欲しくねぇ」

「エディ……」

「愛してる。だから、頼むから泣くな」

「ん……」

明は小さく頷いて、エディの手に自分の手をそっと重ねる。

エディは明の顔をそっと引き寄せると、彼の涙を自分の唇でぬぐった。


テーブルの上には、キュウリとハムのサンドイッチが綺麗に並べられ、別の皿には光の加減で黒く見える小さなベリーが山と盛られている。

一口で二つも三つも食べられそうな、可愛らしいプチケーキが紅茶と共に運ばれてきたとき、ギネヴィア・クリスはやっと口を開いた。

「ホント、今までつんけんしていてごめんなさいね。最初にああいう態度を取っておかないと、他の吸血鬼の手前、示しがつかなかったのよ～」

彼女は「いやー、堅苦しかったわー」と、口を大きく開けて笑う。

何を言われてもいいようにと気合いを入れてきた明と聖涼は、ギネヴィア・クリスの豹変に開いた口が塞がらない。

「むしろ私は、あなたたちの仲に大賛成。この子が死ななければ、クレイヴン家の血筋は絶えることはないし、この年で孫っていうのもねぇ。今更『お祖母様《ばあさま》』

なんて呼ばれたくないし！　それだったら、誰かと大恋愛して子供をもう一人産む方が素敵じゃない？」

　彼女は「やっぱりロマンスは大事よね！」と大声を出す。

「ギネヴィア・クリス。二人とも驚きのあまり、声も出せずにいるよ？」

「いいじゃないお父様。二人とも期待通りの反応、ありがとう。とにかくね、明ちゃん。安心しなさい。あなたたちは好き勝手やっていいんだから」

　エディによく似た顔で安心させるように微笑まれた明は、少しだけ心が軽くなった。

「すいません。人生の裏街道まっしぐらで……」

「気にしない、気にしない！　吸血鬼ってだけで、既に世界の裏街道！」

　彼女の言葉に、聖涼が「もっともだ」と笑う。

「しかし、アンガラドには困ったね。君がエドワードを白馬の王子みたいに言うから、あの子は本気にしたんだと思うよ？」

　ステファンは紅茶を一口飲んで、呆れ顔を見せた。

「幼い頃は、誰でもそういう夢を見るでしょう？　そのうち、嫌でも現実を見なきゃならないんだからいいじゃない」

「あのな、お母様……」


　おかげさまでこっちは、大変だったんですけどっ！

　エディはティーカップを持つ手を怒りで小刻みに震わせ、掠れた声を出す。

「でも真面目な話、この先どうするの？　仲間たちは『可愛い東洋の男の子が同族～』ってはしゃいでるんだけど。聖涼は明ちゃんの付き添いとして、どう思ってる？」

「え？　私ですか？」

　サンドイッチを囓ろうとしていた聖涼は、話を振られて口を閉じた。

「うーん。私が口出しすることじゃありませんから、ノーコメント。でも、彼がどっちを選ぼうと接する態度は変わりません」

「さすがはソウリョ。腹が据わってるわ」

「私は狐の妖怪を妻に迎えるにあたり、いろいろありましたから」

　これには、ギネヴィア・クリスとステファンも驚いた。

「それは素晴らしい！　狐の妖精を妻にするとは！　東洋の神秘！」

　妖精じゃなくて妖怪なんです。

　聖涼は訂正しようとしたが、二人がキャーキャーと喜んでいるので苦笑するにとどめる。

「あの俺は……吸血鬼になると決めたわけでなく。かと言って、ずっと人間でいると決めたわけでもなくて……」

明の呟きにステファンが口を開いて何かを言おうとしたが、ギネヴィア・クリスに止められた。

「それは当然よ。全く悩まなかった元人間の吸血鬼なんて、存在しない。シンクレアの場合は少し違っていたけれど。シンクレアって知ってる？」

聖涼は図書室で知り、明はガイドの説明で知っていたので、揃って頷く。

「彼女はお父様、つまりステファン・クレイヴンを生んでから、吸血鬼になることを誓ったの。けれど彼女は、吸血鬼になる前に死んでしまった」

「なるほど。だからクレイヴン家年代記のシンクレアの章には、最後にあんな悲しい詩が書かれていたんだ。書いたのはジョージ・クレイヴンでしたね。でもさっきから部屋の中をウロウロしているのは女性だな。ジョージさんなら、いてもおかしくないんだけど」

微笑みながら呟く聖涼に、明はびくんと体を震わせた。

「俺は化け物にはそこそこ慣れてきましたけど、見えないものは嫌いです。慣れません」

「ごめんね、明君。で、彼女はシンクレアさんですか？　パーティーホールに飾ってあった肖像画とよく似てる」

「凄いわ聖涼。そう、彼女よ。ジョージお祖父様亡き後もこの城を愛して守っているの。ロマンね！」

うっとりと言いながら小さなベリーを優雅に口に入れる彼女に、明が尋ねる。

「ジョージさんの幽霊は一緒にいないんですか？　いくら幽霊でも、一人じゃ可哀相だな」

「吸血鬼はね、明君。灰になったらそれでおしまいだ。思いをとどめておくことはできない。霊魂は存在しない。風に吹かれて散らばって、それで終わり」

ステファンの答えを聞いた明は、持っていたティーカップを床に落とした。

「そんな……」

「そういう生き物なのだよ、私たち吸血鬼は」

明は納得できない風に首を左右に振る。

使用人が、落としたカップを拾って手際よく後始末を済ませると、代わりのカップを置き、そこに温かい紅茶を注いだ。

「死んだ後のことまで気にする必要はないから楽でい い。人間は、自分が天国と地獄のどちらに行んだろうと悩むらしいがね」

ステファンは聖涼に笑いかける。聖涼は肩を竦めて苦笑した。

なんとも複雑な感情を抱えてギネヴィア・クリスの部屋を出た明たちは、部屋には戻らずそのまま中庭に向かった。

「灰になって終わりということは、輪廻転生《りんねてんしょう》もないんだろうな。いや、これは宗教で考えてもしかたないか」

聖涼は石造りのベンチに腰を下ろして呟く。

「寂しいですよね。どれだけ長い間一人で城の中を彷徨《さまよ》っているんだろう。自分の好きな人はもうこの世はいないのに。ずっと一人なんですよ？」

「寂しいとか悲しいとかいう思いは伝わってこなかった。彼女は、夫と愛を育んだこの城を愛してるんだよ。ギネヴィア・クリスさんの言うとおり」

「俺もそう思う！」

エディはぽんとコウモリに変身すると、明が手にしている皿の山盛りベリーにダイブした。

それはギネヴィア・クリスが帰りがけに明に渡したものだ。

「それ……美味しいのかい？　エディ君。凄い色だから食べずにいたんだけど。桑の実に似た形だね」

コウモリは口の周りを赤黒いベリーの汁で汚し、首がもげるほど上下に振る。

「そこの茂みにも同じものが生えてるよな、エディ」

明は神妙な顔で、ベリーがたわわに実っている茂みを指さした。

「おう！　あれがブラッドベリー。俺たちの、本物ゴハン！　汁気たっぷり味覚は血〜！」

そんなに旨いならと口に入れようとしていた明は、エディの言葉にもの凄い勢いでブラッドベリーを投げ捨てる。

「ああ、勿体ねぇ」

「勿体なくないっ！　あーびっくりした！」

「これのお陰で、俺たちは人間をむやみやたらと襲わねぇんだぞっ！　ありがたがれ！」

コウモリは両手でブラッドベリーを掴むと、明に向かって「拝め！」と怒鳴った。

「後でな、後で」

「だったら城の探検をすっか？　拷問室とか牢獄とか、面白ぇ部屋を案内してやる」

やっぱり城だけに、そういうものもあるのかっ！

明は渋い表情を浮かべてため息をつく。

「それよりも俺は、クレイヴン家の歴史を知りたい。随分人間と関わりが深いじゃないか。お前、シンクレアさんの血が入ってるなら完璧な吸血鬼ってわけじゃないんだろ？」

「俺様は完璧な吸血鬼だー。吸血鬼の精子や卵子は、人間との間に子供を作るときすっげー働きをする！」

「愛らしい姿で、精子と卵子を語るな！」

ああ、聞かなきゃよかった吸血鬼の神秘。

明は、苦笑する聖涼をその場に残し、コウモリを皿に載せたまま部屋に帰った。


「ほら、腹毛まで濡らして食べるな」

明はテーブルの上に皿ごとコウモリを置くと、テーブルナプキンでコウモリの腹毛を拭いてやる。

「拷問室、見に行くか？」

「行かなくていい！　というか、吸血鬼は人間を拷問して血を搾り取ってたのか？」

「この城、人間が住んでたときがあるんだ。それはそんときの名残。吸血鬼が血を吸うのは、エッチのときだけ。それ以外はブラッドベリーで充分足りんの。あ、俺様はグレープフルーツやいちごも好きだ」

明はソファに腰を下ろすと、ブラッドベリーの山に鎮座しているコウモリを見つめた。

「ブラッドベリーってのはな、遙か昔、俺のご先祖様が初めて優しくしてもらった人間の墓から生えたそうだ。年より連中は『高貴なるヘレナ』って呼んでる。そのヘレナからクレイヴンの名をもらって、人間の言葉も教えてもらったそうだ」

「つまり……」

明はそこで、人間を養分にした木を想像してしまい口を閉ざす。

「変なこと想像してんだろ？　お前は。ブラッドベリーは、ヘレナからは生えてねぇぞ」

「そ、そうですか……」

「けどな。こりゃ日本にゃねぇから、ここで食いだめしとかねぇとな」

「種をもらえれば、俺が桜荘の庭で育ててやるぞ？」

「だーめ。ブラッドベリーはクレイヴン家の領地でなけりゃ育たねぇ」

コウモリはブラッドベリーに頬ずりし、心なしか自慢げに言った。

「それだと、みんなここの領地からブラッドベリーをもらってるのか？」

「おう」

「なるほど。だからクレイヴン家の発言力は強いのか……」

「それだけじゃねぇ、俺様の家系は、ヘレナの頃から吸血鬼を統率してる」

目の前の愛らしい生き物が、今現在、吸血鬼のリーダーなのか。不思議な世の中だ。

明は、その「不思議ちゃん」のハニーであることも忘れて感心する。

「説明なら、後で聖涼から聞け。俺たちはこれから、拷問室でデート」

「なんでそう、拷問室に拘《こだわ》る」

「あそこには素敵な……」

「お前は、大事なハニーを素敵な拷問にかける気かっ？」

明は立ち上がって怒鳴ると、ブラッドベリーを掴んでいたコウモリの首根っこを摘んで持ち上げた。

「違う違う。俺様はセックスにバリエーションをつけようとだな……じゃねぇ、拷問室には今はすっげー綺麗な……」

「バリエーションなら、充分ついてるだろがっ！」

「なんつーか、もっとこう……禁断な感じで」

「人間と吸血鬼の組み合わせ以上の禁断が、この世界のどこにある！」

明は真っ赤な顔で、コウモリをベッドの上に投げつける。

「この鬼嫁！　俺様は、ここに来て気苦労の多いお前に少しでも楽しんでもらおうと思ってんだぞっ！　ダーリンの優しい心遣いが分かんねぇのかよ！」

コウモリはブラッドベリーを両手に掴んだまま、小さな足をジタバタと動かした。

「俺はそんなことをしてもらわなくても、お前の心遣いは充分分かってるつもりだぞ！」

明はコウモリの片足を摘んで引っ張る。

ああ可愛い。小さくても、ちゃんと指がついてる。

携帯ストラップのアクセサリーにしたいほど愛らしい。

だがそれを実行したら、聖涼と同じになってしまう。

明は「コウモリの足アクセサリー」を心の中で想像するだけにとどめ、コウモリの頭にそっと頬を擦り寄せた。

「いちごチューがしてぇ。いちごチュー」

「ここにいちごはないだろが」

「んじゃ、ベリーチューを試す」

コウモリはつぶらな瞳で明を見上げ、「はい」と両手でブラッドベリーを差し出した。

か、可愛いしぐさで出されてもだめっ！　血の味のする果物なんて、果物なんて……！

「チュウ」

コウモリが小首を傾げる。

がーっ！　可愛い過ぎるっ！

「い、一度……だけだぞ……？」

明は爆発的な愛らしさに完敗し、コウモリの小さな手を噛らないよう、差し出されたベリーを口に含んだ。

そっと噛ると、口の中いっぱいに鉄臭い香りが広がる。だがそれだけでなく、ほのかな甘さもあった。

コウモリはポンと人型に変わると、しかめっ面でブラッドベリーを噛っている明にキスをする。

「ちょ……ちょっと……待て……っ！」

血なまぐさいのに、甘くて瑞々《みずみず》しく、まずいのか旨いのかが分からない明は、唇から果汁をしたたらせてエディから離れた。

「どうだ？　やっぱ……人間の口には合わねぇ？」

「いや……なんというか……これは……」

無理矢理嚥下《えんげ》すると、体の中が熱した鉄の塊のように熱くなる。

お世辞にも旨いと言えず、熱くてたまらないのに、明はもっと欲しがっている自分に驚いた。

「一つじゃ味が分かんねぇだろ？　もっと食ってみ？」

エディは立ち上がると、テーブルからベッドの上へブラッドベリーを皿ごと移動させた。

そして自分の口に含んで、再び明にキスをする。

明は貪欲にそれを受け取り、独り占めして咀嚼《そしゃく》した。

「ん……っ……は……」

口の中で潰すと、とろとろと明の喉の奥へ果汁が流れ込む。

二粒食べても足りない。もっと欲しい。

両手いっぱいのブラッドベリーに顔を埋めて噛み潰したい。飲み込みたい。

体の内側で発した熱は、今は明の皮膚までも熱くする。

「旨い？」

「ダメだ……エディ……俺……吸血鬼じゃない」

「知ってる。けど、お前の体は欲しがってる」

エディは深紅の瞳で優しく微笑むと、明の体をベッドに押し倒して服を脱がした。

「ダメだって……このままやったら……」

トリップできる薬を飲んでセックスをしたらこんな感覚に陥るのだろうか。明はいつもより一層敏感になり、早くも先走りを溢れさせている雄を、エディの下肢にぐいぐいと押しつけた。

「こんなの……ダメだ……こんな……っ……感じちゃ……」

このままだと、俺は自分の意志に関係なく、お前に首筋を噛んでくれと言ってしまう。エディと同じ吸血鬼になると言ってしまう。気持ちよくなりたいから噛んでくれなんて、言いたくないっ！

体中が性器の塊になってしまったような快感の中、明は闇雲に首を左右に振った。

「結婚式の代わりになんねぇ？　俺の城で、俺の部屋で、お前は俺に抱かれんだ」

エディはそう呟きながら、片手でブラッドベリーを掴めるだけ掴むと、明の体の上でそっと押し潰す。

甘く濃厚な香りの果汁は明の体をいやらしく汚し、とろとろと流れ落ちた。

「エディ、やめて……くれ……っ……も、だめっ」

明は、エディの指先がほんの少し雄の先端に触れただけで射精してしまう。

「淫乱ちゃんがブラッドベリーを食うと、こんな風になっちまうのか……」

エディは明の口に果実を押し込んだ指を、そろりと後孔にあてがった。

そこは既に柔らかくなっている。

熱くなった肉壁はエディの指を難なく飲み込んだ。

「も、抑えられない……エディ……ここに……早くちょうだい、エディの早くっ」

「すっかりおねだり上手だな」

エディは明の足をひょいとすくい上げ、恥ずかしい場所が全て晒される格好にすると、スラックスの中で猛っていた己を出し、勢いよく貫いた。

明は大きな声を上げてエディにしがみつく。

まだ昼間だとか、きっと誰かに聞かれてしまうだとか、そんなことは頭の中にこれっぽっちもない。

エディに貫かれ、激しく突き上げられることだけを望む。

「すげ……っ……締め付け……」

「た……足りないっ、エディもっと、奥まで、奥まで寄越せよぉっ！」

明は片手を下肢に伸ばして自分で雄を扱きながらエディのシャツを左右に開くと、首筋に噛みついた。

その鋭い痛みに、エディの体が一瞬強ばる。

「お前……」

「だめ、だめ足りないっ、もっとぐちゃぐちゃにしてくれよっ」

明は快感に染まった声で囁くと、エディの首筋から滲み出た血液を舌で嘗め取った。

「おい、明……っ！」

「俺のこと噛んでいいからっ！　好きなだけ噛んで、嘗めてっ」

明はエディの首筋にむしゃぶりつきながら、再び精を放つ。

「エディ……俺の首筋……噛んでくれ……っ」

「この淫乱ちゃんが……っ！　気持ちよすぎて、わけが分からなく……って、いてぇっ！」

思いきり首筋を噛みつかれたエディは、眉間に皺を寄せて怒りを露わにすると、乱暴に明をベッドに押さえつけて力任せに突き上げた。

「牙がねぇくせに、噛みつくな！」

「あ、あ、あ……っ！」

エディが動くたび、首筋から血がしたたる。

明は片手でそれを受け取り、口に含んだ。

「エディ……俺……変だ……っ」

「分かってる」

ブラッドベリーは、ある意味人間にゃ毒なんだな。お前が吸血鬼になるまでは、無理矢理食わせたりしねぇ。

「……って、何思ってんだよ、俺は！　明は吸血鬼にならねぇかもしれねえんだぞっ！」

激しい快感に悲鳴のような声を上げる明を突き上げながら、エディは自嘲気味に微笑む。

ブラッドベリーと精液に汚れた明の体をきつく抱き締め、彼は低い声を上げて果てた。

だがこれで終わりにはならない。

明の雄は、二度も達したにも拘わらず硬く勃起している。

エディは一旦明の体から己を引き抜くと、ブラッドベリーを口に含んで噛み潰し、今度は彼の雄を口に含んだ。

「それだめっ、だめっ、気持ちよくて死ぬっ」

なま温い果汁が、エディの舌で明の一番敏感な部分にまんべんなく塗られる。

「あ、あっ……ああ――――――っ！」

唾液の混じった果汁は、明の雄から内部に浸透し、その内側からうねるような快感の波を作り上げた。

達するに充分な快感のはずなのに、明の雄はたらたらと先走りを溢れさせるだけで、放出しない。

「なんで……っ……なんでだ……よ……っ」

射精をしていないのに、延々と射精しているような絶頂が続く。

明は悲鳴とも咆吼《ほうこう》とも言える声を上げ、エディの前で闇雲に腰を振った。

エディは明の雄から口を離し、果汁に濡れた唇を手の甲で乱暴にぬぐうと、シーツを掴んで快感に耐えている明の左手を掴み、その人差し指を嚙る。

滲み出た血液を丁寧に嘗め取りながら、彼は明の雄に指を絡めた。

終わらない絶頂に脈打ち続ける彼の雄は、エディの指で扱かれても先走りしか溢れさせない。

電流を流されたような苦痛と、内股が引きつるよう

な快感に犯され、明は泣きわめきながら激しく腰を振った。

「エディっ……出したいっ！　エディ……っ！」

拷問のような愛撫を続けながら、エディは明の指先から血液を搾り取る。

「ずっとそのまま感じてろ」

彼はうっとりと微笑み、明の片足を自分の肩に引っかけると、再び猛った雄で乱暴に繋がった。

泣くほど辛いはずなのに、明はエディに合わせて動き始める。そして、自分がつけた首筋の傷に、むしゃぶりついた。

血にまみれた唇で何度もキスを交わし、舌を絡めながら激しく突き上げる。

明の体の中が白濁とした体液でいっぱいになるほど何度も射精した後、エディは明の中から自分の雄を引き抜いた。

腕の中の明は気を失っていたが、果汁にまみれた雄はとろとろと精を吐き出している。

エディは明の雄から溢れ続ける精液を、そっと掌で受け止めた。

「これで、まだ足りねぇなんて言ったら、お前、ぶっ壊れちまうな」

彼は残滓を絞り出すように、明の雄を優しく扱く。

だがそれをするだけでは足りなくなって、明の足の付け根や袋を指先でくすぐるように愛撫した。

「ん……っ」

明の体がぴくんと反応し、柔らかかった雄が徐々に硬さを増していく。

「風呂、行く？」

エディは明の耳元で囁いた。


「人間にそれを食べさせたのかい？　大変なことになると思うんだが」

ステファンは壁からするりと姿を現し、明の添い寝をしているエディに眉を顰めながら、ベッドの反対側に腰を下ろす。

ベッドは使用人に整えさせ、明は風呂に入れて綺麗にした。だがブラッドベリーの甘い匂いを部屋の中から消し去ることはできない。

「大変なことになった。……っつーか、やっと眠ったところなんだから静かにしろ」

「ほんと、可愛い寝顔だね。キスしてもいいかな？」

「殺すぞ、クソジジィ」

エディがそう呟いたにも拘わらず、ステファンは立ち上がって明の目尻にキスをした。

大声を出して明を起こしたくないエディは、目を三角にして彼を殴ろうとしたが、すんでのところで避けられる。

「君がぐずぐずしていると、他の誰かが明君を同族にしてしまうよ。彼は極上の血を持ってる。君にだって、みんなが我慢しているのが分かっているはずだ。自分のものだという印をさっさとつけなさい」

「みんな書類にサインしたから、明を勝手に食うヤツはいねぇ。それにこれは俺と明の問題だ。ジジィはとやかく言うな」

「とやかく言いたくもなるさ」

ステファンは壁に寄りかかると、冷ややかに微笑んだ。

「君は私の可愛い孫だ。孫が悲しむところは見たくない」

「……真面目な面で言うな。調子が狂う」

ステファンは肩を竦めて「アリアスの話を知っているだろう？」と尋ねる。

エディは口を開こうとして途中でやめた。

「気を遣わなくていい。可哀相なアリアスの話はみんなが知っている。その件で、私は妻のジョーンにもたくさんの迷惑をかけた」

「あのな、ジジィ……」

「クレイヴン家の吸血鬼は、生涯にただ一人しか愛さないんだよ。吸血鬼は情が深いが、その中でもうちは最も特殊だ」

ぼそぼそとした話し声に、明は目を覚ます。だが起きあがらずに、そのまま耳をそばだてた。

「私は、アリアスが吸血鬼であろうとなかろうと、構わなかった。ただ彼女を愛した。彼女は、私のために吸血鬼として生きることを選んだ。なのに私は、彼女の首筋に牙を立てられなかった」

「え……？　それは初めて聞いた。城に攫《さら》われたアリアスは、家族と二度と会えないと悲観して大濠に身投げしたんじゃねえの？」

「酷いな。誰から聞いたんだい？　合っているのは身投げだけ。仲間にしてもらえないんだと思い違いした彼女は、私を罵りながら……今は聖涼が使っている部屋の窓から飛び降りたんだ。ここから大濠に落ちたら死ぬしかない。あんなに愛し合っていたのに、私の気持ちは彼女に通じなかった。彼女の覚悟もまた、私には届かなかった。そして我が妻ジョーンも不幸な最後を遂げた。何百年も経った今でも、すべてに後悔が残る」

ステファンがそこまで言ったとき、鼻をすり上げる盛大な音が部屋に響いた。

「タヌキ寝入りなら、もっと上手くやれっての」

エディは明の頭を優しく撫でて苦笑する。

「いや……その……深刻な話だったから、俺が起きていちゃまずいかなと……」

明はもぞもぞと位置を変え、ベッドの上で正座した。

「綺麗な顔をしているのに、フラフラと好き勝手をしていて、こいつはエディに輪をかけたバカなんじゃないかと思っていたけど、辛い過去があったんですね。お祖父さん」

彼には、自分が酷いことを言っている自覚がない。

ステファンにもそれが分かったので笑うしかなかった。

「でも、お祖父さん」

「ん？　なんだい？」

「俺はエディの気持ち、ちゃんと分かってます」

「そうか。……アリアスはね、実に太陽の似合う女性だった。私は、彼女が太陽を浴びて楽しそうに散歩する姿を木陰から見つめては、彼女の幸福を自分のことのように感じていた。彼女から太陽を奪うような真似は、できなかったんだ」

祖父の告白に、エディは日光を浴びたような痛みを感じ、片手を胸に押し当てる。

今、気づいた。そうだ。明が吸血鬼になったら……。

エディはそれ以上考えないように、首を左右に振って呟く。

「もういいだろ。クソジジィ。俺と明は、これからも上手くやっていく」

エディの言葉に、ステファンは軽く頷いて壁の中に入っていった。


城主の戻ったシンクレア城には、入れ替わり立ち替わり訪問者がやってくる。

二頭立ての馬車が城に入っていく様子は、何度見ても飽きない。

明は大濠の縁に立ち、手には白鳥の餌の袋を持って馬車の後ろ姿を見つめた。

「天気がいいと、本当に綺麗だ」

緑の芝に青い大濠、蜂蜜色の城。それはまるで誰の手にも届かない宝石の山。

「口を開けているとバカに見えるわよ！」

ああ、まただ。どうしてこの子は、俺のいる場所が分かるんだろう。しかも今は、太陽が降り注ぐ昼間だって言うのに。

明はうんざりした顔で、声のした方を振り返る。

日傘に帽子にサングラス、長袖のコートに手袋、足元は長靴姿のアンガラドが立っていた。

ファンデーションでも塗っているのだろうか、顔が妙に白っぽい。

「気をつけないと灰になるぞ」

「大丈夫！　お母様のお化粧品を借りたし、完璧な格好ですもの！」

「転ばないようにしろよ。俺は目の前で吸血鬼が灰になるところは見たくない」

「失礼ね！　私はそんな間抜けじゃないわ。あなたじゃあるまいし」

「はいはい」

明はアンガラドの言葉を聞き流し、餌をねだりにやってきた白鳥や黒鳥に餌をまく。

「いつになったら日本へ帰るの？　長居するなんて図々しいわ！」

「そっちだって、城に泊まってんだろ？」

「私は吸血鬼だからいいの！　本当に、どうしてエドワードお兄様は人間を恋人になんかしたのかしら！　日光の下を平気で歩いているなんて、気味が悪い」

「お前の父親だって、元は人間だろう？　そう人間をバカにするな」

明はわざとアンガラドの周りに餌をまくと、鳥たちで垣根を作った。

「お父様は別よ。なんてったって私のお父様なんですもの。お父様は大好き。でも……」

「ん？　どうした？」

アンガラドが突然黙り込んだので、明は首を傾げる。

「お父様は晴れの日に、たまに寂しそうなお顔で外を見てる。それがなぜなのか、私には分からない。聖涼にも聞いたけれど、あの人は笑ったまま何も言ってくれないの」

「そうか」

「お父様のことはあなたに関係ないわ！　邪魔者は早く帰って！」

「何度も言うけど、エディは俺の……」

「私はあと三年もすれば、絶世の美女になるわ！　そしたらもう子供のわがままだなんて誰にも言わせない！　エドワードお兄様の結婚相手の一人として見てもらえる！」

アンガラドは明の言葉を遮って大声を出した。それに鳥たちが驚いて彼女から離れる。

「エディは俺の恋人だ！　何年経とうと誰にも渡さない！」

ここにエディがいたら、「我が人生に悔いなし！」と叫んで自ら日光に焼かれようとするほど喜んだだろう。

だが目の前にいるのはアンガラドと鳥たちだけで、彼女は怒りで唇を噛み締めている。

「私……あなたが日本に帰るまで、ずっと追い回してやるから！」

「あーそー、好きにしろ」

明は残っていた餌を大濠にまき、のしのしと大股で歩き出す。

吸血鬼ってのは、どいつもこいつも変わった性格のヤツばっかりで！　自分の要求ばかり押しつけるし！　しかもなかなか人の話を聞かないし！　……って、エディのことを怒ってるみたいになったじゃないか！

明は必死に追いかけてくるアンガラドをどんどん引き離しながら、石橋を渡って門衛詰め所を通り過ぎる。

「待ちなさいっ！　待って……っ！　あ……っ！」

アンガラドは躓《つまず》いて盛大に転んだ。その拍子に日傘と帽子を飛ばしてしまう。

「きゃあっ！　熱いっ！」

彼女の悲鳴に明はもの凄い勢いできびすを返し、ジャケットを脱ぎながら彼女のもとに走った。

「これを被れっ！」

「うぇ……っ」

アンガラドの、宝石のようなプラチナブロンドから嫌な匂いが漂い、白銀の灰が明の足元にさらさらと落ちた。

「大丈夫。もう日光は遮った。火傷はしなかったか？　顔は大丈夫か？」

明はジャケットごとアンガラドを抱き締め、安心させる。

「だ……大丈夫……」

ボロボロと涙を零すアンガラドをひょいと片手に抱き、明は城の扉に向かって急いだ。

「こ……怖かった」

さっきまで憎まれ口を叩いていたのに、今は恐怖に体を震わせて涙を流している。

明は何度も「もう大丈夫だ」と言いながら、彼女の体を力強く抱き締めた。

彼は、何事が起きたのかと驚いている門番に早急に扉を開けてもらって城の中へ入ると、やっと安堵のため息をついた。

「ここなら、もう安心だ。どれ、よく見せてみろ」

明はアンガラドを床に下ろしてジャケットを取り除くと、彼女の前にしゃがみこむ。

「髪が少し焼かれただけか。……それと、頬にかすり傷。これは転んだときにできたんだな。でも吸血鬼なら、すぐに治る」

「ほ……ほんと？」

「ああ」

明はアンガラドの頭を優しく撫でながら微笑んでみせた。

「これにこりて、俺につきまとうのはやめておけ。俺は太陽の下でも平気で歩くんだからな？」

アンガラドのすみれ色の瞳が、葛藤を見せる。

「私が嫌いなら、あのまま放っておけば灰になったわ。……なのに、どうして助けてくれたの？」

「俺は、日光を浴びた吸血鬼がどれだけ苦しむか知ってるんだ。さてと、汚れた顔を洗いに行こう」

明はジャケットを受け取って立ち上がり、彼女の手を取って歩き出す。

「答えになってないわ。それにそっちは、使用人専用の廊下よ」

「泥だらけのところを他の吸血鬼に見られたくないだろ？　こっち側からも宿泊客の部屋に行ける階段があるみたいだし」

「ダメ！」

「少し狭いけど、使用人が通れるなら俺にだって」

古びた石の壁を拳で軽く叩きながら、明が「平気平気」と笑う。

「壁を叩いちゃダメ！　昔の人が作った落とし穴のスイッチがあるんだから！」


「大丈夫、ただの壁……………って！　なんだこりゃ――――っ！」

明は最後まで言えず、突如床に空いた穴に落ちていった。

「落ちちゃった……っ！」

アンガラドは真っ青な顔で呟くと、すぐさま白コウモリに変わり、急いでその場を立ち去った。


「エドワードお兄様ーっ！！」

素っ裸で惰眠を貪っていたエディは、自分の頭の上でポンポンと弾ける白コウモリをむんずと掴み、そのまま握り潰そうとした。

「きゃーっ！　死んじゃう、死んじゃう！」

「あ……？」

エディは目を擦って手の中のものを見ると、「何やってんだ？」と不機嫌な声を出す。

「明が大変！　罠に落ちちゃった！」

エディはすぐさま起きあがり、自分の隣を見た。寝ているはずの明がいない。

「あのバカ…っ！　あれほど一人で城の中を歩き回るなと言ったのに！」

エディは低い声で言葉を吐き捨てると、すぐさま着替えた。


「ごめんなさい、ごめんなさい。私のせいなの！　私のせいで、明は落っこちちゃったの！」

アンガラドはポロポロと涙を零し、一生懸命エディに謝る。

会議室には取り敢えず、エディと聖涼。

いきなり起こされたステファンとギネヴィア・クリス、そしてアンガラドの両親が集まった。

「どういうこった？」

「外に出て、明にいっぱい文句を言って、それで……転んで帽子が落ちて、明は私が灰になる前に助けてくれて……っ……顔が汚れちゃったから洗おうって、それで使用人用の廊下を……っ」

「ああ、アンガラド！　お前が灰にならなくて本当によかった」

マリーローズはアンガラドを抱き締め、モンマス氏は「明君にお礼を言わなくては」と胸に手を当てる。

「でも明が！　地下水路に落ちちゃったの！　リリーが住んでるのに落ちちゃった！　私のせいで死んじゃうわ！」

エディはアンガラドの頭をポンと軽く叩いた。


「あいつを誰だと思ってる？　俺様のハニーだ。そう簡単にくたばるはずがねぇ」


確かに明は、エディの言う通り「簡単にくたばったり」はしなかった。

「下が水でよかった。普通に落ちたら、骨を折ってたぞ」

明は膝まで水に浸かったまま、自分の落ちた場所を見上げて呟く。

そこは既に固く閉ざされているが、僅かな隙間から光が差し込んでいた。

この高さじゃ上れない。水に浸かったままは嫌だが、ここで助けが来るのを待つのが一番だな。

幸い水はただ冷たいだけで、悪臭は漂っていない。おそらく大豪の水を流し込んだ地下水路なのだろう。石造りの通路が、四方に広がっている。

「さぶ……っ」

ジャケットは水に濡れてしまったが、この薄ら寒い空気の中、着ないよりは着た方がましだと、明は袖を通した。が……。

ひやりとした風に乗って、何かがずるりずるりと引きずられるような音が聞こえてくる。

「え……？」

空耳か？　空耳だろう。こんなところに、俺以外の何かがいるはずが……。

だが再び、ずりずりと不気味な音と唸り声のようなものが聞こえた。

「いるよ！　そうだ！　ここは吸血鬼の城だったたっ！　化け物が住んでいても不思議じゃないっ！」

逃げろ、比之坂明！　異国の地で、化け物に食われて死ぬなんてまっぴらだ！

ここで悠長に助けを待ってなどいられない。

明は不気味な音が聞こえてくるのと反対の水路に一歩踏み出す。そして呻き声を上げた。

「こんなときに捻挫かよ……っ！」

それでも、痛む右足を引きずって歩く。水路の天井が高いのが幸いだった。この足でかがんで歩くのは辛い。

「絶対に俺を探し出せよ、エディ……」

苔むす石壁を支えに、明は歩いた。

とにかくひたすら歩いた。

だが背後からは、相変わらず不気味な音が聞こえてくる。

うわー、音がどんどん近づいてくる。どうして俺は、いつもこう……人間じゃないものに好かれるんだろう。前世で何か悪いことでもしたんだろうか。今度、聖涼さんに聞いてみよう。……いや、怖いから聞くのは止そう。

目を開けていても暗いことに変わりはないのだが、開けていて突然変なものを見るよりはマシと、明はしっかりと目を閉じて、水路の分岐点で右に折れる。

すると、今度はガリガリと石壁を引っ掻く音が聞こえた。

ぎゃーっ！　声に出して叫びたいっ！　でもそれをしたら、絶対に動けなくなる！　動けなくなったら……。

明はそこから先の想像をやめた。

「生還することだけを考えろ、俺。太陽の光を再び見るまで、誰が死んでなるものか！」

ああそれにしても、引きずる足のこの痛さ。

負傷した右足を騙し騙し、明はただ歩き続ける。

背後からは相変わらず、何かの呻き声と這いずる音が聞こえた。

生還したら、まずは一発エディを殴って、熱い風呂に入って、妙な罠は全部とっぱらってもらって。……やることが山ほどあるぞ！

息が切れるが、深呼吸をする暇もない。おまけに、背後のプレッシャー。

暗闇で受けるプレッシャーがこんなにも恐ろしいものだと、明は知らなかった。

「やばい。……ちょっとだけ……」

彼は石壁にもたれ、ため息をついた。

そのまましゃがみ込みたい気持ちにさせられたが、辛うじて堪え、再び足を進める。

と、無情にも彼の腹は空腹を訴えた。

「あーもう。食べ物のことなんか考えるな。余計腹が空く」

それでも、一度考え出してしまったら止まらなくなってしまうのが人というもの。

そろそろ昼飯の時間だよな。練りに練ったマッシュポテトに肉汁がじわりと滲み出るポークソーセージ、サーモンのグリルに温野菜のサラダ。昨日食べたキドニーパイは具がとろっとしていて旨かったなぁ。ジューシーなローストビーフにローストラム。淹れたての紅茶に、アップルパイのクリーム添え。外はさっくり、中はもちもちのスコーン。ああ、カップラーメンも食べたい。おにぎりも食べたい。漬け物とふりかけで、どんぶり飯。もちろん、わかめと豆腐のみそ汁付きだ。そして食後に渋い日本茶。

「腹減った……」

明は自分の呟いた言葉を聞いて切なくなった。

だがその切なさは、すぐに恐怖へと変わる。何かを引きずる音が大きくなり、水面が激しく波打つ。

凄い近くにいるよっ！　なんだよ！　見たいけど見たくないっ！

明は慌てて歩き出すが、今度は胸に激しい衝撃を受けて尻餅をついた。

人間、あまりに恐ろしいと声が出ない。

今の明がそうだった。彼は口を開けたまま両手を振り回し、意味のないパントマイムを披露する。

「俺様だ！　明！　俺様っ！」

「エッ、エッ、エッ、エッ！」

明はあまりの嬉しさにエディと言えず、胸にへばりついているものを握りしめる。

「ぐはっ！」

「わ、悪い！」

「俺様が来たからには、もう安心だ」

エディはコウモリから人型に戻ると、安心させるように両手で明を抱き締めた。

「よかった。もう少しでくじけそうに……」

「歩けるか？　聖涼やジジィたちが反対側の水路からこっちに向かってる」

「こっちからは……エディ一人で来たのか？」

「おう」

「ほ……本当にエディだよな？」

「あったりめぇだろが。抱き締められといて、今更言うな」

「でもここは真っ暗で、おまけに……」

明が続きを言う前に、エディは彼にキスをした。啄《ついば》むようなキスを何度も繰り返し、最後に唇をそっと嘗める。

「エディだ」

「俺様のキスは特別だからな！　無茶苦茶愛がこもってる」

「はいはい」

「なんだ、その返事」

エディが呆れたように笑うと同時に、何かの唸り声が聞こえた。

「そうだ！　ここには化け物がいるぞ！」

「知ってる。リリーだ。あいつに見つかるとやっかいだから、さっさと上に戻る」

だがエディは、上手く立ち上がれずによろめく。

「エディ！」

「あー……吸血鬼は、水が苦手ー」

エディは水路の中であぐらをかくと、力無い声を上げる。

「お前、ぐっしょり濡れてるぞっ！　コウモリになれ！　俺が運んでやる！　お前は俺に、どの道を行けばいいか指図すればいい」

「そんなカッコわりいことができっかよー」

「格好悪くても、お前は俺のダーリンだ！」

「地下水路で熱烈な告白。ある意味ロマンティック？」

エディは苦笑しながら、足に渾身の力を込めて立ち上がった。

「だりぃ」

「だからコウモリになれと言ってる！」

「そんなん、絶対にやだ！　行くぞ。ここをまっすぐ行って、最初の分岐を左だ」

エディは明の手をしっかりと掴むと、歩き出す。

だるいが、早く水から出たい一心で、エディの歩みは早い。

しかし足を捻挫した明は、それについていけなかった。

「悪い、エディ。もう少しゆっくり歩いてくれ」

「どした？　リリーが追っかけてきてるから急ぎてぇんだけど」

「穴に落ちたとき、足を捻ったみたいで……」

「バカ！　そういうことは先に言え！」

エディの怒鳴り声を聞き、リリーが大きな唸り声を上げる。

それと同時に、彼らの名を大声で呼ぶ聖涼の声も聞こえた。

いくつもの声が混ざり合い、地下水路の中に反響する。

遙か向こうにぼんやりと明かりが見えた。

その明かりは徐々にはっきりとする。

「明君！　受け取れ！」

聖涼が、素晴らしいコントロールで懐中電灯を投げて寄越した。

「うわっ！　と、と……っ」

明は何度かお手玉をしながらも、懐中電灯を水の中に落とすことなく受け取る。

「ありがとう！　聖涼さん！　これで周りがよく見え……」

彼はそこで口を閉ざし、目を見開く。数メートル向こうに「何か」がいた。

「ありえないっ！」

吸血鬼のダーリンがいる自分が言う台詞ではないことは分かっている。だが明は、そう言わずにいられなかった。

「あ、リリーじゃねえか」

リリーは……。

リリーという化け物は……。

名前は大層可愛らしいが、カメだった。

いや、ただのカメではない。苔むした巨大な甲羅に、象のような太い手足。その先には硬い爪がある。ごま粒のように小さい瞳は、侵入者に対する怒りで燃えまくっている。

怪獣映画に出たら一儲けできそうな、立派な「化け物」だった。

「うわっ。リリーのヤツ、すっげぇ機嫌わりぃ」

「冷静に言うな！　冷静に！　というか、城の地下でこんなものを飼うなっ！」

明は懐中電灯でエディの頭を叩くと、涙目で怒鳴る。

「痴話げんかしてる暇があったら、さっさと逃げなさい！」

「しかし聖涼さんそうは言っても……って！　ぎゃ――――――っ！」

明は、リリーに近づこうとする聖涼の姿を見て男らしい悲鳴を上げた。

黒いレインコートを着ていると思っていた彼は、体に山ほどコウモリをしがみつかせていたのだ。

「エディ君が愛する明君を助け出すドラマチックな瞬間が見たいと言って聞かなかったから、こういう結果に」

聖涼は苦笑するが、明はそれどころではなかった。

リリーが鼻息も荒く、二人にのしのしと近づいたのだ。

「明、お前は先に逃げろ」

「逃げるなら一緒だ！」

「俺様を信用しろ！」

「そのなりで、何をどう信用すればいいんだよ！」

「俺様の愛！」

「こんなときに冗談を言うなっ！」

「このバカっ！　冗談じゃねぇっ！」

リリーはカチカチとくちばしを鳴らして威嚇しつつも、彼らの痴話喧嘩が終わるまで待っているようだ。

「そうだよ。化け物なら私に任せなさい！」

「聖涼も黙ってろ。……いい機会だ。死んだお父様にしか懐かなかったお前を、今ここで俺様の足下に跪かせてやるっ！　地下水路の番人だからとデカイ面してんじゃねぇっ！」

エディはそう言い放った後、低く唸って水の中に片膝をついた。

「水に濡れた吸血鬼が、あんなデカイ化け物に勝てるわけないだろ！」

明はエディの腕を掴んで引き上げようとしたが、その手は優しく払われる。

「俺たちの愛の前では、全てが無力！」

エディが力強く叫んだと同時に、業を煮やしたリリーが彼らに飛びかかり……。

「カメのくせに素早く動くんじゃねーっ！」

エディの足蹴りで壁に激しく打ちつけられた。

その光景に、明だけでなく聖涼とコウモリたちまで驚愕して目を丸くする。

だが次の瞬間「ブラボー！」「いいぞエドワード！」「見せてもらったわ！　愛の力！」と拍手喝采を送った。

明はというと、あまりの驚きに頭の中が真っ白になって声を出せずにいる。

「俺様は……」

エディは少々よろめきながらも、威嚇を繰り返すリリーを厳しい表情で見下ろす。

「体力というもんは、セックス以外で使うのはまっぴらだと思ってたし、今現在もそう思ってる。だがな、俺様の愛するハニーを襲おうとするヤツに対しては例外だ」

気持ちは凄く嬉しいが、素直に喜びを表せない。

明はいろんな意味で目頭を熱くすると、エディの邪魔にならないよう後ろに下がり、彼が戦いやすいようにリリーにライトを向けた。

「愛するハニーの後方支援、しかと受け取った！　リリー！　覚悟しやがれっ！」

そして今度は、彼女の顔に右ストレートをお見舞いする。

素晴らしい攻撃に、リリーは一瞬目を回し、怒りの咆吼を響かせた。

「エディ！　負けるなっ！」

明は、怪獣と戦う正義の味方に、精一杯の声援を送る。

怒りで我を忘れたリリーは前足を交互に振り下ろし、エディをしとめようとやっきになった。

鋭い咆吼が地下水路に響き渡り、水と石壁を振動させる。

「うっせえんだよっ！」

エディはリリーの爪を素早く避けた。

誰もがそう思った。

しかし、地下水路に鉄臭い香りが広がる。

「エディっ！」

「エドワードっ！」

エディの左頬から鮮血が溢れ、顎を伝って水路にしたたり落ちた。

「エディ！　もういい！　逃げようっ！　リリーは聖涼さんに任せればいい！」

明の泣きそうな声に、エディは鋭い声で返す。

「ざけんなっ！　大事なハニーも守れねえ、ペットも手なずけられねぇなんて恥ずかしい真似が、このエドワード・クレイヴンにできるかっ！」

「弱くても情けなくても、俺は生きてるエディが好きだっ！　こんなところで死んだら、誰が俺のダーリンになるんだよっ！」

だったら私が！　いや僕たちが！

聖涼にしがみついていたコウモリたちは、エディに申し訳ないと思いつつ、心の中で激しくシャウトする。

「だから俺は絶対に、お前を残して死んだりしねぇってのっ！」

エディは片手で頬の血をぬぐうと、リリーに立ち向かう。

「援護は？」

聖涼がジーンズのポケットから何枚か呪符を引っ張り出した。

「いらねぇっ！」

呪符は吸血鬼たちにも充分通用するものなので、彼にしがみついていたコウモリたちは「ギャーっ！」と悲鳴を上げながら水の中にポトポトと落ちる。

「ああもう。なんでこんなときに、みんな落っこちるかなあ」

聖涼はしかめっ面をすると、波間に漂っているコウ

モリたちを片っ端から拾い上げた。

「よっしゃ、リリー。そろそろ片を付けようじゃねえか。この城の主は誰なのか、お前の体にしっかりと教えてやる！」

エディはリリーの振り下ろした爪を片手で掴み、力を入れる。

リリーは叫び声を上げてもがくが、爪はエディの手から一向に離れない。それどころか、みしりと鈍い音を立てて、リリーの爪が砕け落ちた。

「ありえないっ！」

明は思わず叫んでから「あ、すまん」とエディに謝る。

そうだった。エディは吸血鬼。人間じゃない。結構いろんなことができるんだった。でも、こんな馬鹿力だとは……。

彼は懐中電灯でリリーの姿を照らしながら、エディがもう片方の爪を砕くのを見て、呆れとも感嘆ともつかないため息を漏らす。

「キャー！　カッコイイ！　エドワード！」

「やっちゃえ！　やっちゃえ！」

辛うじて聖涼にしがみついていた数匹のコウモリが、元気な声援を送った。

「やっちゃえ」が「殺っちゃえ」に聞こえそうな空気の中、エディは不敵な笑みを浮かべてリリーを見上げる。

リリーは自分の武器が砕かれてしまい、唸り声を上げながら地団駄を踏んだ。

「おい明」

エディは明に背中を向けたまま、彼を呼ぶ。

「どうした！」

「俺様の華麗な、最後の一撃を、その可愛い目でしっかり見ておけ」

何を言うかと思ったら。

明は思わず笑みを浮かべて頷いた。

「よし！　ちゃんと見ててやるっ！」

エディはポキポキと指を鳴らすと、なおも立ち向かってこようとしたリリーに渾身の一撃をお見舞いした。


見事リリーを力でねじ伏せ、従わせ、地下水路から脱出したまではよかった。

しかし、ギネヴィア・クリスへ事の次第を報告しようと会議室に一歩足を踏み入れた途端、明を「お殿様抱っこ」していたエディの腕から力が抜けた。

明は床に尻餅を着き、彼の傍らにはぐっしょりと濡れたコウモリが転がる。

「エディ！　だからあれほど、抱っこをするなと言ったのに！」

明は泣きそうな顔でコウモリを拾い上げ、片手できゅっと水を絞る。

「あ……明ちゃん。あんまり強く握りしめると、エドワードが潰れちゃう。どんなにバカ息子でも、クレイヴン家の当主なのよ」

こんなこともあろうかと、暖炉にじゃんじゃん薪をくべて部屋を暖めていたギネヴィア・クリスは、心配そうに声をかけた。

「こんなに長い間水に浸かっていたのは初めてだろ？　こんなに冷えて。暖炉の前で、羽毛を乾かせ」

明は右足を引きずりながら、コウモリをちょこんと暖炉の前に置く。

「俺様よりお前の足……」

「後回しでいい。今はやることがたくさんある」

そう言って明は、濡れコウモリたちを一匹ずつ絞っている聖涼のもとに向かった。

床に敷き詰められたタオルの上に、数え切れないほどのコウモリが転がっている。

明は毛布にくるまって、ソファに横になった。

彼の右足首は包帯でしっかりと巻かれている。

「クレイヴン家に代々伝わる薬をたっぷり塗ったから、明日にはちゃんと歩けるようになるわ。それにしても災難だったわね」

ギネヴィア・クリスはわざわざ自分で紅茶を淹れて、明にそっと勧めた。

そして彼女は、リリーの「生い立ち」を語る。

亡き夫のペットで、夫の死後行方不明になっていたと思ったら、いつの間にか地下水路に住み着いていたこと。

彼女には住み心地がよかったのか、みるみるうちに巨大化したこと。

自分のなわばりを侵されると、とてつもなく攻撃的になること。などなど。

「ははは。もう何を聞いても驚きません。ねえ、聖涼さん」

「そうだねぇ。いい土産話ができたってところかな。私も巨大カメの甲羅の破片を手に入れることができたし」

着替えを済ませた聖涼は、ギネヴィア・クリスからティーカップを受け取りながら笑う。

「でもでも明ちゃん。凄かったんですって？　エドワードの蹴りとパンチ。みんなが凄く喜んでいたわ。あの子、そんなに喧嘩が強かったかしら？　特に、リリーの頭を殴ったときの腕の振りは称賛に値するって」

「あー……」

　俺にしょっちゅう殴られてたから、習得したのだと思うんですけど。

　なんてことを言えない明は、曖昧に笑って口を閉ざした。

「それにしても、こうして見ると壮観ですね。たくさんのコウモリが体を乾かしている姿なんて、一生に一度、見られるかどうか」

「自業自得だが、みな刺激が欲しいんだよ。長い間生きていると、ちょっとやそっとの刺激では物足りなくなってくる」

　聖涼の言葉にステファンが返事をする。

「明君、どのコウモリがエドワードか分かるかい？」

　見た目は全て同じ、真っ黒でころころと愛らしい。

　明は神妙な表情を浮かべ、ゆっくりと立ち上がった。

　ステファンが彼に肩を貸す。

「こういうのも、愛が試されるのよね」

「他人事なのにドキドキするわ」

「彼が間違えたらどうなるの？」

　地下に行かずに待機していた吸血鬼や、コウモリ姿の吸血鬼たちは、「愛の力が勝るか、はたまた悲劇が起きるのか」と、明を注目した。

　黒マリモ集団を踏まないよう慎重に歩き、明は静かに体をかがめて、ためらいなく手を伸ばす。

「もとのふわふわに戻ったな、エディ」

　彼は俯いていた一匹のコウモリを掌に載せ、目を細めて笑った。

「ハニーっ！」

　コウモリは潤んだ瞳で大声を上げると、明の掌の上で喜びのあまり転げ回る。

「俺がお前を見分けられないはず、ないだろう？」

「もっともだ！」

　コウモリはパタパタと羽ばたき、明の頭に着地して自分の頭をガシガシと擦りつけた。

「俺様のハニーは世界一！」

「ああ。なんてったって、エディのハニーだからな」

「あの、二人の世界を満喫しているところを悪いんだけど……」

　アンガラドを連れたマリーローズが、申し訳なさそうに二人に声をかける。

　明はコウモリを頭に乗せたまま、首を傾げた。

　アンガラドはマリーローズに優しく肩を叩かれ、一歩前に踏み出す。

「ごめんなさい」

彼女は明に深々と頭を下げた。プラチナブロンドの長い髪も、頼りなげに揺れる。

「ごめんなさい。私が、あなたを追いかけ回したりしなければ……」

「大丈夫。もう全部終わった」

「でも私、今回のことは反省しなければ……」

アンガラドは胸に手を当てて、明を見上げた。

「アンガラド、もういい。明は無事だった。リリーも俺の言うことを聞くようになった。……それによく考えると、こいつは勝手に、自分で罠にはまったんだ」

「………エディ」

明は頬を引きつらせ、低い声で呟く。

「ずっと俺様の側にいりゃ、お前が罠にはまることはなかったたってことだ」

「どうしてそうムカつくことを言うっっ！」

「そうよね！」

明とアンガラドの声が重なった。

「そうよね！　私は何度も、その廊下は通っちゃだめって言ったのに、明は『俺が罠に引っかかるはずはなーい！』と思ったんでしょっ！　そういうの、自業自得っていうのよね！」

さっきまでのしおらしさはどこへやら、アンガラドは明とマリーローズが渋い表情をしているにも拘わらず、手を叩いてはしゃぐ。

「あのな……お嬢さん」

落ち着け、比之坂明。相手は正真正銘の子供だ！　まだ無邪気な少女だ！

明は固く握りしめた拳を震わせたまま、アンガラドに呟いた。

「嬉しい！　やっぱりエドワードお兄様は分かってくれるのねっ！　私の未来の旦那様！」

「アンガラド、ちょっとこっちにいらっしゃい」

「お母様！　私、聖涼と遊びたい！」

「いいからこっちにいらっしゃい！」

マリーローズは眉間に山ほど皺を作り、娘の手を引っ張ってホールから出て行く。

「手強い相手だね、明君」

ステファンは明の耳に囁いた。

「クソジジィ！　俺様のハニーにベタベタすんじゃねえ！」

乾いたコウモリは元気いっぱい。すぐさま人型に戻ると、ステファンと明を強引に引き剥がす。

「隙だらけだから、誘っているのかと思って」

「俺はエディ専用なので、他人は誘いませんっ！」

明は眉を顰めると、腰に手を当てて宣言した。

「そう！　明は俺様だけの、とっても可愛い淫乱ちゃんだっ！」

「大勢の前で、そう言うことを言うなっ！」

バキ。

明の素晴らしい右ストレートが、エディの左頬に決まった。

その瞬間。

エディとリリーの死闘を見守った吸血鬼たちは、彼がどこであの素晴らしいパンチを習得したのか理解したのだった。


月光に照らされたシンクレア城は、闇の森を駆ける一角獣のように輝いていた。

ギネヴィア・クリスホテルに宿泊している客たちは、その光景をカメラに収めようと、大濠の対岸からカメラを構える。

明は窓辺に腰かけ、小さな花火のようなカメラのフラッシュを窓越しに見つめた。

「夜だっていうのに、観光客は元気だな」

「俺様も元気」

エディは彼を背後から抱き締めると、湯上がりの首筋にキスをする。

「ずぶ濡れになってカメと戦ったのにな」

「全てハニーのためだ」

エディは明をそっと抱き上げ、ベッドに移動した。

「足は明日には治るそうだ。凄いな、あの塗り薬」

「ありゃ、俺たちが火傷したときに塗る薬だから」

「なら、日本に帰る前に少し分けてもらおう」

もしものことを考えて、明は提案する。

「帰るの、やめねぇ？」

「え？」

明は体を横にして、眉を顰めてエディを見つめる。

「冗談だ。お前にゃ桜荘があるもんな」

「エディ……」

「冗談だっての！　そんな泣きそうな声出すな。バカ」

エディは明を抱き締め、安心させるように軽く背中を叩いた。

「でもな、このシンクレア城もお前のもんだぞ？」

明はエディの肩に顔を押しつけ、ほんのりブラッドベリーの匂いがする彼の体臭を嗅ぐ。

少々お節介だが、明を歓迎してもてなしてくれた吸血鬼たち。気まぐれだが優しいステファン、チャーミングなギネヴィア・クリス。アンガラドは多少難ありだが、マリーローズは明たちにいろいろと骨を折ってくれた。

「俺はいつになったら、選べるんだろう」

人間のままでいるか、それとも吸血鬼になるか。

「明日かもしれねぇし、一生選べねぇかもな」

「そういうわけにはいかないだろう？」

「ここに来たのは、お前に覚悟させるためじゃねぇ。お前にはまだたくさん、悩んでいい時間がある」

「エディ！」

「もう寝ろ」

エディは有無を言わさず明を抱き締め、自分も目を閉じる。

「バカやろう」

「今はバカでいい。寝ろ」

お前の一生のことなんだから、散々悩んでから結果を出せ。吸血鬼になった人間は、みんなそうやって悩んだ。それこそ、死ぬほど悩んだ。そんで覚悟した。その間、伴侶の吸血鬼はずっと待った。中には何年も待ったヤツもいる。愛した相手だ。それくれぇ待てなくてどーする？

エディは眠りに落ちながら、いつまでだって待つと自分に言い聞かせた。


得体の知れない怪しい気配で目を覚ました明は、そっとエディの腕を抜け出し、体を起こした。

窓際に誰かがたたずんでいる。

赤茶けた長い髪に、クリーム色のドレス。寂しそうに外を見つめる横顔。しかも体が半分透けている。

だ、だ、だ、誰だ⁉　シンクレアじゃないよな？　肖像画の絵と違う。……って！　聖涼さんの部屋にあった肖像画の人だ！　ということは、身投げしたアリアス！　なんでこの部屋にいるんだよ！　どうして俺に見えるんだ⁉

明は、いつまでも覚悟を決めない自分を呪いに来たのかと思った途端、声が出せなくなった。体も動かない。

これではエディを起こすことも叶わない。

そうしているうちに、彼女がゆっくりと明の方を向いた。

今にも泣きそうな顔で、唇が動く。

ああ、すいません！　英語で呟かれても、俺には分からないっ！

「あんなことを言うつもりはなかった」

「うわぁぁ！　なんでいきなり日本語を話す！」

「バカ。俺だ」

エディが目を擦りながら体を起こす。

「お前を心配して出てきたと、言ってる。俺もアリアスの幽霊は初めて見た」

「幽霊にまで心配されるなんて……って、エディ。なぜ俺に見える？　お前の手助けがないと、死んだ両親や祖父さんに会えなかったのに」

「聖涼風に言えば、波長が合うんじゃねぇの？」

「俺、電波なんて飛ばしてないぞ」

真剣に呟く明に、エディが苦笑した。

「うわ！　またなんか言った！」

「『ステファンに伝えて欲しい。あんな台詞で全てを終わりにしてごめんなさい。きっと今でも怒っているのね。だから、私が側に行っても気づいてもらえない』」

「そんな……。お祖父さんは今でもアリアスのことを……」

明は言いかけで口を噤《つぐ》む。

アリアスの輪郭がどんどんぼやけていく。

「『私のように……私たちのようになってはだめよ？　死んでからも後悔し続けるようなことにだけはならないで』だと？　んなわけねぇだろが」

エディの悪態は日本語なので、彼女には伝わらない。

『Good bye』

彼女は明にも充分分かる言葉を呟くと、溶けるように消えた。

「あれって……死んでからお祖父さんの気持ちが分かったってことか？　幽霊になって出てくるくらい後悔しないと、分からなかったのか？」

「ジジィとアリアスのことは、あの二人にしか分かんねぇ。俺たちの事が俺たちにしか分かんねえようにな」

「それはそうだけど……」

明は眉間に皺を寄せると、腕を組んで考え込む。

「同じことが何度も繰り返されてたまっかよ。ほれ明。寝直すぞ」

「……ここにお祖父さんがいれば、会えたかもしれないのにな」

「どうでもいいときばっか来るから、肝心なときにタイミングが合わねぇ。ジジィらしいっちゃジジィらしいぜ」

「もし俺が幽霊になっても、お前は絶対に気づけよ？」

「その前に俺様がハニーを幽霊になんてしねぇ」

エディは明の顎をそっと引き寄せキスをした。

「なあ、エディ。その、俺はすっかり目が覚めたんだけど」

「んじゃ、城の中を散歩でもすっか？　拷問室に行けばすっげームードが出ると思う」

「そうじゃなく！」

「んじゃ、何？」

「見張り塔に上って、月見でもしないか?」

「月見だけ?」

「そこから先は、お前の言動次第だ」

エディは笑いながら頷くと、明を抱えてベッドから下りた。


「寒くねぇか?」

エディは明の体を、背後からそっと抱きしめる。

「尻が少し冷たいくらい。……あー、酒でも持ってくればよかったな。月見酒」

明は満月を見上げながら残念そうな声を上げた。

「ブラッドベリーなら生えてっけど」

種がここまで飛んできたのか、石造りの床の間に、ブラッドベリーの小さな木が生えている。

「ダメ。アレを食うと、頭の中が真っ白になる」

明が軽く首を左右に振ったとき、前方から一匹のコウモリがパタパタと飛んできた。

コウモリは辛うじて明の膝に着地し、つぶらな瞳を彼に向ける。

「これって……野生? それとも、吸血鬼?」

「こんばんは、明君。私だよ。ステファン」

「クソジジィ。ダーリン・ハニーの愛のひとときを邪魔しにきやがったな」

エディは忌々しげに悪態をつくが、明はコウモリの頭を指で優しく撫でた。

「散歩ですか? お祖父さん」

「パーシヴァル家の領地まで行ってきた。あそこは先月、跡継ぎが生まれたんだよ。可愛い男の子だった」

吸血鬼の赤ん坊? コウモリなのか? それとも人の姿で生まれたのか? 気になる!

明の疑問が分かったのか、コウモリは「生まれるときは、人の姿だよ」と答えた。

「あ、そうなんだ。……そうだよな。吸血鬼の赤ちゃんか。一度見てみたい」

「だったら」

コウモリは明の体をよじ登り、胸のあたりで動きを止める。

「明日にでも行ってみるかい? みんな歓迎してくれる」

「明日は、聖涼さんと一緒にストーンヘンジを見に行こうかなと……」

「ストーンヘンジ?」

「はい。その後はカンタベリー大聖堂に行こうと」

「どちらも吸血鬼にとっては恐ろしい場所だ。エドワード、君のハニーは君の愛を試すのが好きだね」

コウモリは小さく笑うと、明の胸に自分の頭を擦りつける。

無邪気な仕草だが、場所が場所だけに明はぴくんと体を強ばらせた。

「クソジジィ。そこは明の性感帯なんだから、やたらと触るな」

エディはコウモリの首根っこを掴むと、明の胸から引き剥がして夜空に放り投げる。

コウモリは素早く人型に戻ると、見張り塔の縁に優雅に腰を下ろした。

「敏感なハニーを持つと、いろいろと大変だな、エドワード」

「そっちが触らなきゃ大変じゃねぇっつーの！　さっさと自分の部屋に戻れ！」

「一人で部屋にいても寂しいじゃないか」

「ったく！　人のハニーにちょっかいばっかかけてってから、アリアスが側にいても気づかねーんだ！」

その言葉に、ステファンは眉間に皺を寄せる。

「本当です。俺も見ました。エディが同時通訳もしてくれたし。あんな言葉で終わらせてごめんなさいって言ってた。側にいるのに気づいてもらえないのは、きっとお祖父さんが今も怒っているからだとも言ってました」

「それは……本当かい？」

ステファンが、照れ臭さと嬉しさを混ぜ合わせた表情を浮かべた。明は力強く頷く。

「そうか……そうだったのか。私は愛想を尽かされてしまったわけではなかったのか……」

「さっさとアリアスを探しに行け！　きっと今も城の中をうろついてる！」

ステファンはうっとりするような微笑みを浮かべると、石壁の中に姿を消した。

吸血鬼と幽霊の恋愛なんて、前代未聞だ。

それでも、人間に恋をするクレイヴン家の吸血鬼なら、分からなくもない。

明は、納得している自分がおかしくて笑った。

「あんなヤツだから、ジョーンお祖母様もジジィと結婚して苦労したんだ。ったく。鈍感め」

「それは言い過ぎ」

「俺様は、お前をアリアスみたいに悲しませたりしねぇからな？」

「是非そうしてくれ。……ってさ、なんでストーンヘンジが恐ろしい場所なんだ？　大聖堂なら分かるんだが」

明はエディの背にもたれ、月夜を見上げる。

「あそこに行くと、吸血鬼はみんな具合が悪くなる。

妙な電波でも発してんじゃねえの？」

「そうか。じゃ、聖涼さんだけに行ってもらおう」

「行きてぇなら、行っていいぞ？　俺様は大人しくお留守番してやる」

「バカ。ハネムーンなのに、ハニーだけが楽しんでどうする。二人で楽しめる場所に行こう。どこがいい？」

「……オックスフォードとか、コッツウォルズとかかな」

「じゃあ、そこにする」

「可愛いハニー」

エディは嬉しそうに明の首筋にキスをして、両手を動かし始めた。

「あ……バカ！」

パジャマの上から乳首を撫で回され、明は体を縮こませる。

「ハネムーンの二人が、夜にすることったら、一つっきゃねぇ。みーんなよく分かってる。声が出ても気にすんな」

「んっ」

明の敏感な体は、胸を優しく愛撫されただけですぐさま雄を勃ち上がらせた。

パジャマの上からでもはっきりと分かる欲望の印に、エディは指を忍ばせる。

「こうしてくすぐってやると、染みがどんどん広がる。クリーニングに出すのが恥ずかしくなるほど、とろとろにしてやっから」

「そんな……っ……ひゃ、ぁ、あ……っ」

エディは、片手で雄を弄りながらもう一方の手を明のパジャマの中に入れ、硬く勃起した乳首を摘んだ。

それを交互に撫で回し、弾き、きつく引っ張り、エディは明が感極まった声を上げるのを喜ぶ。

「ここを弄るだけでイケるんじゃねぇ？」

「や……だ……無理……だ……っ」

「俺がほんの少し触っただけでイッちまうくらいの淫乱になれ」

エディの指に苛められた雄は、下着の中でぐちゅぐちゅと粘った音を響かせた。

「このまま、一回イけ」

「そんな……っ」

精液にまみれた下着とパジャマをクリーニングに出すなんて恥ずかしいことは、明にはできない。彼は唇を噛み締めて射精を堪える。

「そういう顔、すっげー興奮する」

エディは明の首筋を嘗めながら、射精を強要した。

乳首を強く引っ張られながらパジャマの上から激しく扱かれると、もう我慢できない。

明は腰を突き出すような格好で下着の中に射精した。

「なんで、俺の恥ずかしがること、ばっか……っ」

「これからもっと恥ずかしいことしてやる」

エディは明を膝立ちにさせ、自分に向き合わせる。

そして、パジャマと下着をわざとゆっくり下ろした。

「漏らしたみてぇ」

彼は太股まで下ろされた下着に指を伸ばし、染みこまずに溜まっている精液を指先ですくい上げる。

「ひゃ、あ、あ……っ」

「ここも、まだ少し溜まってるな」

エディの指は明の雄の先端に指を押しつけ、そっと前後に動かして割れ目を愛撫した。

「んんっ、そこ弄っちゃやだぁっ」

「ほら。我慢できずにまた溢れてきた。ひくひく動いて悦んでる」

「エディ、そこだめっ、だめだから……っ」

明は目尻に涙を浮かべ、雄の先端だけを延々と弄り回す彼に哀願する。

「お前、城に来てからイくのが早くなったんじゃねぇ？」

「バカ……っ」

「でも俺も、お前の可愛い泣き顔がいっぱい見れて嬉しい」

「ハニーなら……大事にしろ……っ」

「うんと大事にしてんだろうが。こんな風に」

エディは体をかがめ、明の雄を口に含む。そして余った手で後孔を貫いた。

「うあ……っ！　あ、あ、んんっ！」

前後からの快感に、明は自ら腰を動かす。

けれどその刺激だけでは足りなかった。

「エディ……っ！　ちくしょう……それだけじゃ……足りない……っ」

エディは明の雄を銜えたまま、意地悪く彼を見上げた。

「指だけじゃ……っ、……く……っ」

先端の割れ目に舌を這わされ、明の尻にきゅっと力が入る。

「俺の中に……入って、動いて……早く……っ」

明は両手で顔を覆うと、耳まで赤くしてねだった。

エディは明の雄から口を離すと、自分の膝の上に乱暴に明を乗せる。

「もっと声を聞かせろ」

そして力任せに明を貫いた。


翌日、レンタカーを手配してもらった聖涼は、アンガラドと一緒にストーンヘンジに向かった。

「マリーローズさん。……聖涼さんが行ったのは、ストーンヘンジですよ？　アンガラドは吸血鬼なのに平気なんですか？」

彼らを見送った後、明は恐る恐る彼女に尋ねる。

「平気じゃないわ。でもね、あの子にもきつい躾が必要だから。聖涼さんにお願いしたの。あの子は聖涼さんにもの凄く懐いているから」

「私たちだと、どうしてもあの子に甘くなってしまうからね」

彼女の隣にいたモンマス氏も、苦笑を浮かべた。

「そうですか……。でも曇りでよかった」

「そうだね。では私も休暇を終えて仕事に戻るとしよう。明君、お元気で。何度も言うが、日光からアンガラドを助けてくれて本当にありがとう」

「こちらこそ！　モンマス・エールをいっぱいごちそうになりました。お土産までもらって、本当にありがとうございます」

明はモンマス氏と握手を交わす。

「近々、日本にも進出します。そのときは、日本のバーでモンマス・エールを飲んでください。では」

モンマス氏はマリーローズとキスを交わし、リムジンを待たせている駐車場へ行くために馬車に乗り込んだ。

「んじゃ、俺たちもお母様に挨拶をして観光に出かけるか」

エディはあくびをしながら、明の肩を優しく叩く。

「そうだな」

「んで、帰ってきたら、拷問室を見学と」

「なんでそこまで拷問室に拘るんだ？」

明は頬を引きつらせるが、それにはマリーローズが笑いながら答えた。

「あそこは名前こそは『拷問室』だけど、今じゃ吸血鬼たちが伴侶の愛を語る地下庭園になっているの。恋人を連れて、わざわざ遠くからやってくる吸血鬼たちが大勢いるわ」


二人はギネヴィア・クリスの部屋を訪れると、これから観光に向かう旨を伝えた。

「オックスフォードなら、男二人でくっついて歩き回っても変じゃないものねぇ。いいんじゃない？」

いや、お母様。そういうつもりで選んだ場所じゃないんですけど。

明は心の中でこっそり呟きつつ、ぎこちなく頷いた。

「車で行くんでしょう？　手配はしたの？」

「そりゃもう、バッチリだ」

「……みんな楽しそうでいいわねぇ」

ギネヴィア・クリスは椅子から立ち上がると、羨ましそうに二人を見つめる。

「みんな？　……え？」

「何でもないわ、明ちゃん。楽しんでらっしゃい。それとエドワード。うっかり灰になったりしないように」

「分かってる」

エディは偉そうに言うと、明を連れて部屋から出て行った。

「ホント、みんな仲良くて羨ましいわ。私もダーリンを見つけようかしら」

ギネヴィア・クリスは後ろを振り返り、言葉を続ける。

「どう思う？　お父様」

「私は反対しないよ、ギネヴィア・クリス」

ステファンは壁から姿を現してそう言うと、傍らに寄り添う半透明の女性と顔を見合わせてにっこりと微笑んだ。


シンクレア城滞在も、いよいよ最後の日となった。


長いようで短い、あっという間の日々。

帰国のために、聖涼は電話で航空会社に問い合わせ、帰りの席を確認した。

「飛行機は、明日の昼便だからね。今のうちに荷物をまとめておいた方がいい」

「その……帰りもアッパークラスなんですか？」

聖涼の部屋を訪れていた明は、アリアスの肖像画を見上げながら尋ねた。

「うん。だから、チケットをプレゼントしてくれたチャーリー君と宮沢さんには、特別のお土産を用意した」

彼は両手に薄黄色い物体の入った瓶を持っている。

「なんですか？　それ」

「クロテッドクリーム。スコーンにつけて食べるんだ。君もここでのアフタヌーンティーで食べただろ？」

「ああ！　あの、バターとマーガリンの中間みたいな、不思議な味のクリーム！」

「ここのクロテッドクリームは凄く美味しかったから、厨房で分けてもらってきたんだ。シェフは久しぶりに人間用の料理を作れて楽しかったって言ってた」

「やっぱり……英語が話せると便利だな」

明は、手際よく荷物を積める聖涼を見つめて、ため息混じりに呟いた。

「オックスフォードじゃ君だって英語を話していたそうじゃないか。エディ君が楽しそうに言ってたよ？」

「俺のは単語の羅列《られつ》ですからね。観光地に住む人は観光客に優しいのか、一生懸命理解してくれました。お陰でTシャツとトレーナーが買えた」

「はは、よかったね」

　聖涼は、ハロッズのロゴ入りテディベアをスーツケースの隙間に押し込める。

　そこにコウモリが、扉をするりと通り抜けてパタパタと飛んできた。

「明！　拷問室！　拷問室！」

「拷問？　明君……君、ＳＭの趣味があるの？　つき合いが長いのに、さっぱり分からなかったな」

「違います！」

　明は、「拷問室」と言いながら飛び回るコウモリを片手で掴んで黙らせる。

「拷問室という名の地下庭園があるそうなので、案内してもらってきます！」

「ああ……そうなんだ。気をつけて」

　聖涼は明の後ろ姿に苦笑してみせた。


　貝殻と宝石が埋め込まれた壁、人魚や女神たちの彫刻が飾られた大理石の床、どういう仕組みか知らないが、天井につるされた大小のガラス玉は淡い光を放っている。

　部屋の中央には小さな噴水があり、花冠をつけた青年像の持つ瓶から、水が溢れ出ていた。それを囲むように細やかな装飾が施されたベンチがある。

　拷問室の名残はどこにも見あたらない。

「凄いというか……なんというか……随分幻想的な部屋だな」

「お母様が城を買い戻したときには、ここは既にこんな具合になっていたそうだ。きっと人間が作ったんだろう」

「これ真珠？　赤いのはルビーかな？　壁だけで一財産だ」

「そういう、ムードのないことを言うな」

「それには同感だよ。エドワード」

　また邪魔すんのかよっ！

　明を抱き締めようとしたエディは、顔に山ほど怒りマークをつけて振り返った。

「やあ、君たちもここで愛を誓おうというのかい？」

　にこにこと微笑むステファンに、半透明のアリアスが寄り添っている。

「うっせぇな。色ボケジジィはさっさと出て行け」

うわー、幽霊だ！　また幽霊を見てしまった！

明は視線を泳がせ、アリアスを直視しないよう心がけた。

「もちろんだとも」

ステファンは彼らにウインクをすると、いつものように壁の中に消える。だが今日は、一人ではなくアリアスとともに消えた。

「あれって……ハッピーエンドでいいのかな？」

明は、ステファンとアリアスが消えた壁を見つめて呟く。

エディは笑って答えない。

「まあ……いいか」

「そういうこった」

エディは明の左手を持ち上げると、指輪がはめられている指にキスをした。

「俺様は、灰になってもお前を愛する」

「いきなり……そういうことを……」

「灰になった俺様は、お前が呼吸する空気に混じる。風になってお前の体を優しく撫でる。お前が歩く土にも混ざる。ずっとずっと、側にいる」

「縁起の悪いことを言うな」

「これが吸血鬼風の愛の誓い方だ」

「だったら俺は……」

明はエディの指に自分の指を絡め、彼の青い瞳を見つめて囁く。

「お前が灰にならないよう、太陽から守ってやる。お前が避難できる安心な場所を作って、いつもお前を守ってやる。雨の日には、お前が絶対に濡れないよう屋根になってやる。絶対に灰になんてさせない。俺が側にいる限り絶対に」

「最高の台詞だ」

エディは明の頬にキスをした。

「当然だ。俺を誰だと思ってる？」

「俺様のハニー」

「正解！」

二人は笑いながら抱き締め合うと、どちらからともなく唇を寄せ、長い長いキスをした。


シンクレア城での最後の夜。

ステファンとギネヴィア・クリスは、明と聖涼のために盛大なパーティーを開いた。

次から次へとコウモリ姿で飛んでくる吸血鬼たち。

城に到着して人型に戻った彼らは、パーティーらしく正装だったが、そのデザインは古めかしく、襟には色鮮やかな刺繍や繊細なレースが施され、ボタンホールのたくさんついた長いジャケットを着ていた。パンツは膝丈で、その下は白ストッキングに宝石のついた靴。女性たちもまた、刺繍と宝石で飾られた煌びやかなドレスを着て、髪を美しく結い上げている。

普通のスーツ姿の明と聖涼は浮いていたが「人間だからいい」と、気にしないでいた。

「このカッコ、ひっさしぶりだ」

エディは髪をまとめて後ろで一つにリボンで結び、赤を基調にした刺繍の入ったジャケット姿。足元は当然、白タイツ。

「君、そうしていると王子様だね」

「まあな！　俺様は育ちがいいからな！」

聖涼の感想に、エディは胸を張って答える。

「喋らなきゃ、もっといい」

明は使用人からシャンパンを受け取り、ぼそりと呟いた。

「ったく。俺様のハニーは、口が減らねぇ」

エディは苦笑しながら肩を竦める。

「俺たち用の食事と吸血鬼用の食事が、同じテーブルの上にあると緊張するな……。聖涼さん、ブラッドベリーは食べないでくださいね。大変なことになります」

「言われなくても食べないよ。だってブラッドベリーからは……」

「わーっ！　それ以上、言わないでくださいっ！」

俺は余計なものは見えないし、見たくもない！　知らなくて済むなら一生知らないままでいるっ！

明は心の中で激しくシャウトして、冷や汗を垂らしながら聖涼を睨んだ。

「了解。もう何も言わないよ」

聖涼はあっけらかんと笑い、口を閉ざす。

そこにアンガラドが現れた。

「エドワードお兄様、私と踊ってくださらない？」

彼女はすみれ色のドレスを揺らしながら、エディに右手を差し出す。

エディは「どうしたもんかな」と困惑した顔で明を見つめた。

「踊ってこい、エディ」

「すぐ戻る」

エディは、頬を紅潮させたアンガラドの手を取ってエスコートすると、ホールの中央に移動する。

「……もしかして、分かったのかい？」

聖涼の問いかけに、明は笑いながら頷いた。

「アンガラド、指が真っ白になるほど強くドレスを握りしめてました。それをダメだなんて言ったら、可哀相じゃないですか。それにエディは、何があっても俺

のダーリンです」

「信用しているから、安心して行かせたか。いいね、そういうの。さてと。私も何か飲もうかな」

聖涼は明の肩を軽く叩いて、その場を離れた。

一人になった明のもとに、大勢の吸血鬼が押しかけ……ようとしたが、ギネヴィア・クリスの登場ですごすごと引き下がる。

「中庭に出ないこと？　明ちゃん」

「あ……はい」

明はテーブルにグラスを置き、ぎこちなくもギネヴィア・クリスをエスコートしてパーティーホールを出た。

「もっと長くいられたらよかったのに。残念だわ」

ギネヴィア・クリスはベンチに腰を下ろし、明を見上げる。

「また来ます。今度は滞在できるギリギリまで」

「それは嬉しいわ」

二人はその後は口を閉ざし、月明かりのもと、パーティーホールから聞こえてくる歓声に耳を傾けた。

「ブラッドベリーの……」

ギネヴィア・クリスは沈黙を破って声を出すと、明に隣に座るよう手招く。

「ブラッドベリーの由来はエドワードから聞いてる？」

「はい」

「そう。ならば話は早いわね。……クリストファー・クレイヴン。彼はヘレナから名をもらった初めての吸血鬼で、クレイヴン家は彼から始まったわ」

彼女は何を言いたいんだろう。

明は少し首を傾げ、彼女の話を聞いた。

「今でこそ恋愛はオープンだけど、あの当時は違ったのね。見つめ合って、視線で愛を伝える。もしくは、態度で表す。好きだと、愛していると言うのは最後の最後。それでも直接的な言葉はないのよ。『大事に思っている』とか『あなたは私の全てだ』とか。それはそれで、なかなか熱烈ではあるんだけれど」

ギネヴィア・クリスは自分でも、言いたいことから大きく迂回しているのが分かるらしく、苛立たしげに腕を組む。

「ヘレナは、クリストファーのためにブラッドベリーを作ったの」

「え？」

「憶測の域は出ていないけれど、あの二人、絶対に好き合ってたと思うのよ。物語でもあるじゃない『美女と野獣』って。そんなイメージ」

「はあ……」

「だから、彼女の願いがブラッドベリーを作ったと思うの。ただ一人だけを思う強く純粋な願いは時に奇跡も起こす。私はそう思っている」

ギネヴィア・クリスは、神妙な顔をしている明ににっこり微笑んでみせた。

「もしかして……あなたは俺に……」

「クレイヴン家の領地でしか育たないブラッドベリーが、違う土地でも育ったとしたら、それは奇跡よね？　ヘレナの再来と思ってもいいわ」

「俺の前世は外国人じゃないと思います」

真面目に言い返す明に、ギネヴィア・クリスは「ぷっ」と噴き出して「おバカさん」と呟く。

「……ブラッドベリーの奇跡が起きたら、答えを出すきっかけになると思っただけ」

「マリーローズとモンマスのようになるもよし、お父様とアリアスのようになるもよし。あなたたちが幸せでいられるなら、私はどちらでも構わない。けれど、試してみる価値のあることなら、いろいろと試してみたいわけ」

「みんな優しいですね。優しすぎて……俺一人が悪人のようです。いたたまれなくなる」

明は石畳を見つめ、小さく笑った。

「ごめんなさいね、明ちゃん」

ギネヴィア・クリスは明の頭を優しく撫で、そっと立ち上がる。

「さて、戻りましょうか？　きっとエドワードがイライラしながら待っているわ」

「はい」

「しょんぼりした顔しないでね？　エドワードに怒られちゃう」

少女のように小首を傾げるギネヴィア・クリスに、明は笑顔で頷いた。


ここからヒースロー空港までは三時間半はかかるというので、明たちは早朝、荷物を城の外に運び出した。

まだ日が出ていないので、吸血鬼たちも見送りに出てくる。

「聖涼！　あなたがいなくなるのは寂しいわ！　またイギリスに遊びに来てね？」

「今度は妻と子供を連れて遊びに来るよ」

「待ってる！」

すっかり聖涼に懐いたアンガラドは、彼にきつく抱きつく。

「明ちゃん、はいこれ」

ギネヴィア・クリスは小さな紙袋を彼に手渡した。

「これはなんですか？」

「クレイヴン家秘伝の塗り薬。そして、ブラッドベリーの種が入っているわ」

「ありがとうございます」

「チャレンジしてみて。どちらにせよ、答えは出ると思うけど」

ギネヴィア・クリスは曖昧に微笑んで、明の頬にお別れのキスをする。

「これで可愛い孫娘と、しばしのお別れか。名残惜しいね」

ステファンは明を抱き締めると、唇にそっとキスをした。

目を丸くして驚く明とは別に、エディが「クソジジィ！」と怒鳴る。

「でも、また来ます。絶対に」

明はエディの後ろから、ステファンに宣言した。

「そうとも、ここは君の城だ」

ステファンの言葉に、明は深く頷く。

「君が行ってしまうのは寂しいよ！」

「今度会うときは、同族として会いたいね」

「またいらして、可愛い人」

吸血鬼たちは次々に明と抱擁を交わし、頬にキスをした。

彼らは次に聖涼と抱擁を交わし、「また面白い術を見せてくださいね」と名残惜しそうに離れる。

「近々日本に行く予定があるから、またそのときに」

マリーローズは抱擁しながら明に言った。

そして……。

ふくれっ面のアンガラドが、挑むような視線で明を見上げていた。

「比之坂明！」

「なんだよ」

「私、あなたを私のライバルと認めたわ！　いつでもかかってらっしゃい！　愛するエドワードお兄様のために、今度は正々堂々と戦うわ！」

アンガラドは右手を明に差し出す。

明はその手をそっと掴み「望むところだ」と笑い返した。

「俺様はまたしばらく城を留守にするが、みんな恙《つつが》なく暮らせ。何か問題が起きたら、お母様とジジィに相談しろ。それと、生まれたばかりのパーシヴァル家の跡継ぎに幸運を」

エディの言葉に、吸血鬼たちは歓声を上げる。

彼らは昔から伝わる自分たちの歌を歌いながら、エディたちを見送った。

彼らを乗せた馬車は、ゆっくりと門衛詰め所のアーチをくぐる。

明は窓から城を見つめ、そして叫んだ。

「なんだあれ！」

「え？　なになに？　……うわー…みんなの周りにいるのは猫？　犬？」

明と聖涼は、窓に顔を押しつけ、見送っている吸血鬼たちを凝視する。

彼らの足下には、いつのまにやらたくさんの犬猫がいた。

「エディ！　シンクレア城には、あんなにいっぱい犬猫がいたか？」

「ありゃみんな使用人だ。お母様とジジィに雇われてる化け猫と化け犬。お前たちに本当の姿を見せてくれたんじゃねぇの？」

エディは「何をそんなに驚く」という顔で答える。

「なんかもう……ありえないって言うのもバカバカしい」

「全くだね」

明と聖涼は顔を見合わせて「ぷっ」と噴き出す。

「のんびり笑ってんじゃねぇぞ？　こっから先は俺たち三人だけだ。リムジンでヒースローに着いたら、俺様をしっかりサポートしろ！」


ああそうだった。

エディが日光に当たって灰にならないように、フォローしなくては。

「出国審査から免税店、搭乗ロビーには窓らしい窓はない。ただ、搭乗ゲートまでが……」

「天気がよければ、また走るのか」

「そうなるね」

「十数時間は飛行機の中で大人しくしてないとダメだから、この際頑張って走りましょう」

明は力無く笑うと、エディの肩にもたれた。


うとうとしながらヒースロー空港についた彼らは、荷物を下ろしてくれた運転手と握手をした。

彼は照れ臭そうに小さな声で「ニャア」と鳴いて手を振る。

「運転手さんは猫か。髪が茶色だったから、茶トラの猫かな？」

「人間のまま鳴かれると、違和感があったね」

「そんなんどうでもいい！　さっさと出発ロビーに行くぞっ！」

エディは明のスーツケースを引きながら、大股で歩いた。

難なく荷物を預け終えた三人は、人でごった返す出国ロビーの一角に腰を下ろした。

お世辞にも座り心地がいいとは言えない椅子に座り、天井に備え付けてある掲示板で飛行機の搭乗状況を確認する。

「なんか、ウエイティングが多いですね」

「そうだね。この分じゃ、私たちの乗る飛行機も遅れそうだな」

「お茶が飲みてぇ」

エディの主張に、明も頷く。

だが、出国ロビーに漂っているのはコーヒーの香りだ。

「カフェに入ればティーバッグのお茶は飲めると思う。それがいやなら、コーヒーだね」

聖涼は、ロビーのど真ん中に鎮座している、日本にもある有名なコーヒーチェーン店の緑色の看板を指さした。

淹れたてのコーヒーと、ティーバッグの紅茶で悩んだ結果、彼らは全員コーヒーにする。

「聖涼さんは、免税店で何も買わないんですか？」

「うん。買い物はロンドンと郊外で済ませた」

「そっか。俺、これを飲んだら少し回ってこようかな？　時間、まだありますよね？」

「充分あるよ。エディ君と行ってくればいい。私はここで待ってる」

酒に煙草、こんなものをもらって嬉しいんだろうかと首を傾げてしまうユニオンジャックのグッズ。日用雑貨に化粧品に香水。

それらをのんびり歩きながら見て回る。

「桜荘のみんなに、紅茶を買っていこうかな」

「チョコとかクッキーの方がいいんじゃねぇ？」

「そうかな……」

明は菓子の棚に向かおうとしたが、思うところがあって、ふと足を止めた。

「ん？　どうした？」

「これでしばらく、イギリスとお別れなんだな」

「ああ。桜荘に戻ったら、俺様はまたグレープフルーツの日々だ」

エディは行儀悪くジャケットのポケットに両手を突っ込むと、肩を竦める。

「あっと言うまだった」

「次は湖水地方を案内してやる。あそこにはうちの別荘があるんだ」

「ギネヴィア・クリスさんもステファンさんも、いい人……じゃない、いい吸血鬼だった」

これから、いざ飛行機に乗ろうというときに、懐かしさがこみ上げてきた。

「そこの、ロンドンブリッジとビッグベンの写真がついたクッキーにしろ。あと、ユニオンジャックのチョコレート。いくつか買って、分けりゃいい。ポンド、まだ残ってんだろ？」

「人がしみじみとしているのに、現実に戻すな」

明はムッとしながら、チョコとクッキーの箱を何個も手に取る。

「故郷が増えて、よかったじゃねぇか」

「え？」

「俺のお母様は、お前にとってもお母様になるんだぞ？　ジジィは……まあ、おまけ」

エディは明が手にした箱をまとめて受け取り、レジに向かって歩く。

そうか。……俺とエディはダーリン・ハニーだから、ダーリンの母親はハニーにとっても母親か。……なんか、照れ臭い。

明の頬が徐々に緩んでいく。

「早く来い。財布を持ってるのはお前だろ」

偉そうだがどこか甘えた態度のエディに、明は微笑みながら頷いた。


エディは、今度は機内でコウモリになる失態を侵すことはなかった。

そもそも行きと帰りとではテンションが違うので、帰りの機内では「安堵」という名の睡魔が彼らに襲いかかり、殆ど食事もせずにただひたすら眠り続けた。

だが再び、時差のある日本の晴れ晴れとした陽気が、行く手を阻む。

彼らは最速でゲートを通り抜け、エディはトイレでコウモリとなって明のショルダーバッグの中で黒マリモと化した。

「スーツケースの中にお土産が入ってるから、宅配で送らずにこのまま持って帰りたいんだけどいいかい？」

「俺もそのつもりだったのでいいですけど、何に乗って帰ります？　成田エキスプレス？　それとも、京成ライナーですか？」

「すぐ乗れる席が空いていればどっちでもいいんだけど、まずは切符売り場に行こうか」

二人と一匹は、切符売り場に向かってゆっくりと歩き始めた。

聖涼のおごりで、最寄り駅からタクシーで帰宅。

「どうもありがとうございました。本当なら、つき合わせた俺がいろいろと気を遣わなくちゃいけなかったのに、逆に聖涼におんぶに抱っこで……」

「貴重な体験ができたから、それでチャラということで。こちらこそ誘ってくれてありがとう。本当に楽しかったよ」

道恵寺の本堂から弁天菊丸の嬉しそうな鳴き声が聞こえる。

「じゃあね、また後で」

聖涼は笑顔でそう言うと、スーツケースを引っ張りながら境内に向かった。


明は桜荘に着くと部屋にスーツケースを置き、スコップとじょうろを持って急いで庭に出る。そして、ギネヴィア・クリスからもらったブラッドベリーの種を、一番日当たりのいいところに蒔いた。

「クレイヴン家の領地じゃないんだけどな。本当に……芽が出るんだろうか」

ごま粒のような種を、数ヶ所に分けてパラパラと蒔く。その上に優しく土と肥料を盛り、軽く水をかけた。

「もしブラッドベリーの芽が出たら……」

『ただ一人だけを思う強く純粋な願いは時に奇跡も起こす。私はそう思っている』

ギネヴィア・クリスの言葉が脳裏に蘇った。

明は土に汚れた両手を見つめ、首を左右に振る。

「お前、あんま難しいことを考えんな」

腰のあたりからエディの声が聞こえた。それで明は、自分がショルダーバッグを下ろすのを忘れていたことに気づく。

「俺の城に行って、楽しかったろ？　それでいいじゃねぇか」

「エディは優しいな」

「お前は俺様のハニーだからな！」

バッグの中で、マリモ状態のコウモリは嬉しそうに体を転がした。

「風呂に入って、一寝入りしようか？」

「その前にゴハンゴハン！　グレープフルーツでもオレンジでもいい。明が指を囓らせてくれるなら、それが一番いい！」

「風呂に入ってからな」

「風呂はいやだ！」

「わがまま言うな。……さて、と。一寝入りしたら、溜まってる仕事を片づけるとするか！　郵便物を片づけて、お土産を振り分けて、スーツケースの中身を外に出して洗濯して」

明は立ち上がって、日差しを浴びながらゆっくりと伸びをする。

「そんで、チュウもする！」

「それは一番後だ」

エディは不満の声を上げるが、明は気にせず桜荘の中に入った。

いろいろ事件は起きたが、初めてのイギリス旅行はとても楽しかった。

煉瓦造りの家、石畳の道、石造りの城。

デジタルカメラのメモリーカードをプリントに出せば、山ほどの写真となって戻ってくるだろう。

美味しかった料理、アフタヌーンティー、血の味がするブラッドベリー。

美しく煌びやかな大勢の吸血鬼。

ふと明は、誰かに名前を呼ばれたような気がして、後ろを振り返った。

「どした？」

「いや……なんでもない」

『……ブラッドベリーの奇跡が起きたら、答えを出すきっかけになると思っただけ』

このときは、数ヶ月後に自分が重大な決断をするとは、明は思ってもみなかった。

# 伯爵様は魅惑のハニーがお好き♥

化け物退治で有名な道恵寺の敷地内にある、「桜荘」という古ぼけたアパート。

かなり年代物のアパートで、以前は「お化け荘」と呼ばれていたが、無事塗装を追えた今は、ココア色の美味しそうな色から「お菓子荘」と呼ばれるようになった。

その桜荘の大家兼管理人である比之坂明は、夏の日差しを浴びながら、庭を箒《ほうき》で掃いていた。

Tシャツの背に汗染みを作っても気にすることなく、野良猫の抜け毛やまだ青い落ち葉、庭いじりをするのに邪魔な小石を丁寧に集める。

「桜荘さーん。郵便ですー」

郵便配達員がバイクを止め、アパートの門をくぐってきた。

「いつもご苦労様です」

明は真剣な表情を笑顔で崩し、配達員を出迎える。男らしく凛々しい顔立ちは、笑うと途端に幼くなり、それを見る相手に親しみを持たせた。

「いえいえ。……それにしても暑いですねぇ。まだ夏本番じゃないのに」

配達員は桜荘住人のポストに手際よく郵便物を入れると、最後の一通を明に手渡す。

「はいこれ。管理人さん宛て」

「お？　……結婚式の招待状だ。誰だろう」

明は首を傾げながら差出人の名前に視線を落とした。

「では、私はこれで」

「あ、はい……」

配達員の挨拶におざなりに答えた後、明は嬉しそうに目を細めて呟いた。

「なんだよ。高原のヤツ、面倒くさいから結婚しないとか言ってたくせに」


友人の結婚式の招待状の返信に「出席させていただきます」と返事を出してから早二ヶ月。

季節は夏から秋へと移り変わった。

桜荘のシンボルである巨大な桜の木も、蝉たちの鳴き声が聞こえなくなって久しい。

夕方、明はいつものようにじょうろを持ち、丹誠込めた庭の草花に水をまく。

「そろそろ俺も、自分で何か植えてみようかな」

小さな庭には祖父が植えた秋の草花が、優しい色の花弁をつけてしとやかに咲いていた。

「俺が世話してるのは、全部祖父ちゃんが植えたもの……」

明は最後まで言うのをやめ、首を左右に振る。

そういや今年の春に、一つだけ俺が蒔いた種があったっけ。

「一番日当たりのいい場所に蒔いてやったのにな。土の中で腐ったのか、それとも俺には、ブラッドベリーを育てる資格がないのか。エディの主食が実ればいいと思ってたのに……」

彼は、庭の一角にぽつんと空いた場所の前で、ゆっくりしゃがみ込んだ。

エディとは、ひょんなことから明の恋人となり、生涯の愛を誓ったイギリスの貴族、エドワード・クレイヴン伯爵で、「吸血鬼」であるばかりでなく、目も眩《くら》むような素晴らしい美形である。

「桜荘も、考えようによっては、ブラッドベリーが育つにいい環境だと思うんだけどな」

桜荘は、亡くなった祖父が管理していた頃から人間世界に溶け込んだ妖怪たちの住処《すみか》なので、充分不思議土壌なのだ。

「ギネヴィア・クリスさんに申し訳が立たないや」

今年の春、道恵寺の跡取りの聖涼と明は、エディの故郷を旅行した。

エディは広大な領地を持つ世にも美しい城の持ち主で、彼の一族も大変美しかった。

そこで明は、紆余曲折ありながらも思い出に残る二週間を過ごしたのだった。

帰り際、エディの母であるギネヴィア・クリスから手渡されたのが、ブラッドベリーの種。

血の味のする果実のお陰で、吸血鬼たちは人間をむやみやたらと襲わなくなったという。

けれどブラッドベリーは、クレイヴン家の領地以外では育たない。ギネヴィア・クリスはそれを承知で、明に種を渡したのだ。

「奇跡はおとぎ話の中だけ……っててっ！　なんだこりゃっ！」

今朝水をまいたときには、確かにここには何も生えていなかった。なのに今は、いくつもの小さな黒い双葉が生えている。

「これ……エディ……エディに、確かめてもらわないと……っ！」

明はじょうろを放りだし、自分の部屋である一階端の管理人室の窓に向かって走った。

「エディっ！　一大事だっ！」

彼は乱暴に窓を開け、部屋の中に向かって大声を出す。

「あー？　俺様は今、『瞬殺！　スターレンジャーDX』を真剣に見ている真っ最中～」

エディは、長袖のTシャツにジーンズといったカジュアルな格好で、畳の上にだらしなく寝転ってテレビを見ていた。

「そんなの見てる場合かっ！　ブラッドベリーの芽らしきモノが生えたっ！」

「マジかよっ！」

　エディは素晴らしい腹筋で起きあがると、窓に駆け寄り明のシャツの襟首を掴む。

「いや……その……よく分からないモノが生えてるから、お前に確認してもらおうと……」

　明はエディの勢いに気圧され、語尾が小さくなった。

「よし。俺様自ら確認してやる。……太陽は、と。もう沈んだな。ちょっと待ってろ。俺様は育ちがいいから、窓から出入りなんてしねぇ」

「育ちはどうでもいいから、さっさと庭に来い！」

　偉そうに自慢するエディの頭を軽く叩き、明は真面目な顔で言った。


　二人は庭の片隅に揃ってしゃがみ込み、真っ黒な双葉をじっと観察する。

「どうだ？　これ……ブラッドベリー？　それとも、雑草か？　シソの芽に似てるような気がするけれど、庭にシソの種なんて蒔いてないし……」

　明は、エディの端整な横顔を見つめて尋ねた。

　エディは芽を引っこ抜かないように慎重に触り、確かめる。

「間違いねぇ。こりゃ、ブラッドベリーの芽だ」

「そ、そうか……半年近くも経って、やっと芽を出したか……」

「ハニーっ！」

　エディは明をいきなり抱き締める。

「俺はブラッドベリーがクレイヴン家の領地以外で芽を出すのを初めて見たぞっ！　さすがは俺様のスペシャルスイートハートっ！　でかしたっ！　奇跡を起こしたっ！　これで俺様は、本物ゴハンの日々を送ることができるっ！」

「……あ、ああ」

　いつもならここで「苦しいっ！　離せ！」と悪態をつくはずなのに、明は神妙な顔をしてエディに抱き締められたままだ。

「明……？」

「俺、びっくりしすぎて頭が上手く働かない。そうだ……写真を撮っておこうか？」

　明はジーンズのポケットから携帯端末を取り出して、シソによく似た双葉の写真を撮る。

　これをギネヴィア・クリスに送ろう。そうすれば、イギリスの吸血鬼一族に知れ渡るだろう。

「俺様がずっと一緒にいたから、芽が出たんだぜ？」

エディは明の頬にチュウとキスをする。

明はエディにされるがままで、ポチポチと日本語の文章を打つ。

吸血鬼が日本語も使えて本当に良かったと、明は思った。

「これ、送信するからな？」

「おう」

「しかし、これって……やっぱり奇跡か？」

送信を終えても携帯端末を掴んだまま、明はぼんやりと口を動かす。

「そう。愛の奇跡！　記念に是非とも、今からエッチをっ！」

「バカもの」

明は冷静に突っ込み、エディの頭を軽く叩いた。

「冗談を言ってる場合じゃない。ブラッドベリーの芽が出たということはだな……っ！」

『……ブラッドベリーの奇跡が起きたら、答えを出すきっかけになると思っただけ』

ギネヴィア・クリスの言葉が明の脳裏に蘇る。


彼女は、人間のままでいるか、吸血鬼になるかを選べないで悩んでいた明にそう言った。

「クレイヴン家の領地でもないのに、こんな凄いことが起きたってことはだな……っ！」

あのときは半信半疑だった。けれど今、明の目の前に現実が突きつけられる。

「分かってっから、それ以上言うな」

エディは青い瞳で明を優しく見つめ、複雑な表情を浮かべている明の頭をそっと撫でた。


ブラッドベリーは瞬く間に成長し、三日目には深い緑の茂みの間に深い赤色の小さな花をたくさんつけた。

それどころか、花が咲いた翌朝には形が桑の実によく似た、赤黒い艶やかな実をたわわに実らせる。

「これは凄いね。本当に奇跡だ。弁天菊丸、見てごらん。すごいねえ」

寺の跡取りにして凄腕の退魔師である遠山聖涼は、仕事のパートナーである由緒正しい柴犬・弁天菊丸を朝の散歩に連れて行こうとしたところ、パジャマ姿のまま血相を変えた明に連れられてきた。

弁天菊丸はブラッドベリーの匂いを一度嗅いだだけで、聖涼の後ろに隠れてしまう。

「なんというかもう……あり得ないとしか言いようが……」

明は、自分の肩にへばりついたまま居眠りしているコウモリの頭を撫でながら、首を左右に振った。

「でもこの草木のお陰で、エディ君は本来の食事に戻れるわけだ」

「そうですね……」

「明君、ギネヴィア・クリスさんに電話をしてみたら？」

「その、メールはもう送ったんですが……」

「メールだけでなく、ちゃんと話しなさい。……ありゃ。明君、早く部屋に戻った方がいい」

のんびりと彼の返事を聞いていた聖涼が、突然、真剣な表情で呟く。

明は「何を言われるんだろう」と身構えた。

「雲の切れ間から太陽が顔を出した。そのままだと、君の肩に止まっているエディ君は、真っ白な灰になってしまう……」

「へ？　うわっ！　ホントだっ！　ヤバイっ！」

「エディ君が灰になったら、その灰がほしいんだけど」

「ダメですっ！」

明はエディを鷲掴みにすると、物凄い勢いで桜荘へ走る。

「……さて。これから明君はどうするんだろうね」

聖涼に問われた弁天菊丸は、彼を見上げて甘えるように小さく鼻を鳴らした。


「俺様……あと少しで死んじゃうかも……」

力任せに握りしめられたコウモリは、弱々しく手足を動かして解放を訴える。

「あっ！　悪いっ！」

明は、敷きっぱなしの布団の上にコウモリを置くと、その前に正座した。

「ったくよー！　俺様が握り潰されたら、お前は未亡人だぞっ！」

せめて男やもめと言ってくれ。

と、いつものように突っ込む気分になれない明は、大きなため息を返事に代える。

ブラッドベリーの奇跡は「さっさと決めやがれ」と、明の背中を強く叩いているような気がした。

明は、なんとも言いがたい罪悪感を感じて、顔をしかめる。

コウモリはポンと人型に戻り、明と向き合ってあぐらをかいた。

「そんなに悩むんじゃねえ。スイートハート。俺がいるだろ？」

目も眩むような美形だからこそ似合う、キザで恥ずかしい台詞。エディは明の頬を片手で包み、優しく撫でる。

ひやりとしていて気持ちがいい。

「お前と会ってから、一年以上過ぎたんだよな」

明は、エディの指先に慰められながら、漠然と言った。

「おう。波瀾万丈な一年だったな。けど俺たちの愛は深まったし、聖涼んとこには双子の赤ん坊が生まれた」

「長いようで短い間だった……」

「おいっ！」

まるで今生の別れのようなしんみりした明の台詞に、エディは慌てて大声を出した。

「離婚は許さねぇぞっ！　シンクレア城の拷問室で、二人揃って熱烈な愛の誓いをしたじゃねえかっ！」

だからあそこは「元」拷問室で、現在は地下庭園だろうがっ！

明は心の中でざっくり突っ込みつつ、眉間に山ほど皺を寄せてエディを見つめる。

口では乱暴なことを言っても、エディはとても心配そうな顔をしていた。

「あのな明。俺様はお前がいねぇと、育ちと顔がいいだけのダメな吸血鬼なんだぞ……？」

エディはあぐらをといて明を抱き締めると、そのままコロンと布団に押し倒す。

「想像してみろ。俺様が寂しくスイカを齧ってる姿を。可哀相じゃねえか。可哀相だろう？　あんまり可哀相だから、絶対に離したりしねえよな？」

何をするにも一人で、時折返事の返ってこない問いかけをして、その自分に苦笑する。喧嘩をすることも甘えることもできない。尽きぬ寿命を持てあまし、それでも生きていく。

そんなエディを想像してしまった明は、物凄く可哀相になって鼻の奥をツンとさせた。

「涙が出てきそうな……って、お前。何やってんだ？」

明は、パジャマのボタンを外そうとするエディの手を叩き、彼を睨みつけた。

「は？」

「俺は、ギネヴィア・クリスさんに電話をするのに、最初はやっぱり英語で話した方がいいのか、それとも日本語でいいのか、考えていただけだ」

「日本語でいい」

「いやでも、相手に敬意を表すためにも……」

「お前、お母様へのメールは日本語で打ってただろ！　悩んでる暇があるなら、さっさと電話だ！」

エディはすぐさまコウモリに変身し、明の頬に頭を押しつける。ふわふわと柔らかい羽毛が気持ちよくて、明はそっと目を閉じた。

ああこの感触。一度知ったら絶対に手放せない。

誰がエディを一人にさせるものか。

「さっさとお母様に電話してやれ。きっと喜ぶ」

明は、ブラッドベリーの葉が生えたばかりの写真を添付したメールを送信してから、まだ電話をしていない。そういえば聖涼にも言われた。

「よく考えたら、こんなに愛らしくて可愛らしくて触り心地のいい俺様を、お前が離したりするはずねえもんなぁ」

「その姿のときはな。絶対、手離すもんかって思う」

「こっちのときは？」

コウモリは人型に戻り、明の顎を片手で掴んで自分に向かせる。

「人型になったりコウモリになったり、忙しいヤツだな」

「そんなんいいの。こんなに美形で育ちがよくてお前のために何でもしちゃう俺様。絶対に離したくねぇだろ？」

「自分で言うな、自分で」

明は、エディの青い瞳を覗き込み、照れ臭そうに笑った。

「可愛いハニー」

「そりゃ、お前のハニーだからな」

「自分で言ってりゃ世話ねぇな」

「似た者同士で丁度いい。……さてと、ギネヴィア・クリスさんに電話をしよう」

明はゆっくり立ち上がると、気合いを入れて伸びをする。

「もうちょっとこのまま～」

エディは美形顔をだらしなく崩して明の腰にしがみつくはずだったのだが、勢い余って彼のパジャマのズボンを下着ごと膝まで下ろしてしまった。

「あ……」

エディは明の引き締まった尻を前に苦笑し、何事もなかったかのように改めて抱きつく。

「エディっ！」

「俺様のゴールドフィンガーが、欲望に忠実になっちまった」

「おいっ！　離れろっ！　……あっ！」

いきなり尻を甘噛みされた明は、へなへなとその場にしゃがみ込んだ。

「感じちゃった？　可愛い淫乱ちゃんめ。ほらこっち見ろ」

エディは、吸血鬼が相手を誘惑するときの深紅の瞳になり、後ろから明を抱き締める。

「朝っぱらから……反則技……使うな…っ！」

「ちょっと触られただけで感じちゃう、敏感なお前が悪い」

エディの指が、明のパジャマの上から胸の突起を探し出して撫で回した。

「ん……っ……バカ…っ……」

もし吸血鬼になっても、こんな風に感じることができるのだろうか。気持ちのいいエディの愛撫を、素直に感じることができるのだろうか。悦び、悦ばせることができるだろうか。

それとも吸血鬼になったら、寄り添うだけで事足りるのか。

明は火のついた体を持てあましながらそんなことを考え、快感と切ない気持ちで瞳を潤ませる。

「そんな可愛い顔見せられちゃったら、俺様、朝っぱらから無茶苦茶頑張っちゃう」

エディは突起だけでなく筋肉質の胸全体を揉み出した。

硬い筋肉をほぐされるように揉まれ、明は唇を噛み締めて首を左右に振る。

「気持ちいいだろ？　腹につくほど勃ってる」

「バカ…っ」

「もうちっと素直になれってんだ」

「お前こそ…っ……貴族ならもう少し丁寧な口調で……っ」

沸き上がる快感に勝てず、明は自分の右手で雄を扱きだした。

「文句なら日本の若い連中に言えって。俺様はそいつらの口調を手本にしたんだから。それともアレか？　命令口調でいろんなこと言われてぇの？」

エディは明の肩越しに、彼が自分で雄を扱く様子を見つめながら面白そうに笑う。

「そうじゃ……なく……っ」

「俺様のハニーは注文が多くて困る」

エディは明の首筋を丁寧に嘗め上げながら、さっきよりも激しく彼の胸を揉んだ。

「あ……っ……ん、んん……っ」

「ブラッドベリーの実を取ってくりゃよかったな。そしたら、桜荘に住んでる連中がびっくりするくれえの声を上げさせられたのに」

囁くような言葉に、明の体が朱に染まる。

吸血鬼の主食は、人間にとって激しい催淫剤《さいいんざい》となるのだ。

彼は、ブラッドベリーの果汁を雄に塗られ、電流に貫かれるような快感に我を忘れたことを思い出して興奮してしまった。

「お。体はしっかり覚えてんな」

「だ、だめだぞ…っ……あれはだめ……っ！」

雄を扱く手を止め、明が泣きそうな顔で怒鳴る。

エディは明が恥ずかしがる姿を嬉しそうに見つめて、「使わねえよ」と囁いた。

「二人で気持ちよくなろうな」

「まだ朝……」

「朝は、いろんなもんがとっても元気」

自分に都合いいように呟くと、エディは明をそのまま俯《うつぶ》せにする。そして腰だけを高く持ち上げた。

ホント、桃みてぇ。俺様って果物好きだし。ハニーのお尻はジューシーピーチ。か、か、噛みてぇっ！首筋じゃねぇから噛んでもへーキだよな？一応、お伺いをたてっか。

エディは明の尻を両手で撫で回しながら、「ここ、噛んでいい？」と馬鹿正直に尋ねた。

「…………は？」

すっかりやる気満々になっていた明は、たちまち眉を顰めてクールダウンする。

「こっからゴハンもらってもいいか？」

噛みつく場所を探すような指の動きに、明は物凄い勢いで仰向けになった。

「ゆ、ゆ、指があるだろっ！左手の人差し指っ！ここじゃ足りないのかよっ！いつも齧って、痕が残ってんじゃないかっ！」

「けど、目の前にハニーの可愛い尻があったら、齧りたいと思うのがダーリンの気持ち！」

「そんな気持ちは捨ててしまえっ！」

「……絶対に気持ちいいと思うんだけど」

「こんな変態行為を、俺が許すと思ってるのか？尻から血を吸うなんてっ！貴族のくせになんてことを言うっ！」

「変態って……お前、いつもはもっと凄いことしてんのに……」

「ギャーっ！言うな、言うなっ！」

「あーもー……はいはい。お前は俺様の大事なハニーだから、言うこと聞いてあげましょう。取り敢えず今は……」

エディはにっこり微笑んで、明の足から下着とパジャマのズボンを取り除く。

「おい……」

「ハニーを怒らせちまったから、俺様が心のこもった

お詫びをしてやる」

エディは明の足を左右に大きく開くと、そこに顔を埋めた。

「俺は電話を……っ……あ、…んぅ……っ」

明は背をぴくんと仰け反《の ぞ》らせ、掠れた声を上げて目を閉じる。

柔らかな雄はエディの唇と舌で優しく愛撫され、瞬く間に勃ち上がっていく。

「は……っ……あ、あ……エディ……っ」

明は両手で顔を覆い、彼が愛撫しやすいよう自ら大きく足を開いた。

愛撫をねだる仕草が可愛らしくて、エディは明の弱い場所を選んで丹念に舌を動かす。

先端の縦目に舌を差し込み、先走りが溢れる前にすくい取り、キスをするように吸い上げると、ひくひくと雄が震えた。

「ん……っ、や、ぁ、んん……っ」

ドアの向こうで、一〇二号室の大野と一〇三号室の橋本が「今夜一緒に飲みましょうよ」と言っているのが聞こえる。

「あいつら、もう出勤なんだ」

エディは明の雄から口を離し、右手の中指で彼の後孔を撫で回しながら呟いた。

「けど俺たちには関係ねえし。な？」

「エディ……焦らすな……っ」

明は顔を覆ったまま腰を揺らす。

「だったら、顔見せろ。お前のイくときの顔が見てえ」

指は後孔を撫で回すだけで、決して中には入ろうとしない。明は焦れて、切ないため息を漏らしながら顔を覆っていた両手を外す。

快感に潤んだ瞳で見上げられ、エディはごくりと喉を鳴らした。

この顔、何度見ても見飽きねえ。たまんねえな。

エディは明の目尻にキスをすると、指を一本挿入した。

「ひゃ……っ……あ、んぅ……っ」

ゆっくり抜き差ししながら、もう片方の手で勃起した雄を扱いてやる。

「あ…っ……いきなり……両方……弄るな……っ」

口ではそう言っても、前後からの甘い刺激を受けた明の体は、次の行為を期待して腰をくねらせた。

明の体を知り尽くしているエディは、彼が次に何がほしいのか分かっていて、雄を扱いていた指をわざと離す。

「だめ、そこだめ……っ、エディ……っ！」

意地の悪い動きを押さえ、もっと快感を得ようと明が右足をエディの左肩に乗せた、そのとき。

「グッモーニン！　明！　申し訳ないが、ちょっとここを開けてくれないかっ！？」

一〇一号室に住むチャーリーことチャールズ・カッシングが、上品にドアを叩いた。

「ちっともよくねぇっ！」

恋人同士の甘いひとときを邪魔されたエディは、ドアに向かって怒鳴る。

「化け物には聞いてないよ！　明、私の一大事なんだっ！　開けてくれっ！」

チャーリーのドアを叩く音が激しくなると同時に、二〇一号室の宮沢雄一の声が廊下に響いた。

「今日のビジネスランチには、俺も同席することになってるんだぞっ！　なのにこれはなんだっ！　育ちがいい人間が、こんなことをするかっ！」

雄一はチャーリーの部下で、イギリスに本社を構える世界的に有名なカッシングホテルグループの日本支社に勤めている。ちなみに御曹司のチャーリーは日本支社の代表だ。普通なら立派なホテルかマンション住まいをしてもおかしくない二人だが、ひょんな縁から桜荘に住んでいる。

「あいつら……一体どれだけ俺たちの愛の日々を邪魔すりゃ済むんだ？」

すっかり冷めてしまったエディは、両手の拳を握りしめて玄関に向かった。

「またチャーリーが、宮沢さんにバカなことをしたんだろう」

同じく萎えてしまった明は、布団の上に散らばっていた下着とパジャマのズボンを掴み、ため息をつきながら穿く。

「てめぇっ！　まずいの我慢して囓るぞっ！　ひからびるまで血を吸ってやるっ！」

自分の正体を知っている彼らに向かって、エディはドアを開けながら大声で怒鳴るが、スーツ姿のチャーリーはそれを右から左に聞き流し、靴を履いたまま部屋に転がり込んだ。

「明！　桜荘を殺人事件の現場にしたくなかったら、私を助けてくれっ！」

「ええいっ！　何かあるとすぐに比之坂さんを頼るっ！　自分の尻ぬぐいもできないのかっ！　そんな男が、俺をハニーと呼ぶんじゃないっ！」

雄一もまた、スーツ姿で大変恐ろしい顔をして土足で部屋に上がり込んだ。

スルーされたエディは頬を引きつらせて怒りを表し、彼らの後を追いかける。

「ほんの、ちょっとした愛の行為じゃないか！」

チャーリーは明の後ろから叫び、大げさに肩を竦めてみせた。

「こんなところにキスマークをつけて、何がちょっとした行為だっ！」

雄一は仁王立ちのまま、左耳の下にある鬱血《うっけつ》を指さして怒鳴り返す。

「おー……見事なキスマークじゃねぇか」

彼は茶々を入れたエディを睨み、「感心してる場合じゃない」と低く掠れた声で言った。

「恋人同士なら、たまにはそういうことはあるんじゃないですか？」

明は、自分の後ろにいたチャーリーを雄一に引き渡しながら呆れた声を出す。

「恋人同士じゃないですよ！　比之坂さん！」

「ノーノー！　雄一っ！　私たちは身も心も一つ！　死なばもろとも！」

「それを言うなら、死が二人を分かつまで、だろうがっ！　変な日本語を喋るなっ！」

「まさしくその通りっ！　マイスイート！」

「俺はゲイじゃないっ！」

「だが私たちは恋人同士だろう？　キスだってしているし、別のことだってしているじゃないかっ！　是非次回は……」

「静かにしろっ‼」

明は枕を掴んで、チャーリーと雄一の頭を続けて叩いた。

「桜荘は、部屋の中は土足禁止っ！」

二人は慌てて靴を脱ぎ、申し訳なさそうに明の前で項垂れる。

「二人とも俺より年上なんだから、もう少し落ち着いてくださいっ！」

「……申し訳ありません。チャーリーのバカが変なことをしなければ、清々しい朝だったのに」

雄一の隣で、チャーリーは不満そうな顔をした。だが明に睨まれ、ますます頭を垂れる。

「どーでもいいから、さっさとこの部屋から出て行け。俺様と明は、中断された朝の甘いひとときを過ごす」

「お前も静かにしろ」

明はエディの顔めがけて、枕を力任せに投げる。

「少し早いが……仕事に行こうかな」

チャーリーは乱れた髪を指で梳き、雄一をちらりと見た。

雄一は小さなため息をついて、軽く頷く。

「今、車を回すから、少し待て。……比之坂さん。本当にご迷惑をおかけしました」

雄一は明に深々と頭を下げ、部屋を出て行く。

「明、一つ聞いてもいいかな？」

「なんだ？　チャーリー」

「三日ほど前から、庭に生えている木から異様な妖気……いや、不思議な気配が漂ってきている。あれは一体なんだい？」

現在は家業に勤《いそ》しんでいるとはいえ、魔物ハンター。チャーリーにもブラッドベリーの気配が分かったらしい。

視線を泳がせ、気まずそうにしている明の代わりに、エディが答える。

「吸血鬼の主食が生えたんだ。勝手に引っこ抜くなよ？　ヘボハンター」

「なるほど。化け物の餌か……」

「餌と言うなー」

「化け物の食べ物など、餌で充分」

睨み合うチャーリーとエディの前で、明は盛大にため息をついた。

「チャーリー、お前は外で宮沢さんの車を待て。エディはやたらと人間に喧嘩を売るな」

言われたエディは瞬く間にコウモリに変身する。

「こんな愛らしい俺様は、人間になんて喧嘩売らねえっ！」

コウモリは明の周りをパタパタと小さな羽で飛び交い、彼に素早く鷲掴みにされた。

「愛らしいなら愛らしい生き物らしく、大人しくしてろ」

「暴力ハニー」

コウモリはつぶらな瞳で、不満そうに明を見つめる。

「……では私は仕事に行ってきます。お騒がせしました」

「宮沢さんの首に絆創膏《ばんそうこう》を貼ってやれよ？　あれじゃ目立ちすぎる」

「分かったよ」

チャーリーは苦笑しながら部屋を出た。

ようやく、部屋の中が静かになる。

「んじゃ、さっきの続きをすっぞー。エッチエッチ！」

「可愛らしい姿のままで、そんな言葉を連呼するな。俺はギネヴィア・クリスさんに電話をする」

明はコウモリの小さな鼻を指先でちょんとつつき、布団の上にそっと置く。

そして自分は、タンスの一番上の引き出しから、ギネヴィア・クリスの連絡先が書かれたメモ用紙を引っ張り出した。

時差があることも、自分が英語を話せないことも関係ない。

とにかく彼女に電話がしたかった。

「ええと、国際電話だろ？　それから、イギリスの国番号は……、と」

明は携帯端末の画面を見ながら、家電の受話機で電話番号をプッシュする。

コウモリは布団から顔を上げ、電話をかける明の後ろ姿をじっと見た。

何回コール音を聞いただろうか。

明は受話器を握りしめた掌にじっとりと汗をかく。

「最初は俺様が話をしてやるのに」

「エディは黙ってろっ！　……って、出たっ！」

『Hello?』

英語、キタ――――――っっ‼

明はびくんと体を震わせた後、深呼吸をして心を落ち着かせた。

「ディ…This is akira speaking……えっと」

『あらあらあらっ！　明ちゃんじゃないのーっ！　元気だった？　エドワードは相変わらずバカなことをやって、あなたを悩ませている？　本当に困った当主よねぇー！』

「ああ日本語だっ！　おはようございます！　ギネヴィア・クリスさんっ！」

吸血鬼は、何ヶ国語も自由自在に操ることができる。

ギネヴィア・クリスは、明が上手く英語を話せないことを知っているので、すぐさま日本語で話しかけてきた。

明は、彼女の懐かしい声に思わず涙ぐむ。

『この間はメールをありがとう。添付の画像もみんなで見たわ。可愛い双葉』

「はい。ブラッドベリーが……」

電話の向こうで、ギネヴィア・クリスが沈黙した。

「ブラッドベリーは、あのあと、あっという間に花が咲いて、今朝、実をつけました」

『クレイヴン家の領地以外で、初めてブラッドベリーが実を結んだのね』

「はい。ギネヴィア・クリスさん……俺……どうしたらいいんでしょう」

ギネヴィア・クリスは電話口で軽やかに笑うと、優しい声で囁くように言う。

『あなたの思うままに、よ。明ちゃん』

「でも俺は……」

明の声が尻すぼみに小さくなる。

こんな漠然とした言葉が聞きたかったわけじゃない。もっと、ハッキリとしたことを言ってほしい。明は受話器を握りしめる手に力を込めた。

電話の向こうで、小さなため息が聞こえる。

『明ちゃん。……わたくしはね、あなたに吸血鬼になりなさいと命令することはできない。人間でいなさいとも言えない。だからあなたは、自分の意志で考えなければだめよ？』

「それは分かっています」

『分かっていないわね。あなたはブラッドベリーの芽が出て焦っている。思い出しなさい。あなたがなぜ吸血鬼になるか人間でいるかを悩んでいるか』

明が息を呑む。

受話器を握りしめた掌に、じわりと汗が浮かんだ。

『いいことを教えてあげるわ。これはエドワードには内緒よ。……と言うか、わたくしたち吸血鬼の中でも、知っている者と知らない者とに分かれるんだけれど……』

ギネヴィア・クリスはそれからしばらくの間、明に「ブラッドベリーに関わるあること」を教えた。

そして三十分ほど経った後、明は静かに受話器を下ろした。

彼は未だに掌にびっしょりと汗をかき、神妙な顔をしていた。

「随分長話だったな。お母様はなんて言った？」

コウモリは布団の上で、でんぐり返しを繰り返しながら尋ねる。


黒マリモがコロコロと転がるような仕草は、握り潰したくなるほど可愛らしい。だが明は、その可愛らしさに目もくれず、深いため息をついて「内緒だ」と呟いた。

「ダーリンに隠し事かよ」

「ギネヴィア・クリスさんが、俺にだけ話してくれたことだからな」

「俺様はのけ者か？」

「そうだ」

ギネヴィア・クリスは明に何を話したのだろう。コウモリは小さな首を傾げ、つぶらな瞳で彼を見上げた。

可愛らしくて愛らしい、エディのもう一つの姿。

明だけを見て、明だけを愛してくれる吸血鬼。

彼もまた、自分でも驚くくらいエディを愛している。殴っても、怒鳴っても、辛辣なことを言っても、この思いは少しも変わらない。明の方こそ、エディがいなくなって以前のように一人暮らしになったら、悲しくて寂しくて死んでしまう。エディが自分の側にいない日々など、想像もできない。

エディは明が覚悟するまで、人間と吸血鬼のどちらかを選ぶまでいつまでも待つと言った。もし明が人間でいることを決意しても、変わらず愛すると言った。

エディはその言葉通り、明が年老い、寿命を全うするまで側にいて愛を囁くだろう。

明はそれが分かっているから、辛かった。

自分が人間でいると、どんなに健康に気をつけても、百年も一緒にいられない。けれど、吸血鬼という未知の生き物になる決断もできない。

エディの「いつまでも待ってやる」の言葉に甘え、ここまでずるずると来てしまった。

重要な問題を後回しにして、日々の、たわいもない幸せなやりとりに逃げている。

ごめんな、エディ。

明はコウモリの顎の下を、猫をあやすように優しく撫でる。

「腹減ったろ？　今、ブラッドベリーを摘んできてやるから待ってろ」

「俺様も行く」

コウモリは明の指に両手でしがみつき、「いつでも一緒」と言った。

「………日の光に当たって灰になりたいというなら止めないが」

明はカーテンの隙間から差し込む日光を指さす。

「……部屋で待ってる」

「そうしてくれ。何粒ぐらい摘んでくればいいんだ？その体だと、二、三粒？」

「三つ！　三つで腹いっぱい胸いっぱい！」

「了解」

明はコウモリの頭を指先でそっと撫で、パジャマのまま外に出た。


吸血鬼は日光を浴びると灰になって滅んでしまうが、主食のブラッドベリーには関係ないらしい。秋の日差しをさんさんと浴びて、気持ちよさそうに枝を伸ばしている。

朝食を済ませた明は、満腹で船をこぎ出したコウモリを座布団の上に載せて部屋を出ると、庭の草むしりを始めた。

「こりゃまた、面白い植物が育ちましたねぇ、比之坂さん。これって、俺たちが桜荘に住んでるせいかな？」

二〇二号室の河山が、伸びをしながら庭に現れた。

「ひなたぼっこをしに来たんですか？　河山さん」

何か難しい顔つきで草むしりをしていた明は、顔を上げて売れっ子作家に笑いかける。

「ん、そう。ちゃんと日光を浴びないと体に悪いからね。……で、この植物はなんていう名前なの？」

「ブラッドベリー。エディの故郷に行ったとき、あいつのお母さんから種をもらったんです。吸血鬼の主食だそうですよ」

「へえ……。でも比之坂さん、あんまり嬉しそうじゃないですね」

「エディの主食が生えたのは嬉しいですよ。けど、そのために、俺には考えなくちゃならないことができたんです」

人間でいるか、それとも吸血鬼になるか。

明は一生懸命笑みを浮かべようとするが、上手くいかずに怖い顔になる。

「比之坂さんが何を悩んでそんなに深刻な顔をしてるか分からないけど、俺たち桜荘の住人は、元気な比之坂さんの姿を見てたいな」

「そーですよ！　比之坂さん！」

「俺も、いつもニコニコしてる比之坂さんが好きだなあ！」

いつのまにやら、二〇三号室の曽我部《そがべ》と二〇四号室の伊勢崎《いせさき》が、河山の両隣に立っていた。

「そんなに心配されるほど、俺って深刻な顔をしてました？」

明はゆっくり立ち上がると、手に着いた泥をワークパンツで拭う。

「うん。イギリスから帰ってきてから、時々ね。もしかして、エディさんと上手くいってないの？」


伊勢崎の言葉に、明は肩を竦めて「きわめて良好です」と笑った。

「何かあったら、相談してくださいよ。河山さんは博識だから頼りになるし、道恵寺の聖涼さんもいる。俺たちはその……あんまり頼りにならないけど、グチぐらいは聞いてあげられるしねー」

曽我部は照れ臭そうにそう言う。

「ありがとう。でもこれは、俺が一人で考えて決断しなくちゃならないことなんだ」

口調は穏やかだが、真剣な顔。

「そっか。頑張ってね、比之坂さん。んじゃ俺たちは、バイトに行ってきます」

伊勢崎と曽我部はポンと明の肩を叩いて、二人仲良く桜荘の門を出て行った。

「……エディさんとは上手くいってるけど、エディさん絡みの悩みなんですね」

河山の呟きに、明は何も言わずにしゃがみ込み、草むしりを再開する。

近所の野良猫が現れて、明の足に体を押しつけて甘えたが、いつものように体を撫でることもせず、もくもくと草むしりをした。

「こっちにおいで」

河山は猫を抱き上げると、明から離れて道恵寺の境内へと足を向ける。

「どんな深刻な悩みなのかな……」

彼は抱き上げた猫に、心配そうに話しかけた。


「俺様をないがしろにするんじゃねえ」

ブラッドベリーが実ってから、明は部屋に居着かず、外に出てばかりいる。

庭の手入れや、壊れかけた門の修復。道恵寺の境内に続く裏道の掃除と草むしり。

エディはそれが嫌で、唇を尖らせて文句を言った。

「悪い。だが、やっておかなければならないことがあって……」

「なら、俺様も一緒にやるっ！　お前とずっと一緒にいるっ！」

「絶対に来るなっ！」

考え事をしながらの仕事なので、誰かが側にいると気が散る。たとえそれが、ダーリンであるエディだとしてもだ。いやむしろエディがいると、まとまる考えもまとまらない。

だから明は、即座に拒否した。

明の表情があまりに真剣なので、エディは目を丸くして驚く。

「またなんか、みょーなこと考えて、一人で落ち込んでるんじゃねえの？」

「違う」

明はそっぽを向くと、草むしりで汚れた手を台所で洗った。

「違わねぇ」

エディは立ち上がり、明の体をそっと抱き締める。

体温のないひんやりとした彼の体は、明の体温をもらってほんのり温かくなった。

「ブラッドベリーが育ったから、早く決断しなくちゃとか思ってんだろ？　このバカ。俺様は何年だって待ってやるって言ってんじゃねぇか」

「そうじゃない」

明はエディの肩口に顔を埋め、小さな声で呟いた。

「焦るな。焦れば焦るほど、頭ん中がゴチャゴチャになる。そんな頭で決断したって、いいことなんか一つもねえ。お前は後悔するだけだ」

エディの声が明の心に染み渡る。優しいダーリン。吸血鬼がこんなに優しい生き物だなんて、世の中のどれだけの人間が知っているんだろう。

「あのな、エディ……」

「ん？」

「………申し訳ない」

「どーせなら、愛してるって言って」

エディは明の背をポンポンと優しく叩く。

「バカ。……態度で示してやってるだろ?」

「俺様は外国人だから、主義主張はハッキリしてもらわねえと」

「それを言うなら、外国産吸血鬼」

「揚げ足とんな。可愛くねぇ」

「お前はコウモリ姿になると凄く可愛いな」

明はエディの首筋に軽くキスをすると、彼からそっと離れた。

「……じゃ、ちょっと用事を片づけてくる」

「俺様も一緒に……」

エディはそこまで言って、ポンとコウモリになる。

ふわふわの羽毛を持ったこの愛らしい姿でねだれば、一緒に連れて行ってくれると思った。

「ダメ」

「俺様、愛されてねえっ!」

コウモリは明の掌の中でころころと転がり、体いっぱいで不満を表現する。

「バカ! 愛してるに決まってんだろう! 冗談でもそんなこと言うなっ!!」

いつもなら軽くいなす言葉なのに、明は自分でも驚くほどの大声を上げていた。


「おい……」

コウモリは人型に戻ると、いぶかしげな表情を浮かべて明を見つめた。

「あ……ご、ごめん……っ」

明は取り繕うように笑い、何もなかったような顔で玄関に向かう。

「ちょっと待て」

だがエディに腕を掴まれ、部屋の中に戻された。

「そこに座れ」

「俺は用事が……」

「いいから座れ」

エディは怒りも呆れもせず、静かな口調で、明を自分の前に座らせる。

「なんだよ……」

「お前が今思ってることを、洗いざらい全部俺様に言え。全部聞いてやる」

言えるわけがない。

明は口を噤んで首を左右に振った。

「お前よ。俺様だってバカじゃねえんだ。お前が悩んでるってことぐれえ分かる」

「エディ」

「せっつくような真似はしたくなかったから、お前が何か言うまで放っておこうと思ってた。……それで今まで上手くやってけたからな」

エディはそう言って肩を竦め、明の頭を乱暴に撫で回す。

「けど今、待ってるだけじゃいけねえと思った。言ってみ？　何でも聞いてやる。怒ったりしねえ」

お前のそういう優しさは反則だ。子供のようなわがままを言ってしまう。

明はエディを睨むように見つめ、唇を震わせた。

「気にすんななんて、もう言わねえ。お前が今思ってること、何もかも吐き出せ」

「俺は……っ！」

明はそこで言葉を切り、あぐらをかいた膝の上に載せていた拳に、ぎゅっと力を込める。

庭にはブラッドベリーが生い茂っている。

ギネヴィア・クリスは「奇跡だ」と言った。

なのに明は決心できず、吸血鬼と人間の間でふらふらと迷っている。

エディにどう言えばいいのだろう。言葉にするのが難しい。

明は押し黙り、エディは彼が何かを言うのをじっと待つ。

窓の外からは、帰路につく子供たちの笑い声が聞こえ、だんだん遠くなっていく。乳製品を載せた移動販売のトラックが、軽やかな音楽を流して住宅地の主婦たちを誘った。

窓の外は、いつもと変わらない夕焼けの街。

「このまま……どっちも選べないまま……俺は」

「そんでもいい」

「そしたらお前、一人になんだろ？」

「そうだな」

「吸血鬼になったら……ずっと一緒で……」

「俺様かお前がドジを踏んで灰にならなきゃ、そうなる」

「……俺は、年老いて死に別れるのもいやで、どちらかが灰になってしまうのもいやだ。俺は自分が一人になるのも、エディが一人になるのもいやだ」

「欲張るな。欲張っても、いいことなんか一つもねえ」

明は眉間に皺を寄せ、首を左右に振った。

「何かを取って何を捨てるなんて、そう簡単にできるかよ。みんな大事なんだ。エディ」

「簡単になんかできねえよ。だから覚悟って言うんだ」

エディは明の両手を掴むと、自分の両手でそっと握りしめる。

「捨てるのが……怖いよ」

明は掠れた声で言葉を続けた。

「捨てるのが怖い。吸血鬼になるのが怖い。エディと離ればなれになるのが怖い。覚悟を決めることが怖い。何もかもが怖いんだ。俺は男なのに怖いだって！　情けないだろ？　何を選ぶ？　何を捨てる？　口ではなんとでも言える。いくらでも強がれる。でも実際は違うんだ！　後悔するのが怖いっ！」

言ってしまった。言葉にしてしまった。自分で認めてしまった。心の中にわだかまりとして居座り、自分を不安にさせていたものを、エディの前に吐き出してしまった。

明は唇を噛み締め、エディから視線を逸らす。

「俺様がいる。明、お前の目の前にいるのは誰だ？」

エディは明の手をしっかりと握りしめ、愛しそうに目を細める。

「怖かったら俺に言え。一人で我慢するな。いつでもこうして、お前の側にいてやる。手を握ってやる。抱き締めてやる。それでも怖かったら、裸になって転がって、何もかも忘れることをしよう。忘れんなよ？　俺様はお前を愛してる」

囁くような優しい声が、明の心の中に染みこんでいく。

何もかもが怖いと、子供のような弱音を吐いても、笑われることもバカにされることもない。エディは明の手をしっかりと握りしめ、どこまでも一緒に歩いてくれる。

滲む涙で、エディの顔がよく見えない。

「弱くてもいいのか？　俺、こんなに弱くてもいいのか？」

「バカ。なんのために俺様がいるんだ」

「だって……男なのに、おかしいだろう？」

「おかしくなんかねぇ。……それにな、明。もし俺様にも選択肢があったら、きっとお前と同じぐらい悩む。なかなか結果を出せなくて、お前が急かさないのをいいことに、いつまでも決断を遅らせると思う」

「エディ……」

「お前にばっか、いろいろ考えさせてごめんな？」

生まれてからまだ二十五年しか生きてねえのに、こんな難しいこと覚悟させなくちゃなんねえ。俺様は命令できねえ。何もかもお前一人が決めなくちゃなんねえ。酷いよな。

エディは明の頭を引き寄せ、自分の肩口に押し当てる。そして、安心させるように彼の背を優しく叩いた。

子供の頃、親に添い寝をしてもらったことを思い出させるその仕草に、明は声を殺して泣いた。

なんでこんなに好きなんだろう。相手は吸血鬼で、化け物で、人外で、最初は俺のことを「餌」としか見てなかったのに。いつの間にか、エディのことを思うだけで胸が張り裂けそうに痛くて、男のくせに涙が溢れる。どんどん弱くなる。エディが側にいないと、何もできなくなる。

「泣くな。お前に泣かれると、俺様はいつも途方に暮れる」

好きだ。好きだよエディ。何度でも言ってやる。エディ愛してる。他の誰も見ない。俺はお前しか見えない。お前のために、なんでもしてやりたい。

明は両手で、エディの手を握りしめる。

「俺が……どっちを選んでもずっと側にいてくれ」

「いるぞ」

「ずっと愛してくれ」

「当然だ」

「俺の知らないところで灰にならないでくれ」

「努力する」

「エディ……」

明は顔を上げ、涙と鼻水でぐしゃぐしゃになった顔で彼を見つめた。

「どうした？　ハニー」

「愛してる」

これ以上泣き出さないよう我慢しているのだろう。明の顔は、エディが悪さをして殴るときの怖い顔になっていた。

「俺もだ」

だがエディは幸せそうに微笑んで、明の目尻にキスをした。


エディと話をして落ち着いたのか、明は以前のように難しい顔をしなくなった。

それでも時折、思い詰めた顔をする。

「明。みそ汁が冷める」

今も夕食の汁椀を持ったまま、エディに言われるまでじっと中身を見つめていた。

「あ、ああ。さっさと食べて、町内会の集会に出ないと。最近、ひったくりが多いんだって。注意しないとな」

明はぬるくなったみそ汁を飲むと、道恵寺の聖子からお裾分けしてもらった煮物に箸をつける。

エディは珍しく人型のまま、ブラッドベリーを一個ずつ口の中に放り込んでいた。

「俺様も一緒に行く」

「だめ。エディが来ると、近所の奥さんたちが喜んでうるさい」

集会が珍しいと、エディは何回か会場である道恵寺の本堂に現れたことがあったが、そのたびに近所の主婦たちに「綺麗！」「ステキ」と黄色い声で迎えられ、根掘り葉掘り質問攻めに遭ってしまうのだ。

「妬いてんの？」

「そりゃ妬くだろう。お前は俺の大事なダーリンなんだから」

「可愛いな。今夜はうんと可愛がってやる」

「……いちいち口に出して言うな。バカもの」

明は顔を赤くして、大根の煮物を口に入れる。

「全部忘れるくらい、気持ちよくなろう。な？」

エディはちゃぶ台に頬杖をつくと、上目遣いで明を見つめた。

「そんな……真面目な顔で言うな。調子が狂う」

明は茶碗と箸をちゃぶ台に置いて視線を伏せる。エディは明の左手を掴むと、彼の手の甲にキスをした。そして力強く握りしめる。その、握りしめる強さが嬉しい。

明は、縋るようなエディの顔を見つめて笑った。

「なるべく早く帰ってくる。そしたら……」

「風呂を沸かして待っててやる」

エディはそう言って、再び明の手の甲にキスをした。


管理人には意外に仕事が多い。

桜荘の公共部分の掃除に、庭の手入れ。銀行へ行って預金残高をチェックしては、アパートの維持費を算出し、今度はどこを修理しようかと思いをはせつつ、近所の子供たちが忍び込んで遊んでは捨てっぱなしにしている、裏庭の菓子袋の回収などなど……。

それらを終わらせて部屋に戻った明は、時代劇の再放送を楽しそうに見ているエディに声をかけた。

「ちょっと出かけてくる」

「どこに？」

「墓地」

手を洗いながら呟く明に、エディは「俺様も行く」と体を起こす。

「一人で行かせてくれ」

「ダメだ」

「頼むから、一人で行かせてくれ」

明は濡れた手でエディの手を握りしめた。その力強さに、エディは一瞬目を見開く。

「そうだな。一人でも大丈夫そうだ。俺様はテレビを見て待ってる」

「ん。すぐ戻る」

その言葉に、エディは何度も頷いた。

太陽はだいぶ西に傾いたが、道が見えなくなるほど暗くはなっていない。

明は比之坂家の墓の前にしゃがみ込むと、墓石をじっと見つめた。

ここには明のご先祖様から、去年事故で亡くなった両親と祖父が眠っている。

「もし俺が吸血鬼になることを選んだら、ここに入ることはないんだよな」

明は片手で墓石を撫で、一人呟く。

人間でいることを選んだら、いつかはこの中に入る。人間には寿命があるのだ。

「そんで、道恵寺に永代供養をお願いするってわけか」

比之坂家の人間は、もう明しか残っていない。彼が結婚し子孫を残していけば、余程のことがない限り比之坂家は続くだろうが、彼にはエディというダーリンがいるので子孫は望めない。

「父さん、母さん、祖父ちゃん。……俺、自分の好きなように生きていいのか？　エディは、俺の好きな方を選べと言った。覚悟するまでずっと待ってくれるとも言った。でも、ブラッドベリーが芽を出して実をつけたんだ。……俺は決めなくちゃいけない。もうこれ以上、エディを待たせておくわけにはいかない」

エディと出会って一年とちょっと。そしてイギリスから帰国して半年も経った。どっちにしろ覚悟しなければならないなら、今すぐだろうが十年先だろうが同じことだ。だったら早い方がいい。なあ、そうだろう？

「俺は、エディのために、俺ができることをなんでもしてやりたい」

たとえそれが、人間として生きた自分の全てを捨てることになっても。

「どうしていいか分かんなくてさ、凄く怖かった。でもエディが、怖くていいって」

彼の言葉を思い出し、明は照れ臭そうに笑った。

「弱くてもいいんだって。自分でも、まさか男の吸血鬼とどうにかなるとは思ってなかったけど、上手くやっていくから」

喧嘩は日常茶飯事で、ボルテージが上がると口よりも先に手が出る。

それでも今まで、上手くやってきた。だからこれからも、きっと上手くやっていける。

「もし後悔してもさ、俺がエディを好きなことには変わらないから……」

そうなれば互いが傷つくほど罵ってしまうだろう。いがみ合って口さえ聞かず、もしかしたら相手が灰になることとさえ願うかもしれない。それでも……。

墓石に語りかける明のもとに、道恵寺に住み着いている野良猫がやってきた。白黒のブチで、餌がいいのかポテリと太っている。

ブチはハスキーな声で鳴くと、明のジーンズに匂いを擦りつけるように寄り添った。

「こんなこと……あいつには言えないけど、エディってさ……俺より何百歳も年上なのに、ときどき凄く可愛いんだ。コウモリ姿のときじゃなくて……なんて言ったらいいんだろうな。それだけ好きだってことかな……？」

こっちの機嫌を窺うような上目遣い。だらしなく寝ころんでテレビを見ている姿。あぐらをかき、背中を丸くして新聞を読んでいる姿。唇を尖らせてわがままを言う姿。

どれもお世辞にも格好いいとはいえない姿だが、明は時折、そんなエディを力任せに抱き締めたくなった。

だが自分からおおっぴらに行動できなくて、いつも憎まれ口を叩いてしまう。

「……これからは、もっと素直になれるかな」

明は腰を下ろし、自分の足にまとわりついているブチ猫を撫でた。

猫は気持ちよさそうにひと鳴きすると、何か言いたげな顔で明を見上げて、来た道を戻っていく。

「とにかく俺は……その……」

墓石に向かって口ごもるなんて、笑い話にもならない。

明は顔を赤くして首を左右に振った。

「今でも不安は山ほどある。怖いのはなくならないし、嫌な夢を何度も見た」

自分が得体の知れない怪物になって、街を壊して歩き回る。エディはコウモリ姿のまま踏みつぶされ、最後に、道恵寺の退魔師親子である高涼と聖涼に殺されて終わるのだ。

自分が老人になって、エディに背負ってもらう夢も見た。エディは明に「もうすぐ死ぬんだな」と言って泣いていた。

エディに言ったら心配されると思ったので決して言わなかったが、今思うと、自分の恐怖や不安が夢の中に現れたのだと思う。

明はじっと墓石を見つめて呟いた。

「物凄く親不孝な息子でごめん。でも……」

彼の顔から、徐々に弱々しさが消える。

「でも俺は決めた」

明は比之坂家の墓石を見つめたまま、真剣な顔で決断をした。


翌日。土曜日の午後。

道恵寺の本堂に、道恵寺を切り盛りしている遠山家一家と桜荘の店子全員が集まった。

彼らを本堂に集合させたのは明で、彼は長袖のパーカにジーンズという軽装で正座をし、神妙な面持ちでみんなを見つめる。

「どうした？　明君。そんな真面目な顔してよ。桜荘で一大事でも起きたのか？」

住職である高涼は着物姿で腕を組むと、いぶかしげな表情で尋ねた。

桜荘の住人も高涼と同じ表情で、明の口が開くのを待っている。

明は、高涼の妻・聖子が作ったコウモリ用巾着の中からコウモリを引っ張り出すと、床にそっと置いた。

「はー！　巾着の中はせめえから疲れるっ！」

コウモリはすぐさま人型になると、ぐっと伸びをして明の隣にあぐらをかく。

「これで全員、揃いましたね」

「そうね。早良《さら》ちゃんと優涼《ゆうりょう》ちゃんはお寝むだけれど。まだ赤ちゃんだから、話を聞いても分からないものね」

聖子はそう言うと、ふくよかな体でにっこり笑う。

「俺、吸血鬼になることに決めました」

明の淡々とした宣言に、本堂は水を打ったように静まりかえる。

だが次の瞬間、皆は目を丸くして明を凝視した。

エディでさえ何も言えず、動けないまま、呆気に取られた間抜けな表情で彼を見つめる。

「……それは……本当か？」

「本当です、おじさん。俺は吸血鬼になる」

「明っ！　お前、そういう覚悟は、まず俺様に先に言うのが筋ってもんじゃねえのかっ！　俺様はお前のダーリンだぞっ！　お前は俺のハニーだぞっ！」

エディは少々ズレたところで突っ込むが、次の瞬間、嬉しそうに顔を緩めて明の頬を愛しそうに撫でる。明は抱き締められると思っていたが、エディは「そうか、吸血鬼か」と呟きながら、じわじわと沸き上がる感動に静かに浸る。

だが遠山家と桜荘の店子たちは違った。

「ダーリンとハニー？　明君とエディ君って……衆道？　男色？」

「お義母《かあ》さん。今はゲイって言うんですよ……じゃないわっ！　どういうことなの？　比之坂さん！　本当に吸血鬼になっていいの？」

聖涼の妻・早紀子は、聖子にさらりと突っ込んだ後、大声を上げる。

「ノーッ！　明が化け物になってしまうなんて！　人間は人間のままでいるのが一番だよっ！」

「これ以上……化け物を増やさないでください」

チャーリーは「ジーザス！」と呟いて手で十字を切り、怖いモノがなにより苦手な雄一は、泣きそうな顔でチャーリーの後ろに隠れた。

「日本には、妖怪の嫁になったり婿になったりする人間はいるけど……」

河山は首を左右に振ってため息をつく。

「人間から魔物になるってのは、恨みや怨念からってのが殆どですからねぇ」

「愛の力で魔物になれるのかなあ……」

伊勢崎と曽我部は顔を見合わせた。

「まだ二十数年しか生きてないのに、吸血鬼にシフトチェンジしちゃうの？」

大野は眉を顰める。

「比之坂さんが俺たちの仲間になるのは嬉しいけどー。弱点を忘れそうで凄く心配〜」

橋本は頬を引きつらせた。

「え？　橋本さん。仲間ってなんですか？　仲間って！」

雄一は、自分の右隣にあぐらをかいている橋本に、鋭く突っ込む。

「んー？　桜荘の住人は、みーんな妖怪だから」

「俺とチャーリーは人間ですよっ！　……って、ギャーッッ！」

雄一はチャーリーの背中にしがみつき、遅ればせながら男らしい悲鳴を上げた。

チャーリーも、雄一にしがみつかれたまま、頬を引きつらせて桜荘の住人を見つめる。

「みんな……妖怪？　本当に？」

「うん、そう」

雄一の問いかけに、住人を代表して河山が頷いた。

「お、俺っ！　何も知らずに桜荘で暮らしてましたよっ！　か、噛みますか？　呪いますか？　それとも、人間が想像もつかない物凄いことを……？」

雄一の言葉に、桜荘の住人と遠山一家は爆笑する。

「人間は襲いませんよ、宮沢さん。俺たちは至って無害な、礼儀正しい妖怪です」

「そーそー。それに、騒ぎを起こすならとっくの昔にやってますって」

河山が苦笑し、大野が肩を竦めた。

「じゃ……今まで通り、一つ屋根の下で暮らしても大丈夫なんですね……？」

「そうですよ、宮沢さん」

曽我部が安心させるように言ったが、チャーリーは悔しそうに顔を歪《ゆが》める。

「魔物ハンターとして名をはせたこの私が、全く気がつかなかったなんて……っ！」

桜荘に住んでる妖怪は上ランクなので、高涼や聖涼ぐらい素晴らしい退魔師でなければ正体を暴くことはできない。だが、自分の能力を信じて疑わないチャーリーは「ホワイ、なぜ～」と呟きながら眉間に皺を寄せた。

「ヘタレハンターだから、分からなくて当然。ヘタレだからだ！」

エディは意地悪そうに笑うと、チャーリーに向かって「このヘタレ！」と連発した。

「この害虫吸血鬼がっ！　人間に危害を加えてるくせに、偉そうなことを言うなっ！」

「俺様は虫じゃねぇっ！　それに人間にゃ危害は加えてないっつーの！」

「明に危害を加えているだろう？　口にするのも恥ずかしい行為の……うぐっ！」

チャーリーは最後まで言い切る前に、後ろから雄一に「グー」で殴られた。

「お前の台詞が恥ずかしいっ！」

「ノーッ！　雄一！　テンダー！　恋人にはもっとテンダーよろしくプリーズっ！」

「わけの分からん言葉を使うなっ！　そして覚えるなっ！」

雄一はもう一発チャーリーを殴ると、明に向かって「話を脱線させて申し訳ありませんでした」と頭を下げる。

そのとき、ずっと黙っていた高涼が、やっと口を開いた。

「俺は反対だ」

「あなた……」

聖子は、苦虫を噛み潰したような顔の高涼に、ため息混じりの声をかける。

「絶対に反対だっ！　なんで人間のままじゃいけねぇんだ？　おい、明！　人間は人間のまま、化け物は化け物のまま、そんでもみんな仲良く生活してるじゃねぇか！　人間のどこが不満だ？　何が不満だ？」

「違います！　おじさんっ！　俺は不満だから吸血鬼になろうって言うんじゃないっ！」

「じゃあなんだ？」

エディが好きで、ずっと一緒にいたいから。俺には

エディが必要だから。

なんて言ったら、高涼は卒倒するだろうか。明は口をつぐんだ。

「明は俺様とずーっと一緒にいてえんだよ、タコオヤジ。愛だぞ、愛っ！」

「吸血鬼は黙ってろ！　おい明っ！　こいつと一緒にいるために、おめぇは人間をやめんのか⁉」

読経で鍛えられた高涼の声は、大きくてよく通る。明は本堂の空気が彼の声で震えたのを感じた。

「そ、そうです！　俺はエディとずっと一緒にいたい。だから吸血鬼になるっ！」

「おめぇの、死んだ両親と祖父さんに申し訳が立たねえことを言うなっ！」

高涼は明を一喝すると、拳で床を叩く。

「あんまり怒ると倒れちゃいますよ、お父さん。みなさんも、まず一息つきましょう」

聖子はそう言うと、出すタイミングを失っていたお茶と菓子をみんなに振る舞った。

一触即発。

相手が高涼だけに、下手をするとエディとの調伏バトルが繰り広げられるかと心配していた桜荘の住人たちは、「水入り」ならぬ一服に胸を撫で下ろす。

母屋から赤ん坊の泣き声が聞こえてきたことも加わり、その場は一気に和んだ。

「二人とも、放っておかれたのが寂しかったみたいです」

早紀子は男女の双子を軽々と両手に抱き、本堂に戻ってくる。

「優涼はジージのところにおいで～」

「早良ちゃんはパパのところにおいで～」

高涼と聖涼は双子を見た途端、だらしない笑みを浮かべて分けて抱き上げた。

まだ生後二ヶ月にもなっていないが、二人とも首が座り、髪はふさふさ、目はぱっちり開いて大人たちをちゃんと認識している。

「きっと来月にはハイハイするわよ。早紀ちゃんの血が入っているせいか、成長が早いのよね」

聖子も目尻を下げて、可愛らしい孫二人を見つめた。

「え……？　早紀子さんも妖怪……？」

お茶菓子を食べようとしていた雄一は、その手を止めて彼女を見る。

「ええ、狐の妖怪。私は以前、宮沢さんが住んでいる部屋にいたの」

「そうですか……もう、驚きません」

雄一はため息をつき、力なく笑った。

「早良ちゃんは将来、ママみたいな美人になるぞー。

もう凄く可愛い」

いつもの飄々《ひょうひょう》とした雰囲気はどこへやら、聖涼は「親バカ」もとい「バカな親」になる。

「本当に、いつ見ても旨そうな赤ん坊だよな」

エディは褒めたつもりだった。

とにかく彼には、これっぽっちの悪意もなかったし、実際食べようなんて思っていない。

だがその一言に本堂が凍りつく。

「は？　どうした？　ぷくぷくして、旨そうで可愛いじゃねぇか」

「食うなよっ！　お前っ！」

「食わねぇよっ！　俺様はただ、育ちのいい俺様が食いたくなるほど旨そうな……」

「お前が言うとシャレにならんっ！！」

明はエディが最後まで言う前に彼の頭を拳で叩くが、聖涼はにっこり笑って「仕事用」の御札を片手に持ち、早紀子の頭には狐の耳が生えた。

「本当に、エディ君が言うとシャレにならないんだよねぇ」

「聖涼さんっ！　目が笑ってませんっ！」

明はエディを自分の後ろに引きずって庇《かば》う。

「……それみろ。吸血鬼は人間の血を吸うんだ」

「おじさんっ！　エディには俺の血しか吸わせてませんっ！」

「吸わせてんじゃねぇっての。……そのおめぇが吸血鬼になったら、こいつは誰の血を吸うんだ？　いつも果物を食ってるわけにゃいかねぇだろうが」

「今は吸血鬼用の果物があるんです。桜荘の庭に植えてあります！　吸血鬼の主食なんです！　それを食べれば、吸血鬼は人を襲わなくていいっ！」

明は必死で説明するが、高涼は優涼を腕に抱いたまま、首を左右に振った。

「俺はおめぇが赤ん坊のときから知ってる。おめぇのことも、よくこうして抱いてやった。身寄りがなくなってからは、親代わりだと思ってた」

高涼は険しい表情で言葉を続ける。

「なのになんだ？　吸血鬼になるだと？　しかも相手はエデーだ！　こいつは男だぞっ！」

エデーではなくエディです。

なんて突っ込みは誰もしない。というか、恐ろしくてできない。

「話にならねえ。おめぇがどうしても吸血鬼になるって言うなら、金輪際うちとはつき合いナシだっ！　おめぇがどうなろうと、こっちは知ったこっちゃねぇっ！」

彼は優涼を早紀子に渡して立ち上がると、物凄い剣幕で母屋に帰った。

明は何も言えずに俯き、膝の上に置いた拳を固く握りしめる。

桜荘の住人は、大家になり立ての頃は明を気遣い、あれこれと世話を焼いてくれ、彼がジョセフという吸血鬼に襲われそうになったときには、身を挺して庇ってくれた。彼らは妖怪なのに、人間の明を仲間のように扱ってくれたのだ。

チャーリーと雄一の人間コンビは、始終騒ぎを起こしながらも、やはり明を可愛がってくれる。

遠山家の人々は、高涼が言っていたように明を幼い頃から知っていて、聖涼は一人っ子の明の兄代わり。高涼と聖子は、彼が身寄りを亡くしてからは親身になって世話をしてくれた。

彼らには何度礼を言っても足りないし、一生かかっても返せないほどの恩を感じている。

いや、恩を感じるという他人行儀なものではない。明にとって桜荘の住人と遠山家の人々は、身寄りのない彼にとって家族も同然だ。

だから明は「家族」に、自分の覚悟を聞いてもらいたかった。簡単な気持ちで決めたことでなく、散々悩んだ末の決断なのだと。

桜荘の住人たちや聖涼は承知している。

だが困ったことに、高涼の気持ちも痛いほど分かってしまうのだ。

「……お父さんね、『俺が両親に代わって、明の結婚式を盛大に祝ってやる。新居もちゃんと考えてやらねぇとな。ゆくゆくは、うちの孫と明の子供を結婚させて、親戚同士になるってのはどうだ？』って、それは嬉しそうに言っていたの」

聖子はそう言うと、温くなってしまったお茶を一口飲んで、話を続ける。

それほどまで、自分を息子のように思っていてくれてたなんて。

初めて聞いた明は、申し訳なさに体を震わせた。

「それにお父さんは……ゲイというの？　それが本当に嫌いで……」

それには、チャーリーとエディも渋い表情を浮かべた。

種族は違えど、二人とも同性をこよなく愛しまくっている。

「今はああだけど、お父さんは若い頃、それはそれは格好良くてね。あ、聖涼なんて足元にも及ばないくらいよ。それで学生の頃、何度も襲われかかって、あわやという事態に陥ったらしいわ……」

今度は別の意味で、本堂の空気が凍りついた。

「うわー、勘弁してほしいんだけどー」

聖涼は早良を抱いたまま、頬を引きつらせる。

「ほら。これだもの。ステキよねぇ～」

想像がつかないまま固まっている連中に、聖子は肌身離さず持っているパスケースの中から、高涼の若い頃の写真を引っ張り出して見せた。

「うっわーっ！　カッコイイ！」

「俳優？　モデル？」

「服装はレトロだけど、この顔は今でも充分通用しますよー」

桜荘の住人は、「この顔なら納得」と呟くが、エディは「俺の方がカッコイイ」と呟いて明に叩かれる。

「ま、それは反対する理由のオマケだと思うけど」

聖子は自分の宝物をそっとしまうと、肩を竦めて苦笑する。

「遠山家が明との関係を断ち切っても、俺様がいる。クレイヴン家が明の面倒を見るから問題ねえ。心おきなく吸血鬼になれ」

「『はいそうします』なんて言えるかっ！　みんな大事な人たちなんだっ！」

「んじゃ、タコオヤジが許すって言わねえと、お前は吸血鬼になんねえのか？　それとも何か？　『おめでとう。よかったね』とでも言ってもらえると思ったんか？　あのオヤジは退魔師だぞ？　反対するに決まってんじゃねえか。っつーか、親代わりなら反対して普通じゃねえの？　お前、甘い」

「お、俺は……っ！」

桜荘には妖怪が住んでいるし、道恵寺もいろいろな意味で妖怪の類と縁が深い。だから自分が吸血鬼になっても、「まあそういうこともあるわな」と頷いてもらえるかもという気持ちが、心のどこかにあったかもしれない。

確かにエディの言う通り甘い。けれど明は、反対されたから吸血鬼になるのはやめようとは、これっぽっちも思っていなかった。

「お前の言いたいことはよーく分かる。けどな、世の中にゃどうにもなんねえことがいっぱいあんだよ。バカ」

言葉は汚いが、声は優しい。

明はエディに頭を撫でられ、鼻の奥がツンとした。無性に泣き出したくなる気持ちを、必死で抑える。

「明君」

聖子は真剣な表情で彼を見つめる。

「もう決めたことなのね」

明は深く頷いた。

「だったらもう、私たちが口を出す問題じゃない。もっとも、相談されたとしても私たちは『人間でいいじゃない』としか言わないけれど」

「おばさん……」

「話はこれでおしまい。みんなも、もう桜荘に戻りなさいな」

聖子は元の穏やかな顔になると、神妙な顔をしている住人たちに言う。そして自分は、小さなため息をついて本堂を後にした。

「明、帰るぞ」

エディがゆっくり立ち上がる横で、チャーリーが盛大に転がる。

「何やってんだっ！　チャーリーっ！」

雄一は呆れ顔で怒鳴った。

「あ、正座をしていたから……足が……痺《しび》れて」

「無理して正座をするからだ。みっともない」

「悪かったよ、ハニー」

チャーリーは両足を慎重に伸ばして息をつくと、苦笑する。

「そんなに酷く痺れたのか？」

雄一が彼の足に触った途端、チャーリーは意味不明の叫び声を上げた。

「ここは響くんだから、悲鳴もほどほどに」

聖涼は、びっくりして目を丸くしている早良を抱いたまま、チャーリーに釘を刺す。

「だって、雄一が！　どうしてマイスイートはこんなに乱暴者なんだろう……」

「でもチャーリーは、その乱暴者が好きなんだろう？　我慢しろ」

「それって、君は私の愛に応えてくれたと思っていいのかい？」

「ノーコメント。痺れが治るまで、そこで転がっていろ」

雄一はチャーリーが差し伸べる手を軽く叩き、明の前に座り直す。

「俺は比之坂さんが吸血鬼になっても、今まで通りのおつき合いをさせていただきますからね。安心してください」

彼の言葉に、明は顔を上げて泣き笑いの表情を見せた。

「あ！　宮沢さんばっかりいい人ぶっちゃって！　俺たちだってですねー！」

大野の言葉に、河山や橋本、伊勢崎に曽我部が「俺も俺も！」と大声を出す。

「でも気をつけてくださいね。吸血鬼って、強いけど弱点が多いから」

「そうそう。間違っても『布団を干そう』なんて、いい天気の日に外に出ちゃダメですよ？」

「そのうちコウモリ姿を見せてくださいね」

「魔物にも魔物のルールがあるんですよー」

もう誰が何を言っているのか分からない。

緊張が緩んだ本堂は、桜荘の住人の声でいっぱいになった。

「明君。……父さんや母さんはああ言ったけど、君のことを心配してのことだから、それだけは分かってくれないか？」

聖涼の言葉に、明は小さく頷く。

「ほれ明。帰るったら帰るぞ」

エディはコウモリに変わると、明の肩にぽふんと乗った。

それを見た優涼と早良が、嬉しそうな声を出して揃って手を伸ばす。

「お前たちもあのコウモリが欲しいのかい？　お父さんもねぇ、宝物殿のコレクションに欲しいんだけど、もらえないんだよ。……明君、この子たちにエディ君をよく見せてやってくれないか？　ホント、見せるだけでいいから」

「あ、いいですけど……」

生まれて数ヶ月の赤ん坊にコウモリを近づけても大丈夫なのか？　病気は持ってないと思うけど、衛生的に……ちょっと……。

明は心の中でそっと呟いたが、元はエディだから清潔だろうということで落ち着き、肩に止まっていたコウモリを掴むと、優涼と早良に近づける。

桜荘の住人たちも、コウモリを見て喜ぶ赤ちゃんというほのぼのした光景に顔を緩めた。

が、優涼がいきなりコウモリを掴んで振り回す。

「ギャーっっ！」

コウモリは叫ぶが、その声がまた気に入ったのか、優涼は笑いながらコウモリを振り回した。早良も双子の兄が持っているオモチャが欲しいのか、必死に手を伸ばしてコウモリを掴もうとする。

「だ、誰か俺様を助けろっ！」

「……あ、そうでした。あり得ないことが起きたから、固まっちゃった。優涼、このコウモリさんを離しなさい。オモチャじゃありません。生モノよ？」

早紀子の優しい声を聞いた優涼は、何を思ったのか今度はコウモリを口に入れた。

「うわーっ！　食べちゃダメっ！」

「ギャーっ！　人間に食われるっ！」

明とコウモリの声が重なったと同時に、聖涼が片手を伸ばし、優涼の口から強引にコウモリを取り出した。

よだれまみれのコウモリは、ショックを受けたのか少しも動かない。

「ご…ごめんね、明君」

「いいんです。二人を見て『旨そう』とか言ったこいつが悪いんですから」

聖涼の苦笑に、明は呆れ顔で返す。

「赤ちゃんの口をちゃんと消毒しないとっ！」

「そうだよ、聖涼さん！　化け物菌が移ったらどうするんだい!?」

慌てる雄一とチャーリーに、早紀子は自信満々の顔でにっこり笑った。

「私と聖涼さんの子供なら、エディさんを囓ったぐらいで病気になんてならないわ」

そう言えばこの双子の赤ん坊は、人間と狐の妖怪のハーフ。

二人はそれに気づき、「なるほど」と揃って納得する。

「愛らしい俺様が唾液まみれになってんだぞっ！　ちったぁ心配しろっ！」

「帰ったら洗ってやるから、今は大人しくしてろ」

「今すぐ洗え！　即座に洗え！　とにかく洗え！　ネトネトして気持ちわりぃ！」

コウモリは聖涼に鷲掴みにされたまま、小さな手足を懸命に動かした。


「こうしていると可愛いね。うちの子供たちのオモチャにほしいな……」

「ふざけんじゃねえぞっ！　聖涼！　俺様は明のダーリン！　誰のものにもなんねぇっ！」

コウモリは必死でもがいて聖涼の手から脱出すると、床を汚しながら明のもとに必死で這う。

その様子は愛らしいというよりも、少々哀れだ。

「うわー。カタツムリみたいに、這った痕がついてるよ。気味が悪いな」

チャーリーは意地悪く笑うと、「よだれコウモリ！」とはやし立てた。

「お前もいい気になるな！」

彼は雄一に頭を叩かれ、情けない顔になる。

「聖涼さん、台所を借りていいですか？」

「いいけど……風呂場の方がいいんじゃない？　シャンプーとリンスがあるし」

「水洗いだけなんで、台所で充分です」

明はコウモリの襟足を摘むと、よだれまみれのコウモリを連れて母屋に向かった。


「水が苦手なのは重々承知しているが、我慢しろ」

「背に腹は替えられねぇ。……我慢する」

瞬間湯沸かし器の温度を少し温めに調節し、明は唾液まみれのコウモリを洗う。

「……泣かずに我慢したな」

「え？」

コウモリは脱力しつつ、言葉を続けた。

「泣くかと思った」

「俺はもう二十五だぞ？　人前で泣いてられるか」

「今は二人っきりだから、泣いてもいいぞ。俺様が許す」

明は「何をバカなこと」と苦笑したが、顔が強ばって思うようにならない。

「何があっても、俺様がいっつも側にいる。心配すんな」

「エディ」

「ん？」

「そんなに優しくするな。涙が出てくる」

明は鼻をすすり、片手で乱暴に顔を拭った。


話が終わった住人たちは、境内から桜荘に戻るため、獣道のような「自然のまま」の庭を横切った。

「……比之坂さんが吸血鬼になったら、桜荘はどうなるのかなぁ」

伊勢崎は、問いかけるように呟いた。

「今まで通りじゃないんですか？」

雄一が律儀に返事をするが、ほかの住人たちの反応は鈍い。

「明が吸血鬼になったら、年を取らなくなるからね。……あと十年ぐらいは今の外見でも大丈夫だと思うが、それから先をどうするかだな。桜荘は聖涼さんが管理するようになるかもね」

チャーリーの言葉に、雄一を抜かした全員が頷いた。

「桜荘と比之坂家には、俺たち随分世話になってるからなぁ。できれば、子供たちも桜荘に住まわせて人間世界を見せてやりたい。聖涼さんが管理人になるのが嫌だというわけじゃないんだが、やっぱ桜荘の管理人は『比之坂家』だよな」

「大野さんのその気持ち、よく分かりますよ。俺も子供の頃、父さんから比之坂の祖父さんのことをよく聞かされてましたし」

橋本は前髪を掻き上げると、空を見上げる。

「思うところはみんな同じだよね。……あ、今ちょっと、比之坂さんがコウモリになったところを想像してしまった」

河山は「きっと可愛いだろうな」と笑った。

「比之坂さんのコウモリ姿は見たいけど、俺と曽我部はまた明日から嫁さん探しの旅に海外へ」

「全く残念だ」

伊勢崎と曽我部は、ため息をついて肩を落とす。

「あの……伊勢崎さんと曽我部さんは、どういう種類の化け物……じゃなくて、妖怪なんですか?」

雄一はチャーリーの後ろに隠れるようにして、恐る恐る尋ねた。

「俺たち、狼男です。見たいなら、変身シーンを見せてあげますよ?　宮沢さん」

「服が破けちゃうから、オールヌードで変身しますけどー」

あっけらかんと笑う伊勢崎と曽我部に、雄一は慌てて首を左右に振る。

「そんな恐ろしいものは見たくありませんっ!」

「それはいい心がけだね、雄一。君は私以外のヌードは見なくてよろしい」

雄一はチャーリーの言葉に頬を引きつらせると、彼の髪を力任せに引っ張った。

「チャーリーさんと雄一さんもラブラブですねー。桜荘に住む人間は、もしかしてみんなゲイになっちゃうのかな?」

河山は「今度の小説の題材に…」と軽く言うが、住んだらゲイになってしまうアパートが本当にあったら、別の意味で恐ろしい。

「俺はゲイじゃないですよ!　河山さん!　お願いですから、俺たちをモデルに本を書かないでくださいね?」

「ノーノー、雄一。私たちの仲を世間に知らせるいい機会じゃないか。是非、ノンフィクションでお願いしたいです」

「お前は既にゲイだから構わないだろうが、俺は構うんだっ!　河山さんは海外翻訳もされてるほどのベストセラー作家なんだぞっ!　イギリスで発売されたものを両親が読んだら卒倒する!　寿命が縮む!　お前は俺の両親を殺す気か!」

「ならば、本が発行される前に、君のご両親に会って、二人の仲を正式に認めてもらおう。きっと分かって……って、雄一!　どうして走る!」

チャーリーは、真っ赤な顔で桜荘に向かって走り出す雄一を追いかけた。

「……ま、あの人たちは放っておいてもいいですね。犬も食わぬなんとやらだ」

伊勢崎は、「ノー!」と叫ぶチャーリーの声を聞きながら笑う。

「比之坂さん、無事に吸血鬼になれるといいですね」

「きっと大丈夫ですよ、橋本さん」

河山の呟きに、残りの連中は「そうですね」と声を揃えた。

台所でエディを洗って、自然乾燥を待たずに巾着に押し込む。

「生乾きで気持ちわりい」

コウモリは巾着の中で文句を言った。

「高涼おじさんが怒ってるのに、いつまでも道恵寺にはいられないだろ?」

「聖涼と早紀子はなーんも言わなかった」

「それは分かってるが、こう言うときはおいとまするもんだ」

「ふーん」

明はすぐ桜荘に戻らず、道恵寺横の墓地に足を向ける。コウモリの入った巾着と線香を右手に、左手にはひしゃくと水の入った桶を持っていた。

「……墓場に行くんか?」

「ああ。吸血鬼になったら、いい天気の昼間には来られないだろう? だから今のうちに」

「いきなり吸血鬼にはしねぇ。ちゃんと『いい日』を選んで、その日に噛んでやる」

「『いい日』って、日本で言う大安とか友引とかか?」

「タイアンとかトモビキって日本のラッキーデーか?」

「ああ」

「うーん。それとはちっと違う。月の満ち欠けが関係すんだ。噛むのは満月の日」

「月の満ち欠けに左右されるのは狼男じゃなかったのか? ……そういや、出産や産卵は満月が多いと聞くが……」

明は似たような墓石の中から比之坂家の墓を見つけると、その前に桶とひしゃくを置く。

「いろいろ面倒くせぇテツヅキがあんだよ」

コウモリの入った巾着がもごもごと動いた。

「エディ。少し静かにしててくれ」

「どれくれぇ?」

「俺が喋っていいって言うまで」

「りょーかい」

コウモリは巾着の中で大人しくなる。

明はシャツの袖をまくると、生え残った雑草を引き抜き、線香置き場の灰を取り除いた。

墓石に付いている落ち葉を取り、雑草の山と一緒にする。そして桶の水をひしゃくですくい、墓石についた埃《ほこり》を落とすように上から何度も水をかけた。

明は線香に火をつけて、煙が漂うようになったのを確認すると、線香置き場に横に置く。

彼は両手を合わせながら、両親と祖父に自分の覚悟を報告した。

父さん母さん、そして祖父ちゃん。俺は近日中に人外になります。吸血鬼です。道恵寺の高涼おじさんには思いきり反対されました。聖子おばさんも反対のようです。でも俺は、エディの側にずっといたい。誰にどんなに反対されても、俺はエディと同じ世界で生きることに決めました。父さんたちが生きていたら、高涼おじさんと同じように反対したと思います。すいません。バカな息子でごめんなさい。みんなは俺を心配して怒ってくれるのに、俺はそれを無視するんです。日光を浴びなければ死ぬことのない、化け物になります。

人間として二十五年生きて、この先はずっと吸血鬼として生きます。吸血鬼になってしまったら、人間には戻れません。「人間の方がよかった」と後悔することもあるかもしれません。それでも俺はエディと一緒にいるために吸血鬼になります。

明は墓前で両手を合わせ、目を閉じて心の中で両親と祖父に報告する。

そこに、彼を驚かせないよう、早紀子がそっと声をかけた。

「比之坂さん」

「え……？　あ、早紀子さん」

「お義父《とう》さんね、まだカンカン」

彼女は苦笑しながら肩を竦める。

「そうでしょうね。人畜無害と言っても、吸血鬼という化け物になるって宣言したから」

「エディさんとずっと一緒にいるために、比之坂さんは自分ができる一番いい方法を取ったんでしょ？」

早紀子は可愛らしく小首を傾げると、じっと明を見つめた。

彼女は狐の妖怪の身でありながら、人間である聖涼に嫁いだ。妖怪と人間では当然寿命が違う。早紀子は聖涼が寿命を終えても、死ぬことはないのだ。

「私もね、最初は物凄く悩んだ。……だって、聖涼さんは年を取っていずれは死んでしまうんだもの。残された私はどうなるの？　そんな悲しいこと耐えられないってずっと思ってた。子供を二人も授かったのはとても嬉しいわ。でも、聖涼さんに注ぐ愛情と子供に注ぐ愛情は、また違うの。それに子供たちには子供たちの生きる道がある。いつまでも私の側に置いておくことはできない。そういろんなことを考えて、何度泣いたかしれない。いっそ故郷に帰ってしまおうかとも思ったの」

早紀子の告白を、明は内心驚きながらも黙って聞いた。

「私が人間になれる方法か、聖涼さんが妖怪になれる方法があるなら、必ずどちらかを選んでた。でも私たちには、そういう方法はないの。無い物ねだりをしても仕方がないじゃない？　だからね、私は覚悟したの。聖涼さんはいつか必ず死ぬ。死が二人を分かつまで、精一杯聖涼さんを愛そうって。聖涼さんは生きているのに、死ぬときのことを考えて泣くのはバカらしいって思った」

コウモリは巾着の中で、以前、聖涼が自分に言ったと同じことを早紀子が言うのを聞く。

「早紀子さん……」

「ここだけの話、優涼と早良が生まれる少し前まで悩んでた。……聖涼さんがね、私がここに来る前に言ったの。エディさんと比之坂さんは、『もしもの世界』の私たちかもしれないねって。だから私、あなたたちには幸せになってほしい」

早紀子はにっこり微笑んで、乳臭い手で明の頭を優しく撫でる。

その手の香りと柔らかさが、亡くなった母の手と重なって明はじわりと涙を浮かべた。

母親が許してくれた。

彼女の手は、そんな優しさを持っていた。


「これからが大変よ？　比之坂さん。頑張ってね」

「はい……」

「さてと、私も母屋に戻って、双子におっぱいあげなくちゃ」

おっぱいの台詞に顔を赤くする明を置いて、早紀子は微笑みながらその場を後にする。

わざわざ俺の様子を見に来てくれたんだ。なんか……凄く嬉しい……。

聖涼が兄代わりなら、早紀子は姉代わり。

二人は明を心配してくれている。

「……俺たちも、雑草と桶を片づけて帰ろうか、エディ」

明は巾着の上から、コウモリを優しく撫でる。

「もー喋ってもいいのか？」

「ああ」

「早紀子はいい妖怪だな、明」

「そりゃあ聖涼さんが見初めた相手だし！」

明は片手で巾着を撫で回し、空になった桶に雑草を突っ込んで笑った。


それから数日後の夜。

エディに膝枕をしたままのんびり本を読んでいた明

の元に、とんでもない荷物が届いた。

「な、な、なんですかっ⁉　その巨大な長方形の物体は！」

チャイムでドアを開けた明は、廊下に置かれた巨大な木箱を見て大声を出す。

「いやー、そう言われても困っちゃうんですがー……。ハンコかサインをもらえますか？」

二人の配達員は汗の流れる額を作業服の袖で拭い、明に伝票を手渡した。

「送り人は……ええと……エディ！　伝票が英語だからお前が読め！」

明は、チャーリーが内緒で買った怪しげなグッズを、宮沢の目から隠すために管理人宛に送ったんだろうと勝手に思い、伝票の名前欄を確認せずにエディを呼んだ。

「んー？　……お！　やっと届きやがったか！」

「お前宛ての荷物かよっ！」

明はエディに突っ込むと、彼にサインを書かせる。

「荷物はここでいいですか？　それとも、中に入れます？」

「えーと……いや、そこでいいです。自分で中に入れますから」

部屋にはちゃぶ台があるので、まずそれの足をたたんで端に寄せ、散らばってる雑誌をひとまとめにして、洗濯物をたたんで……つまり、部屋の中を片づけないと、長さが二メートルはありそうな荷物を入れることはできない。

配達員たちは心なしかホッとした表情を見せると、エディからサイン入りの伝票を受け取って帰って行った。

取扱注意か天地無用か、とにかく「大事に扱え」シールと思われる物がベタベタと張られている。

「つかぬことを伺いますが、エドワードさん。これは一体なんでしょう」

「か・ん・お・け」

「は⁉」

「明用の棺桶だ。イギリスに行ったとき、密かにお母様に頼んでおいた」

「……俺が吸血鬼になると宣言したのはほんの数日前なんだが」

「おう」

「もし俺が人間でいる方を選んでいたら、どうするつもりだったんだっ！」

明の大声に、桜荘一階の住人が全員ドアを開けて顔を出した。

二階からも、河山と雄一が「何事だ」と慌てて下りてくる。

彼らは一様に、廊下に鎮座する巨大な長方形の木箱を見ると「うわっ、でかっ」と目を丸くした。

「どうしたんですか？　比之坂さん。まさかこの荷物は……チャーリー宛ての不思議グッズでは？」

雄一は送り状にイギリスと書かれているのをめざとくチェックし、眉を顰める。

「ノーっ！　雄一っ！　それは大変なウエットタオルっ！」

なんだそりゃ。

チャーリー以外の住人が心の中で激しく突っ込んだ。

「ウエットタオル……？」

「濡れ衣を、外国語風に言ってみたんだが……変かい？」

「変だっ！　よそで絶対に使うなよ！　頭の中を疑われるっ！」

雄一の容赦ない言葉に、チャーリーはショックを受け「私のハニーは破壊的」と、わけの分からない独り言を呟く。

「……で？　チャーリーのものでないとすると、比之坂さん宛てなんですか？」

雄一の問いに、エディが偉そうに答えた。

「俺様が注文しておいた明用の棺桶だっ！　吸血鬼はこれがなくちゃ始まらねぇ！」

「いや別に、そんな恐ろしいこと始めないでください……って！　比之坂さん用の棺桶？　うわー」

怖い物が大嫌いな雄一は、棺桶と聞いた途端に木箱から一歩退く。

「とにかくこれを、部屋の中に入れないとねぇ。凄く重そうだけど大丈夫？　伊勢崎君と曽我部君がいれば、楽勝なんだけど」

数日前から嫁探しの旅行に出た二人は狼男で、変身しなくても力持ち。今までも、重い荷物の運搬は彼らが一手に引き受けていた。

河山は、「みんなで持てば、大丈夫でしょう」と呟き、梱包された棺桶を見下ろした。

「見た目よりは重くねえんだよ。明、さっさと部屋の中を片づけろ。棺桶を入れらんねぇ」

エディは明に命令すると、その場で木箱を解体し始める。

普通なら釘を抜いてから蓋を開けるものなのだが、彼は「魔物のバカ力」を駆使し、素手でバリバリと板を剥がしていく。

「ありえない……」

魔物に人間の常識は通じないと思ってはいても、雄一は呟かずにはいられなかった。

外国製の棺桶がどんなものなのか、好奇心に駆られた住人たちは固唾《かたず》を呑んで見守る。

「明ー！　ハサミ貸せ！　ハサミっ！」

「自分で取りに来いっ！」

エディはムッとした顔で、一旦部屋に戻る。すぐさまハサミを持って戻ってくると、発泡スチロールを固定していた頑丈なナイロンテープを切った。

「うわー、頑丈」

「美術品の梱包みたいだな～」

「これは燃えないゴミの日ですね」

「ああ！　このキュキュッてこすれ合う音が生理的にいやだっ！」

住人たちは好き勝手に口を動かし、エディの動作を見守る。

そして二十分の格闘の末、イギリスで作られた明用の棺桶が姿を現した。

優雅な曲線模様が彫刻され、所々に宝石が埋め込まれている漆黒の艶やかな棺桶。

中央にはクレイヴン家の紋章であるバラと蝶が彫られ、惜しみなく宝石がちりばめられていた。細部も抜かりなく彫りが施され、英文らしき文字がいくつも確認できた。

「素晴らしい芸術品だね、これは。いいなぁ……この彫り」

吸血鬼用の棺桶なのに、チャーリーはうっとりと呟く。そんな彼の肩を、怖いモノが苦手な雄一が思いきり叩いた。

「いやー、これで道恵寺の宝物殿にレアなお宝が増えて嬉しいよ」

偶然か、はたまた、自分のテリトリーに新たな化け物臭を感じたのか、いつの間に桜荘にやってきたのか、聖涼がにっこり笑って立っている。

「宝物殿に運ぶんだろう？　手伝うよ、エディ君」

「今すぐ運んでどーすんだよ！　この中に入らねぇと明は吸血鬼になれねぇんだ！」

エディの言葉に、雄一が「化け物製造器……」と頬を引きつらせて呟いた。

「雄一、それ半分合ってて半分間違い。この中に入るだけじゃ、吸血鬼にはなれねえんだ。まずは、満月の真夜中に俺様が明の噛み応えのある首筋に噛みついて、それから……」

「それ以上は言わなくていいっ！」

雄一はチャーリーの後ろに隠れ、両手で自分の耳を塞ぐ。

「でも、これを部屋の中に入れたら、物凄く狭くなりそう」

「棺桶をテーブル代わりに、ご飯を食べるしかないようだねえ」

橋本と河山は、棺桶に料理を並べて食事をしている明を想像し、「ぷっ」と噴き出した。

「そ、そこ……笑うところですか？」

「雄一、怖いのなら部屋に戻ってなさい。後で全部教えてあげるから」

「バカチャーリーっ！　この状態だと、一人で部屋にいる方が恐ろしい！」

「いつも偉そうにして私を叩くけど、こういうところが物凄く可愛いね。マイスイート」

チャーリーは雄一の体温を背中に感じ、美形をだらしなく緩める。

「中に入れていいぞーっ！」

部屋の中を片づけ終わった明が、大声で叫んだ。

「んじゃ、聖涼。棺桶運ぶの手伝え」

「はいはい」

聖涼は嬉しそうにシャツを腕まくりすると、棺桶の端を持つ。

エディは反対側の端を持った。

そして肩に担ぎ、どこにもぶつけないよう、慎重に部屋の中に運ぶ。

「取り敢えず、私たちの出番はないようだね」

河山はそう言うと、二階の自分の部屋に戻った。

大野や橋本も「そうですね」と、自分の部屋に戻る。

「……お茶の用意をしておこうか？　チャーリー」

雄一はチャーリーの背中にそっと尋ねた。

「そうだね。疲れた後には飲みたいだろう。化け物に雄一のお茶を飲ませるのは気が進まないけれど」

そして雄一はチャーリーを伴って自分の部屋に戻った。

「……部屋の半分を占拠しちゃったねえ」

押し入れのふすまを開けることはできるが、部屋の中は一人分の布団を敷くのがやっとだ。

テレビと電話は棺桶の向こう側。ちゃぶ台はもちろん折りたたんだままだ。

「宝物殿の中に棺桶を置いて、そこで吸血鬼になっちゃったら？　明君」

「聖涼さん。俺……余分なものは見たくないです」

宝物殿の中は、高涼と聖涼が蒐集《しゅうしゅう》した怪しげな乾物やアイテムが満載で、普通の人間なら悲鳴を上げて腰を抜かす。

明は、そんな恐ろしいところで吸血鬼になりたくなかった。

「そうかなぁ。いい場所だと思うんだけど」

「そう思うのは聖涼さんだけですっ！」

「あの……。お取り込み中申し訳ありませんが、お茶をお持ちしました」

雄一は沸騰した湯の入ったケトルを、チャーリーはカップとポットとスプーン、ミルクに砂糖、そしてビスケットの載ったトレイを持って立っている。

「おー！　お茶か！　一仕事したから丁度飲みてぇと思ってた！」

「でもこの部屋に五人は……」

「明君。エディ君にはひとまずコウモリになってもらおう。そうすれば、どうにか四人腰を下ろすことができる」

「あ、なるほど。エディ、コウモリになって俺の膝の上に乗れ」

明の膝の上なら喜んでとばかりに、エディはすぐさまコウモリになり、明の太股に着地する。

チャーリーは畳の上にトレイを置き、雄一は手際よくお茶の用意をした。

「シンクレア城でごちそうになったアフタヌーンティーを思い出すね」

明の通訳兼お目付役で、彼らと一緒にイギリスに旅行した聖涼は、高価そうなティーセットを見下ろして微笑む。

「ミネラルウォーターも硬水を使って湧かしているので、向こうに似た味を出せると思いますよ」

雄一はティーカップに濃いめの紅茶を注いだ。

部屋に広がる紅茶のいい匂いに、彼はしばし和んで沈黙する。

明は膝の上のコウモリにも紅茶を飲ませようと、ティースプーンで紅茶をすくい、あるのかないのか分からない小さな口元に持って行ってやる。

「熱いから気をつけろよ？」

「おう！」

コウモリは、スプーンで慎重に紅茶を飲む。

ふうふうと息を吹きかける仕草が、心臓をキュッと締め付けられるほど可愛い。小さな頭を動かして飲む姿も、叫び出しそうなほど愛らしい。

四人の男たちは、コウモリのふわふわの羽毛が動く様子を見つめて、ほんわかと頬を緩ませた。

「……それにしても、この棺桶は凄いね。下世話な話だけど、一体いくらするんだろう。彫刻は素晴らしいし、こんなに宝石がちりばめてある」

「さーな。俺様は『明にふさわしい立派な棺桶をひとつよろしく』としか言ってねぇ」

コウモリは小さな手で口を拭い、腹毛に零れた分は明に拭いてもらいながら言った。

「へえ『アキラ・ヒノサカ・クレイヴン』『永遠の愛と情熱を』『エドワード・クレイヴンの生涯の伴侶』だって。愛の棺桶だね、明」

チャーリーは棺桶の側面に書かれた文字を読んで、ニヤニヤと笑う。

「え？　チャーリーはこれが読めるのか？　……古英語か？　それともラテン語？」

「ラテン語だよ雄一。私の本来の職業は、魔物ハンターだからね。ハンター用の古い文献にはこういうのが多いから、だから読めて当然」

「なんだ。一般人には読めなくてもいいいってことか。安心した」

「冷たいじゃないか、マイハニー。マイスイート」

チャーリーは雄一の肩を抱いて自分に引き寄せるが、思いきり手を叩かれてすごすごと手を外す。

「宮沢さんって躾が厳しいですね」

「当然ですよ、比之坂さん。人前でこんなことをするなんて、恥知らずなっ！」

「耳が痛いだろう、エディ」

明はコウモリの頭を指先で撫で、意地悪い笑みを浮かべた。

「俺様は育ちがいいから、どっかの恥知らずと一緒にすんな」

コウモリの勝ち誇ったような言葉に、チャーリーが何かを言い返そうと口を開けたが、いきなり立ち上がった聖涼に邪魔をされる。

「これ、中を見てもいいかな？」

「あ、どうぞどうぞ。未使用ですし」

明は簡単に言うと、ティーセットの載ったトレイを端にずらした。

「ふざけんなっ！　これは明の棺桶だぞっ！　俺様のハニーが……」

「だからさ、そのハニーが開けていいって。エディ君」

聖涼はコウモリの鼻を指先でちょんと触り、ぴったりと填《はま》っている蓋を開ける。

「あー……ちょっと重いな。チャーリー君、手伝ってくれるかい？」

「はい。私も少々興味がありますからね。雄一は怖かったらそっぽを向いてなさい」

「……言われなくてもそうする」

そっぽを向くどころか両手で顔を覆う彼を見て、変なモノが見えたら嫌だと明もそれに倣《なら》った。

「せーの……っ！」

聖涼とチャーリーは声を合わせ、蓋を半分ほど開ける。

そして沈黙した。

深紅のビロードで内張りされた内部は、触ってみると指先がとろけそうなほど柔らかい感触。

「クッション？　それとも羽毛かな？　気持ちいい」

「……あれ？　手紙が入ってる」

チャーリーは、クレイヴン家の紋章で蝋止めされている手紙を取って明に渡した。

「明より先に触るんじゃねぇっ！」

コウモリはパタパタと飛んでチャーリーに攻撃を仕掛けたが、すぐ明に鷲掴みにされる。

「ぐはっ！」

「あ、悪い。ちょっと力を入れすぎた」

明はコウモリを膝の上に載せると、宛名を確認した。

「Dear　Edwardだって。これ、エディ宛てだ」

「封を切って俺様に見せろ」

明は言われた通りに封を切り、手紙を彼に見せる。

コウモリが手紙を読んでいる光景なんて、一生に何度見られるか分からない。聖涼とチャーリーはコウモリの姿を面白そうに眺め、顔を手で覆っていた雄一も、何事もなさそうなのを感じ、手を離す。

「か…可愛い。凄く可愛いじゃないか、チャーリー。ぬいぐるみが手紙を読んでるようだ」

「姿だけはね」

チャーリーはそう言って苦笑した。

「で？　エディ君。なんて書いてあるんだい？」

「ガンバレってのと、明が吸血鬼になった後のフォローが書いてある。お母様とジジィが、明にヨロシクだと」

「そうか。ギネヴィア・クリスさんとステファンさんが……ってエディ。血の繋がった自分の祖父をジジィと呼ぶのはやめろ」

明はコウモリの首根っこを掴み、自分の目の前にぶらぶらとぶら下げて顔をしかめる。

「そんなんどーでもいいの。ジジィはジジィ。……っつーか、お前らもさっさと自分の巣に帰れ！　特に聖涼。旨そうな赤ん坊が二匹も待ってんだろ？」

その言葉に、聖涼はピクリと頬を引きつらせ、明の膝の上に載っていたコウモリを鷲掴みにした。

「私の子供を『匹』で数えたのはどの口だい？　小さすぎて分からないから、解剖してみようか？　その後は薫製《くんせい》にして、宝物殿の一番いい場所にリボンを付けて飾ってあげよう。吸血鬼の薫製なんて、蒐集家垂涎《すいぜん》の品だ」

聖涼の顔は穏やかだが、目がまったく笑っていない。

エディは「しまった」と思ったが、もう後の祭り。

小さな手足を闇雲に動かして明に助けを求める。

「……ったく。お前が悪いんだぞ？　エディ。……すいません、聖涼さん。こんなヤツでも、俺のダーリンなんです。ここは俺に免じて許してやってください」

「そうだねぇ。このコウモリが『ごめんなさい』って謝るなら、薫製にするのをやめてもいいよ」

「分かりました。……エディ、聖涼さんに『ごめんなさい』しろ」

「なんで俺様が！」

「悪いのは誰だ？　おい」

「……俺様かも」

「だったらちゃんと『ごめんなさい』しろ。ダーリンのくせにハニーのお願いが聞けないのか？」

そう言われると弱い。

コウモリは渋々、「悪かった」と呟いた。

「よし」

聖涼はコウモリを明に渡し、にっこりと微笑む。

「明は化け物の躾が上手くなったね」

「俺は、聖涼さんがコウモリを握り潰したらどうしようかと……」

チャーリーが楽しそうに言う横で、雄一はホッと胸を撫で下ろした。

「さてと。私は母屋に帰るよ。明君が吸血鬼になる日が決まったら、ちゃんと教えるように。宮沢さん、美味しい紅茶をありがとう」

聖涼は、コウモリの柔らかな感触を掌に残したまま、明の部屋を後にする。

「私たちもそろそろ部屋に帰ろうか？　明日は朝が早いし。重要なキャンペーンがあるから、今からテンションを上げておかないと」

「お前がそれ以上テンションを上げてどうする。それに、キャンペーンをいい加減に考えるなよ？　日本支社が傾いたら、俺は、旦那様と奥様に合わせる顔がない」

文句を言う雄一に、チャーリーは「はいはい」と言ってトレイを持って立ち上がった。

「あ、宮沢さん。お茶をありがとうございました」

雄一は、玄関まで見送ろうとした明に座っているよう片手で合図すると、トレイを持ったチャーリーのためにドアを開ける。

「では明。頑張ってくれたまえ」

何をどう頑張るのかは言わず、チャーリーは明にウインクをした。


「やっと二人きりになったな」

コウモリはすぐさま人型に変わると、明をそっと抱き締める。

「もう風呂の支度をする」

「寝る前にブラッドベリーが食いてぇな。……いや、今夜は明ゴハンの気分」

なんだそりゃ。

明はエディに抱き締められたまま、苦笑した。

「俺様は吸血鬼だから、ブラッドベリーだけでなく明ゴハンも食う」

「あとでな、あとで」

エディは、風呂の支度をしようとした明を力強く抱き締め、そのまま畳の上に押し倒す。

「ちょっ、ちょっと待て……っ」

「お前を待ってたら、いつまで経ってもエッチできねぇ」

エディは瞳を深紅に染めて、明を見下ろした。

この瞳で見つめられたら、抵抗なんてできない。

明は甘い吐息を吐き出してエディの唇に左手の人差し指を押しつける。

「噛めよ」

「服が汚れるって言わねぇの？」

血液が布につくと、取るのに苦労する上、下手をすると染みになる。明はこれまで、何枚ものシーツをダメにしていた。

「いい。……その代わり、零すな」

エディは軽く頷いて、明の指に牙を立てる。

明は鈍い痛みに眉を顰めるが、指をなぞるエディの舌の動きを感じ、片手でジーンズのフロントボタンを外し、ファスナーを引き下げた。

口腔内に広がる、甘くとろける極上の血の味に、エディの瞳が嬉しそうに細められる。

「これを嘗めちまうと、ブラッドベリーも味気なく感じる」

「俺の血は極上だからな」

エディは軽く頷くと、名残惜しそうに明の指先から舌を離した。

「も……終わりか？」

「まだ始まったばかりじゃねえの？」

明は、微笑むエディの背に両手を回し、目を閉じてキスをねだる。

エディはゆっくりと唇を合わせながら、明の体を裸に剥いた。

「は……っ…」

明の唇から掠れた声が漏れる。

エディは明の足の間に体を滑り込ませると、片手で抱き締めながら、もう一方の手で尻を撫で回した。

「エディ……っ」

キスをされ、尻を触られただけで、明の雄は勃ちあがる。

「こんだけで、もう感じてんのか？　さすがは俺様の淫乱ちゃんだ」

「バカ……っ」

明は顔を赤くして悪態をつくが、エディの指が後孔をくすぐるように撫でたので口を噤んで背を反らした。

固く閉じているそこを、指の腹で丁寧に撫でて柔らかくする。

「まだ中に入ってねぇぞ？」

エディは、硬く勃ちあがり先端から先走りを滲ませている明の雄を見つめて、意地悪そうに笑った。

「は、あぁっ」

感じやすい体はエディの指の動きにびくびくと震え、もっと深い快感を得ようと腰を浮かす。

「あ……っ……そこはもう……っ」

「だめ。ここを撫でられるだけでイケるぐれぇ、うんと気持ちよくしてやる」

エディは明の首筋を嘗めながら、指先で後孔を優しく撫で回した。

そこ以外、どこにも触ってもらえないのがもどかしい。

明はエディの背に回した手に力を入れ、自ら腰を振り出した。

「別のところも……触れ……よ…っ」

「ダメだって」

エディはやっと、指を一本挿入する。

明は切なげに眉を顰め、気持ちよさそうな声を上げた。

「一本しか入れてねえけど？　これでも感じる？」

「く……っ……感じる……っ」

明はより激しく腰を振り、エディの指をもっと奥に飲み込もうとする。

「じゃあ、これは？」

エディの指が一気に三本に増えた。

だが明は肉壁を圧迫されても、苦しさよりも快感が勝る。彼の雄はとろとろと先走りを溢れさせ、それは雄を伝って柔らかな体毛に雫を零した。

「エディっ……指、動かしてっ、中を弄って、もっと奥まで、ぐちゃぐちゃにしてほしい……っ」

「そんなに奥までほしいなら、俺様に跨《また》がれ」

エディは明の後孔から指を引き抜くと、ジーンズから雄を出して仰向けになる。

明は快楽に瞳を潤ませ、興奮して怒張したエディの雄を見つめた。

「ほら。見てるだけでいいのかよ」

「そんなのいやだ」

明は跨ぐと、興奮して乾いた唇を舌で嘗める。

「やっぱ淫乱ちゃんは素直でなくっちゃな」

エディは明の腰を両手で支えた。明は右手を後ろに回してエディの雄をそっと掴み、慎重に腰を落とす。

「あ、あ、あ……っ」

肉壁を徐々に満たしていくエディの雄の圧迫感で、明は掠れた声を出した。

欲しいのに力任せに繋がることができず、泣き出しそうな顔でエディに助けを求める。

「そんな顔されちゃ、俺様、すぐにイッちまうだろうが」

エディは苦笑すると、片手で明の雄を握って上下に扱いた。扱きながら、親指の腹で敏感な縦目を擦ってやる。

すると明の体から余計な力が抜け、スムーズに腰が落ちていく。

「エディ……っ…、ちゃんと……入ってるか?」

「おう。すっげー熱い。そんで、気持ちいい」

「俺も……前と後ろ……両方……気持ちいいっ」

深々と貫かれた明は、エディの前に全てを晒して甘い吐息を吐いた。


「動くぞ……?」

明はエディの返事を聞く前に動き出す。

「積極的じゃねぇか。そしたら、俺様もちょっと頑張っちゃおうかな」

エディは明の雄から手を離し、両手で彼の腰を掴んで突き上げた。

「く……っ……は……っ」

目が眩む快感と衝撃に、明の背がしなる。

「エディ……っ！　もっと…ゆっくり……っ」

「それは無理」

激しく突かれて思わず浮いてしまう腰を、強引に引き寄せ、密着させた上で突き上げた。

この体勢なら自分に主導権があるはずなのに、明はエディに翻弄される。

「バカ……っ……やめ、やめ……っ！」

「やめねぇっての……っ！」

つんと勃ちあがった赤い胸の突起や、腹につくほど反り返って先走りを溢れさせている雄には目もくれず、エディは痕がつくほど明の腰を掴んだまま、下から彼を貫いた。

「エディ……っ……こっちは……?　なあ……」

明は目尻に涙を浮かべて自分の雄を握り、ここがどれだけ愛撫を欲しがっているかを見せつけた。

「自分でやってみ？　できるよな？」

明はぎこちなく頷くと、ゆるゆると扱き出す。

「そのまま、俺様が見てる前で出してもいいぞ？」

「そんなの……無理……っ」

けれど明はもう、雄を扱く手を止めることができない。それを分かっていて、エディは彼の腰をわざと浮かし、一番感じる場所を集中して責めた。

「あっ、あっ、あっ、だめっ、俺だめっ」

「お前がイくとこ、俺様が見てぇんだよ」

エディは、今度は深く貫き、明の体に最後の快感を与える。

明は耐えきれず、中腰のまま体を震わせエディの腹に精を放った。

放出の快感と、エディに見せつける形になってしまった羞恥心が入り混ざり、明の体に新たな快感を植え付ける。

「エディ……俺……また……っ」

明は、吐精で濡れた自分の雄を扱きながら、エディの上で自分から腰を動かした。

「もう、気持ちよくてどうしようもねえんだろ？」

「んっ……凄くいいっ、まだイくなよ？　エディ」

「俺様もそろそろイく。そのあと、また可愛がってやっから我慢な？」

「やだ……っ」

明は頭を振るが、エディは自分勝手に動き出し、低い呻き声を上げて達する。

「ハニーの……お願いぐらい……きけよ……っ！」

「俺様だって、お前の可愛い淫乱ちゃん振りを見てりゃ、イきてーっつーのっ！」

「まだ足りない」

「はいはい。今から別のカッコで満足させてあげましょ」

エディは素晴らしい腹筋で起きあがると、そのまま明を押し倒した。

膝が胸に付きそうな全てを晒した格好に、明は興奮とも恥ずかしさともいえない気分になる。

「お前が締め付けるから、俺様もう元気になっちゃった」

「なら、早く……よこせ……っ！」

命令のような明のおねだりを聞いて、エディは嬉しそうに笑って頷いた。


体育座りで湯船に浸かり、「ふう」と安堵の声を出す。

湯船に浮かんだ洗面器の中には、コウモリ姿のエディが入っていた。

洗面器の中に濡れコウモリ。

あり得ない光景だが、いざ目にすると物凄く可愛らしい。

こいつを洗面器に入れてみた俺、大正解っ！

明は心の中で「グッジョブ」と叫んだ。

「……そういや、吸血鬼になったら、こうしてゆっくり風呂に入ることもないんだな」

「当然。というか俺様は、この状態でも大変不愉快だ」

シャンプーとトリートメントを終えたコウモリは、フローラルな香りを漂わせて文句を言う。

「いっぱい汗かいたろ？　それに、余分なものもベタベタつけたし」

「まさか明に顔射されるとは思わなかったー。けど、そのあとのお前はすっげー可愛い顔して『ごめんなさい』って言ってくれたから、よしとすっか」

「愛らしい姿で顔射と言うなっ！　沈めるぞっ！」

「……マジな話、沈められたら沈みっぱなしだぞ」

「へ？　泳げないのか？　エディ」

「泳げる吸血鬼なんて、見たことも聞いたこともねぇ」

「そっか。……水に浸かると具合が悪くなったり体の力が抜けたりするんだもんな」

明は両手で、濡れ髪をぐいと掻き上げる。

「元人間でも、吸血鬼になると水が嫌いになるのか？　俺は風呂に入るのもプールや海で泳ぐのも好きなんだが」

コウモリは洗面器の縁を小さな手で掴み、「多分、嫌いになるはずだ」と呟く。

「分かった。でも俺は日本人だから、風呂には入る。絶対に入る。温泉にだって行くぞ」

「まー、お前がそうしたいなら文句は言わねぇ」

何もかも、明が本当の吸血鬼になったとき分かるはず。エディは小さく頷いた。


翌日。エディは、棺桶の中に入っていたギネヴィア・クリスとステファンからの手紙を何度も読み返し、そして、あることを決行しようと決める。

「よしっ！　今夜から晩飯は外で食うっ！　俺様はさっき決めたっ！」

「は……？」

買い物に行こうと財布の中身を確認していた明は、呆れ顔でエディを見つめた。

「買い物はすんなよ？　聖涼に、人間用の旨い飯を食わせる店を聞くっ！　そんで、そこに行く！」

「いきなり……何を言ってるんだ？　エディ。今夜は餃子を買おうかなと……」

「中華か？　中華が食いたいのか？」

「いや……本当は肉にしようかと思ったけど、餃子が特売だから……」

「肉か。……なら、フランス料理かイタリアン。いや、韓国料理という手もあるな」

エディは手紙を丁寧にたたんで押し入れの中にしまうと、すばやく受話器を取り、聖涼の携帯電話のナンバーをプッシュする。

いきなり何を言い出すんだ？　この吸血鬼は。そういう高そうなところは、まず予約だろう？

明は、聖涼に電話をしているエディの背中を見つめ、首を傾げた。

「おう。……なるほどな。……だったら、そこにする。予約は……へ？　大丈夫？　そっか。りょーかい。任せた！　そんじゃ」

エディは電話を切ると、にっこり笑って振り返る。

「今すぐスーツに着替えろ」

「この格好じゃダメなのか？」

明は、長袖のTシャツにワークパンツ姿の自分を見下ろして尋ねる。

「ノーネクタイは不可。スニーカーも不可。さっさとスーツ着ろ。ついでに俺様のスーツも出せ。イギリスにいたとき、ジジィがスーツケースに押し込んだヤツがあんだろ？」

エディは着ていた服を脱ぎ出した。

「それはちゃんと保管してるけど……」

「だったら早く出せ。聖涼が七時半に迎えに来る」

「えっ？　迎えに？」

「そうそう。時間に遅れないようにしねぇとな」

勝手に決めたエディは、下着一枚の姿で「服を寄越せ」と威張る。

おそらく、仕事上いろいろなところにコネクションを持つ聖涼にわがままを言って、話を通したのだろう。

「……分かった」

明はどんなレストランに行くのか分からないまま、エディのためにクロゼットからスーツを取り出した。

そして、ハタと気づく。

「スーツを着て食べに行くということは、それなりの店なんだろう？　そんな余裕はないぞ？　まさかエディ、聖涼さんに奢《おご》らせる気じゃ……」

「大丈夫だから、気にすんな」

エディは糊の利いたワイシャツに袖を通しながら、牙を見せてニヤリと笑った。

「気にするっ！　誰が支払いするんだっ！」

「俺様だ」

「は？」

「おーれーさーまーだー」

エディは押し入れのふすまを開けると、中に手を突っ込んで一枚のカードを取り出す。

「お母様がな、何かと便利だからってこういうものを俺様にくれた」

明の目の前にあるのは、二枚のクレジットカード。どちらも名義はエドワード・クレイヴンになっている。

「……どんなあくどい手を使って、カードを手に入れたんだ？　それもやはり、イギリスにいるときにもらったのか？」

「失敬な！　正規の手続きで手に入れたに決まってんだろ。そんで、イギリスに行ってたときにもらった。今まで内緒にしてて悪かったなハニー」

クレジットカードを持つ吸血鬼なんて、この世にいていいのか？　いや、実際に俺の目の前にいるんだから、いいんだろうな。ははは。驚くだけ、馬鹿馬鹿しい。

今まで、エディがらみで散々驚かされてきた明は、温い微笑みを浮かべたあと、首を左右に振った。

「こっちが上限なしで、こっちが上限ありだって」

「はいはい。外国の金持ちは、日本の金持ちとは桁《けた》が違うってことは、イギリスに行ったときよく分かって……って、エディっ！　そんな大事なカードを押し入れに入れるなっ！　お前はタンス貯金をする主婦かっ！」

「静かにしろ。そして着替えろ。旨い飯を食わせてやる」

「……ダーリンの支払いでかよ」

「当然だ。俺様は明のために、湯水のように金を使ってやる。……というか、日本じゃ金の使い道は限られてっから、大したことはできねぇけど」

「よく言うぜ」

現金だとは思いつつも、明は嬉しそうに笑った。


本当に、その日の夜から夕食は外食となった。

聖涼だけでなく、雄一までもがレストラン選びに加わり、種類の幅がいっそう広がる。

支払いを心配していた雄一は、チャーリーが持っている限度額なしクレジットカードと同じものをエディから見せられた途端、「吸血鬼でも、さすがは広大な領地と資産を持った伯爵様」と、安堵と感嘆のため息をつく。

そして彼は無邪気に、「ここのレストランは」と様々な国籍の料理を勧めていたが、聖涼はエディの思惑が分かったようだ。

いやはや、この吸血鬼は情熱的というか、愛する相手一筋というか。それをわざわざ明君に知らせないところは、育ちのよさからくるんだろうな。

聖涼はそんなことを思いながら、「ええ？　そんなに美味しいんですか？」と、雄一とはしゃいでいる明を微笑ましく見つめた。

そして今日。

聖涼と雄一が選んだ店を片っ端から食べ歩いた明は、雄一お勧めの鮨屋にいた。

『俺が予約を入れておきました。特にここの穴子は絶品。涙が出るほど旨いネタが揃ってます。ここのを食べたら、他の店の穴子は食べられなくなります。どうぞ、是非食べてください』

明が旨そうに鮨を食べる横で、エディはちびちびと日本酒を飲んでいる。

「意外に旨いじゃねぇか。今までずっと飲まず嫌いでいて損した」

「そうか。俺は、こういう場所で鮨を食べるのは初めてだ」

正確には、こんな高級な鮨屋で鮨を食べるのは初めてだ、となる。

明は鮨を一口で口の中に入れ「ああ、日本人でよかった」と、この世の幸福を堪能した。

人間、本当に旨いものを食べると、知らず知らずのうちに笑みが零れる。

今の明がそうだった。

「本当に、旨そうに食うよな」

「旨そうじゃなく、旨い。すいません、穴子をもう一貫、お願いします」

明はお茶で喉を潤し、カウンター越しに注文する。

カウンターと、四人がけの席がいくつかのこぢんまりとした店内は、比較的年配の客で占められ、穏やかな会話をしながら旨い鮨や肴《さかな》に舌鼓を打っていた。

「エディ。お前は？　日本酒だけでいいのか？　一貫ぐらい試しに食べてみる？」

「俺様はこれで充分。これからは家でも日本酒を飲ませろ。気に入った」

「こんなに旨いのに……」

「俺はいいから、お前は好きなだけ食え」

エディはそう呟くと、酒の入ったグラスを傾けた。

明は湯飲みをカウンターに置くと、エディの横顔をじっと見つめる。

「ん？　どうした？」

「昔、父さんがよくそう言ってた。高いメロンとか、焼き肉とか、とにかく、旨いもんを食べるときに、『俺はいいから、お前は好きなだけ食え』って言って、俺が食べるところを嬉しそうに見てたんだ。俺んちはそんなに裕福じゃなかったはずなのに、父さんと母さんは、俺だけは腹一杯食べさせてやろうと思ってたんだろうな。祖父ちゃんが何度も援助しようとして断られてたってのを知ったのは、俺が社会人になってからだ」

明は肩を竦めて、思い出話を語る。

「俺の大学入学祝いだって、母さんがちらし寿司とケーキを作ってくれて。妙な組み合わせだろ？　それを桜荘に持って行って、祖父ちゃんたちと一緒に食べたんだよ。あのときのちらし寿司、旨かったなぁ。高涼おじさんや聖子おばさん、聖涼さんも祝ってくれて、嬉しかった」

「そうか」

「今頃思い出すなんて、変なの」

明は小さく笑うと、握りたての鮨に手を伸ばす。

「会いてぇ？」

明は首を左右に振り、お茶を飲む。

「お前の台詞が懐かしくて嬉しい。それでいい」

明は穴子の握りを頬張り、エディの肩を優しく叩いた。

「……いい値段したな。俺、鮨屋って言ったら、回転寿司ばっかりだったもんなぁ」

数時間後、店を出た明は、エディがサインをしたクレジットの明細書を片手に、感心した声を出す。

「あれぐれえどうってことねぇっての」

「そっか。ごちそうさまでした。あんな旨い鮨、初めてだ。ありがとうなエディ」

明はジャケットの内ポケットに明細書を突っ込むと、微笑みながら頭を下げた。

「キスは？　キスしてくんねぇの？」

「家に帰ってからだ。ここは人通りが多いだろう？」

「ま、仕方ねえ。そんじゃ、次の店で飲み直すか」

このまま帰るのだとばかり思っていた明は、エディの言葉に目を丸くする。

「俺は腹いっぱいだぞ？」

「けど飲んでねぇだろ？　一杯つき合え」

「また高い店に入るのか？　もういいって」

明はさっさと歩き始めたエディの腕を掴むと、路地に引っ張り込んだ。

「なんで？　俺様はお前にいろいろ贅沢させてやりて

え」

「ダメだ。お前、どんだけカードを使ったと思ってんだ？　お前が金持ちなのはよく分かった。俺もいろんな旨いモノが食べられて嬉しかった。でもこれ以上は……」

そこまで言って、明はあることに気づいた。

どの店に入っても、エディは酒類と果実しか口にしていない。

「エディ……あのな……？」

吸血鬼は人間と同じものは食べないんだよな。だから お前、俺が吸血鬼になる前に……。

聖涼がとっくに気がついていたことを、明は今やっと気がつく。

「お前ってさ、コウモリのときは滅茶苦茶可愛くて、人型のときは信じられないくらい美形で、図々しいことを平気で言うくせに育ちはよくて、俺のことを『極上のゴハン』とか言うくせに、ちょっとしか血を吸わなくて……。凄いわがままで、世界は自分を中心に回っていると思ってるようなところがあるくせに……」

なんで、こんなに優しいんだよ。変なところで気を利かせやがって。俺が吸血鬼になるって宣言したから、人間でいるうちに、うんと旨いものを食べさせてやろうって思ったんだろ？

明は唇を震わせ、顔をしかめながら、涙を堪える。

「明……」

エディは困惑した表情を浮かべ、明の頬をそっと撫でた。

「お前は俺様の大事なハニーだ」

「ごめん。俺……なんて鈍感なんだろう」

堪えきれずに、涙が零れ落ちる。

エディの不器用な優しさが嬉しくて、苦しくて、切なくて、胸の奥に滲むような傷みを感じた。

「なんで謝るんだよ。バーカ」

「旨いもの食べて単純に喜んで、それだけだった。俺は……バカでいい」

「泣くな」

「ごめん」

「あやまんな」

「だったら……どうすればいいんだよ」

「お前はなあ」

エディは目を細めて照れ臭そうに笑うと、明の涙を指先ですくいながら呟いた。

「俺様の側で、いつも幸せそうに笑ってりゃいいんだよ」

その週の土曜日。

明は朝からバタバタとうるさい。

明の枕にヨダレ染みを作って寝ていたコウモリは、片目を開けて彼を見た。

「うーるーせー。まだ午前中〜。俺様はお寝むの時間〜」

「あ、ああ。悪かったな。時間があまりないから焦ってるんだ」

「どっか行くのか？　俺様は？　俺様も行くっ！」

コウモリは寝癖のついた羽毛をふわふわと可愛らしく揺らし、子供のように「一緒に行く」と駄々をこねる。

「結婚式と披露宴に出るんだから、お前は留守番っ！　だから今夜は、一緒にゴハンはなし。昨日言っておいたろう？」

「そんなん忘れた！　……って誰と結婚すんだよ！　明っ！　俺様という、超美形で育ちが良くて、愛らしいコウモリ姿を惜しげもなく晒すスイートダーリンがいるっつーのに！」

コウモリは布団の上で仰向けになって「俺様がダーリンだ！」と小さな手足をわきわきと動かした。

「俺が結婚すると誰が言った？　高校時代の友だちが結婚すんだよ。新郎側の受付を頼まれてるから、少し早めに行かなくちゃならないんだ。……あ！　ご祝儀、ご祝儀」

明はワイシャツに下着姿で手を叩くと、棺桶を跨いで棚の財布から新札の一万円札を三枚引っ張り出して、棺桶の上に置く。

「……俺様も、人間の結婚式が見たい」

「連れて行ってやりたいのは山々だが、式は教会でやるんだ」

教会は、吸血鬼にとってとっても恐ろしい場所。コウモリは頭をプルプルと左右に振り「留守番する」と残念そうに呟いた。

「披露宴はレストラン、二次会はバーを貸し切り。なので俺は、帰りは遅いと思う。朝一でブラッドベリーを摘んでおいたから、ゴハンは心配ないな？」

「俺様、ゴハンよりお前が心配。俺様が見初めるほどの可愛い子ちゃんなんだぞ？　酒の席で誰かに押し倒されたら、淫乱ちゃんは嫌がるより気持ちよくなっちまうだろ？」

「俺の周りのゲイは、お前とチャーリーと宮沢さんだけで充分だっ！　ゲイ密度高すぎっ！」

明はしかめっ面で怒鳴ると、片手に茶碗を持って、立ったままふ漬け物とふりかけで食事を始めた。

「行儀わりー」

「忙しいからいい！」

物凄い早さでお代わりを二杯した明はシンクに食器を置き、今度は歯を磨くために風呂場に向かう。

コウモリはポンと人型に戻ると、敷きっぱなしの布団の上であぐらをかいた。

棺桶の上には、ご祝儀の他にご祝儀袋もあったのだが、エディは「これってなんだっけ」と首を傾げる。

「思い出した！　香典袋だっ！　香典袋っ！」

「縁起の悪いことを言うな。これはご祝儀袋」

明はひょいと顔を出し、歯ブラシを口の中に突っ込んだまま訂正する。

「あー……ご祝儀袋ね。はいはい」

ったく。日本人は面倒臭えことばっかやりやがる。

エディは肩を竦めてそう思うと、小さなあくびを一つした。

時間は午前十一時ちょっと過ぎ。

「高校時代の友だちか」

彼らと再会しても、明の「吸血鬼になる」という決心は揺らがないだろうか。彼は吸血鬼になることで、自分の友人たちも失うことになるのだ。

思春期を共に過ごした友人が、そのまま生涯の友になることも少なくない。吸血鬼になれば、その友人をも失わなくてはならない。

「大丈夫だよな。桜荘の住人もいる。聖涼や早紀子、ヘボハンターや雄一がいる。それに、吸血鬼の中でだって、友だちは作れんだろ？　それこそ、生涯の友だちだ」

「……ん？　エディ。何か言ったか？」

整髪料で髪を後ろに流して整えた明は、いぶかしげな表情で風呂場から出てきた。

「お前と一緒にいられなくて寂しいって言ったの」

「ほんのちょっとの我慢だろ？　あ、その一万円札を全部ご祝儀袋に入れてくれ」

明はそう言って靴下を穿き、クリーニングされたスラックスを続けて穿く。そして白いネクタイを締めると、ジャケットを羽織った。黒系の地味なスーツだが、ネクタイの色で結婚式と分かる。

「式が一時からで、ここからだと一時間はかかる場所で、後藤たちと待ち合わせてから行くことになってるから、そろそろ出た方がいいってことだな」

「行ってらっしゃいのチュウをしてやる」

「手短にだぞ？　余計なことをされたら遅刻する」

「分かってるって」

エディはご祝儀袋を持って立ち上がると、丁寧に彼のジャケットの内ポケットに入れてやる。そして指で明の顎を捉えると、触れるだけのキスを何回か繰り返した。

「激しいのもいいけど、こういう軽いのもいいもんだな」

「俺様は育ちがいいから器用なんだ。お前のためなら、どんなキスだってしてやる」

育ちと器用は関係ないだろう。

明はそう言おうとしたが、エディのキスが気持ちいいので心の中だけで突っ込んだ。

「じゃあ行ってくる。何かあったら、聖涼さんか河山さんを呼べ。ドアをノックされたときは、まず覗き穴から相手を確認すること。勧誘なら無視しろ。それと、布団をたたんでおいてくれると嬉しい」

「はいはい」

「ブラッドベリーは洗ってから食べること。汁を垂らしたら、すぐティッシュで拭け。それと……」

「もう分かったから、行け」

「あ……分かった」

明は心配そうな顔で靴を履くと、「鍵はちゃんとかけろ」と言ってドアを閉めた。

「俺様を一人残すのがそんなに心配なら、ポッケの中に入れて連れてけばいいのによー。ったく素直じゃねえな。俺様のハニーは」

エディはドアの鍵をかけて、だらしなく笑った。


久しぶりに、高校時代のクラスの大半が集まった。結婚式と披露宴会場では大人しくしていたが、彼らはその分二次会で爆発する。

新郎新婦を下ネタのジョークでからかい、彼らの新たなスタートと、自分たちの一年ぶりの再会に乾杯した。

「最後に集まったのが、去年の一月だっけ？」

「そーそー。一年会わないでいると、みんな結構変わるんだな」

「彼女しょーかいしてよ、彼女。新妻の友人関係で、一つよろしく」

「しかし、まさか高原が結婚するとはなあ」

「まさかと思うヤツが、実は一番早く結婚すんだよ！なあ、比之坂」

話を振られた明は、笑いながら頷いた。

「ところでお前、ちゃんとメシ食ってる？　仕事はどーよ。……ほれ、あの、めでたい席でアレだけど……お前んとこ、大変だったろ？」

去年のゴールデンウィークに家族を一気に亡くした明を気遣う言葉に、他の同級生たちも心配そうな顔をする。

「ああ。大丈夫だ。あのときは立派な花をありがとうな。感謝してる」

葬儀の際、自分たちの親から訃報を聞いた彼らは、相談し合った結果、同級生一同で花を贈ったのだ。

「そっか。元気か！　彼女はどうだ？　いないなら、俺と一緒に新妻のご友人をお持ち帰りして……」

「沢田ー。お前そんなことばっか言ってっから、すぐ彼女に振られるんだぞ？　沢田君って、カッコイイけど信用できない。顔だけ男って」

「カッコイイと言われるだけ、いいじゃないか。なあ、比之坂」

沢田は明の肩に腕を回し、同意を求める。

明は意地悪く笑って、「さーな」ととぼけた。

「これだよ。沢田センセー、そんなんで中学校の教師しててていいんですかー？　生徒にセクハラしてたりして」

「ガキ相手にそんなことするかよ」

「あー、ちくしょう。俺も結婚してー」

友人の結婚式に出て自分も結婚したくなるのは、女性だけではないらしい。

彼らは「可愛いお嫁さん」と一緒になることを夢見て、友人に囲まれて誇らしげに頬を染めている新婦を見た。


「その前に、まず出会いだよ」

「新婦の優美ちゃんが二十三歳だから、お友だちも同じぐらいだよな？」

一人の呟きに、その場にいた殆どが拳を硬く握りしめて頷く。

「相変わらずだよな、お前ら。仕事はどうだ？　田野辺、お前デザイナーになるって言ってたじゃないか。どうなった？」

明に話を振られた田野辺は、「そっち業界でメシ食ってるよー」とにっこり笑った。

「俺なんて営業だから、頭を下げるの上手くなっちゃって！」

「比之坂は？　ずっと同じところに勤めてんのか？」

「俺は祖父さんが残してくれたアパートの管理人をやってる」

話をしながら飲むと量が進む。明はビールをお代わりして「結構忙しいんだ」と続けた。

「管理人！　美人の入居人と恋が芽生えるかも！」

「ドラマみたいだけど、あり得なくもない。比之坂はいい男だからな」

「男しか入ってないから、恋愛は無理だっての」

それに俺は、部屋に迷い込んできた吸血鬼と恋人同士だし。

明は心の中でこっそり呟いて笑う。

「みんな、今日は本当にありがとう。俺、世界一の幸せ者～」

そこに新郎の高原が、だらしない笑みを浮かべて同級生たちのもとにやってきた。

「あー、むかつくっ！　その幸せそうな顔」

「全くだ！」

彼らは苦笑を浮かべて、新郎に気を遣う。

「一足お先に年貢を納めさせてもらいましたって感じ？　俺は比之坂の方が早いと思ったんだけどさ」

「は？　何言ってんだ？」

明は空になったグラスをカウンターに置くと、首を傾げた。

だが周りにいた友人たちも「そーだよなー」と呟いたので顔をしかめる。

「俺たちよく、このクラスで一番先に結婚するの比之坂だなって言ってたんだ」

「うんうん。気が利くし、頼りがいがあるし、堅実な仕事に就くと思うから、俺が女なら、絶対夫にしたいねって言ってた」

そんなこと今の今まで知らなかった。

明は目を丸くし、「気持ち悪いぞ、お前ら」と笑い出す。

結婚だって？　俺は吸血鬼になるんだぞ？　しかも、少々難アリだが立派で美形のダーリンがいる。今更言われても、笑うしかないだろう。

「そんなに笑うなよ」

「悪かった。……でもそうか。俺はみんなにそういう風に思われていたのか。嬉しいな」

「他にもあるんだぜ？　嫁さんにしたいナンバーワンは五十嵐。あいつ、マメだし料理上手いし」

「それは不毛だ」

「そーいうバカなことを考えるのが楽しかったわけよ！」

「バカって言ったら、夏休みに自転車で関東一周ってのもやったよな？　受験勉強そっちのけでさー」

「そうそう！　そんで桑原がさー、何も言わずに行ったから母親に捜索願出されてさ、俺たち地元の警官に見つかって怒られたんだよな」

「途中で柴田の自転車のチェーンが切れて……」

「雨まで降ってきて、マジ泣きそうになったっけ」

「二年の冬休みなんか、スキーに行って遭難しかかったよな」

「慌てて駆けつけた木下先生に、『心配させんな』って、泣かれた」

たしかに、あの頃はクラスみんなでつるんで、バカなことばかりやった。一年から三年まで、一度もクラス替えがなかったせいもあるのかもしれないが、他のクラスでは「一致団結」はなかった。明のいたクラスはみな妙に馬が合うのか、二十数人という大人数で、大規模なバカを繰り返し、何度も停学の危機に遭いつつ反省文を書き、担任にため息をつかれた。

だから卒業式は全員男泣きだった。

しかし大学に進学し、就職してしまうと、高校時代の友人と会う機会はめっきり減ってしまう。それでも、こうして会うと、時間が昔に戻る。

多少髪の毛が寂しくなっている者、老けた者もいるが、それ以外はあの頃と少しも変わらない。

明は新たなカクテルグラスを手にすると、同級生たちの顔や仕草、声を忘れないように心にとめる。

吸血鬼になったら、こうして会えるかどうかも分からない。明の時間は止まってしまうのだ。

「次は来年か？　その前に、誰かの結婚式で会うってのもいいけど」

「うーん。それは難しいかもー」

「結婚する相手がなあ〜」

「そーいう高野は、結婚するよりリストラされないよう気をつけろー？　お前のバカっぷりは、体育祭で伝説になった」

その言葉に、みなはどっと笑い出す。

「なんだよ！　まだ覚えてんのか？　こりゃもう苛めだぞ？　苛め！」

「騎馬戦でジャージが脱げて下半身スッポンポンだぞ？　忘れられるわけが……！」

「あれは比之坂が悪い！」

「え？　俺のせい？　俺はお前が落っこちないようにジャージを掴んでいただけだ。なのにお前は落ちやがって……」

「俺の青春時代の暗い過去を思い出させるな！」

「しばらくはあのブラブラが目に焼き付いて離れなかったなあ」

わざと感慨深げに呟く明に、皆は腹を抱えて笑った。十代の少年に戻ったように、無邪気な顔で笑い合う。

明は、笑いながらもどこか冷めた瞳で彼らを見つめた。

もう一回ぐらいみんなと会えるかな？　でも期待すると後が辛いから、考えないでおこう。取り敢えず、さよなら。みんないいヤツだ。俺はいい友だちを持った。

「俺はいい友だちを持った」

明の呟きは、少々大きかったようだ。今まで笑っていた連中は急に真面目な顔になり、それぞれの思いを胸に頷く。

「ああ。そうだな。たしかにそうだ」

「友情万歳って感じか?」

「うわっ! 友情ですって! 恥ずかしいわ〜」

「気持ち悪いぞ、柴田」

「あ、ごめんごめん。……でも、こういうのっていいよな。みんなそれぞれ仕事を持っててさ、上司に怒鳴られたり、ミスして落ち込んだりっつー日常があるけど、みんなでこうして集まると、何でもできそうな気がしてくる」

それは幻想で、バカバカしい夢物語だ。

それでも、分かってはいても、言わずにいられない何かがある。

「二十五歳の『スタンド・バイ・ミー』か……」

「沢田って、意外とロマンティストだったんだな」

「は! 男はいつだって永遠の少年さ」

「生徒の前では言うなよ? 『沢田センセー、もっと現実を見なきゃ』って言われるぞ」

「はいはい。ごもっともー」

喧噪《けんそう》がやけに遠くに感じる。

体の中に石を詰め込まれたように感じ、その重さにしゃがみ込みたくなる。

たいして酒を飲んでないのに、視界が狭まって目眩《めまい》がする。

できれば何も考えず、部屋の隅に蹲って眠ってしまいたい。

彼らの楽しそうな声や仕草が、明の心に容赦なく突き刺さる。

大学時代の友人や会社の友人たちには感じられないこの思い。もしかしたら、明にとって高校時代は二十五年の人生の中で一番楽しかった時期だったのかもしれない。

もう決して戻ることのできない、一番多感な時期を共に過ごした仲間。

新婦の友人たちも、新郎の友人たちが再会を祝っている様子を、羨ましそうに見つめているような気がする。

「そうか。だから……」

だからこんなに、胸の奥を鷲掴みにされたように苦しいんだ。こいつらと別れなくちゃならないから。俺の「人間」の部分を全部切り捨てなくちゃならないから……。だから。

披露宴の二次会で、主役を祝うどころか自分たちの昔話で盛り上がる。

同級生たちの着ているスーツと、あの当時着ていた学生服がぼんやりと重なった。

やばい。

不覚にも視界が滲んだ。

明は酔った振りをして顔を上げると、指で目頭を押さえつける。

「どした？　比之坂。もう酔ったのか？」

幸せな新郎が、彼に声をかけた。

「ああ。久しぶりに飲んだから。……ちょっと、酔いを覚ましてくる」

「便器を抱っこして寝るなよ？」

「高原じゃないから、そんなバカはしないって」

明は無理に笑顔を作ると、片手でネクタイを緩めながらその場を後にする。

さよなら。みんな、さよなら。俺、吸血鬼になるんだ。何十年経っても、俺は今の姿のままなんだ。だからさよならだ。でも俺は、絶対に忘れない。みんなが俺の友だちだったこと、絶対に忘れないから。

明の後ろで、誰かが何かくだらないことを言ったのか、仲間たちがまた爆笑していた。

最後にみんなと話ができてよかった。本当によかった。人間だった俺を一生忘れないでくれ。俺も、みんなと過ごした時期を絶対に忘れない。

トイレの洗面所で、明は自分の姿を鏡に映す。

そして、鏡の中の自分の輪郭を、指先でそっとなぞった。

エディ。

晴れの席で辛気くさい顔などできないのに。

エディ。

鏡に映った自分は、今にも泣き出しそうに顔を歪ませている。

エディ……っ！

彼は心の中でエディの名を叫び続けた。

ここに彼はいないのに、聞こえるはずがないのに、ずっと叫び続けた。


三次会が終わる頃には、時計の針は十一時を回っていた。

みな大いに騒ぎ、大いに飲み、新郎新婦を祝い、再会を約束して解散した。

明は「酔いを覚ますから」と言って、悪態をつきながら自分を引き留める友人たちに手を振って、一人薄暗い路上を歩く。

まだ満月にはなっていない月は、子供の落書きのようにいびつな形をしていた。

「飲み過ぎた……」

引き出物の入った紙袋がやけに重く感じる。

地下鉄の最終にはまだ時間があるが、面倒だからタクシーに乗って帰ろうか。

そう思って、大通りに行こうとした彼の前に、大きな影がふわりと落ちる。

柔らかな布のようにたゆたっていた影は、ゆっくりと人の形になっていく。

「お前、酒臭え」

久しぶりにエディのタキシード姿を見た明は、目を丸くした。

「エディ。……どうしてここが……」

「俺様を呼んだじゃねぇか」

「え？」

「俺様を呼んだろ？　だから来た。お前が一人になるまで待ってんのは、ちょっと退屈だったけど」

明の手から、引き出物の入った紙袋が落ちる。

彼の顔がよく見えないのは、夜のせいだけじゃない。喉に何かがつかえたような違和感を感じるのは、酒を飲み過ぎたせいだ。

「エディ……」

「ほれ。こうしたかったんだろ？」

エディは明に向かって両手を広げた。

明の瞳から、ポロポロと涙が零れ落ちる。

ここは路上なんだということを忘れ、明はエディの胸の中に収まった。

「エディ……っ！」

こうしたかった。エディに抱き締められ、抱き締め返し、不安と寂しさと悲しさを忘れたかった。ほんのりとブラッドベリーの香りがするエディの体臭を嗅ぎ、明は目を閉じる。涙があとからあとから零れ落ちて、自分の意志では止まってくれない。

エディは何も言わずに明を強く抱き締め、安心させるように彼の背中を優しく叩く。

「俺、みんなの顔を見ながら……さよならってっ」

「分かってる」

「来年も会おうって言われたけど……っ」

「黙ってろ」

お前のことは、きっとお前より俺様の方が知ってる。だから何も言わなくていい。

エディは明をきつく抱き締め、彼の耳や髪に優しいキスをする。

明はエディの肩口に顔を押しつけ、声を出さずに泣いた。


翌日。

目をぽってりと腫らした明は、見えづらい視界の中でパジャマ姿のエディが引き出物を漁《あさ》っているのを目撃した。

「お前が食べられるものは入ってないと思うけど」

「確認するだけだ。……フルーツゼリーにパウンドケーキ、鰹節のパックにカタログ……こんだけか。聖涼の結婚式の引き出物は、もっと豪華だったような気がする」

若造のありきたりな結婚式と、有名な退魔師のゴージャスな結婚式を比べることはできない。

明はため息をついて起きあがると、エディの背中を叩いた。

「いてぇ」

「こっち向け。バカ」

「ん？　ゼリー食う？」

エディはフルーツゼリーを持ったまま振り返る。

「昨日は……その……ありがとな」

ずるずると鼻水を垂らしていた明は、エディと一緒にタクシーに乗り桜荘に戻った。そして、棺桶が置かれているため狭いスペースの中、二人は抱き合って寝た。

話したいことは山ほどあったのに、一言も話せなかった。

言っても仕方のないことだと分かっていたのかもしれないし、言わなくてもエディには通じると思ったからかもしれない。

「お前は俺様の大事なハニーだから、あれぐれぇ当然だっての。それに、俺様は初めて日本のタクシーに乗れて満足だ」

タクシーの運転手は俺たちの仲を物凄く疑って、バックミラーでチラチラ見てたけどな。

なんてことはおくびにも出さず、明は「ならいいや」と小さく笑う。

エディの気遣いが物凄く嬉しい。

「それよかお前、すっげー顔。俺様の顔がちゃんと見えてるか？」

「……見えてる。けど、冷やしてくる」

「そうしろ。可愛い顔が台無しだ」

エディは微笑みながら、明の頭をぐりぐりと撫でた。


布団を押し入れにしまうと、朝食の支度。

明は百円ショップで買っておいたビーチマットを棺桶の上に敷くと、ハムエッグや漬け物、みそ汁を置いた。

「これはお前の棺桶だから、俺様がどうこう言うことじゃねぇと思うけど、コレはねえんじゃねえの？　コレは」

エディはコウモリ姿になって棺桶の上に乗ると、両手でブラッドベリーを抱き締めてため息をつく。

「え？　だってテーブル代わりに丁度いいから」

そういう問題じゃねぇだろっ！

コウモリはそう突っ込もうとしたが、棺桶の上に納豆を追加されたのを見て諦めた。

「ブラッドベリーって、摘んでも摘んでも生えてくるんだな。まさに不思議な実だ。寿命とかあるのか？」

明は、狭い台所から山盛りご飯の入った茶碗と箸を持ってくると、コウモリに尋ねながら腰を下ろす。

「正確には分かんねえけど、百年は持つと思う。そーいうのは、全部お母様任せだから、今度、電話かメールで聞け」

「そうする」

この際、電話の国際料金は気にしない。

半年過ぎてやっと育ったブラッドベリーを、枯らさないことの方が重要なのだ。

明は小さく頷くと、みそ汁をすする。

コウモリもブラッドベリーに噛みついて、口をもぐもぐさせながら腹毛に果汁を零した。

「エディ。今度、人形用のエプロンを買ってきてやるから、それをつけてブラッドベリーを食べろ。そうすれば、汁で羽毛を汚さなくて済む」

「エプロン……？」

「そう。きっと凄く可愛いぞ？　フリフリエプロンをつけてブラッドベリーを食べるコウモリ。想像しただけで和む。愛らしい。今日、早速買いに行く」

明は視線をあさっての方向に向けると、楽しそうに妄想する。

だがエディは違った。

「フリフリエプロンなら、明の方が似合うだろうが！　全裸にエプロンっ！　もしくはメイド姿っ！　『ご主人様、いやらしいお仕置きをしてください』だろ！　こういうの、コスプレって言うんだよな？」

「どっからそんな歪んだ知識を得たっ！」

「インターネットっ！」

「うちにパソコンはないぞ！」

「桜荘の住人はみんな持ってる！　借り放題！」

「エディはもうネット禁止。ついでに俺は、裸エプロンなんて恥ずかしい格好は絶対にしない」

「……恥ずかしいこと大好きなくせに」

明は頬を引きつらせ、コウモリが抱き締めている囓り賭けのブラッドベリーを摘んだ。

「ああ！　俺様の本物ゴハン！」

コウモリは泣きそうな顔で、小さな手を必死に伸ば

す。

　そこまではよかったが、バランスを崩して顔からハムエッグの皿に転がった。

「あ……」

　明は「しまった」という顔をしたが、既に遅し。コウモリは体の殆どを卵の黄身で汚し、恨めしそうに明を見上げた。

　間抜けと可愛らしさが合体した、黒と黄色の小動物。今のシーンをビデオに撮って動物関係のテレビ番組に送ったら、絶対に採用されるだろう。出演者たちは特殊な発音で「かーわーいーいー」と叫び、身悶《もだ》えてくれるに違いない。

　しかも採用賞金も手に入る。

　だが明はビデオカメラは持っていない。だったら、せめて可愛らしい姿を激写と、棚からデジタルカメラを素早く取り出した。

「エディ！　いい感じっ！　笑って！」

「笑えっかーっ！」

　コウモリは怒りの叫びと共に、棺桶の上で転げ回る。

　明はその姿を容赦なくカメラに収め、今度はコウモリを片手で鷲掴みにして風呂場に向かった。

　結果的に卵シャンプーを使ったことになったコウモリの羽毛は、ドライヤーで乾かした途端に、ゴージャスなふわふわの塊となった。

「あー、柔らかい。生臭さが消えて、最高の障り心地だ」

　明はコウモリの腹に頬を押しつけ、アンゴラのような肌触りにうっとりと目を閉じる。

「あんまり洗うと、羽毛から脂っ気が落ちてパサパサになるっ！」

「何言ってるんだ？　ふわふわじゃないか。最高だぞ、エディ……」

「それはエッチのときに言え！」

「はいはい。さてと、俺は朝飯を食っちゃおう」

「俺様も朝ゴハンを食うっ！」

　コウモリは明の手から飛び降りると、新たなブラッドベリーを一つ抱き締め、急いで食べ始めた。

「もう取ったりしないって」

「ダーリンに満足に食事もさせねぇデビルハニーー！」

　恨めしそうなコウモリの顔がこれまた可愛らしくて、明は苦笑しながら食事を再開した。


　明はいつものようにブラッドベリーの成長具合をチェックしたあと、エディの夕食用に何個が摘んだ。

「さて一旦部屋に戻って、それから買い物に出かけるか。今日はＪＲの駅前商店街に行って、人形用のエプロンを探そう」

エディはティッシュでいいと言ったが、明はコウモリ姿のエディにどうしても可愛いエプロンをつけさせたかった。だが最寄りの商店街のオモチャ屋には人形サイズのエプロンはなかった。そのため少し遠出をして、今度こそエプロンをゲットしようと心に決めたのだ。

一瞬だけ、自分でエプロンを作ろうかとも思ったが、針仕事は取れたボタンを縫いつけるだけで精一杯。エプロンを作るには明の手先では無理だった。

そんな彼の耳に、口論をする声が聞こえてきた。

あー……チャーリーと宮沢さんだ。もしかして駐車場からここまで、ずっと喧嘩をしてきたのかな？　うるさいから、ここは一つ黙らせて……。

明は振り返って「静かにしろ」と言おうとして、目を丸くした。

チャーリーが、怒鳴っていた雄一の体をいきなり抱き締め、キスで彼の口を塞いだのだ。

桜荘の敷地内なんですけどっ！　誰かが通りかかったら、どうする気だよっ！

明は驚きのあまり心の中の叫びを声にすることを忘れ、口だけをパクパクと動かす。

彼らの動きは、それだけでは終わらなかった。

雄一がチャーリーの背に腕を回し、彼を離すどころかぴったりとくっついて、キスを受け入れている。

だから！　ここは桜荘の敷地内で、通りに面していて、誰がいつ通りかかるか分からないんだぞっ！

近所の誰かに見られたら、「お菓子荘」と呼ばれていた桜荘が「オカマ荘」に変えられてしまう。大家として、管理人として、明はそれだけは避けたかった。

「キ、キ、キスをするならお部屋の中でっ！」

自分でも変な怒鳴り声だと思う。だが明にはそれ以外の言葉が出てこなかった。

我に返った雄一は、見ているこっちが気の毒なほど顔を真っ赤にし、慌ててチャーリーから離れると桜荘の入り口に向かって物凄いスピードで走る。

チャーリーは慣れたもので、「マイスイートは恥ずかしがり屋さん」と、だらしない笑みを浮かべていた。

「チャーリー。お前なー。珍しく早く帰ってきたと思ったら、いきなりとんでもないことをしやがって」

「ノーノー。愛は場所を選ばない。鳴かぬなら鳴かせてみせようホトトギス」

「お前、日本語の勉強を一からやり直せっ！　公共の場で淫《みだ》らな行為は禁止っ！」

「私と雄一は、身も心も一心合体のダーリン・ハニーなんだよ？　たまには人前で淫らな行為をしてしまうこともある」

　一心合体じゃなく、一心同体だろうがっ！

　口に出してものらりくらりとかわされそうなので、明は心の中で突っ込むにとどめた。

「……それにしても、いつからそんな関係になった？」

「君たちがイギリスから帰ってきて少し後ぐらいかな？　まあ、これに関してはいろいろと大変な苦労があったが、嫌よ嫌よは大好きでしたということで……」

「嫌よ嫌よも好きのうち、だ」

「そう！　それだったんだよ。これで、君たちがイチャイチャしているところを見ても、私は切ない思いをしなくて済むようになった」

　チャーリーは幸せそうな顔で微笑むと、「ハレルヤ～グローリー～」と変な節をつけて、歌いながら桜荘に入った。

　俺たちがイギリスから帰ってきた後だと？　一体いつだよ、もう。外国人ってヤツは、やることなすことオーバーで困るっ！

　明は自分たちのことは棚に上げて、チャーリーの背中を睨む。

「でもチャーリーはともかく、宮沢さんの行動には物凄くデジャヴを感じるような……」

　明はそう言った後、なんとなく気恥ずかしくなって照れ笑いした。


　部屋に戻ると、エディが神妙な表情で正座をしていた。

「どうした？　ブラッドベリーを摘んできたから食え。俺はちょっと買い物に行ってくるから、夕飯を食いに行くのはそれからでいいよな？　今夜はどんな店に行くんだ？」

　明は茶碗の中にブラッドベリーを入れる。

「それとな。さっき凄いモノを見た。チャーリーと宮沢さんがキスしてたんだ。しかも宮沢さんは嫌がってなくてだな……って、エディ！　話を聞いてるか？」

「あいつらのことはどーでもいい。明、ここに座れ」

　エディは自分の前を指さした。

「どうでもいいって……おい」

　てっきり話に乗ってくると思ったのに、エディは表情を崩さない。明は眉を顰めて彼の前に正座をした。

「なんだ？」

「今夜は満月だ」

　エディの言葉の意味を理解するのに、しばらくかかった。

「今夜は……」

「そうか！　満月かっ！」

自分の発した声を聞き、明は体を強ばらせる。

握りしめた拳の中は汗でいっぱいになり、頭の奥で鐘が鳴るような振動がした。

「ど、ど、どんな準備をすればいいんだ？　ええと、服は？　服は何を着ればいい？　あ！　まずは風呂に入って体を清めて、数珠はどこにやったかな？　それと、ドアの前に塩を盛って、柏手を打って……」

「お前、いろんな宗教がごちゃ混ぜになってんぞ？　そんなに緊張すんな」

エディは、慌てる明の頬をパンパンと軽く叩き、安心させるように微笑む。

「もう飯を食いに連れてってやれねぇ。こんなことなら、もっと早くからいろんなところに連れてってやりゃよかった」

エディは半年近くもクレジットカードを使わずにおいたことを、今更ながら後悔した。

「俺が覚悟するまで、もっと時間がかかると思ってたんだろ？」

「………実はそう。だからカードも、クリスマスで使おうと思ってた」

「吸血鬼がクリスマスを祝うのか？」

「まさかっ！　日本のクリスマス商戦にノッてやるだけだ。可愛いハニーにプレゼントを買ってやれる、いい日じゃねぇか。……というか、好きなモノがあったら何でもねだれ」

毎年その時期、彼女へのプレゼントを買うため、予算をひねり出すのに苦労しているだろう数多《あまた》の男性が聞いたら、切ないやら悲しいやらシクシクと泣き出しそうなことを、エディは平然と言う。

「謝るなよ、エディ。俺は凄く嬉しかった。これで、心おきなく吸血鬼に……」

明は途中で口を閉ざした。

道恵寺の高涼と聖子とは、あれから口を利いていない。

「俺がずっと側にいる。心配すんな」

「……そうだな。あ、聖涼さんにこのことを知らせないと」

「あいつには、『今度の満月に明を吸血鬼にする』って言ってある。ついでに、桜荘の連中も知ってる」

エディは正座が辛くなったので、足を崩しながら言った。

「そうか。……みんな知ってるのか」

明は胸に手を当てて、深呼吸をする。

エディは苦笑して、ゆっくり立ち上がった。

「どこへ行くんだ？」

「ブラッドベリーを摘んでくる」

「それなら、俺が摘んできたじゃないか」

エディは茶碗の中に転がっている数粒のブラッドベリーを見下ろし、「これじゃ足りねえんだ」と呟く。

人間を吸血鬼にする「作業」は、きっと体力が必要なのだろう。だからエディは、ブラッドベリーが足りないと言ったんだ。

明はそう解釈する。

「そうだ。一つ気になっていることがあるんだが」

「ん？　なに？」

「失敗例はないいんだよな？」

「あるぞ」

ここは一つ、ないと言ってほしかったっ！

明はへなへなと畳に蹲り、低い呻き声を上げた。

「お、おい！　明っ！　腹がいてぇのか？　俺様が中出ししたから下痢か？」

「なんだそれ！　もっとロマンティックなことを言って心配しろよっ！」

明は物凄い勢いで起きあがると、エディのシャツの襟首を掴んだ。

「……へコんだり怒ったり、忙しいヤツだな」

「誰のせいだと思ってるんだ⁉　おいっ！　もし失敗して、俺が別の化け物になったらどうするんだよっ！　足が増えたり手が増えたりしたら、商店街に買い物に行けないっ！」

それ、困るトコ間違ってるよーな気がすんだけど。

口にしたら怒ると思ったので、エディは心の中でこっそり突っ込む。

「俺が失敗例になる可能性も……」

「このバカ。失敗例は前に説明したろ？　お前が吸血鬼になるとちゃんと覚悟しないまま、俺様がお前を吸血鬼にしようとした場合、お前が死ぬ確率がすっげぇ高いってよー。実際、これで死んだ人間が何人もいる」

「失敗イコール死ぬということか？」

「そう思っていい」

「そうか、よかった。ただ死ぬだけか……」

「よくねぇーっ！」

ここで突っ込まずしてどこで突っ込むとばかりに、エディが大声を出した。

「だがエディ、あきらかに人でない形になってしまうよりは……」

「もし、万が一そんなことがあっても、俺様がちゃんと養ってやる。どんな姿になっても、明は明だろうが。

俺様の愛を信じろ」

　エディは真剣な表情で明の肩を掴み、不安でいっぱいの彼の顔をじっと見つめる。

「そ……そうだよな。エディを信じていれば……」

「そういうこった」

　二人は小さく微笑み、キスをしようとどちらからともなく顔を近づけたが……。

「はい、おじゃましますよー」

　いきなりドアを開けて入ってきた聖涼に邪魔をされた。

　明はエディを思いきり突き飛ばすと、真っ赤な顔で「聖涼さん、こんばんは」と引きつった笑みを浮かべる。

「母さんの作ったカレーを持ってきた」

　聖涼は片手に持っていたトレイを明に差し出した。トレイの上には、カレーライスが載っている。

「おばさんのカレーかっ！　旨いんですよね」

　少し甘めだが、それがまた、子供の頃、初めてカレーを食べたときを思い出させる懐かしい味で、明は彼女の作るカレーが大好きだった。

　明は嬉しそうに目を細めたあと、ちらりと聖涼を上目遣いで見る。

「おばさんは……その……」

「まだちょっと複雑みたい。でも、明君にカレーを持って行ってあげてと言ったのは母さんだ。私じゃない。ちなみに父さんは、相変わらず怒ったままで大変」

　聖涼は肩を竦めて呟くと、棺桶の上にトレイをそっと置いた。

「今夜は満月だね。……で？　エディ君。どうするの？　結界でも張るの？」

　彼は、畳の上に転がったまま顔に「不満」と書いてあるエディを見つめ、尋ねる。

「張るぞ。吸血鬼の結界をな。大事なハニーを守るためだ」

「桜荘は河山さんが結界を張ってるよね。その中に、新たに結界を張るとなると……」

「猫又にゃ、お前の結界を壊さねぇように、この部屋に結界を張るってちゃんと言ってある。俺様は立派な吸血鬼だから、それくれぇ造作もねぇ」

「なら大丈夫だね」

　化け物と退魔師の会話はよく分からない。

　明は聞き役に回り、冷めないうちにとありがたくカレーを食べ始めた。

「猫又の結界の中に吸血鬼の結界があれば、完璧だ。この状態で明君を襲ってこようとする化け物や悪霊はいないだろう。いやね、最近なかなか手強い悪霊を退治する仕事が続けざまにあったから、心配になったんだ」

「まあな、そういう連中に取っちゃ、変化途中の明は格好の餌だからな。けど、心配なし。俺様の結界と棺桶が、明をきっちり守り通す」

「そうか。もし、万が一の事があったら、すぐ私を呼んでくれ。弁天菊丸とともに駆けつける。なんなら、チャーリー君の部屋で待機していてもいい」

　こういう会話は、俺のいないところでやってくれ。怖いじゃないかっ！

　明はもぐもぐと口を動かしながら、心の中で激しく突っ込む。

「今夜噛んだからって、次の日にいきなり吸血鬼になるってわけじゃねぇぞ？　一週間後か一ヶ月後か。吸血鬼になるまでの時間は個人差がある」

「ほほう。そうなのか」

「その間、俺は棺桶から一歩も離れねぇ。だからお前は、俺様のためにブラッドベリーを摘んで持ってこい」

「はいはい。君が飢えて死なないように、毎日ブラッドベリーを届けてあげる」

　聖涼は苦笑しながら頷いた。

「では私はそろそろ失礼するよ。明君、今度会うときにコウモリ姿を見せておくれ」

「聖涼さん……」

　聖涼は明の頭を優しく撫でる。

　ほんのりと伝わる体温も、吸血鬼になってしまえばなくなってしまう。彼は明の体温を記憶するように、ゆっくりと丁寧に頭を撫でた。


　窓から夜空を見上げると、エディの言ったとおり満月が輝いていた。

　明はパジャマ姿のまま、人間の瞳で見ることのできる最後の月を凝視する。

「明、こっちこい」

「お……おう」

　エディは、初めて出会ったときと同じタキシード姿で、布団の上にあぐらをかいている。

　ミスマッチな格好に、明は少し笑った。

「凄く静かだな。俺たちの声しか聞こえない」

「俺様が特別仕様の結界を張ったからな。……ちゃんと指輪、はめてっか？」

「はめた、はめた」

　明はエディの前に正座すると、左手の薬指を飾っているクレイヴン家の指輪を見せる。

「よし」

「ふつつか者ですが、長い一生、よろしくお願いします」

大事な儀式の前には、ちゃんと挨拶をするもんだろうと、明はそう言ってエディに深々と頭を下げた。

「こちらこそ。ハニーのご期待に添えますよう、誠心誠意、愛させていただきます」

その言葉を受けて、エディも深々と頭を下げる。

生真面目で礼儀正しい挨拶を交わした後、二人は顔を上げて互いをじっと見つめた。

「失敗したら、タコ殴りだからな。覚えておけ」

「お前こそ。俺様の愛を最後まできっちり信じやがれ」

「信じてやるさ」

「それでこそ、俺様のハニーだ」

エディは満足げに微笑むと、自分の脇に置いていたボウルの中からブラッドベリーを一粒摘み、口に入れて噛み潰す。そしてそのまま、明にキスをした。

「ブラッドベリーは人間にとって激しい催淫剤」になることを知っている明は、一瞬躊躇《ためら》うが、これが吸血鬼になる第一歩と思い、意を決して唇を開いた。

エディが噛み潰したブラッドベリーの果実と果汁が、彼の唾液と共に明の口腔を温く満たす。


甘く濃い血の味が、明の喉をとろりと流れ落ちた。

「は……っ……」

ただでさえ敏感な明の体はすぐさま反応し、切なげに眉間に皺を寄せて顔を背けると、両手で胸を押さえる。

「エディ……体が……熱い……っ」

明は快感に震える唇で呟き、自分でパジャマを脱ぎ始めた。

「ほれ。もっと食え」

エディは、パジャマを脱ぐ明にブラッドベリーを食べさせる。

舌を出して果実を受け取る姿に、エディの瞳は自然と深紅になった。

「すぐ……噛まない……のか……？」

体はもう吸血鬼になる準備ができたような気がする。

明は瞳を潤ませてエディを見つめた。

「おう。……緊張しておっかながってるお前を、いきなり噛んだりできねぇ。けどこれなら、気持ちいいまんま吸血鬼になれんだろ？」

「優しいんだが、やらしいんだか……」

「両方だっつーの」

エディは明の胸に指を這わせ、彼の耳元に囁く。

その指先がほんの少し胸の突起に触れただけで、明はパジャマのズボンを穿いたまま達してしまった。

「そんなに気持ちいい……?」

「熱いっ……このままじゃ……おさまらないっ！」

明はパジャマのズボンを乱暴に脱ぎ捨てると、崩れるように布団の上に寝転がる。

「もっと……エディ……っ……俺の体を……」

明は仰向けのまま大きく足を開き、エディの見ている前で自慰を始めた。

雄は扱かれて、くちゅくちゅといやらしい音を立てながら先走りを溢れさせる。

「うんと弄ってほしいか?」

「ほしい……っ」

エディの指先が、ぷつんと勃ち上がった胸の突起を片方、優しく摘んだ。そして何本かの指を使って擦り上げる。

体の中に染みこんだブラッドベリーは、明の体を性器のように敏感にし、快感で責めさいなむ。

エディは明の言うがままに指と舌を動かし、彼の胸だけを執拗に責めた。

真っ赤になるほどきつく吸い上げ、噛み、強く引っ張る。指でぎゅっと押し潰してやると、明は獣のような声を上げて身悶え、腰を振りながら自分の雄を闇雲に扱いた。

何度も擦られ、強く引っ張られ続けた突起は一回りも大きくなる。

筋肉質の胸であるはずなのに、突起とその周りは赤く染まってぷっくりと膨らみ、いやらしい形に変化した。

明は雄を扱いていた手を離すと、浅い息を吐きながら恐る恐る自分の胸に指を伸ばす。

「んぅ……っ！」

自分の指が突起に触れた途端、明は精を放った。

それは明の下腹だけでなく、エディの服もねっとりと汚す。

「俺……っ……エディ……俺の体……変だ……っ」

どうせ変わっていくなら、早く吸血鬼になりたい。

明は熱い吐息を吐きながら、エディの牙を見つめた。

エディはブラッドベリーを数粒握りしめ、明の体の上に赤黒い果汁をしたたらせる。そして指で果汁と明の吐精を混ぜ、果実入りの生クリームとなったそれを、ぷっくりと膨らんだ胸の突起に念入りに塗った。

「ひ……っ……あ、ああ……っ！」

ブラッドベリーのいやらしい効果が敏感な突起に染みこみ、明は首を左右に振って声を上げる。

エディはクリーム状のそれを指ですくい取ると、今度は勃起したまま先走りを溢れさせている明の雄に塗った。

くびれの裏側や、綺麗に剥けている敏感な部分に丁寧に擦り込む。先端の縦目と放出口にも溢れ出るほど流し入れた。

「熱い……っ……エディ……っ……あぁあぁぁ……っ！」

明は大きく足を広げたまま両手で股間を押さえ、火傷をするような痛みと、それを包み込んで突き上げる快感の波に涙を流す。

どんなに腰を振っても、下肢で渦巻く快感を放出することができない。

「いやっ、いやだ……っ……エディ……っ！　一人じゃイけない……っ！」

「もう少し、我慢」

「我慢…っ……できるかよ……っ！」

明は両手で性器を押し潰すように激しく上下に動かし、快感に翻弄される体を見せつけて哀願した。

吸血鬼になっても、こんな風にエディの愛撫に感じることができるだろうか。

人間から吸血鬼になると、きっと何もかもが変わってしまうに違いない。魔物の体になっても、エディをちゃんと感じられるだろうか。

明は自分の股間をもどかしげに押さえつつ、快感の中に不安の染みを広げた。

「余分なこと、考えてんじゃねぇ」

エディは呆れ顔で笑うと、明の目尻や頬にキスを落とし、最後に彼の唇に舌を這わせる。

吸血鬼は読心術もできるのか？　なんでエディは分かるんだ？　口にしてない。なのに。

疑問に思うけれど、気持ち悪くはない。むしろ照れ臭いような嬉しさがある。

明はエディの背に腕を回し、彼の愛撫に応える。

二人は舌先を絡ませ、吸い、互いの喉に甘い唾液を流し込んだ。

なおも口腔内の愛撫を望む明からそっと離れ、エディは再びブラッドベリーを口に含む。

彼は明の膝裏を持つと、そのまま上に持ち上げる。そして膝を明の胸に押しつけ、全てを晒す格好にした。

「あんまり……恥ずかしい格好……させるな」

明かりの下で、明の引き締まった尻と、その奥の後孔が露わになる。

エディはそこに顔を寄せ、噛み潰したブラッドベリーの果汁を垂らした。

果汁はそこに止《とど》まらず、尻を伝って背中に流れる。

エディは舌を使って明の後孔に果汁を注ぎ込んだ。

「ん……っ！」

彼に触れてもらえた明は嬉しさに甘い声を上げるが、その優しげな愛撫はすぐ、体を乱暴に貫く快感の責めへと変わった。

「ひゃ、あんっ、あぁっ！　だめ、だめっ！　もうだめっ！　エディ……っ！」

もっとも感じる場所を見えない楔《くさび》で突き上げられ、肉壁が歓喜で震える。それが胸の突起と雄を苛《さいな》み続ける心地よい苦痛と溶け合い、明の体の中で肉欲が沸騰した。

恋人の前で恥ずかしい場所をさらけ出し、見つめられながら射精したい。

苦痛さえ甘い刺激となった今、どんな格好だってできる。

「入れてっ！　入れてくれっ！　頼むからっ！　エディ……俺の中に入れ。そのまま首筋を……噛んで…吸血鬼にしてくれよっ」

明の太股を嘗めていたエディは、顔を上げて彼を見つめる。

「お願いだから。これ以上焦らされたら、俺……頭が変になる……っ！」

明は両手で涙を拭いながら、掠れた声で「入れてくれ」と繰り返した。

「そんな顔すんな。苛めてるみてぇじゃねぇか」

エディは押さえ込んでいた明の膝裏から手を離す。しどけなく足を広げたまま、明はエディに手を伸ばした。

エディは彼の手をそっと握りしめ、手の甲にキスをする。

「もうトロトロだな。溶けかけたアイスみてぇ」

「早く食え。……そして俺を吸血鬼にしろ……っ」

明はようやく息を整えると、思い出したようにセックスよりも大事なことを口にする。

早くエディと同じ生き物になって、再びこうして繋がりたい。

彼の心の中で、新たな欲望がゆっくりと育つ。

「そんなに急ぐな。もっと気持ちよくしてやってからだ」

エディは明をきつく抱き締め、貪るようなキスをした。


吸血鬼の張った結界の中に、甘い熱気が籠もる。

ブラッドベリーと精液が染みこんだ布団。二人の体がぴったりと重なり合う。

エディの黒いジャケットが、明の手によって部屋の隅に放り投げられた。

「……怖くなってる暇、ねえだろ?」

深紅色のエディの瞳に、明の切なげな表情が映る。

「エディ……」

「もう体は強ばってねえ。……柔らかくなってる」

エディはキスの合間にそう囁き、明の片足を持ち上げた。

「あ……っ」

「俺様を愛してるって、言ってみ?」

優しい囁きに、明の唇が徐々に開いていく。

明はエディの体を抱き締め、彼の耳に「愛してる」と掠れた声で言った。

「俺様もだ。一生……絶対にお前を離さねぇ」

エディは明の首筋に何度もキスを繰り返し、彼の体をゆっくりと貫く。

明の体はエディで満たされ、その嬉しさで射精した。

だがこれが終わりではない。

エディは、明の体から溢れる熱を両手に記憶し、自分の冷ややかな体を温める。

体温を持つ恋人は、あと少しで冷ややかな体の吸血鬼になるのだ。明が忘れてしまうだろうものを、エディは代わりに記憶する。

温かな体と、限られた寿命。

それらがエディの腕の中で柔らかく動き、愛撫をねだり涙を流す。

「エディ……俺……っ」

自分でも何を言いたいのか分からず、明はエディにしがみついたまま首を左右に振った。

「もう少し……こうしてていいか?」

明は小さく頷く。

二人はきつく抱き締め合ったまま、切なげなため息をついた。

エディの体に移った、自分の体の熱を感じる。その熱を愛おしく思い、熱した鉄を水の中に沈めるような柔らかく温かい感覚を忘れないよう記憶する。

そして自分の体と熱を、エディに覚えておいてほしい。忘れないでいてほしい。

明の瞳から、快感だけではない涙が溢れる。子供のようにしゃくり上げ、人間でなくなる不安と、エディと同じ種族になれる嬉しさが混ざり合い、どうしていいか分からない顔になった。

「……明」

エディは困ったように微笑んで、明の目尻からこめかみに流れていく涙を唇で吸った。「そういう顔で泣くな」

「俺の……勝手……だろ……っ」

「もう怖くねぇだろ」

「……初めてセックスしたとき、相手の女の子に言った言葉だな。……焦って言ったから、余計怖がってたかも」

「この状態で言う台詞か？　こら」

エディは唇を尖らせて不満を示す。明は「悪かった」と呟き、小さく笑う。

「ったくよー。こっちは真剣だってのに」

「……ごめん」

「萎える前に、もっとお前を感じさせろ」

エディは激しく突き上げ、明の耳を噛んだ。

「く……っ……あ、あぁ……っ！」

明はエディの腰に足を絡め、彼に合わせて腰を振る。互いが互いを先に放出させようと闇雲に動くが、先に陥落したのは明だった。

だが彼の肉壁の締め付けに、エディもほどなく放出する。

二人は息を整えることもせず、再び動き出した。

両手足をつき腰を高く突き出した明を、エディは後ろから乱暴に貫く。明の後孔から果汁と精液の混じったとろみのある液体が溢れ出てくるが、エディは気にせず動いた。

明はシーツを握りしめ、体中を這うエディの指に歓喜の声を上げる。

胸の突起を執拗にこね回され、引っ張られ、ぷっくりと膨らんだ周りの皮膚まで指の腹で揉まれる。ブラッドベリーの果汁でしっとりと濡れそぼった明は、それだけで二度も射精した。

「も……死ぬって！　吸血鬼になる前に死ぬっ！」

「バカ。俺様が……そんな勿体ねえこと……すっかよっ」

人間にとって快楽の毒となるこの果実は、明を決して萎えさせない。

果実に染まっている限り、エディの愛撫に何度でも応え、快楽の小さな穴から精液を吐き出し続ける。

自分の体は性器の塊で、エディの愛撫でなければ満足できない。

そう感じた明は喘ぎながら、欲望に素直な言葉を次々と口にした。

恥ずかしい言葉を発し、それを聞くことによってより興奮する。エディもまた、明に卑猥《ひわい》な言葉を言わせて喜んだ。

エディは後ろから明を貫きながら、両手を回して念入りに彼の雄を愛撫する。

ブラッドベリーを握りしめて潰し、それを雄の先端にまぶしながら弄ってやると、明は背を仰け反らせて快感に泣きわめいた。

勘弁してくれと言って顔を布団に押しつけ、摩擦で白く泡立った先走りをぽたぽたと垂らす。

エディは体を震わせて明の肉壁に精を放つと、ゆっくり引き抜いた。

中に収まりきらない彼の吐精は、明の緩んだ後孔から溢れ出る。

「ん……」

明にもそれが分かるのか、恥ずかしそうに体を横にした。

「おいで」

エディはあぐらをかくと、明の手首を掴んで引き寄せる。明はエディの体を跨いで膝立ちし、潤んだ瞳でエディを見下ろした。

人間でいられるのは今夜で最後だから、俺の何もかもを覚えておいてくれ。俺が忘れてしまっても、お前だけはずっと、人間だった俺を覚えておいてくれ。

そんな思いを胸に、明はエディを見つめる。

瞳が潤んでいるのは、快楽のせいだけじゃない。

「何があっても、お前を絶対に離したりしねぇ」

「ん」

「お前は、俺のもんだ」

明は小さく頷くと、ゆっくり腰を落として彼の雄を飲み込む。

「エディ……っ」

明は喉を反らせ、体の中から沸き上がる快感に目を閉じた。

初めて見たときから、ずっと噛みつきたいと思っていた首筋が露わになり、エディは喉を鳴らす。

噛みついて、思う存分血をすすり、餌として一生側に置いておこうと思っていた。けれど今は、生涯の伴侶として側にいてほしい。

「エディ……っ！　俺を早く……噛め……。早く」

明はうわごとのように言葉を繰り返し、快感に眉を顰める。

「エディの仲間にしてくれ……」

エディは目を細めて微笑むと、明の首筋に牙を突き立てた。

明の覚悟が分かった今、ひとかけらのためらいもない。

彼の意に反して首筋はエディの牙を押し戻そうとするが、それは無駄な努力に終わる。

エディは明への熱い思いを込めて牙を突き刺した。

「エディ……っ！」

激痛で強ばる明の体に、噛まれた場所から何かが入ってきた。それはブラッドベリーの果汁のように浸透し、彼の体を内側から冒していく。

だが明は、得体の知れない何かを恐れることはなかった。

エディが自分に与えてくれるもので、怖いものなど何もない。全て受け入れる。

不思議な浮遊感の中、自分の心臓が脈打つ音だけが聞こえた。

傷口から溢れる血は止まることを知らず、明の背中や胸を汚し、エディの喉を潤わせる。

ああ、俺……これから吸血鬼になるんだな。エディと同じになるんだ。これから俺の時間は、灰になるまで止まるんだ。エディとずっと……。

明は唇を僅かに動かして、「一緒だ……」と呟く。

本当はもっと気の利いたことを言いたかったが、これ以上の言葉が頭の中に見つからない。明はそんな自分を少々歯がゆく思い、エディの背中に回していた手で、彼の背中を引っ掻いた。

「バカ。いてぇ」

エディは力任せに彼を抱き締め、瞳をきつく閉じた。愛しくて可愛くて、少し乱暴者だけど、それがまたいい。

様々な感情がエディの心の中で入り乱れ、彼は思わず涙ぐんだ。

「あれ……俺……なんか……眠く……」

明は空を掴むように指を動かしたが、その腕はだらりと垂れ下がる。

体が自分の意志で動かない。

頭の中が霧で覆われたように霞んでいく。意識が上手く保てない。

「これで……いい……のか？　……俺……ちゃんと……吸血鬼に……」

徐々に明の体から力が抜け、首がかくんと傾いた。

「なあ……エディ……俺……は……」

失敗例になりたくない。ずっとエディと一緒にいたい。

目の前が白くなって、何も感じなくなる。何も見えなくなる。

エディが満足して牙を抜く頃には、明は彼の腕の中でぴくりとも動かなくなった。

「安心しろ。お前は立派な吸血鬼になれる」

エディは、目をつむったままぐったりとする明を抱き上げ、体を綺麗にしてやるため風呂場へ向かう。水は吸血鬼の弱点だが、エディは明を綺麗にして棺桶の中に入れてやりたかった。


棺桶の蓋を開け、その中に裸の明をそっと下ろす。

柔らかな深紅のしとねは、明の体が吸血鬼へと変化するまで優しく守ってくれるだろう。

「次に会うときは、お前は俺様と同じ世界にいる」

エディは、ほんの少し開いた明の唇にキスを落とすと、蓋を閉める前にもう一度明の寝顔を見つめた。棺桶の蓋を閉めるまでが「吸血鬼になるための儀式」なのに、エディは閉めることを躊躇う。

こうして、お前が目覚めるまで寝顔をずっと見ててぇなぁ。添い寝できるぐれぇデカイ棺桶にしてもらえばよかったかも。

「……って、そんなデカイ棺桶だったら、この部屋に入んねぇっての」

エディは苦笑しながら自分に突っ込みを入れると、後ろ髪引かれる思いで棺桶の蓋を閉める。

「可愛いハニー。俺がしっかり守ってやっからな。目覚めたお前が初めて見るのは、俺様の顔だ」

エディはそう言って、棺桶にキスをした。


翌朝。

朝露に濡れるブラッドベリーの実を数粒片手に載せた聖涼が、ノックもせずに勢いよく部屋を訪れた。

「おはようっ！　昨日は……」

「どうだった？」と尋ねる前に、彼はコウモリの激しい攻撃に遭って玄関まで避難する。

「侵入者っ！　侵入者っ！」

「いたっ。私だよ、聖涼だ」

「聖涼でも侵入者っ！」

コウモリは小さな体で果敢にも聖涼の頭に何度も体当たりをしたが、間合いを取ろうとした瞬間に彼に鷲掴みにされてしまった。

「はい、捕獲」

「ギャーっ！　侵入者が俺様に暴行っ！」

「掴んでるだけでしょう？　しかし、相変わらず触り心地のいい羽毛だね。三センチ四方ほどもらえないかなぁ？」

「誰がやるかっ！　さっさと離せっ！」

「大人しくしてるかい？」

「………仕方ねぇ」

聖涼は手の中でわきわきともがくコウモリを掴んだまま部屋の中に入り直すと、棺桶の上にコウモリをちょこんと載せる。

「はい、餌を摘んできてあげたよ」

「餌と言うなー」

「はいはい。ゴハン」

聖涼は動物に餌をやる飼育員のように、コウモリに一粒渡した。

　コウモリはそれを両手で受け取ると、抱き締めるように腹に押し当てる。

「で、明君は？」

「棺桶ん中で眠ってる。全て順調だ」

「それはいいけど、アレはなに？」

　部屋の隅に丸められているのは、ブラッドベリーの果汁と二人分の精液がこれでもかと染みこんだ布団。

聖涼は「みなまで言わないけどね」と、頬を引きつらせる。

「粗大ゴミ！　明には俺様が新しい布団を買ってやる！　だからアレを捨ててこい」

「捨ててこいって……粗大ゴミは区に連絡をしてだね……」

「そういうことは、聖涼に任せた」

　コウモリはキッパリ言うと、ブラッドベリーに噛みついた。

「だったら、後でヒモをあげるから、ヤバイところが見えないようにしっかり括《くく》ってほしいな」

「おう。……それにしてもお前、俺様の結界にすんなり入ってくるとは、ムカつく退魔師だな。普通なら、ドアを開けることだってできねえのに」

「退魔に使うときの一番強いお札を持ってきたからね。これがなくちゃ、私でも入ってこられないよ。いやはや、君はたしかに他の吸血鬼とは違う。立派な吸血鬼だ」

　聖涼は、以前捕獲してイギリスに送り返した吸血鬼と目の前のコウモリを比べて褒める。

「俺様は吸血鬼の頂点に立つ家系だからな！」

「はいはい。それじゃ、次は昼に来るよ」

「おう。頼んだぞ、ゴハン部隊」

　コウモリはブラッドベリーの果汁で腹毛を濡らしながら、部屋を出て行く聖涼に小さな手を振った。


　一切の音を遮断した結界の中では、大野や橋本、チャーリーや雄一が出勤するときの喧噪も全く聞こえない。

　コウモリはポンと人型に戻ると、棺桶にもたれた。

　吸血鬼になるまで、どれくれぇかかる？　早くお前を抱き締めてぇ。

　夕べ散々交わり合ったのに、エディはもう寂しくてたまらない。

「明……」

　彼の鼓動が聞こえるわけでもないのに、エディは棺桶に耳を押しつけて目を閉じる。

俺様の大事なハニー。俺様がこうして、ずっと側にいて守ってやっからな。ヤバイ連中は、絶対に近寄らせねえ。

エディは明の体を愛撫するように、彼の棺桶を優しく撫で回した。

そして、ヒナを守る母鳥のような気持ちで棺桶に寄り添っていたが、いつの間にか眠ってしまったらしい。

誰かがドアを開ける音で目が覚めた。

「明ー！　化け物ーっ！　元気でやっているかいー？」

ヘタレハンターめっ！　ドアを開けられるほど力が強かったのかよ！

エディは眉間に皺を寄せると、玄関に顔を出す。

「あーきらー！　もう吸血鬼になってしまったかい？」

「うっせーぞっ！　ヘタレハンターっ！」

「これ以上中に入れないから、仕方なくここで叫んでいるんだ。それをどうこう言われたくないね」

スーツ姿のチャーリーは偉そうに言う。それを聞いたエディは「やっぱ聖涼クラスの退魔師でねぇと、中に入ってこられないのか」と安堵のため息をついた。

「比之坂さんのことは、エディさんに任せておけばいいだろうっ！　というか、お前はさっさと、車に戻れっ！」

「ノー！　雄一！　いたいけな君を、ここに残していくことなんて、私にはできないっ！」

「棺桶と吸血鬼には慣れた！　それに、これは俺の仕事だっ！」

「ダメだよっ！　私たちは、泣く子も黙るダーリン・ハニーっ！」

「それを言うなら、人も羨む、じゃないのか？」

また変な日本語を覚えやがって。

雄一はチャーリーをしかめっ面で睨んだあと、エディに向かって声を出す。

「あ、あの……、私の部屋に来ていただくか、もしくは、私がこの部屋に入れるようにしてもらえますか？　エディさんに大事な用なんです」

チャーリーと違って常識をわきまえている雄一が「大事な用」と言ったなら、それは本当に大事な用なんだろう。

「俺様はこっから離れねぇ。結界を緩めてやっから、お前がこっちに入ってこい」

エディがそう言った途端、玄関で立ち往生していたチャーリーと雄一は、すんなり玄関に足を入れることができた。

「なんだ？　チャーリー。ついてくるのか？」

「私は雄一と、一分一秒だって離れていたくないんだよ」

真面目な顔で言われた雄一は、顔を赤くして「バカか」と小さく悪態をつく。

「んで？　大事な用ってなんだ？」

棺桶のある狭い部屋の中、図体のデカイ男が三人、肩を寄せ合うように腰を下ろした。

「今日の朝一に、東京のカッシングホテルに予約が入ったんです。その予約というのがですね……」

「ちょっと待った。すっげー嫌な予感がする」

「でも……その……エディさんに、直に即座に伝えるよう託《ことづ》かってきたので……」

しかめっ面をするエディの前で、雄一は申し訳なさそうに呟く。

「お客様はアンガラド・モンマス様、そしてステファン・クレイヴン様にギネヴィア・クリス・クレイヴン様。ロイヤルスイートに一ヶ月間の予約をいただきました」

「あいつら、一ヶ月も日本にいるのかよっ！」

エディは頭を抱え、畳の上に蹲る。

「そんなに嘆くことかい？　ギネヴィア・クリスという女性は、たしか君のお母様だったよね？　母親なら息子に合いたいと思うのが当然だろう？」

チャーリーはあっけらかんと言うが、エディは違った。

「ギネヴィア・クリスはまあいい。俺のお母様だ。だがなんでジジィとアンガラドまで一緒なんだ？　つか、なぜ今、明がこういう状態なのにわざわざ日本に来るっ！」

彼は心の中で叫ぶと、海よりも深いため息をついて顔を上げた。

「アンガラド・モンマス様は……以前お会いしたマリーローズさんの親戚か何かですか？」

「おう。マリーローズの娘で、イギリスに行ったとき、俺と結婚するんだって気合い入ってたガキだ。吸血鬼の一族だけあって類希《たぐいまれ》な美少女だが、性格が女王様。参ったな」

やっぱり吸血鬼ですか。そうですか。予約者全員、吸血鬼ですか。でもちゃんと支払いをしてくだされば、お客様には変わりはないんだし……。

雄一は頬を引きつらせて小さく頷くと、「ステファン・クレイヴン様は？」と尋ねた。

「お母様の父親で、俺様にとっちゃジジィだ。けど外見は、俺様と大して変わんねえ」

吸血鬼はいつまでも若いままの姿を保つ。雄一はちょっぴり好奇心を刺激された。

「では、大層美形なんですね。齧られたりしないなら、一度お目にかかりたい」

「ノォォー！　雄一！　私というダーリンがいながら、別の男性に会いたいなどっ！」

「……どうしてお前は、話をいやらしい方へと持って行くんだろう」

その台詞に、エディが「ぷっ」と噴き出した。

「笑うところじゃないですよ、エディさん」

「笑うトコだっつーの。ヘタレハンターは、いつでもどこでも雄一と一緒にいて、自分以外の誰も見ないでくれって思ってんだぞ？　ついでに、いつでもどこでも、お前とセックスしたいと思ってる」

雄一は顔を赤くして頬を引きつらせたが、チャーリーは両手の拳を握りしめて何度も深く頷いた。

「長年魔物ハンターをやってきたが、今初めて化け物と分かり合えたような気がする。そう、その通りっ！　私は雄一といつでもどこでもどこまでも一緒にいたいっ！　そしてベッドの中でなくとも、甘く激しいひとときを過ごしたいと思っている！」

「その気持ちは、俺様もよーく分かる。可愛い喘ぎ声とか、イくときの恥ずかしそうな顔を思い出すたび、押し倒したくなるんだよなぁ」

「私もだよ！　初めてオフィスのデスクに押し倒したときの、雄一の泣きそうな顔っ！　声が漏れると言って、必死に唇を噛み締めていたね、マイスイート！


あのときの君は、最高に……ぐはっ！」

チャーリーは最後まで言えず、雄一の固く握りしめられた拳の前に撃沈した。

「このセクハラ上司っ！　人前で言うことかっ⁉　俺を本当に愛してるなら、口を閉ざして心の中で語れっ！　恥ずかしいっ！」

殴ってから怒鳴る。

彼の行為に、エディは妙なデジャヴを感じた。

視線を移すと、チャーリーは何度踏まれても健気に育つ雑草のように、体を起こす。

「……努力しよう。だからそう、すぐに私を殴らないでくれ。ダーリン」

チャーリーは殴られた頭を片手で押さえながら、雄一に情けない笑みを見せた。

「お前ら、痴話喧嘩するために俺の部屋にきたのかよ」

「あ！　ち、違いますっ！　ええと……皆さんは来月いらっしゃいます。『久しぶりに自家用ジェットを使うわ』と、ギネヴィア・クリス様が嬉しそうに言ってましたよ。海外のお金持ちがすることは凄いですね」

雄一の言葉に、エディは「まあな」と肩を竦める。

「このあと、三時から会議が入っていますので、俺たちはこれで失礼させていただきます。比之坂さんが無事孵化《ふか》するのを、心から待っております。チャーリー！　行くぞっ！」

孵化じゃねぇって……。

エディは心の中でこっそり突っ込むと、雄一に腕を掴まれ、引きずられるように部屋を出て行くチャーリーの姿を見て「哀れなり」と呟いた。

「うるさかったろ？　明。あいつら、当分この部屋に出入り禁止だ」

エディは棺桶にもたれ、ため息をつく。

それにしても、お母様以下三名。明が吸血鬼になりたてホヤホヤを狙って日本に来るつもりだな。俺様じゃなく、わざわざ雄一に知らせるってトコがムカつくんだよ。アンガラドがついてくるってことは、まだ俺様のことを諦めてねぇってことだな。

せっかく、明と新たな生活をスタートさせようとしているのに、身内に邪魔などされたくない。

「……身内対策をしとかねぇとな」

エディは腕を組むと、目を閉じて考え込んだ。


二日経ち三日経っても、明が入った棺桶の蓋は、ピクリとも動かない。

気になって仕方がない桜荘の住人たちは、出勤前と帰宅後にわざわざ管理人室の前に立ち止まり、「比之坂さんが無事、吸血鬼になれますように」と両手を合わせるのが日課になった。

聖涼は「墓参りみたいで、ちょっと笑えるよ」と、本当に笑いながらエディに言うが、当のエディはそんな余裕はない。

明が入っている棺桶を丁寧に磨き、何となく話しかけてみたり、ブラッドベリーを食べたり、一人ボケ突っ込みをしてみたり。一人で待つ寂しさを紛らわせていた。

今日も今日とて、いろいろなもので汚れてしまった布団をヒモで括って廊下に出し、聖涼に買ってきてもらった新しい布団の梱包を解く。

「手伝おうか？」

「一人でできる。……っつうか、値段は？　これ、羽毛布団だろ？　ふかふかで気持ちいい。まるで俺様の羽毛みてぇ」

「明君の『吸血鬼祝い』ってことにしておきましょう」

聖涼は、エディが散らかしたヒモとビニール袋を一纏《まと》めにして言った。

「そういうわけにはいかねぇ」

「だったら今度、優涼と早良に服かオモチャを買ってくださいな。物々交換ということで」

　エディは少し悩んだが、「りょーかい」と頷く。

「……布団は一つで枕は二つか。お約束だな。よし」

「余計なお世話かと思ったけど、シーツは防水性のものにしたよ。布団を干したいときは、私か早紀子に言ってくれれば干してあげるからね」

　エディは吸血鬼なので日光を浴びたら灰になってしまう。明も吸血鬼になったら同じ。だから聖涼は気を利かせた。

「そーする」

「明君はどんな感じ？」

「まだなんの反応もナシ」

「………今、物凄く怖いことを想像してしまった」

「なんだよ。気になっから言ってみろ」

　聖涼は口に手を当てると、「縁起でもない」と呟く。

　羽毛布団を思う存分味わおうと、エディはコウモリに変身して布団にダイブした。

「棺桶の中で溶けちゃってたりして。骨がプカプカ浮いてたりして。以前読んだ漫画にね、そういう話があったのを思い出したんだ。あれ、なんてタイトルだったかなぁ」

「ホントに縁起でもねえっ！　俺様のハニーは、溶けたりしねぇ！」


　コウモリは猛然と聖涼に突撃したが、彼の頭を攻撃する前に、蚊を叩き潰す要領で両手で挟まれた。

「おぶっ！」

「あ、ごめん。少し力を入れすぎた。内臓が飛び出たら、少しもらってもいいかな？　瓶詰めにして宝物殿に置きたい」

「瓶詰めはジャムっ！」

　コウモリは彼の手から脱出して布団の上に着地すると、気分悪そうに腹をさする。

「お前、いい加減に吸血鬼のコレクションを諦めろ。棺桶があるんだからいいじゃねぇか」

「でもほら、自分のものじゃないし～」

　このクソ退魔師！　呪われろっ！

　コウモリは、つぶらな瞳に殺意を浮かべ、心の中で力の限り叫んだ。

「もういい。粗大ゴミ布団を持って、寺に帰れ」

「そうだね。四日経っても明君がこの状態だもんね。母さんには、『変化なし』と伝えておくよ」

「……道恵寺のマダムが明を気にしてんのか？　マダムは明が吸血鬼になることに反対してたじゃねぇか」

　コウモリは聖涼を見上げ、可愛らしく首を傾げる。

「それでも心配なんだよ。父さんでさえ、あんなに怒ってたし今も怒ってるけど、そわそわしてる」

「そーか。けど、こればっかりは俺にも分からねえ。俺は人間を吸血鬼にすんのは初めてだから」

「えっ⁉　そうなの⁉」

「おう。けど、人間を吸血鬼にするノウハウは、吸血鬼の本能とでも言うべきか。愛があれば大丈夫ってことだ」

「不安だなぁ……」

聖涼は立ち上がると、眉を顰めて首を左右に振った。

「勝手に不安がってろ。次は夜に来い。ブラッドベリーは三粒摘めよ？」

コウモリは言いたいことだけ言って、羽毛布団に埋もれた。


道恵寺では、高涼が弁天菊丸の頭を撫でながら独り言を呟いていた。

「吸血鬼だってよ、弁天菊丸。人間のどこが嫌だっていうんだろうな？　そりゃ、化け物に比べたら寿命は短ぇけど、生き物ってのは、寿命があるからこそ頑張って生きていこうって思うもんだろ？　なあ、弁天菊丸よお」

弁天菊丸は小さく鼻を鳴らし、彼の言葉を黙って聞く。

「うちだって、妖怪の嫁をもらったんだ。人間と化け物には寿命の差があって、そりゃ大変だってのは分かってんだぜ？　早紀子がどんだけ辛い思いをすっかよぉ、こっちだって分かりきってるんだ。……ったく。俺は明の親代わりだってのに。子供はいつだって親をないがしろにしやがる」

高涼がため息をついたとき、弁天菊丸はいきなり立ち上がると、くるんと丸まった尻尾を激しく振り出した。

「あぁ？　なんだ？」

彼が境内を振り返ると、肩に荷物を担いだ聖涼がこちらに向かって歩いてきた。

「聖涼。なんだそりゃ」

「粗大ゴミだよ。うちの粗大ゴミと一緒に明日出そうと思って」

「ふうん。……で、アレだ。……その……」

高涼はあさっての方向を向いて、言いづらそうに口を動かす。

「明君なら、まだ棺桶の中だよ。まだしばらくかかるみたい」

「俺はそんなことは聞いてねぇぞ！　明は勝手に吸血鬼になるって決めたんだ！　なんで俺があいつを心配しなくちゃなんねえんだ？　そんなの、エデーに任せときゃいい！」

思いきり心配してるじゃないか。父さんてば、素直じゃないんだから。

聖涼は心の中でそっと呟き、「はいはい」と苦笑した。

「さて、弁天菊丸。久しぶりに俺と散歩に行くか？」

弁天菊丸は少し困ったように首を傾げて高涼を上目遣いで見たあと、聖涼のスラックスに鼻先を押しつけて甘える。

「父さん。弁天菊丸は私が散歩に連れて行くから」

「……どいつもこいつも、自分勝手しやがって」

彼はたちまち不機嫌になると、そのまま母屋に入ってしまった。

「父さんが機嫌がいいのは、今のところは孫を抱いてるときだけか……。少し待っててね、弁天菊丸。このゴミを片づけたら散歩に連れてってあげる」

聖涼の声に、弁天菊丸は嬉しそうにひと声吠えた。


今日で一週間だというのに、明は棺桶の中に入ったまま。

一人一人だとなんだか心細い桜荘の住人は、申し合わせたわけでもないのに、仕事が終わった後にチャーリーの部屋に全員集合してため息をついていた。

畳敷きの床には幾何学模様の高価なカーペットが敷かれ、壁には数枚の絵画とともに家族の写真や学生時代の写真が飾られている。天井の隅には十字架やらニンニクやらがぶら下がっていて、アンティークの座卓の上にはノートパソコン。その横に可愛い服を着たわら人形や木の杭、木槌などが無造作に置かれているが、部屋を訪れた住人たちは見て見ない振りをした。

「比之坂さんは大丈夫なんですか？」

雄一は、尻尾が二股に分かれている茶トラの猫を膝の上に載せ、その背中を撫でながら渋い表情を浮かべた。ちなみに猫は河山で、尻尾が二股に分かれているのは猫又だからだ。

「それよりも私は、雄一の膝の上に乗っている河山さんに激しいジェラシーを感じるよ。化け物は嫌いだろう？　怖いのは嫌だろう？」

チャーリーは唇を尖らせて言うと、雄一が淹れてくれたお茶を一口飲む。

「そりゃ、怖いし嫌だが、猫は可愛いじゃないか」

「尻尾が二つに分かれててもかい？」

「尻尾のない猫だっているんだから、二つに分かれてるぐらい、気にしない」

雄一は猫の頭を撫で「そうですよね、河山さん」と笑った。

「チャーリーさん。そのジェラシーはひとまず置いておいて、今は比之坂さんの話ですよ」

大野はあぐらをかいて腕を組み、しかめっ面をする。

「伊勢崎君か曽我部君がいれば、もっと詳しいことが分かったかもね」

彼らは日本産の狼男だが、河山や大野、橋本の同族と違い、仲間は世界各国に散らばっている。それに海外の方がメジャーな化け物だった。

その彼らなら、一族の中で人間を同族に加えた者もいるだろう。人間が化け物になるまでの期間について、何か知っているかもしれない。

「けど橋本さん。彼らは今、嫁さん探しの旅に出ちゃってますからねぇ……」

河山は猫の姿で人語を話す。

「吸血鬼は外国産ですからね。ゴールが見えないマラソンは辛いです」

雄一の言いたいことはなんとなく分かるが、たとえが違うような気がする。みんなは思わず苦笑して、彼を温かな目で見つめた。

次の瞬間。

雄一の膝に乗っていた猫は畳の上に下り、二股に分かれている尻尾をピンと立てた。

誰もが彼を注目し、何が起きるのかと固唾を呑む。

「エディさんの結界が、いきなり強力になった」

何かよからぬことでも起きたのか⁉

六畳一間に緊張が走った。

そんなときにドアがノックされたものだから、みな一斉に悲鳴を上げ、猫は一メートルも垂直跳びをして尻尾を膨らませる。

「あ、こんばんはー。どうしたの？　みんな。物凄い声を出して」

「聖涼さんっ！　早紀子さんっ！　もう！　驚かさないでくださいよっ！」

ドアを開けて現れた聖涼夫婦に、桜荘の住人は涙目で怒った。

雄一はチャーリーに抱きついたまま「心臓が止まるかと思った」と青い顔で呟き、猫の尻尾はまだ膨らんでいる。

「いやいや。驚かしてごめん。今夜あたりかなーって思ったから、みんなで明君の新たな『誕生日』をお祝いしようかと……。最初にチャーリー君の部屋に来て正解だったね。みんな揃ってる」

「子供たちはぐっすり眠ってるから、私も聖涼さんについてきちゃった。これ、道恵寺からお裾分けです。みんなで食べて」

早紀子はいなり寿司の入った大きなタッパーを見せて微笑んだ。

ああ、早紀子さんは狐の妖怪だから、いなり寿司が好き〜。

食欲をそそる甘酸っぱい匂いを嗅いだ途端、住人たちは急に腹が空きだした。

「では俺が、日本茶を淹れますね。フォートナム・アンド・メイソンの煎茶があるんです」

「そしたら俺も、人間に戻ろう」

雄一は席を立ち、茶トラの猫は河山に戻った。

可愛らしいアンティークなテーブルの上に、いなり寿司がいっぱい入ったタッパー。そして、ウェッジウッドの受け皿にウェッジウッドのフォーク。紅茶用のティーカップには熱い煎茶が注がれる。

少々ミスマッチな光景だが、いなり寿司の旨さは変わらないので気にしない気にしない。

「エディ君の結界が強まったでしょう？　あれは絶対、何かあるよ」

「あれかしら？　ほら、あなたが持っていたマンガに、卵の中で溶けてしまった人間の話があったじゃない？　そんな非常事態に……」

この夫婦っ！　平気で恐ろしいことを言っちゃって！

住人たちは心の中で半べそで突っ込み、特に雄一は「俺は何も聞いてない」と両耳を手で押さえる。

「しかし、こんなに緊張するのは初めてだな」

河山は煎茶を飲んでため息をついた。

「ですよね。外見は一緒でも、人間と化け物は体の仕組みが全く違うから。一から作り直し……」

「橋本さんっ！　それ以上言ったら、熱湯をかけますよっ！」

雄一は冷や汗をたらしながら橋本を睨む。

「あ、ごめんなさい。宮沢さんは怖いのが苦手なんですよね。でも比之坂さんも怖いのがあまり好きじゃなかったような……」

彼の言葉に、ここに集合した全ての妖怪が「あっ！」と何かを思い出したように声を上げた。

「ん？　どうしたんですか？　みなさん。明になにか悪いことでも？」

チャーリーはきょとんとした顔を見せ、三つ目のいなり寿司にトライする。

「だってチャーリーさん。比之坂さんが化け物になったらですね……」

河山は複雑な表情でみんなの顔をざっと見回した。

棺桶の蓋が動いたような気がした。

だからエディは、部屋の結界を一層強くし、明がいつ現れてもいいように準備する。

「……生まれたてのヒヨコと一緒だもんな。弱っちい幽霊やヘボい悪霊でも、簡単に取り憑《つ》いちまう。そんなこと、させっかよ。俺様の大事なハニー。ゆっくりでいいぞ？　ゆっくり、焦らず出てこい」

エディは正装姿で棺桶の前に正座をすると、神妙な顔で呟いた。

我慢をするのは好きじゃない。むしろ嫌いなエディだったが、愛するハニーのためならなんだってできる。

彼はそれから数十分、微動だにせず棺桶の前で待ち続けた。だが足が痺れてきたのであぐらをかく。

カタンと、棺桶の蓋が一瞬持ち上がった。

雄一がこの場にいたら男らしい悲鳴を上げて逃げ出してしまうだろう光景だが、エディにとっては感動の瞬間だ。

彼は片手を胸に当て、固唾を呑んで見守った。

カタカタと、苛立たしそうに蓋が鳴る。

ああ蓋を開けるのを手伝ってあげたい。でもできない。

自分で棺桶の蓋を開けることが、吸血鬼としての第一歩。

エディは感動ともどかしさで、ひとまず畳の上で転がってみた。

「あー、ちくしょう！　イライラするっ！」

コウモリ姿なら可愛らしいが、人型で手足を振り回しても可愛くない。むしろ、超絶美形がそんなことをしてくれるなと、いろんなところから突っ込みが入るだろう。

「……いかん。いかんいかん。俺様が焦ってどうする。お母様とジジィからの手紙にも、焦ってはダメだと書いてあっただろうが。エドワード・クレイヴン。伯爵らしく上品に落ち着いて待て」

エディは体を起こし、改めてあぐらをかいた。

自分が吸血鬼にしたいと思った人間を噛んだ後のフォローについて。
・棺桶に入れた後、自分の力で出てくるまで一切手を出さないこと。
・日本風に言うと、「始めチョロチョロ、なかパッパ。赤子泣いても蓋取るな」。
・蓋を開けるのを手伝った場合、棺桶の中から何が出てくるかは保証できない。
・過去に数度、我慢しきれず蓋を開けるのを手伝った吸血鬼がいたが、彼らは一様に悲劇的な最期を遂げている。
・自分の力で棺桶の蓋を開け、中から出ることができた「新吸血鬼」は大変空腹なので、血を吸わせてあげること。

途中、手紙には意味の分からない文章もあったが、とにかく、絶対に蓋を開けずに待っていろということだ。

ステファンとギネヴィア・クリスの手紙がなければ、エディは「もう、ハニーは一人で蓋も開けられねぇのか？　仕方ねぇ、手伝ってやる」と、鼻の下を伸ばしながら棺桶の蓋を開けてしまったことだろう。

エディは、カタンカタンと振動を繰り返す棺桶の蓋を見つめ、最悪の事態を迎えなかったことに安堵する。

「……にしても、時間がかかり過ぎじゃねえの？」

触るだけなら大丈夫だよな？　今まで触りまくってたし。

エディは自分に言い聞かせると、蓋をそろそろと撫でた。

蓋の振動はそれに応えるように、大きくなる。

棺桶自体がガタガタと激しく揺れた。

実際には一分ほどの揺れだったろうが、エディには何十分も揺れていたように感じる。

棺桶は突然動きを止める。そして、棺桶の蓋が僅かにずれた。

「明……っ！」

棺桶の縁を掴む指。鈍い音を立てて、蓋が大きくずれる。

見ていることしかできないエディは、両手の拳を固く握りしめた。

ガタンと、ひときわ大きな音を立て、蓋が横に落ちる。

見えない糸に操られるように、明がゆっくりと体を起こした。エディに噛まれた傷は跡形もなく、体は快感に染まっているときのようにふわりと色づいている。

だが目は閉じたまま。頭もかくんと前に傾けて、眠っているように見えた。

「明……俺様を見ろ。お前が最初に見るのは、この俺様だ」

優しく誘う声に、明のまぶたが僅かに痙攣《けいれん》する。

「目を開けて俺様を見ろ」

エディはおずおずと片手を伸ばし、明の顎をそっと掴んで自分に向かせた。

明は蛍光灯の明かりが眩しいらしく眉を顰めたが、自分を呼ぶ声には逆らえない。

誰が俺を呼んでるんだ？　まだ目を開けたくない。

もっと眠っていたい。でも……この声は覚えてる。誰だろう。誰だっけ？　懐かしくて……気持ちよくて……。

「明」

愛しくて、心の一番弱いところを掴まれたように苦しい。涙が出そうなほど苦しいのに、もっと聞きたくなる。もっと俺の名を呼んでくれ。頼むから呼んでくれ。

明は低い呻き声を上げ、ゆっくりと目を開ける。

「明、俺様の大事なハニー。俺様を見ろ……」

「あ……」

明は乾いた唇を舌で潤しながら、掠れた声を漏らした。

この声。俺の好きな声だ。いつもいつも、俺の側にあった声だ。とても大事で、絶対に離せない……。

明は目を開けたが、うまく焦点が合わない。

何度も瞬きをし、やっとその瞳で、自分の顎を優しく掴んでいる誰かの顔を見た。

ああ、綺麗な顔だ。髪は真っ黒で、目は青くて。たしか宝石で、こんな色の石があったよな。なんだっけ……。日本人、じゃないよな……？　初めて見るけど、この顔好きだな。え……？　違う。初めてじゃない。俺はこの綺麗な顔をずっと前から……。

明は僅かに眉を顰め、自分の記憶を探る。

エディは、自分の顔を見つめたままいぶかしげな表情を浮かべる明に、不安の色を隠せない。

「俺様が誰か分かるか？　明、俺が誰か分かるか？」

吸血鬼になった人間が、それまでの記憶をなくすなんて聞いたことねぇぞっ！

エディはそう叫びたいのを堪え、明の顔をじっと見つめる。

誰だっけ？　俺は一人っ子だから兄弟なんていないし。でもこんなに顔を寄せても平気ってことは……嫌いなヤツじゃないんだよな……。なんだろう俺。何か大事なことを忘れてるような気がする……。

明は、自分が何を忘れているのか知りたくて、上手く力の入らない手を伸ばし、エディの頬に触れた。

「……お前、俺様のこと忘れちまった？　一つも思い出せねぇ？」

エディの声が震え、顔が悲しそうに歪む。

「俺……は……」

するりと気持ちのいい感触。体温はなくひんやりとしている。思い出せないのに、彼の指先はエディを覚えていた。

お前、誰だよ。なんでそんな泣きそうな顔で俺を見るんだ？　俺はお前になにかしたのか？　酷いことをしたのか？　誰なんだよ。教えてくれよ。思い出せるかもしれないだろ？

明は、辛そうな顔をしているエディの頬を慰めるように何度も撫でる。

そしてエディを見つめたまま、「誰なんだ？」と唇を動かした。

今更答えられるかっ！

エディは返事をする代わりに明の体を掻き抱き、乱暴にキスをする。

目覚めてくれた嬉しさが、自分を忘れてしまった苛立ちと悔しさに取って代わった。

こんな辛いキスなんて、生まれて初めてだっ！　ちくしょうっ！

苦しそうに眉を顰める明の口腔を舌で犯しながら、エディは心の中で叫んだ。

恥ずかしがっての抵抗ではなく、本気で嫌がられていても、エディはやめない。

明の舌を絡め、吸い、口腔をくすぐるように愛撫する。

最初は優しく抱っこしてと思っていたのに、彼は明の体を棺桶の中から力任せに引きずり出し、畳の上に押しつけるとキスしながら大きく足を広げさせた。

「ん、んん……っ！」

明はエディを押しのけようと彼の胸を叩くが、生まれ変わったばかりの体に彼を押しのける力はなかった。

だが、力なく首を左右に振って、彼の舌から逃げようとしたとき、明の舌先にエディの牙が触れる。

今のは……なんだ？

明は体を強ばらせ、抵抗をやめた。それと同時に彼は、エディの牙を舌先で何度もなぞって確かめる。

それに気づいたエディは、明を乱暴に扱うのをやめ、彼のしたいようにさせた。

牙がある。これは八重歯なんかじゃない。本物の牙だ。俺はこの牙を知ってる。

「は……っ……」

明はエディの牙をなぞりながら、忘れているなにかを思い出そうと必死になった。

その仕草が愛しくて、エディは明の下肢にそっと片手を伸ばし、柔らかな体毛の中にある彼の雄を指先で優しく弄ってやる。

そうだ……。お前はいつも……こんな風に俺の体に触って……。

甘い快感が明の体をゆっくりと満たしていく。

エディの指先が敏感な先端を焦らすように愛撫すると、忘れていた何かが心の奥底から引きずり出されるような気がした。

明は切なげに眉を寄せながらエディを見つめる。

さっきまでは青かった瞳が、今では深紅となって自分の姿を映し出している。

俺はこの色を知ってる。絶対に知ってる。……反則技なんだ。この目で見られたら、俺の体はおかしくなるんだ。だからいつも……反則だって怒って……。気持ちよすぎて、頭の中が真っ白になる。お前の前で、どんな恥ずかしいことだってしてしまう。だから俺は。

明は体を震わせ、エディのずるい愛撫に涙を浮かべて耐える。

覚えているのは優しい声と、時折深紅に変わる綺麗な青い瞳。体を這う指先の動き。そして……。

明は突然、首筋への鋭い痛みを感じ、渾身の力でエディから逃げた。

明は傷跡のない首筋を片手で押さえ、痛みに耐えるように体を蹲らせる。

「明……っ！」

「一緒……だって……」

「……どうした？　明……」

自分の何かを思い出してくれたのかと、エディは次の言葉を待った。

「一緒にいるって。ずっと……離れないって……」

明は、頭の中で繰り返し囁かれる声が誰のものなのか探ろうと、硬く目を閉じる。

小さな黒い塊。ふわふわしてて気持ちがいい。大豪に浮かぶ綺麗な城。何度も齧られた指先。餌。図々しい居候。何度も愛してるって言った。ブラッドベリー。スイカ。齧り付くコウモリ。貴族の城。柔らかい羽毛。いつも頬ずりした。俺の大事な。愛してるって。小さな愛しい塊。ずっと一緒にいるって。おじさんの怒鳴り声。それでもずっと一緒にいる。ごめん父さん。太陽。灰。餌。墓参り。愛らしいコウモリ。匂い。離れない。綺麗な吸血鬼たち。絶対に離れない。覚悟。ずっと一緒。俺も吸血鬼。俺も愛してる……っ！

閉ざされた記憶が、濁流のように明の頭の中を掻き回し、彼をいきなり覚醒させる。

明は何かに弾かれたように顔を上げると、自分の目の前で途方にくれた顔をしている一人の青年を見つめた。

「エ……エディ……？」

名を呼ばれたのに、エディはすぐに返事ができなかった。目を丸くしたまま、唖然として畳に座り込んでいる。

「エディ……俺……」

「この……」

「なに……？」

「この大バカ野郎っ！　ようやっと俺様を思い出したかっ！」

エディは涙で瞳を潤ませ、力任せに明を抱き締めた。

「俺様のことを『誰だ？』とか抜かしやがってっ！　なんでダーリンを忘れるんだっ！　お前にとって俺様は、なんなんだっ！　このクソハニーっ！」

「俺も今さっき……頭がハッキリしたから……」

エディは一旦明を離し、愛しいハニーの顔をじっくりと見つめる。

「俺様はお前のなんだ？」

「ダーリン……だろ？」

図々しくて、尊大で、わがままばかりで、コウモリ姿になると握り潰したくなるほど可愛らしくて愛らしい。俺の大事な、たった一人しかいない、大事な魔物だ。

明の瞳が涙で潤む。

「そんで、お前は俺様のなんだ！」

「可愛いハニーだ」

明は照れ臭そうに笑うと、自分からおずおずとエディにキスをした。

触れるだけのものだが、エディは満足したようだ。だらしない笑顔を見せる。

「俺……吸血鬼になったのか？」

「ああ。……ちょっと口を開けてみろ」

何をするのか分からないが、明は素直に口を開けた。

エディは、できたての牙に指先で触れ、「これが証拠だ」と呟く。

彼の指は明の牙を触れるだけに止まらず、柔らかな舌や口腔を愛撫し始めた。

明は唇の端から唾液をしたたらせて、エディの指を受け入れる。

口腔を弄られただけで彼の雄は腹につくほど反り返り、胸の突起もぷっくりと膨らんだ。

だが明の中で、もっと別の欲望が沸き上がる。

内臓が疼くほどの、堪えようのない血液への渇望。

「エディ……」

明は彼の指を口腔から引き抜いた。

彼の瞳が黒から深紅に変わったのを見て、エディは微笑みながら頷く。

「分かってる」

エディはネクタイを引き抜き、シャツをはだけて首から胸元を露にすると、明に向けて首筋を差し出した。

「食え。お前の初めての食事だ」

「本当に……？　いいのか……？」

「大丈夫。俺様も、お前を食う」

エディは、空腹なのに躊躇っている明の髪を優しく掴むと、自分の首筋に押しつける。

「食えよ。やり方は分かってんだろ？」

「痛くないのか？」

「少しはいてえけど、ひもじいハニーのためなら、俺様はなんだってできちゃうの」

今さっきまで泣き出しそうな顔をしていたのはどこのどなたやら。

エディは自身たっぷりに呟き、明の背をポンと軽く叩いた。

明は吸血鬼の本能に突き動かされ、躊躇う前にエディの首筋に牙を立てる。そして、思いきり噛みついた。

鋭い痛みに、エディは僅かに眉を顰めるが、体の奥から湧きだした高揚感に笑みを浮かべた。

明はエディの首筋から流れ出る血液を、一滴も残さないようにすすり嘗め取る。

こんなに旨いものがこの世にあるなんて、彼は今まで知らなかった。ねっとりと甘く口腔に広がり、鉄臭さは全く感じない。

温かな液体が口腔から喉の奥へと流れていくたび、体の中から力が湧いてくる。

空腹が満たされていくと同時に下肢が熱く滾《たぎ》り、射精感が高まった。今すぐセックスしたい。この熱を解放したいと体が疼く。


エディも俺の血を吸って、こんな風になったのか？

明はエディの首筋から牙を抜き、傷跡に舌を這わせながら頬を染めた。

「もういいのか？」

「ん。俺、デカイからいっぱいもらってごめんな」

「これくれえ、大したことねぇっての」

明が舌で嘗めていた傷跡が、みるみるうちに塞がって、やがて見あたらなくなる。

「あとで一緒に、ブラッドベリーを摘みに行こう」

「おう。そうだな」

二人は深紅に染まった瞳で見つめ合い、小さく笑った。

明はエディを見つめたまま、彼の下肢を指先で辿る。そこは服の上からでも充分猛っているのが分かった。

「お前」

「……変だろ？　いつもの俺なら……自分からこんなことしない。でも今は吸血鬼だからいいんだ。これを銜えたい。嘗めて吸って……俺の口の中、お前の精液でいっぱいにしたい。何度でも飲ませてくれ」

エディは目を丸くしたあと、目を細めて嬉しそうに笑う。

「この欲張りめ。淫乱ちゃんらしい台詞じゃねぇか。けど、俺様も同じだ。お前にうんと恥ずかしい格好させて、何度でも搾り取ってやる。覚悟しろ」

「覚悟なら、とっくにした」

いい年をした男なのに、情けなくも涙まで流した。

でも、お前がいつも側にいてくれたよな、エディ。何も言わずに俺を抱き締めてさ。格好つけやがって。でも嬉しかった。胸の奥が苦しくなって、体が内側から壊れてしまいそうになるほど、好きだと感じた。ずっと一緒に生きていきたいと思った。だから、覚悟ができたんだ。

「エディ……」

「黙れ」

そして彼らは、欲望を満たすために甘いキスをした。


吸血鬼になったからといって、羞恥心がなくなるというわけではないらしい。

明は、エディを焚きつけた自分の大胆な行動と言葉に、早くも後悔し始めた。

「いい眺めだな。俺様に銜えてほしくてヒクヒク動いて濡れてる」

実況するなっ！　頼むからっ！

明は目の前にあるエディの雄を片手で掴んだまま、首まで真っ赤にする。


吸血鬼になった記念にと、エディの望むままシックスナインの体勢になってしまった明は、以前、会社勤めをしていた頃に、女王様のような彼女にこの格好を望まれ、散々責められて泣きながら強制射精をさせられたことを思い出す。

そういや俺、あのときもこうやって両手両足ついてたっけ……。

彼女との交際が原因で、エディ曰《いわ》く「淫乱ちゃん」になってしまった明は、感慨深いため息をついた。

「イギリスに旅行に行ったとき、ちゃんと銜えられたじゃねぇか。あのときと同じだ」

そうは言うけどな……と言いかけて、明はやめる。

もういい。どこまで恥を捨てられるかは分からないが、俺は吸血鬼になったんだ。エディが勘弁してくれって言うまでつき合ってやるっ！

どうにか決心のついた明は、エディの雄を銜えて舌で嘗め始めた。

だがエディは明の雄には見向きもせず、ふっくらとした袋を指先で揉みながら、袋の後ろから後孔までの細い道を嘗め出す。

音を立てて嘗めながら袋をやわやわと揉まれた明は、下肢から背中に電流のような快感を走らせて喘いた。

それでも、されっぱなしは悔しいと、エディの雄を使って自分が嘗められて感じる場所を集中して嘗め回す。

「結構……やるじゃねぇか」

エディの上ずった声に、明は心の中でほくそ笑む。

このまま、何度でも銜えて俺より多くイかせてやる。

明はエディの雄を舌で愛撫することに集中しようとしたが、もろくも崩れ去った。

エディがいきなり、明の後孔に指を一本挿入したのだ。

それ反則……っ！

明はエディの雄を銜えたまま、心の中で叫んだ。

「すっげぇ締め付け。俺の指を食いちぎんなよ？　こんな風に弄ってやれねぇだろ？」

エディは意地悪く笑いながら、肉壁の中で明が最も感じる場所を指で押す。

「んぅ……っ」

明はエディの雄を口から離し、痺れるような快感に腰を揺らした。

「俺様をイかせるんじゃなかったのか？」

エディはそう言いながら指を二本にし、くちゅくちゅと激しく抜き差しを繰り返す。

「あ……っ……そこは……っ！」

「もっと弄ってほしいだろ？　一週間もお預けだったたんだ」

「いや……っ……だめだっ、ああエディ……っ！」

ただでさえ敏感だったのに、吸血鬼になると一層感度が増すのか、明はエディの雄を必死に扱きながら先走りをだらだらと溢れさせた。

「銜えてやるから、先にイけよ？」

エディはやっと明の雄を口に銜え、明の肉壁のある一点を二本の指で集中して責める。

「あ、あ、んんっ、あぁぁ…っ！　出る……っ！　エディ……出る……っ！」

明はエディの口腔に、あっけなく射精した。

「たっぷり出たな。……待っててやっから、俺様をイかせろ」

エディは明の尻を軽く叩き、おろそかになっていた口と指の動きを再開させる。

快感に染まった体を震わせながら、明はエディを舌で追いつめた。

唾液が垂れるのも、顎が痛くなるのも構わない。指で優しく扱き、溢れる先走りを舌ですくいながら先端をきゅっと吸い上げる。

「んっ……んん……っ」

どれもエディから習ったことだが、明は「いい生徒」だったようだ。

エディは浅い呼吸を繰り返し、明の尻を撫で回しながら眉間に皺を寄せる。

いよいよ我慢ができなくなったとき、彼は腰を何度か突き上げ、明の口腔に射精した。

明はためらいがちにそれを飲み込むと、唾液で濡れた唇を手の甲で軽く拭った。

「吸血鬼になって、だいぶ上手くなったんじゃねぇ？器用に動いてたぞ」

「……どこが、なんて言うなよ」

「俺様、育ちがいいから、そんなこと言いません」

エディは笑いながら明の体を横たえ、大きく足を広げさせる。

「今度は俺様が、ここを可愛がってやる」

明はエディと早く繋がりたかったが、エディは明の足の間に体を滑り込ませると、赤く色づき膨らんでいる乳首をぺろりと嘗めた。

「ひゃ……っ」

「もっと可愛い声が聞きてぇんだけど」

「ここは……あんまり弄られると痛いから……」

「俺様は、お前が痛がることなんて、一つもしてねぇんだけど？」

「でもダメだ……っ……女の人なら……分からなくもないけど……俺は男だし。吸血鬼になっても、性別は変わってない」

「男なのにここが感じるのが恥ずかしいのか？　ロンドンのホテルでセックスしたとき、鏡の前で自分の乳首を弄って感じてたじゃねぇか」

「あれはお前が、俺に命令したから……だから……」

「俺様は、弄れって言っただけ。摘んで引っ張ったり、擦ったりしろなんて言ってねぇ」

エディは明の耳元で意地悪く囁き、彼の耳へ欲望を注ぎ込む。

「ほら、もう一回り以上大きくなってんぞ？　胸がねえのにここだけこんなに膨らんでる。こんなに可愛くてエロい乳首が、感じねぇはずねぇだろ？」

「そんなこと……言われると……」

低く囁かれるだけで明の雄は硬く勃ち、ひくひくと脈打った。

「俺もう……」

「俺様に恥ずかしいこと言われただけでイッちゃう？」

明は顔を真っ赤にしたまま、辛うじて頷く。

ブラッドベリーを食べたわけでもないのに、体の全てが酷く敏感になっている。

吸血鬼になると、人間のとき以上に敏感になるのか？　これじゃそのうち、エディの側にいるだけでヤバい状態になりそうで困る……。

明は慣れない体を震わせ、おずおずと両手で股間を押さえた。

「淫乱ちゃんが吸血鬼になると、言葉だけでイけるようになるのか？」

「バカ……野郎…っ」

「可愛いな。俺様のハニーはすっげー可愛い」

エディは明の耳の後ろにキスマークをつけ、嬉しそうに笑った。

「や…っ……もっ……早く……入ってこいよっ」

明は体を捩《よじ》らせてエディを誘うが、彼は誘いには乗らない。

「だーめ。お前の、超敏感な淫乱ちゃん振りを見せろ。俺様をすっかり忘れてたから、お仕置きだ」

忘れたのは俺のせいじゃないっ！

明は叫びたかった。けれどエディに胸の突起を撫でられ、叫ぶより先に甘い声を漏らす。

体がこうなってしまったら、もう自分の意志ではどうにもできない。

彼は「あんまり恥ずかしいのはなしだ」と言うのが精一杯だった。

エディは、明の胸以外、どこにも触らない。


乳房を揉むように明の筋肉質の胸を揉み、乳首が目立つように親指と人差し指で周りの皮膚ごと持ち上げて、舌先でくすぐり、きつく吸い上げた。

そのたび明の体はびくびくと仰け反り、泣き声混じりの声を上げる。

「乳首弄られただけで、漏らしたみてえになってる。イきたかったら言えよ？　見ててやるから」

「エディ……っ……も……痛いから……っ」

「こんなに優しく弄ってやってんじゃねぇか。気持ちいいだろ？」

エディは指の腹で突起をくりくりと擦り、優しい声で囁いた。

途端に、明の雄から白いものが混じった先走りが溢れ、彼の体毛と内股を汚していく。

「ここだけでイくところ、見せろって」

「ダメ……だ……っ」

「扱かなくてもイけるだろ？　俺様の指に弄られてるとこ、想像してみ？」

エディは乳首をしつこく弄り続け、明の過敏な反応を楽しむ。

「もう……勘弁してくれ……っ……本当に……このまじゃ……」

泣き出しそうな明の耳に顔を寄せ、エディはぼそぼそと何かを呟いた。

「な……っ！　育ちがいいくせに……そんな恥ずかしい単語を口にするな……っ！」

「恥ずかしいこと言われるの、好きだろ？」

エディは再び、明の耳に顔を寄せ何かを囁く。今度は長い。

「そんな……俺……そんなこと……っ……」

「言いてぇだろ？」

「や……」

吸血鬼の体って、こんな恥ずかしい体なのか？　敏感にも度が過ぎる。俺もう我慢できない。エディにねだられるまま……変なこと言いそう……っ。

明は辛うじて残っている理性を守ろうと、唇を噛み締めて堪えた。

だがエディは、吸血鬼となった明の乱れる姿が見たくてたまらない。

「も……許してくれよ……っ……俺……そんな恥ずかしいこと……」

両方の突起を強く押し潰されたかと思ったら、今度は強く引っ張られる。責め苦のような愛撫が続いた後は、指先で小刻みに弾かれ、明はたまらず腰を浮かした。

「く……っ……はぁ……っ……」


大きく足を広げたまま腰を何度も振る。ねっとりと濡れた雄と興奮で膨らんだ袋も振動で左右に揺れ、明にもどかしい刺激を与えた。

「エディ……もっと……弄って……っ……俺が……出すところ……見てくれ……っ」

なんでも言うから。どんなに恥ずかしくても言うから。だからエディ……っ。

明はエディの愛撫の前に陥落し、突起への刺激だけで射精しようとしていた。

「どこを弄ってほしいのか、言ってもらわねえと」

快感に潤んだ赤い瞳が、快楽と羞恥心に苛まれている明の顔を覗き込む。

「こ……ここ……」

明は、こりこりと突起を責めているエディの指に、自分の指を重ねた。

「ここだけじゃ分かんねえって」

「お前……意地が悪い……っ」

「ハニーの恥ずかしい顔を見たいときは、意地悪にもなる。ほれ、言ってみ？」

明は蚊の鳴くような小さな声で「乳首」と呟く。

「そうか。俺様の、敏感で淫乱ちゃんなハニーは、乳首を弄ってもらうとイッちゃうのか」

「恥ずかしいことを……大きな声で……言うな」

「恥ずかしいことは気持ちいいことだって、何度も教えた」

エディは楽しそうに微笑み、明になおも強制した。

「どこを弄られるのが恥ずかしい？」

明は掠れた声で、エディが嬲っている場所を呟く。

「でもすげぇ感じるだろ？」

エディは、乳首を押し潰して明の胸を乱暴に揉んでは、掌で乳首を転がすように撫でた。

「う…っ……あ、ああ……感じる……っ」

「もっと声出せ」

「エディ……感じる…っ……凄いっ、もっと、もっと弄ってくれっ！　ああっ！　もうだめだっ！」

乳首を片方ずつ唇に含み、キスマークをつけるようにきつく吸い上げる。舌先で転がし、輪郭をなぞり、唾液でねっとりと濡らす。

快感を無理に引き延ばす、拷問のような愛撫を延々と繰り返すエディの前で、明は狂ったように身悶える。

「ひ……っ……あぁ、あああ――――っ！」

明はエディの見ている前で、両方の乳首を押し潰されるように摘まれたまま射精した。

二度、三度と、大きく弧を描いてしたたり落ちた精液を、エディは指ですくい上げ、口に含む。

「人間のときと違って、何度出しても濃さは変わってねえな」

彼は明の腹の上に顔を寄せ、飛び散った精液を嘗めだした。

「う……っ」

ゆったりとした心地よさと放出の開放感で動けずにいる明は、エディの新たな愛撫にひくひくと尻の筋肉を緊張させる。

「もう……許してくれ……」

口ではそう言っても、エディに銜えられた彼の雄は快感を欲した。

人間でいたときにあったような度重なる射精での腹痛はない。あるのは、失禁を耐えるような切なさと更なる欲望だけ。

強制射精をさせられればさせられるだけ、明の体はエディを求めた。彼に言われる前に自ら足を開き、自分の指で後孔を貫きながら自慰を見せた。

「エディ……指じゃ足りない……っ」

弄ってほしい場所を露骨な単語で繰り返し、小さな子供のように「お願い」と何度もすすり泣いた。

「…吸血鬼って……みんな俺みたいに……恥ずかしいこと……平気でする……？」

「するぞ。二人っきりで隠れてな。でも明は特に」

やっぱり俺だけなんだ。こんな恥ずかしい体になる

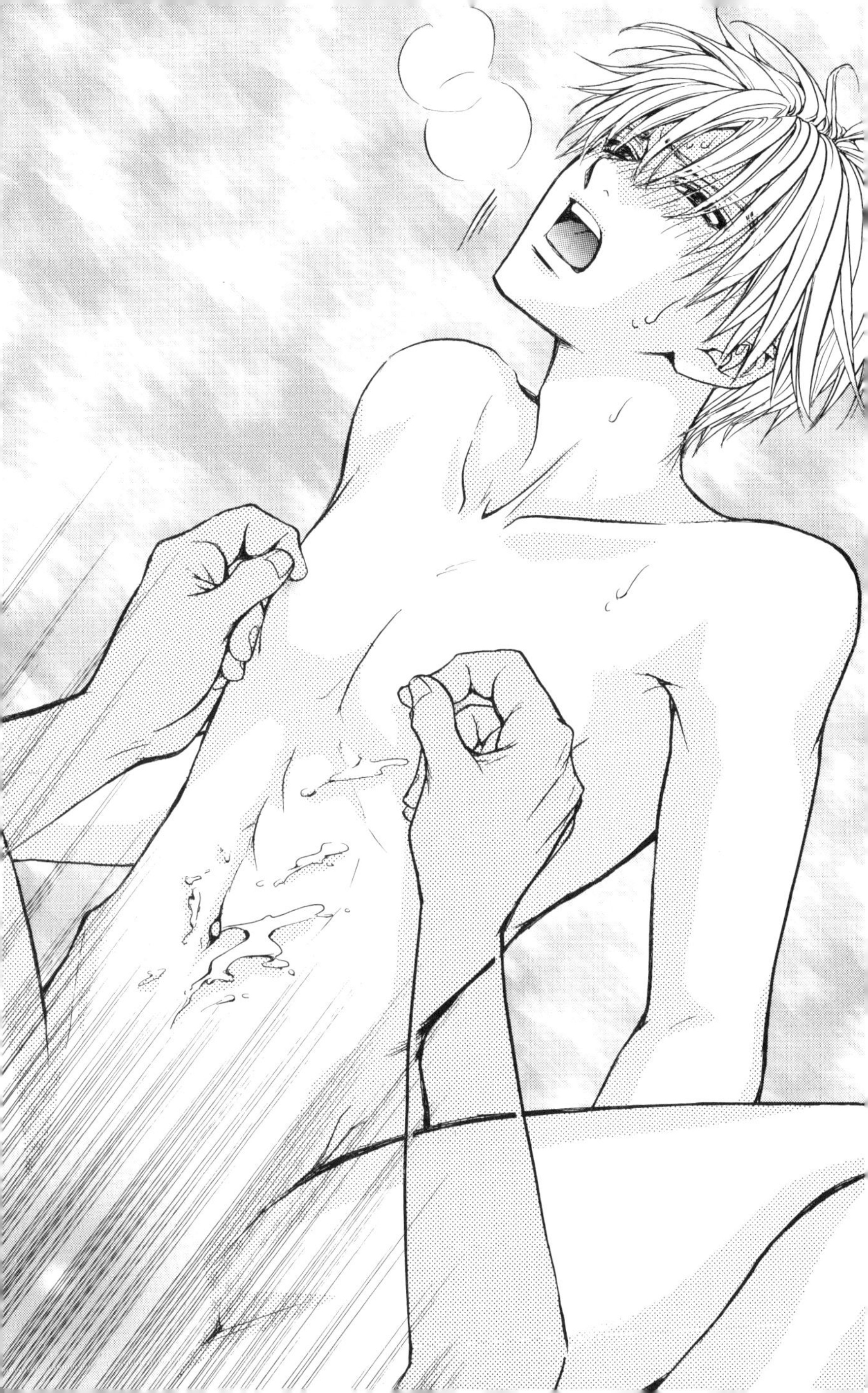

のは俺だけなんだ。

明は雄を扱く手を止められないまま、涙を浮かべてエディを見上げる。

「……淫乱ちゃんなお前は、すっげー可愛い。お前を見てっと、もっと気持ちよくさせたくなる。うんと苛めて滅茶苦茶泣かせてぇ」

エディもまた、何度も明の口腔に精を放っても、彼を離そうなどという気はこれっぽっちも起きない。快感に泣きじゃくる明の、より過敏になった雄の縦目に舌を差し込んで嬲り、精液を搾り取る。

明は身悶えて泣きわめき、許しを請うが、エディは彼を失神ギリギリまで責め立てた。

「頼むから……っ……エディがほしい……エディがほしいんだ……っ」

畳の上には二人の吐き出した精液がしたたり落ち、ところどころ染みになっている。その上で明は、顔を覆ってエディの前に腰を突き出し、ねだった。

「いつもそうやってねだってくれれば嬉しいんだけどな」

エディは執拗に弄っていた明の突起から指を離すと、両足を高く持ち上げる。

「顔が見える方がいいだろ？　吸血鬼になって、初めてだもんな」

「ん……」

明は涙で滲んだ瞳でエディを見上げ、嬉しそうに両手を伸ばした。

「食うから、覚悟しとけ」

エディは彼に牙を見せ、ゆっくりと貫く。

ああ、これが欲しかった。

体の中にエディを感じ、明はうっとりと目を閉じた。度重なる放出で萎えかけていた雄もすぐさま硬くなって、エディに嬉しさを伝える。

ゆっくりとした動きが次第に激しいものとなり、明の口から素直な喘ぎ声が零れた。

「エディ……どうしよう……俺……すごく気持ちいい……」

「愛しいダーリンに抱かれてんだ。当然に決まってんだろ」

「うん……」

責められて腫れた突起と何度も放出した雄が二人の体の間で擦れ、三点を同時に責められる形となった明は、背を仰け反らせて歓喜の声を上げる。

「早く……俺を食え……っ」

吸血鬼になった俺の血をすすって。どんな味がするか、確かめてくれ。

明はわざと首筋を見せ、そこに牙を突き立てるよう誘う。

　エディは彼の首筋に鋭い牙を立て、快感に染まった彼の血液を思う存分すすった。


　早紀子は子供たちにおっぱいをあげるために、夜のうちに母屋に帰ったが、それ以外はチャーリーの部屋でまんじりともしない一夜を明かした。

「結局、エディ君からはなんの連絡もなしか」

　横になっていた聖涼は上体を起こし、ぐっと両手をあげて背伸びをする。その拍子に、彼の隣でうとうとしていた雄一が、彼の股間にころんと倒れ込んだ。

「おっと。これはいろんな意味でヤバイ」

　聖涼は苦笑しながら雄一を抱き起こすが、チャーリーはその現場をしっかり目撃してしまった。

「ノォー！　ノォー！　オウ、ジーザスっ！　私でさえまだしてもらったことがないのに！　雄一のマウスヴァージンを聖涼さんに奪われるとはっ！」

　聖涼は、マウスヴァージンの言葉に目眩を感じつつ「これは不可抗力だよ」と言い返す。

　だが嫉妬の炎で燃え上がったチャーリーには聞こえない。

「いくらあなたが、私より強い退魔師とはいえ、ハニーを奪う権利はありませんよ！　だいたいあなたには、美人で優しいワイフとキュートな双子がいるでしょう⁉　雄一を不倫の泥沼に引きずり込むつもりですか⁉」

「どうしたんですか？」

「チャーリーさん、朝っぱらから元気というか」

「うるさいね。誰が騒がせたの？」

　すっかり熟睡していた猫姿の河山、大野、橋本の三人が、目を擦りながら起きあがる。

「ごめん。私が怒らせたらしい」

「そうですよ！　聖涼さんが私の愛しい雄一にフェラチオをさせていたんです！」

　うわっ。ソッコーで目が覚めた。

　チャーリーの言葉に、六畳一間の空気が凍りついた。

　桜荘の住人たちは複雑な表情で聖涼を見つめる。

「あのね、だからこれは不可抗力でね。……というか、私には愛する妻がいるんだよ？　どんなに可愛くても綺麗でも、男を相手に欲情しますか！」

　説明するのも面倒くさくなった聖涼は、しかめっ面で大きな声を出した。

「そういうの、日本では逆ギレと言います！　神父ともあろう人間が！」

「私は神父ではなく僧侶だ。ついでに言わせてもらえれば、神父は妻帯者にはなれない。日本の僧侶も古くは妻帯できなかったが、制度が変わってだね……」

「オー！　私、難しい日本語、ワカリマセーン！」

「うるさいぞっ！　チャーリー」

肩を竦めてそっぽを向いたチャーリーの左頬に、雄一の右ストレートが綺麗に決まる。

呆気にとられていた住人たちは、取り敢えずこの場が丸く収まったと拍手した。

「気持ちよくうとうとしていれば、ギャーギャー騒ぎやがって。他の皆さんに迷惑だろうが！　人の上に立つ者が、そんなことも分からなくてどうするっ！」

いや俺たち、人じゃなく妖怪だし。

住人はすかさず「人」の部分に突っ込み、聖涼は聖涼で「というか、君が一番うるさいです」と、そっと心の中で呟いた。

「……右の頬を打たれたら左の頬を差し出せというが、いきなり左頬を打たれた場合はどうすればいいんだろう。しかも相手は愛しのハニー。なんたる不幸。オーマイガッーシュ」

雄一に殴られたチャーリーは、「何を信じればいいやら」と、部屋の隅でプチ引きこもりになる。

「……で？　何が起きたんですか？」

両手で目を擦って尋ねる雄一に、聖涼たちは曖昧な笑みを浮かべて「チャーリー君が寝ぼけたんでしょう」と口を揃えた。

チャーリーが何をどう誤解したのかここで言ったら、この六畳は惨劇の場になってしまう。殺人幇助《ほうじょ》にも目撃者にもなりたくない彼らは、口を閉ざすのが賢明とアイコンタクトした。

「あ、そうなんですか。……もう夜が明けちゃいましたね。熱いお茶を淹れますから、少し待っていてください」

雄一は立ち上がると、テーブルの上に置きっぱなしだったティーカップをトレイに載せ、勝手知ったるチャーリーの台所に持って行く。

「誰かが代表して、比之坂さんの部屋を尋ねてみるか？」

大野はそう言って聖涼を見た。茶トラの猫又と橋本も、聖涼を見つめる。

「はいはい。それじゃ私が、宮沢さんのお茶を飲む前に行ってきますよ」

「なるべく早くしてくださいね。俺たち、今日も出勤ですから」

「金曜日なんで、帰りも遅いし！」

大野と橋本に言われ、聖涼は肩を竦めてチャーリーの部屋を後にした。

聖涼は管理人室のドアを開けようとしたが、ドアは自動ドアのように勝手に開いた。

「おや」

「おう。聖涼じゃねぇか。朝っぱらからどーした」

エディはパジャマの下だけを穿いた格好で、ドアノブを掴んでいる。

「タイミングがよかったね。明君はどうだい？」

「夕べ、棺桶から出てきた。最初はちょっと問題があったけど、今はもう、元気いっぱい胸いっぱい」

エディのだらしない微笑みを見て、聖涼もつられて笑った。

「じゃ、ちょっとお邪魔……」

「するよ」と言えず、聖涼は頬を引きつらせた。

畳の上は赤黒い染みで汚れている。

「うわー。これじゃ惨殺現場だよ」

「嬉しくってな。なんつーの、パクパク噛み合っちゃった」

つまりこれは、吸血鬼の体から流れた血か。

聖涼はポンと手を打つと、「畳替えの費用を私が持つから、この畳、もらってもいいかい？」と尋ねた。

「……コレクションか？」

「当然だろう？　吸血鬼の流した血だよ？　日光を浴びたら灰になるんだろう？」

「多分、そう」

「絶対に私がもらうから、誰にもあげないように」

聖涼は真面目な顔で言うと、神妙な顔で棺桶にもたれてこっちを見ている明に視線を移した。彼はちゃんとパジャマを着ている。

「明君。吸血鬼になった感想は？」

「いや……その……人間のときとまったく変わらないんで、感想も何も……」

明は最後まで言えずに、聖涼を見つめたまま胸を高鳴らせる。

彼は瞳の色を黒から深紅へと変え、聖涼を見つめたままうっとりと微笑んだ。

「明……君？」

「聖涼さんって、凄くいい匂いがするんですね？　俺、この匂い好きだな……」

凄く旨そうな匂いがする。なんというか……この匂いには逆らえないというか。さっき散々エディの血をすすったのに。頭の中が、ぼんやりしてきた。

明はゆっくり立ち上がると、何かを確かめるように聖涼の腕をペタペタと触る。

聖涼は「あ、明君…？」と顔を強ばらせ、エディは頬を引きつらせて明を自分の側に戻そうと片手を伸ばした。

しかし、それより先に、明はいきなり聖涼に抱きつく。

「わーっ！　明君っ！　私には綺麗な妻と可愛い双子がいるんだっ！」

「明っ！　ダーリンの前で浮気すんなーっ！」

聖涼とエディは揃って大声を上げた。

「聖涼さん。俺と……」

気持ちいいことしよう。俺、どんなことでもするから。きっと聖涼さんを満足させるから。だから、血を吸わせて……。

明は欲望に潤んだ瞳で彼を見上げたが、次の瞬間、目映い光に弾き飛ばれ、エディと共に部屋の隅に転がった。

「し、信仰があってよかった。ありがとう、私の信仰心」

それに聖涼には生涯の愛を誓った妻がいる。それも彼の本能をしっかり抑え込んだのだろう。明は弟のように可愛いが、違う世界に足を踏み入れたくはない。

「あ……あれ？　なんで俺、エディと一緒に転がってんだ？　聖涼さん、いらっしゃい」

明はエディをクッション代わりに転がったまま、きょとんとした顔で聖涼を見上げた。

「このバカハニーっ！　お前は聖涼に迫ったんだぞっ！」

「エディ。俺がそんなことをするはずがないだろう？　聖涼さんは、俺の兄代わりだぞ？　ねぇ聖涼さん」

だが聖涼は、あさっての方向を見つめて曖昧な笑みを浮かべた。

「聖涼……さん？」

「エディ君の言う通りだよ。君は、私の信仰の前に敗れた。いやーホントにびっくりした」

「す、す、すいませんっ！　俺、聖涼さんになんてことをっ！　早紀子さんにも申し訳が立たないっ！　本当にごめんなさいっ！　こんなこと、二度としませんからっ！」

明は青くなってその場に正座すると、額を畳に擦りつけて頭を下げる。

「いや、吸血鬼になったばかりだから、そういうこともあるさ。気にしないから頭を上げなさい」

「俺様は気にするっ！　……っつーか！　俺様に一番に謝れっ！」

エディの言うことはもっともだと、明はエディにも頭を下げた。

「すまん。お前というダーリンがいながら、その目の前でこんなことになるとは……」

よりによって聖涼さんを誘ってしまうとはっ！　俺はこんなに身持ちの悪い男だったのか？　自分が恥ずかしい！　ごめんエディ！　本当にごめんっ！

明は心の中でありったけ自分を罵ると、申し訳なさそうに上目遣いでエディを見る。

「んもぉーっ！　俺様の可愛い淫乱ちゃんめっ！　いきなり人間に会ったから、理性が本能を抑えきれなかったんだなっ！　これからは気をつ・け・ろ☆」

朝っぱらから。このバカップルは……。

聖涼は心の中で薄暗く呟くと、キュウキュウと抱き締め合っている二人に苦笑する。

「明君は無事吸血鬼になったということを、みんなに報告しておくよ？」

「おう。言おうと思ってたところにお前が来て、手間が省けた」

「時間差でお祝いが来ると思うから。……それと、近いうちに道恵寺にも来ておくれ」

明はエディの腕の中で項垂れた。

「俺が行っても……敷居を跨がせてもらえません」

「大丈夫だよ。とにかく、一度おいで。コウモリ姿で現れてくれたら優涼と早良が喜ぶ」

途端に、明の顔が強ばる。

「俺、どうやったらコウモリになれるのか……さっぱりで……」

「だって、夕べから今朝まで、そういうことを話し合う時間はいっぱいあったでしょ？」

明は顔を真っ赤にして首を左右に振った。エディは偉そうにふんぞり返っている。

「まさか君たち……夕べからずっと……」

「おう！　ずーっとセックスしてた！　部屋の空気を何度か入れ換えたから、匂いはしねぇだろ？　ま、俺たちゃダーリン・ハニーだし！」

「みなまで言うなーっ！」

明の左フックが、エディの腹に見事に決まった。

「あー……とにかく、いろいろ話し合った方がいいようだね」

聖涼はそう言って、管理人室から退散する。

彼はチャーリーの部屋の前で待っていた住人たちに、「無事、ご生誕」と告げ、一旦母屋に引き上げた。

残った住人は雄一の淹れたお茶で乾杯し、一人プチ鬱《うつ》になっていたチャーリーも、不本意ながらも雄一が機嫌を取って、やっと元気になる。

「二人揃って吸血鬼だと、これからいろいろ大変そうだから、私たちがフォローをしてあげないとね、雄一。もちろん、明のためにだよ？　間違っても、あのクソ吸血鬼のためじゃない」

「そうだな。……皆さん、どうです？　比之坂さんが昼間できないことを俺たちが手伝ってあげるというのは？」

異議を唱える者など誰もいない。

彼らは明にずっと桜荘の管理人でいてほしいのだ。できることは微々たるものだろうが、それでも手助けがしたい。

「すっきりしたんで、俺たちはとにかく出勤の準備します」

「ちなみに俺たち、比之坂さんへの魔物祝いは酒にしますんで」

大野と橋本はそう言って、自分たちの部屋へ戻る。

「俺も酒かな？　何本あっても、吸血鬼ならぺろっと飲んじゃうでしょ？」

茶トラ猫又は、二股に分かれた尻尾をふりふり、二階の自分の部屋へ向かった。

残されたチャーリーと雄一は、しばし難しい顔で悩む。

「果実、なんてどうだろう？　チャーリー」

「いいね！　メロンや梨。マンゴーやパパイヤ、マンゴスチン！　美味しそうだ」

「お前が食べるんじゃないからな？」

雄一は素早く突っ込むと、テーブルの上を片づけ始めた。


聖涼が摘んできてくれたブラッドベリーを食べながら、明はどうやったらコウモリになれるんだろうと頭を悩ませた。

「そんなおっかねぇ顔すんなー。可愛い顔が台無しだ」

コウモリはブラッドベリーにかぶりつきながら、つぶらな瞳で明を見上げる。

「愛らしいコウモリ姿で俺に話しかけるな」

「お前もそのうち、コウモリになれっから心配すんな」

「なり方も知らないんだぞっ！」

「俺様とお揃いになりてぇって強く思えばいい」

明は、棺桶の上でブラッドベリーを抱き締めているコウモリを見つめて想像した。

二匹の愛らしいコウモリが、棺桶の上で転がったり毛繕いしたり、重なり合って昼寝していたり。なんてステキなんだろうっ！　あまりの可愛らしさに、わめき散らしてしまいそうだ。

「……鼻血が出そうなくらい愛らしいな。ふわふわでほこほこな二匹のコウモリ。是非とも頬ずりしまくりたい」

「言っておくけど、そのうちの一匹はお前だぞ。自分で自分を頬ずりすんのは、ちっと無理じゃねぇ？」

「だったら、コウモリ同士で頬ずりし合うというのはどうだ？　エディ」

「うおぉぉぉーっ！　お前、可愛い過ぎっ！　俺様たまんねぇ！　さっさとコウモリになれ！　今すぐコウモリになれっ！　絶対コウモリになれっ！」

コウモリはブラッドベリーを放り投げ、棺桶の上でコロコロと転げ回る。

「すぐさまコウモリになれたら、こんなに悩むか」

明はコウモリの首根っこを摘んで持ち上げると、黒く濡れた小さな鼻を指先でちょこんとつついた。


その日は幸いにも曇りだった。

「外の風景に慣れるのもいいかも」というエディの提案に、明は嬉しそうに頷いた。

吸血鬼になって初めて、外の空気を胸一杯吸い込む。そして丹誠込めた庭と、道恵寺の境内に続く雑木林を見つめた。

早朝でもないのに、木陰にふわふわと半透明な何かが漂っている。風が吹いているわけでもないのに、その半透明な何かは上下左右に好き勝手に動いていた。

「どーした？　明。面白いもんでも見えるのか？」

「なんか、見たくないものが見えるような気がするんですけど。エドワードさん」

エディは、明の指さす方向をじっと見つめ「幽霊じゃん」と、あっけらかんと言う。

「ふわふわ浮いてるだけで、俺たちに危害は加えねぇ。それに道恵寺の敷地だから、成仏されてぇ幽霊が集まってくるんだろうよ。吸血鬼になっと、いろんなもんが普通に見える。ま、気にすんな」

気にするなと言われても、気にしてしまう。

明は掌に汗をかき、頬を引きつらせて首を左右に振った。

「悪い。エディ。俺もう……一歩も歩けない。金縛りだっ！」

「吸血鬼が金縛りに遭うか、バカ」

「俺はああいうものは大っきらいなんだっ！　今まで見なくて済んだものは、これからも見たくないっ！」

明が棺桶の中から出ようと踏ん張っていた頃に、チャーリーの部屋に集まっていた桜荘住人が言っていたのはこのことだったのだ。吸血鬼になると、人間が見えていなかったものが全て見える。もちろん住人たちにも、「不思議なもの」はしっかり見えていた。

「慣れろ。それしか手段はねぇ」

エディはキッパリ言うと、明の腕を掴んで歩き出す。

桜荘を出て、商店街への道をのんびり歩いた。

電信柱の脇で血まみれになったまま立っているスーツ姿の男性や、体半分が潰れているのに買い物かごを持って店を覗き込んでいる主婦、ランドセルを背負ってスキップしている頭のない小学生などを視界に入れてしまった明は、涙目で「もう帰ろう」を連呼した。

「慣れるしかねぇって言ったろ？　お前を襲ったりしねぇから心配すんな」

「だがな、エディ……」

明はそこで口を噤む。

自分の前を歩いていた、スーツ姿の女性の傍らに真っ黒なマントを羽織った背の高い何かを見てしまったのだ。

それはエディたちに気がついたようで、礼儀正しくぺこりと頭を下げる。

「あ、あれ。あれはなんだ？　知り合いか？　顔がなかったぞ。何もかも真っ黒だったぞ」

「あの世への案内人。あの人間、近いうちに死ぬぞ」

ギャーッッ！　じゃあああれ、死に神？　ねえ死に神ですか？　お願いだから、もう勘弁してくださいっ！

俺が吸血鬼になったのは、エディとずっと一緒にいたいからです。余分なオプションはいりませんっ！

吸血鬼のワンダーな能力に、明は下唇を噛んで堪え忍ぶ。

「あと、店のショーウインドウや鏡には、ちゃんと映っとけよ？　『映るぞ』って気合い入れてりゃ大丈夫だから。分かったな？」

「……了解」

「あと、結構、力も強くなってるはずだから、力加減に注意。それと……」

エディは続きを言おうとしたが、明が青い顔をして辛そうにしているので黙った。

「毎日がリアルホラー映画かよ。……そういや聖涼さんが、網膜移植で幽霊が見えるようになった女の子の映画があるって言ってたっけ……」

明はエディの後ろで、「ははは」と乾いた笑いを浮かべる。

「行くぞ」

エディは空を見上げると、太陽がしっかり雲に隠れていることを確認して横道にそれた。


小さな公園のベンチに腰を下ろした明は、魂が抜け出るほど長いため息をついた。

また何かヤバイものを見てしまわないように、彼は自分の足元を見つめる。

「俺様は生まれたときから吸血鬼だから、ああいうもんを気にしたことはねぇんだ」

「……頑張って、慣れるようにする」

明は弱々しい笑みを浮かべるが、自信がない。

そんな彼の耳に、妙な声が聞こえてきた。

「ばーちゃん、ばーちゃん。そんなに無理しなくっていいからな。俺ももう歳だし、一緒にゆっくり歩こうや」

声のした方を振り向くと、スローモーションのようにゆっくり歩く老婆と、老婆と同じくらいゆっくり歩いている犬がいた。

「もうすぐ交差点だからよ、車に轢《ひ》かれないように気をつけような？　ばーちゃん」

犬は老婆を見上げ、クンクンと鼻を鳴らしている。

思わず胸がキューンとなった明は、エディを見つめた。

「犬……だよな？　今喋ってたの、犬だろ？」

「そう。俺たちゃ、動物と話ができるから」

「なんか今、物凄く心温まる声だったぞ？　ああ、いいなあ、あんな関係。あの犬、凄く大事にしてもらってんだなぁ。凄く飼い主のことが好きなんだなぁ」

明は頬を染めて、じわりと感動する。

「もーね、あの餌場のカラス、さいてー！」

「言えてるー！　ちょっと大きいからって、態度まででかいっつーの！」

「最悪だよね！」

「アタシタチの方があの餌場を長く使ってんのに！信じらんなーい！」

今度は、明の頭上で甲高い声が複数聞こえた。

上を見上げると、小枝に数羽の雀が止まっている。

「……女子高生かよ、あの雀」

明は雀たちを見上げたまま苦笑した。

「結構面白えだろ？」

「そうだな……」

明はエディに笑いかけたが、次の瞬間「ギャッ」と短い悲鳴を上げて目を閉じる。

血まみれの女性が乳母車を押しながら歩いているのを見てしまったのだ。


午前中かけて商店街をうろつき、やっとのことで桜荘に戻ってきた明は、嬉しさのあまり涙ぐむ。

ここにも「半透明のふわふわ」がウロウロしている

が、通りのように姿形がハッキリと見える恐ろしいものはない。おそらく、河山が桜荘の敷地に張っている結界のお陰だろう。

明がエディと二人でブラッドベリーを摘んでいると、そこへ親しげな声がかかる。

「明ちゃーん、吸血鬼になったんだって？　おめでとう。これからはアタシたちと話ができるねぇ」

声の主は、道恵寺を住処にしている野良猫の一匹だった。

白黒のブチ猫は、ころころと太った体を明の足に擦りつけ、「アタシ、タマって言うのよ」と喉を鳴らしながら自己紹介する。

「エディちゃんもよかったねぇ。今度二人で、アタシたちの集会にいらっしゃいな」

タマはエディの足に額を押しつけて甘えると、「じゃあね」と尻尾を振って道恵寺に戻った。

「こういうのばっかりだったら、俺は凄く嬉しいんだけどな。そうか、あの猫はタマって言うのか。俺、いっつも『猫、猫』って言ってて悪かったなぁ」

「いいんじゃねえの？　ほれ、ブラッドベリーも摘んだし部屋に入るぞ」

エディは苦笑すると、桜荘に入った。


「ここが一番落ち着く……」

明はブラッドベリーをボウルに入れて、棺桶に頬ずりするように座り込んだ。

「いつ道恵寺の宝物殿にしまおうか？　できればもう少しこのままでいたいんだが……」

「俺様はいつでもいい。狭いながらも楽しい我が家だ」

「ところでエディ」

「なんだ？」

「俺の布団が……新しくなってるような気がするんだが」

明はやっと気づいたのか、部屋の隅に折りたたんであるふわふわの布団を見つめて首を傾げた。

「前の布団は、いろんな汁でグチョグチョになっちまったから粗大ゴミ。この布団は聖涼が買った。プレゼントだ」

「汁って言うなー……って、聖涼さんに買ってもらったなんて。後でお金払わなきゃ」

「俺たちが双子の子供に何か買ってやるってことで話がついた。交換条件だ」

「そうか。それならいいや」

明は軽く頷くと、ふと疑問に思ったことを呟いた。

「人通りの多いところに行ったのに、血を吸いたいとか思わなかったな」

人間を見れば即座に「血を吸いたい、セックスしたい」と思うのかと思ったが、どうも違うらしい。今頃そんなことを思うのが明らしいと言えば明らしいのだが、エディはしかめっ面で返事をした。

「吸血鬼ってのは美食家なんだ。手当たり次第に血を吸おうなんて思わねぇ」

「そうか！　そう言えばエディも、聖涼さんに初めてあったとき『旨そう』と近づいたけど、聖涼さんの信仰心に阻まれたっけ」

明は懐かしいなと笑って、エディと出会った頃を思い出す。

「おうよ。宗教は違っても、信仰心には勝てねえってのを知ったのは、あのときだ」

「だったら俺は、エディの血だけを吸っていればいいんだな？　お前の血、旨かったぞ」

「俺様は育ちがいいし！　違うっ！　恋人同士で血を吸い合うのは愛の再確認！　年がら年中吸うわけじゃねぇぞ？　腹が減ったらブラッドベリーだ。覚えとけ！」

「セックスするたびに血を吸うなら、年がら年中になりそうな気がするのは、俺の気のせいか？」

明の突っ込みに、エディは目を丸くした。

「そうだな。だからって、明とセックスする回数を減らすことは、俺様には到底できねえ。回数を減らすなんて、死ぬより辛ぇ。可愛い淫乱ちゃんを、浮気させねぇで満足させるってことは、最低でも一日に三回はセックスしとかねぇと。まあ……ブラッドベリーをその分いっぱい食っとけばいいか。よし」

「何が『よし』だ！　何がっ！　一日に三回もできるか！」

明は顔を真っ赤にして大声で怒鳴る。

「人間なら無理かもしれねえけど、吸血鬼なら大丈夫。よく思い出してみ？　夕べ、何回やった？」

エディはニヤニヤ笑いながら明に近づくと、明の耳元で「数え切れねぇくれぇやったろ？」と囁いた。

「エ……エディ……」

「体中ぐちょぐちょに濡らして、恥ずかしいことといっぱいしたじゃねぇか」

「わ、分かった。その話はまた今度っ！　……ひとまず俺は、電話しなきゃ」

明はエディの囁きに誘惑されないよう、慌てて彼から離れる。

「誰に？」

「ギネヴィア・クリスさんとステファンさんに。無事吸血鬼になれましたって」

「直に会って話をすりゃいい。お母様とジジィは、来月、日本にくる」

起きあがって受話器に手を伸ばした明は、その手をピタリと止め、エディを振り返った。

「うそ……」

「ホントだ。お前が棺桶の中に入ってたとき、ヘタレハンターと雄一が来て、東京のカッシングホテルに三名で予約が入ったってよ」

「三名？　ギネヴィア・クリスさんとステファンさんの他に、誰か一緒に来るのか？　マリーローズさん？」

「アンガラドだ」

その名を聞いた明は、頬を引きつらせて呻き声を上げた。

イギリスにあるエディの居城に行ったとき、明はこの美少女に追い回されたのだ。もちろん、好かれて追い回されたのではない。

「エドワードお兄様と結婚するのは私！」と心に決めていた彼女は、明を目の敵にして嫌がらせをするために、明を追いかけ回していた。

彼女は明を「恋のライバル」と認定したが、実際明はライバルどころか「エディのラブハニー」なので、ライバルにされても困ってしまう。

「なんでアンガラドが一緒なんだ？　日本まで来て、俺に嫌がらせをする気か？」

「そんなこと、俺様がさせねぇって」

「……『吸血鬼になったのにコウモリになれないの？　信じられない。それでエドワードお兄様のハニーのつもり？』と絶対に言うぞ！　鼻で笑うぞ！」

「だったら、さっさとコウモリになる練習をしろ」

エディはポンとコウモリに変身し、明の前で腹を見せて愛らしさをアピールする。

「ま、もっとも俺様は、お前がコウモリになれなくても一生愛しちゃうけどな」

「そうでなかったら、お前を殺して俺も死ぬ」

エディと一緒にいるために吸血鬼になったのに、「お前いらねぇ」と言われたら、ショックどころの騒ぎじゃない。

明はコウモリを掴むと、薄暗い微笑みを浮かべた。

「お前、目がおっかねぇ」

「当然だろ！　ギネヴィア・クリスさんやステファンさんに、コウモリにもなれるところを見せたいじゃないか！」

「だったらまず、お母様とジジィって呼んでやらねぇとな。お前は俺様のハニーなんだから、そう呼ぶのが筋ってもんだろ？」

コウモリは、つぶらな瞳で明を見上げる。

「……図々しくないか？」

「逆に喜ぶっつーの」

「そうか。……じゃあ、お義母さんお祖父さんって言う練習もしよう」

明はコウモリを畳の上に転がすと、嬉しそうに微笑んだ。

「昼ゴハン、昼ゴハン」

「はいはい。ブラッドベリーを洗うまで待ってろ」

吸血鬼になったらブラッドベリーがゴハン。

余ってる米やみそは宮沢さんにあげよう。あの人なら、きっちり使い切ってくれそうだ。明はそんなことを思いながら、狭い台所に立った。


吸血鬼になると、やはり日中は寝ていたくなるのか、明はブラッドベリーを食べた後にすぐ畳の上に横になった。

エディは新しい布団を敷いて、その上に明を寝かせると、彼に寄り添うように自分も横になる。

そうやって、仲良くお昼寝したまではよかったが、数時間後、エディはドアをノックする音で起こされた。

「エディさん。河山です～」


「うるせえぞ、猫又」

「比之坂さんの魔物祝いを持ってきたんですよ」

河山は、エディの凶悪な表情をものともせず、熨斗《のし》のついた一升瓶を彼に渡す。

「おお！　日本酒か！」

「ええ。いい酒ですから、比之坂さんと一緒に飲んでくださいね」

「すまねぇな。……おい、明！　猫又が祝いの酒を持ってきてくれたぞ！　起きろ！」

だが明はぴくりともしない。

エディは一升瓶を片手に持ったまま、掛け布団を引き剥がし……そのまま固まった。

「どうしたんですか？　エディさん。あ、ちょっとお邪魔しますよ～」

河山は靴を脱いで部屋に上がると、固まったエディの隣から布団を覗き込む。

そして目を丸くした。

羽毛布団に半分沈み込んだ格好で、俯せになったままコウモリが寝息を立てている。

「か、可愛いっ！　なんて可愛いんだっ！　さすがは俺様のハニーっ！　こんな可愛らしくて愛らしいコウモリは世界広しといえど、俺様のハニーしかいねぇっ！」

エディは感動のあまり大声を上げると、一升瓶を脇に置いて、両手でコウモリをすくい上げた。ふわふわの羽毛がエディの掌をくすぐる。

「見ろ！　猫又！　俺様の愛らしいハニーを！」

「ホント、可愛いですね。エディさんの手の中にいるのに、全く起きる様子がない」

エディと河山は心を和ませながら、時間を忘れてコウモリを見つめる。

コウモリは二人の視線に気づいたのか、小さな手で顔を擦り、ゆっくりと目を開けた。

「明……」

「ん？　どうした？　エディ……って、俺がどうしたーっ！」

コウモリはエディの手の中でパニックに陥る。慌てて動き回ったので、ぽろりとエディの手から布団に落下した。

「ギャーッッ！」

コウモリはコロコロと布団の上を転がり、今度は押し入れに向かって匍匐《ほふく》前進を始める。

「明！　おい！　落ち着けっ！」

エディはコウモリを片手で鷲掴みにすると、目の前に持ってくる。

「これが落ち着いていられるかっ！　なんで俺、こんな格好なんだよっ！　お前と目線が凄く違うしっ！　手足はちっちゃいし！　黒いしっ！　羽毛だし！」

コウモリはつぶらな瞳に涙を浮かべるが、羽毛が邪魔をして涙は零れてこない。

瞳の下に大きな涙の粒をつけているコウモリは、最高に可愛らしい。愛らしい。勢い余って口の中に入れて嘗めたいくらいだ。

エディはうっとりとコウモリを見つめ、優しく涙を拭ってやる。

「コウモリになれたじゃねぇか、明。すっげー可愛い。さすがは俺様のハニー」

「え……？」

コウモリは情けない顔でエディを見上げ、続けて河山を見上げ、最後に自分の体をまじまじと見つめた。

どれくらい見つめていただろう。コウモリは顔を上げると小さな手で拍手する。

「お、俺っ！　コウモリになってる！　エディ！　俺、コウモリ！」

「おう」

「似合ってるか？」

そう言いながら、照れ臭そうに耳を引っ張ったり羽毛を撫でつけたりする仕草が殺人的に可愛らしい。

エディはコウモリの仄《ほの》かなぬくもりを掌に感じ、感動する。

「最高だ。俺様のハニーは、コウモリ姿になっても可愛らしさと愛らしさは失われてねぇ」

「そ、そうか？　河山さん。俺、ちゃんとコウモリに見えます？　大丈夫ですか？」

コウモリはエディに掴まれたまま河山に小さな手を振り、第三者の意見を仰いだ。

「どこから見ても、立派なコウモリですよ。比之坂さん。よかったですね」

コウモリは嬉しそうに首を上下に振り、エディの指をポンポンと叩く。

「よし。元に戻っていいぞ？　コウモリになれるって確認できたから」

エディはコウモリの頭を自分の頬に擦りつけて呟いた。

「へ？」

「俺様がたっぷりとお祝いしてやる。だから、今すぐ人型に戻れ」

「どうやって戻るんだ？」

コウモリはしかめっ面で尋ねるが、エディも同じ顔をする。

「なんだよ、それ……」

「どうやってコウモリになったのかも分からないのに、人型に戻る方法なんか知るか！」

「愛らしい姿で威張るな」

エディはコウモリの頭を指先で押さえると、河山の方を向いた。

「生まれたときから化け物じゃないと、自分の意志ですんなり変身できないんですね。こりゃやっかいだ」

「身も蓋もねえことを言うなー」

「ファイト☆クレイヴン先生」

河山はエディの肩をぽんと叩き「じゃあまたね、比之坂さん」とコウモリに挨拶をして部屋を出る。

「エディ。……俺、コウモリになれたのはいいけど、ずっとこのままか？」

コウモリは瞳に再び涙を溜め、途方に暮れた顔でエディを見上げた。

「んなわけねえ。俺様が先生になって、お前にしっかり変身の仕方を教えてやる」

「分かった」

「だからご主人様と……」

「それを言うなら『先生』だろうがっ！　ご主人様ってなんだっ！　バカ野郎っ！」

コウモリは渾身の力でもがいてエディの腕から逃れると、羽を広げて、ムササビのように空気抵抗を利用して布団の上にパフンと着地する。

「明！　今のすっげー可愛いっ！　もう一度もう一度！」

　どんな素早さで手にしたのか、エディは手に明のデジタルカメラを持って激写していた。

「そんなん嫌だ。コウモリなのに上手く飛べないなんて情けない」

「そんなことねぇって」

　エディは棺桶の上にデジタルカメラを置くと、自分もコウモリに変身する。

　そして明の横にふわりと着地した。

「同じ格好で、二人でこうしてギュッてできる。これ以上の幸せがどこにあるってんだ？　お前は何もかも放って、俺様のために吸血鬼になったんだぞ？　だから情けないなんて言うんじゃねぇ」

「エディ……」

　二匹のコウモリは、ふわふわの体を押しつけ、ひしと抱き締め合う。頭を擦り合わせ、愛の毛繕いをする。

　どっちがエディでどっちが明かさっぱり分からないが、その仲むつまじい様子に、世界中の誰が見ても、

「可愛らしすぎる…」と卒倒するに違いない。

「気にすんな。この格好でもセックスはできる」

「………は？」

「人型とコウモリじゃサイズが違うからサマにならねえけど、二人揃ってコウモリなら、これはこれで、また新たな快楽の扉をだな」

「コウモリに性欲があるのか⁉　性感帯があるのか⁉」

「それを二人で試すのもいいんじゃねえかなと」

「そんなの、絶対にいやだぞっ！　動物の格好でやるなんて交尾じゃないかっ！」

　俯せに押し倒されたコウモリが、バタバタと羽を動かしてわめく。

「失敬だなお前。これは交尾じゃなくセックスだ」

「交尾だろっ！　交尾以外のなにがあるってんだーっ！」

　上に乗ったコウモリは、自分の下にいるコウモリを大人しくさせるため首を噛もうとしたが、突然開いたドアに一瞬気を緩ませてしまった。

「魔物祝いです。比之坂さん、無事吸血鬼になれたそうですね？　これはささやかながら、俺と……ギャーッッ！」

　雄一は、自分に向かって脇目もふらずに飛んでくるコウモリを目の当たりにして男らしい声で叫ぶ。

「雄一！　危ないっ！」

　間一髪。チャーリーがコウモリを叩き落とした。コウモリは無惨にも畳に激突し、コロコロと何度か転が

ってそのままピクリともしない。

だが今度は、ぽんと人型に戻ったエディが猛然と抗議する。

「てめっ！　このっ！　俺様のハニーを叩き落としやがったなっ！」

「当然だろう！　化け物のくせに私の雄一を襲うとはいい度胸だっ！　……あれ？　化け物が人型になってる。……じゃあ、これは……？」

チャーリーは、畳の上で呻き声を上げているコウモリを指さした。

「まさか……このコウモリ……」

雄一も信じられないといった表情で、フルーツバスケットを持ったままコウモリを見下ろす。

「そのまさかだ。このコウモリは、俺様のプリティーハニー。それを、力任せに叩き落としやがって。呪ってやる。ヘタレハンターめ」

エディは慎重にコウモリを拾うと、「痛かったなあ、ハニー」と頬を寄せたが、思いきり引っかかれた。

「お、お前が悪いんじゃないかっ！　お前が交尾をしようと迫らなきゃ、俺は逃げなかったし、チャーリーに叩かれることもなかったっ！」

……交尾って、ナニ？

チャーリーと雄一は顔を見合わせ、冷ややかな視線でエディを見た。

「エディさん……ケダモノ」

「雄一の言う通りだよ。こんな、いたいけで愛らしいコウモリに、いやらしい行為を強要するなんて！　第一サイズが合わないじゃないか！」

突っ込みどころが全く違うっ！

雄一は頬を引きつらせてチャーリーの足を思いきり踏む。

「アウチっ！」

「ケダモノ行為ですよ？　エディさん。そんなにしたいなら、比之坂さんが人型のときに行うというのが筋でしょう？　違いますか!?」

足を踏まれて蹲るチャーリーの横で、雄一は顔を赤くして怒鳴った。

「宮沢さん……俺……元に戻れないんだ……」

「なんですと？」

「どうやったら人型に戻れるのか、さっぱりで」

コウモリはエディの手の中で項垂れる。しょんぼりとしたその姿は、ひからびたマリモのように痛々しい。

「人間から吸血鬼になったから……変身も上手くできないんだ……」

「比之坂さん……」

項垂れるコウモリがあまりに可哀相で、そして愛らしくて、雄一は胸を締め付けられた。

「元に戻すなんて簡単じゃないか」

ようやく立ち上がったチャーリーの言葉に、二人と一匹は顔をしかめる。チャーリーのことだ。変な薬を飲めばいいとか、妙なお札を体に貼ればいいとか、とにかく、気味の悪いバカバカしいことを言うに決まっている。

だが彼は、胸を張ってキッパリ言った。

「キスをしてあげればいいんだよ。眠りから覚めるのも、呪いが解けるのも、元の姿に戻るのも、全部キスをした後だろう？　違うかい？」

それはおとぎ話のことで、キスされるのはお姫様だと思うんですけど。

エディと雄一は、少々突っ込みつつも感心してチャーリーを見つめた。

だがコウモリは「それ違うから！　あり得ないから！」と、エディの掌の中で小さな頭を必死に左右に振った。

「こういうのも……灯台もと暗しと言うんでしょうか？」

「当たり前過ぎて、ちっとも思いつかなかったぜ」

エディは肩を竦めると、掌のコウモリを顔に寄せ、その小さな口にチュッとキスをする。

キスをされたコウモリは、冗談のようにすぐさま人型に戻って叫んだ。

「ちくしょう！　こんなこと、あっていいのか？　ありえないってのっ！」

「俺様っつー存在の前で、『ありえない』と言うな」

エディは明の体をベタベタ触り、唇を尖らせた。

「……そうだった。でも……俺は……どうやってコウモリになれたんだ？　なり方なんかまだ知らないのに、それこそあり得ない」

「眠ると気が緩むから、コウモリ姿になる……とか？」

雄一は憶測を言ったのに、エディと明、そしてチャーリーまで「我が意を得たり」と手を鳴らす。

「そういや俺様も、目が覚めたときにコウモリ姿になってることが多々」

「ヨダレを垂らして気持ちよさそうに眠ってんだよな、お前」

「やはり吸血鬼は、寝込みを襲うのがいいのか。メモメモ」

単純なっ！

雄一は心の中で激しく突っ込むが、気を取り直して明にフルーツバスケットを渡した。

「はい比之坂さん。果物なら食べられるんですよね？　秋の味覚、ブドウと梨です。それと彩りを考えてメロンとマンゴー、パパイヤも入れてみました」

一目で高価と分かるフルーツバスケットをもらってしまった明は、何度も何度も頭を下げる。

「猫又からは酒をもらったぞ。酒」

「河山さんが？　……俺、こんなによくしてもらって……何をお返ししたらいいのか」

「なにもいらないよ。私たちはお返しが欲しくてお祝いをしたんじゃないんだ。君の新たな出発を、勝手に祝わせてもらっただけさ。ねぇ、雄一」

「ああ。……気を遣わなくて結構ですからね、比之坂さん」

彼らは、泣きそうな顔で微笑んでいる明を玄関に残し、部屋を出た。


「今夜はブラッドベリーじゃなく、これ食うか？」

「そうだな。せっかくもらったんだし」

明は、ずっしりと重いフルーツバスケットを棺桶の上に置くと、中から梨を一個取りだした。

「メロン！　メロン！」

「食べ頃シールが貼ってあるだろ？　食べられるのは三日後だ。梨にしよう。汁が多くて甘くて旨い」

「マンゴー！　マンゴー！」

「赤い色のマンゴーは高くてもったいないから、後で」

「……梨かよ。どうせ柿と同じだろ？　皮を剥くのが大変で、齧ると硬い」

「でも、スイカみたいに汁が多い」

「……スイカと似てたっけ？」

「去年の秋、食べただろ？」

「俺様はグレープフルーツしか食ってねぇっ！」

いちごも食わせてやった記憶があるんだが。

明は心の中でこっそり突っ込み、梨を持って台所に立った。

手際よく皮を剥き、食べやすい大きさに切って皿に盛る。

「エディ。布団をたため。汁が垂れたら大変だ」

「聖涼が何かと便利だからって、防水効果のあるシーツにしてくれたからヘーキ」

「ダメっ！　布団の上でものは食べない。行儀が悪いだろ？」

そう言われると、育ちのいいエディは弱い。

布団を伊達巻きのようにくるくると丸め、部屋の隅に置いた。

「ほれ。あーん」

明はエディの口に梨を押し込み、自分も一つ口に入れる。

「旨いじゃねぇか。これを俺様のおやつに加えろ」

「俺様じゃなく、俺たち、だろ？　俺だって吸血鬼なんだから」

明は、「少々嫌な染み」の残る畳に腰を下ろし、上目遣いでエディを見つめた。

「俺様のハニーは、人型のときも最高に可愛いな。雄一やヘタレハンターを前にしても、目を赤くしなかった！　雄一って、結構旨そうな匂いがすっだろ？　顔も吸血鬼好みだし」

「あの二人とどうにかなるなんて、恥ずかしくて考えられん！」

「……だったらもう平気か？」

「平気だ。誰も誘わない。誰も噛まない」

「ホント。俺様は最高のハニーを得た。感動した。記念にセックスするぞ。ここに座れ」

エディは、あぐらをかいた足を叩くと、明を呼んだ。

「バカか？　お前」

だがサックリ切られて落ち込む。

「この梨を食べて、郵便物をチェックして、風呂に入って、テレビを見て、それからだ」

「へ……？」

エディは目を丸くして明を見つめた。


明は顔を真っ赤にして、「それでいいだろ？」とつっけんどんに言い返す。

「文句はねぇ！　よーし俺様、今夜は頑張って新しい体位にチャレンジ！　痴漢っぽく立ったままとか、ちょっぴりSMテイストで手首を縛ってみるとか！　アレンジして、縛った明を立たせたままやっちまうとか！　これはなかなかそそられるシチュエーションだ。よし！　これに決めた」

今からいろいろ想像してだらしない笑みを浮かべているエディの頬に、明の右ストレートが見事決まった。


吸血鬼は風呂が嫌い、ではなく、水が弱点の一つだ。濡れたり浸ったりすると、体から力が抜けて思うように動けなくなる。

だが明は今、右手にコウモリを鷲掴みにして、全裸で湯船の前に仁王立ちしていた。

「日本人は、世界一風呂が好きな民族だと思う」

「そーですか……」

「だから俺は、風呂が好きだ。吸血鬼になっても、これだけは譲れない。分かったな？　エディ」

「そんで……？」

「まずお前をいつものようにソッコーで洗う。そしてその後、俺はゆっくり風呂に入る」

入りたいのに、体が拒絶する。

だから明は自分に言い聞かせるように宣言した。

コウモリをシャンプーで洗い、リンスとトリートメントをして湯で流したまではよかった。自分の体を洗うのも、どうにかできた。湯船に浸かることもできた。

だが明は、五分も入っていられなかった。

彼はよろめきながら這って風呂場から出る。

「やっぱ、元人間ってのは、水に耐性があるんだな」

バスタオルで頭を拭いていたエディは、感心して呟いた。

湯船にゆっくり浸かれなかった明は、ショックを受けてその場にしゃがみ込む。

「これじゃ……顔を洗うのも大変そうだ。……弱点があるって、なんて面倒なんだ」

「水ならまだマシだ。お前、日光を浴びたらどうなるか分かってんのか？」

エディはバスタオルを持って明の傍らに腰を下ろし、彼の体を優しく拭きながら呟いた。

「灰になって、それっきりだろ？　分かってる」

「どんなことがあっても、絶対に日光を浴びるなよ？　それとだ。仮に、これはホントに仮だが、いい天気のとき、俺様が窓からポロッと地面に落ちても、絶対に助けにくんな。分かったな？」

「助けるに決まってんだろ？」

「ダメ。絶対にダメ。許さねぇ」

「火傷をするくらいなんだ。薬で治るじゃないか。お前が灰になったら、元に戻しようがない。そんなことも分からないのか？　生まれてからずっと吸血鬼のくせに」

「けど今まで、日光を浴びた吸血鬼を助ける吸血鬼の話なんて聞いたことねぇ。それくれえ、吸血鬼にとって日光は恐ろしいってことだ」

「俺は違う」

明はバスタオルを腰に巻き、ムッとした表情でエディを睨んだ。

「お前が日光を浴びるようなことがあったら、絶対に助けに行くぞ。分かったな？」

偉そうに宣言する明を前にして、エディの顔がだらしなく緩む。

ああもうっ！　俺様のスペシャルスイートハニーっ！

言葉にするより態度で示した方が早い。エディは明を力任せに抱き締めた。

「じゃあ俺様も、お前にそういうことがあったときは、我慢して助けに言ってやる」

「なんか……引っかかる言い方だな」

明は複雑な表情を浮かべ、エディの背中を優しく叩く。

「愛してるから、嫌でも我慢すんだ。これがお前でなかったら、俺様は絶対に言わねぇ。っつーか、我慢なんてしねえ」

「はいはい」

明は苦笑すると、ゆっくり立ち上がってタンスからパジャマと下着を引っ張り出す。

「着替えんな」

「なんで」

「これから、めくるめくエロエロの世界に突入する」

「やっぱり俺は寝る」

「あんなにいっぱい、昼寝したじゃねぇか。それに、やるって約束した」

「規則正しい生活を崩すわけにはいかん。それに……気が変わった」

明はさっと着替えると、恨めしそうな顔をしているエディを放って布団を敷いた。

「吸血鬼は、これからが本領発揮だってのに……」

「なんか言ったか？　エディ」

「こんなステキでゴージャスでミラクルなダーリンが目の前にいるってのに、お前は見向きもしねぇ。いきなり不感症か？」

エディは不満を口にしながら、布団の上に移動する。

「セックスするより先に、もっと吸血鬼の体の仕組みを教えろ。やるのはそれからでも遅くないだろう？」

「そんなん、俺様を見てりゃ分かるはず。一年以上も一緒に暮らしてんのに分からねぇとか言われたら、俺様可哀相」

だからそうじゃなくっ！

明はエディの頭に手刀をお見舞いすると、そっぽを向いてため息をついた。

「頭の中をセックス一色にしてるわけにはいかないだろがっ！　俺には桜荘の管理とご近所とのつき合いっていう仕事があるんだ」

真剣な表情の彼に、エディは頭を撫でながら呟く。

「そんなにやりたくてたまんねえなら、素直に言えっ。ったく」

「うるさい。不思議な秘密があるなら、さっさと教えろ」

「吸血鬼になったばっかだと、ブラッドベリーだけじゃ食事がおっつかねえんだよ。元人間の伴侶を持った吸血鬼が、一ヶ月ぐれぇやりまくってたこともあった。ブラッドベリーにまみれて、朝から晩までセックスして、互いの血を吸い合う」

本能に従い、欲望のまま相手を食らう。

明は顔を赤くすると、「本当……なのか?」と蚊の鳴くような声で尋ねた。

「お前の棺桶の中に、お母様とジジィからの手紙が入ってただろ? それにも書いてあった。嘘じゃねえ。だからお前は、俺様とやりてぇのを我慢しなくていいんだ」

大勢の使用人がいるエディの居城でなら、身の回りのことや仕事のことを考えなくてもいいので、セックス三昧《ざんまい》の日々も送れるだろう。

だがここは日本で、桜荘は壁の薄いアンティークなアパートで、明には管理人としての仕事もある。

明は「ダメだ。やっぱり寝る。おやすみ」と顔を強ばらせて言うと、部屋の明かりがついたままなのに布団に入って頭まで布団を被り、エディに背を向けて横になった。

「また部屋に結界を張ってやろうか? そしたら思う存分声を出せっから、敏感で淫乱ちゃんのお前も、安心して俺様にねだれるだろ? 昼でも夜でも、お前がねだってくれたら、俺様は喜んで結界を張るぞ?」

ありがたい申し出だが、セックスのたびに結界を張っていたら、いずれは桜荘の住人にバレてしまう。「あ、エディさんが結界を張ったから、これからエッチするんだな」と思われるのは恥ずかしい。

明は沈黙したままだ。

「お前が何を考えてっか、俺様は分かっちゃったんですけど。……ったく。今更だろうが。淫乱ちゃんのくせに恥ずかしがるところは可愛いけど、大胆にねだってほしいと思う、今日この頃」

吸血鬼にはなったが思考は人間なので、明は「じゃあそうするか」とは言えない。

人間がブラッドベリーを食べたら頭の中が真っ白になってセックスのことしか考えられなくなるように、吸血鬼にもそういう食べ物があれば別だけど。

そんな都合のいい食べ物がそうそうあるか。

明は心の中で文句を言うが、エディが背中にぺたりと張り付いたので眉を顰めた。

「寝るなら明かりを消せ。勿体ない」

「我慢すんな。吸血鬼になったばっかで我慢すっと、体によくねえ」

エディは布団をはぐと、パジャマの上から明の股間にそっと触れる。たったそれだけなのに、明はぴくんと体を震わせて快感に唇を噛み締めて耐えた。

「明」

「ただでさえ……淫乱とか言われて……吸血鬼になったらもっと凄いことになってんだぞ? 俺は……エデ

ィとセックスしたいだけじゃなく……」

吸血鬼になって初めてのセックスは、明の頭の中にしっかりと刻み込まれている。

頭の中にあるのはセックスだけで、目の前にいるのが大事なダーリンだということがすっぽり抜けてしまう。明はそれがエディに申し訳ない。

「また変なこと気にしやがって。俺様は、お前が俺様に弄られて気持ちよくなってるとこを見るのが好きなの。嬉しいの。それぐれえ、いい加減分かれ。バカハニー」

「バカでいい。あんな……恥ずかしい大声出すんだから」

「俺様も、お前が吸血鬼になった嬉しさでタガ外れたからな。苛めちまった。けど今夜は違う」

エディは、彼のパジャマ越しに雄を触っていた右手を、今度はそっとパジャマのズボンの中に入れた。そして直に握りしめると優しく扱き出す。

「今夜はうんと優しくしてやる。こういうのも好きだろ？」

エディは布団に横になると、明を背後から抱き締め、柔らかに愛撫する。その宥めるような仕草が嬉しくて、明は甘い声を漏らして頷いた。

淫乱ちゃんのくせに、こういうロマンティックなやり方も好きなんだよな。俺様の可愛いハニーは。

エディは明の首筋を啈めながら、ニヤニヤとだらしのない笑みを浮かべる。

彼は明の雄を扱いていた手を一旦離し、ゆっくりと彼を仰向けにさせた。

キスをねだるように濡れている唇に自分の唇を押しつけ、触れるだけのキスを何度も繰り返す。

「気持ちいいか？」

「ん」

明は嬉しそうに目を細め、エディの頬を両手で包んで自分からキスをした。

「お前はお子様キスが好きだな」

そう言って、エディはそっと体をずらし、はいだ布団をすっぽり被る。

「あ……」

布団から出ている明の顔が、カッと赤くなった。

エディは布団に潜ったまま彼のパジャマを脱がしていく。

「バカ……エディ……」

見えても恥ずかしいが、見えないと余計に恥ずかしいこともある。布団の中で大きく足を広げられた明は、目の前の盛り上がりから、エディが足の間に割り込んで入ってきたことが分かった。

温かでぬるりと湿った感触が足の付け根を這い回る。それがエディの舌だと分かった途端、明の雄は勃起した。

「は……っ……ん……っ」

腰を浮かした拍子にそのまま固定され、ちろちろと後孔を嘗められる。

「ひ……っ……あぁ……っ」

エディの舌は後孔から袋、そして勃起した雄を何度も往復し、明を優しく焦らした後にようやく雄に絡まった。

「エディ……」

布団の中で続くいやらしい行為に、明は熱い吐息を吐きながら甘ったたれた声を上げる。

明にはエディの姿は見えない。

けれど彼が何をしているのかは分かっている。

明だけが感じる場所を強引に責めるのではなく、男なら誰でも感じて当然の場所だけを、丁寧にそっと愛撫した。

「あ…っ……だめ……」

容赦なく乱暴に扱われると、何もかもを支配された倒錯的な気分になって興奮するし、頭が真っ白になるほど気持ちがいい。けれどこんな風に優しくされると、「ああ本当に大事にされてるんだな」と幸せな気持ちになる。

相手がエディなら、明はどちらでも構わないのだが、今は優しいセックスがしたかった。

それを分かってくれたエディが愛しい。

エディの愛撫は明の下肢だけでなく、彼の瞳をも捉えていた。

「あ、あ……っ」

不規則に動く布団を見つめていると、隠れて悪いことをしているような気分になる。後ろめたさと羞恥心が明を興奮させ、彼の胸の突起は愛撫されていないにも拘わらず甘く痺れた。

「もう……俺……っ」

息が荒くなり、腰が揺れる。

早いと分かっていても、快感を吐き出したくて堪らない。

エディの姿は見えないのに、明の体は彼にねっとりと支配され、先端から白濁した先走りを溢れさせた。

「俺……っ、エディ……俺もう……っ」

パジャマの上からでもはっきりと分かるほど、胸の突起が硬くなる。

微かに、粘り気を帯びた湿った音が耳に入り、明は顔を真っ赤に染めて甘い吐息を吐き出した。

「俺……っ……イく……っ」

小さな波が続けざまに打ち寄せるような、安心できる快感に身を任せ、明はエディの口腔に射精した。

エディは飲み込むだけで終わらず、明の雄を唇で扱き、残滓を吸い上げる。

彼はゆっくりと布団から顔を出し、満足げに瞳を潤ませている明の顔を見て微笑んだ。

「どうだ？」

「………気持ち……よかった」

明はエディの唇に人差し指を押しつける。エディは明の指を口に含んで、彼の腰をすくい上げた。そして、その指を噛むと同時に明の後孔を慎重に貫く。

「ん……っ」

優しい衝撃で明の口が開き、エディはそこに自分の人差し指を入れた。

明は指を唾液で潤して牙を立てた。

「ん、んん……っ……ああ……っ」

甘く熱い体液を交換し、舌でねぶりながら喉を潤す。

二人は、繋がった場所と指先の二ヶ所から快感と興奮を受け取り、徐々に動きを早めた。

「ギネヴィア・クリスさんとステファンさんに会う前に、高涼おじさんと聖子おばさんに会わなくちゃな」

明はエディの胸に抱き締められたまま、快感の余韻に浸りながら小さな声で呟く。

「俺様も一緒に行く」

「お前が一緒だと、話がこじれそうだ」

「話なら、もともとこじれてるじゃねえか」

高涼は明が吸血鬼になることを真っ向から反対した。聖子も、高涼ほど激しくはなかったが賛成しなかった。

「だから、俺様が一緒でも問題ねえ。何を言われても俺様が側にいっから、泣くな」

「男がそうそう泣くか」

明は文句を言ったが、その気持ちが嬉しくて小さく笑う。

「明日、曇りだといいな」

エディは明の髪を優しく梳きながら呟いた。

「晴れたら、夜行こう。それでいい」

明はそう言うと、一旦体を起こして部屋の明かりを消す。カーテンでぴったりと閉ざされて真っ暗なのに、明の目には部屋の中が鮮明に見えた。

あー、今気がついた。吸血鬼は夜行性なんだっけ。これはこれで便利だな。

彼は肩を竦めて微笑んで布団に横になると、エディの体を抱き締める。

吸血鬼には体温がない。なのにセックスをするときは火のように熱くなる。明はどうしてそうなるんだろうとエディに尋ねようとして、途中でやめる。

質問を口にするのは恥ずかしいし、答えを聞くのも恥ずかしい。

「おやすみ、エディ」

だから明は何も聞かず、エディの肩に額を押しつけるようにして目を閉じた。


吸血鬼日よりの曇り空。

決死の思いで洗顔を済ませた明は、脱力しそうな体を引きずって、カーテンの隙間から慎重に外を見た。

「エディ、起きろ。エディ」

明は布団の中で丸まっているコウモリに声をかける。

「……なんでお前は、そうやって簡単にコウモリになれるんだか」

吸血鬼になったばかりの明の体はとても気まぐれで、彼を好き勝手にコウモリに変身させてくれない。

明は、ヨダレをたらして気持ちよさそうに眠っているコウモリを台所に連れて行くと、水道の蛇口を捻ってコウモリの顔を洗ってやる。

「ふぐ――――――っ！」

コウモリは意味不明の声を上げると同時にその場から逃げ、人型に変わった。

「お、お、お前っ！　このマーダーハニーっ！　俺様を殺す気かっ！」

エディは頭をぐっしょりと濡らし、目を三角にして明に怒鳴る。

「おはようエディ。朝飯を食べたら、道恵寺に行くぞ」

明は真面目な顔でエディの前にしゃがみ込むと、彼の頭と顔をタオルで拭ってやった。

「お前なあ」

エディは、明に顔や頭を拭いてもらいながら不満の声を上げるが、途中でやめる。

「そんなに緊張すんな。なるようにしかならねぇ」

「緊張してない」

「してるって」

彼は明の体を引き寄せた。そして、緊張した体を安堵させるよう、背中を撫でてやる。

「俺様の方が、お前よりお前のことよーく分かってる」

「なんだよそれ」

「あぁ？　分かんねえの？　……まあいい。おはようのチュウ」

エディは明の顎を捉えて、唇に触れるだけのキスをした。

「……ブドウ、食べるか？」

夕べ、チャーリーと雄一からもらった「魔物祝い」の果物は、冷蔵庫に入れて冷やしてある。明はエディの前髪をそっと掻き上げて尋ねた。

「食う。ブラッドベリーは昼ゴハン」

「分かった」

明はエディの頭を乱暴に撫でると、立ち上がって冷蔵庫に向かう。

「おい」

エディは明の背中に声をかけた。明は怪訝な表情で振り返る。

「俺様は大事なハニーには優しいぞ。いつでもどこでもすがってオッケー」

明は肩を竦めて、「自分で言うな」と苦笑した。


朝の散歩と食事を済ませた弁天菊丸が、母屋の横に置いてある犬小屋から顔を覗かせて、気持ちよさそうに居眠りしていた。

だが、母屋に近づく足音を聞き、ゆっくり目を覚ます。

「よう、クソ犬。相変わらず間抜けな顔をしてんな」

外国人嫌いの弁天菊丸は、エディと大変仲が悪い。弁天菊丸は「なんだ、てめえ、こら！」と彼に向かって激しく吠え立てた。

「弁天菊丸！　静かにしろ。お前は聖涼さんの仕事を手伝う、賢い柴犬だろう？」

明は、「クソ犬」と言い続けるエディを自分の後ろに回し、弁天菊丸の頭を撫でてやろうと手を伸ばす。

弁天菊丸は吠えるのをやめたが、聖涼に怒られたときに出す怯えた鼻声を出し、小屋の中に入ってしまった。

「明なのは分かるけど、吸血鬼は俺に触らないでほしい。ごめんな」

弁天菊丸は、明を申し訳なさそうに見つめてこう言った。

動物と言葉を交わせるのは、いいことだけじゃない。明は弁天菊丸が何度も「ごめん」と謝るのを聞いて、少なからずショックを受けた。

「そうだった。……弁天菊丸は、聖涼さんの助手なんだ。いや……こっちこそ、頭撫でようとしてごめん。もうしないから」

明は弱々しい微笑みを浮かべて弁天菊丸に謝ると、母屋に足を向ける。

「よし。気合いを入れろ、比之坂明。俺は吸血鬼だ。吸血鬼を嫌うやつらは大勢いる。それをしっかり覚えておけ」

「俺様は明を世界一愛してるってことも覚えとけ」

エディの言葉に、明は深く頷いた。


エディと明は、仏間に通された。

玄関に現れた聖子は、「仏間に行きなさい」以外のことは何も言わなかった。

目の前には、遠山家の好意で置かせてもらっている比之坂家の仏壇がある。

両親と祖父の遺影に見つめられている気がして、明は正座をしたままそっと視線を反らせた。

そこに高涼が現れる。

「おい、明。おめぇ、エデーと同じ吸血鬼になったのか?」

高涼は仏壇を背にしてあぐらをかくと、よく通る声で明に尋ねる。その声は怒っているようにも、呆れたようにも聞こえ、明は体を強ばらせた。

「どうなんだ?」

「な……なりました。俺はエディと同じ吸血鬼です」

「この大バカもんがっ‼」

高涼の大声は、空気だけでなく障子やガラス窓をも震わせる。


「バ、バカでもいいです! エディには俺が必要で、俺にはエディが必要なんだっ! だから俺はエディとずっと一緒にいるために吸血鬼になった! 後悔はしてないっ!」

「俺と聖涼が退魔師と知って、よくも魔物になんぞなったなっ! 退治されてぇのか⁉」

「俺とエディは、人間に悪さなんてしませんっ! 絶対にしませんっ!」

「『人間に』だと? おめぇは少し前まで人間だったろうがっ! まるっきり別の生き物を語るような言い方しやがってっ! 情けねえ!」

高涼は着物の袖にごそごそと片手を突っ込むと、退魔用の呪符を引っ張り出した。それは聖涼も使っている、もっとも強い力を発揮する退魔用の呪符で、エディと明も何度か目にしたことがある。

「こいつは人間にゃ効かねぇが、化け物にゃよく効く。吸血鬼を灰にすることだってできんだぞ?」

たしかに、人間でいたときはなんとも思わなかったが、吸血鬼になった今は、呪符から得体の知れない強い念を感じて体が恐怖で震える。見ているだけでこれなら、呪符を体に押し当てられたらどうなるかは、火を見るよりも明らかだ。

明はごくりと喉を鳴らし、高涼を睨んだ。

「俺たちを……灰にするんですか……？」

「俺は、お前の両親と祖父さんに顔向けできねえことをしちまったからな。人間の何がいけねえんだ？　お前らは、片方が年を取ったらつき合っていけねえのか？　寿命あるものはいつかは朽ちる。それが自然の摂理だ。なのにおめぇは、その摂理を曲げた」

「俺は……っ！　俺には、二つの選択肢があった！　その一つを……エディと少しでも長く一緒にいられる方法を選んだだけですっ！」

「知ったような口を叩くなっ！　まだガキのくせにっ！」

高涼は呪符を掴んで片膝を立てる。

それまで黙っていたエディは明を庇って前に出ようとしたが、明に先に前に出られ、逆に庇われる形となった。

「おい、明」

俺様の方が、吸血鬼として先輩だし、ハンターとの戦い方も知ってんだけど。

エディはそう言おうとしたが、明の真剣な表情を見て口を噤んだ。

「俺たちを退治しようっていうならすればいいいっ！　でも俺は、『はいそうですか』と黙って退治なんてされないっ！」

「エデーと一緒に灰になるのを選ぶのかっ⁉」

「灰になんてならないっ！」

「亡くなった両親と祖父さんに申し訳ねぇと思わねぇのかっ⁉」

「今だって申し訳ないと思ってるっ！　きっと一生申し訳ないと思うっ！　でも決めたんだっ！　誰にどれだけ罵倒されたっていいっ！　その覚悟がなけりゃ、吸血鬼になんてなれないっ！　俺はエディと一緒に生きるっ！」

明は怒鳴った。

二人はしばらく睨み合ったが、高涼が先に視線を逸らす。

「たった……二十数年ぽっちで人間をやめちまうなんて、おめぇはバカだ」

高涼は呪符を袖の中に戻し、寂しそうに呟いた。

「おじさん……？」

「そんなにエデーが好きなのか？　人間をやめちまうほど、好きなのかよ……」

畳の目を数えるように俯いた彼には、自信たっぷりで豪快ないつもの様子が見えなかった。

やけに年老い、弱々しく見える。

「はい。俺……エディが好きです」

「……エデーはどうなんだ？　吸血鬼になった明を、

最後まで面倒見れんのか？」

「面倒と言うな。面倒と。俺様は、生涯明を愛し抜く。吸血鬼は情が深い。クレイヴン家はその中でもダントツだ。やっと見つけたハニーを離すような勿体ねえ真似なんてしねえ」

エディの返事は尊大だったが、高涼は苦虫を噛み潰したような顔の中に僅かに笑みを浮かべ、小さく頷いた。

「こいなだまでは、こんな小さな子供だったのに、いつの間にかでっかくなりやがって」

高涼は両手で孫を抱くような仕草をする。

「ったく。……ほんとによぉ。子供ってのは、いつでも親の言うことをちゃんと聞かねえんだ。そのくせ、何かあるとすぐ泣きついてきやがる」

高涼は大きく鼻をすすり、そっぽを向いた。

「おじさん……俺……」

「何があってもな、明君。俺はおめえの親代わりだ。エデーとうまくいかなくなったら、いつでもうちに来い。いいな？」

明は胸が一杯で、何も言えない。頷くのが精一杯だ。

「それとだ。エデーに言っておく。もし明君を捨てるようなことがあったら、俺と聖涼でおめえを灰にするからな？　よく覚えておけ」

高涼はそう言うと、ゆっくり立ち上がって仏間を後にする。

「失敬なタコオヤジめ！　俺様が明を捨てるわけがねえだろが。な？　明……って、お前。なんで泣く」

「いや……その……嬉しくて……」

明は両手で目を擦りながら笑った。

高涼が本気を出したら、明は勝てない。だが彼は呪符をしまい、それどころかあんなに怒っていたのに何もかもを許した。

わだかまりとして残ってしまうかもしれなかったのに、高涼は明を許したのだ。

実際は明とエディの問題で、彼が許す許さないは関係ない。

けれど明は高涼の気持ちと言葉が嬉しくて、涙を滲ませる。

「バカじゃねぇの？　ったく俺様のハニーは泣き虫ハニーだ」

エディは明の体を引き寄せ、涙の滲んだ目尻にキスをした。

「なるようになったろ？」

「そうだな……」

「俺様の出番まで食っちまいやがって」

エディは笑いながら、今度は明の唇にキスをしようとしたが……。

「よかったわねぇ！　二人とも！　大声が聞こえてきたときは、本当にどうしようかと思ったわーっ！」

「父さんが本当に呪符を使おうとしたら、止めようと思って待機してたんだけど、大丈夫でよかった」

「比之坂さん！　優涼と早良に、比之坂さんのコウモリ姿を見せてあげて！」

スイカの載った盆を持った聖子、早良を抱っこした聖涼、優涼を抱っこした早紀子が部屋に入ってきたため、エディは明に突き飛ばされてしまった。

「これからいいとこだったのに！　邪魔すんなっ！」

エディの言葉に、仏間は水を打ったように静かになる。

「……エディ君。仏壇の前で何をしようとしたのかな？」

「チュウに決まってる！　チュウ！」

「君ね、バチが当たるようなことはやめなさい」

聖涼の呆れ声に、エディの代わりに明が「すいませんっ」と謝った。

明は、聖子と早紀子が「見損ねちゃった」と残念そうな顔をしたのが視界に入ったが、なにも見なかったことにする。

「マダム聖子。そりゃもしかしてスイカか？」

「そうよ、エディちゃん。お父さんがね、『明君が吸血鬼になった後に道恵寺に来たら、エデーと二人で食うように言ってくれ』って」

聖子は、盆を二人の前に置いて微笑んだ。

エディが、吸血鬼のくせにスイカが大好きなことは周知の事実。だから高涼は、明も吸血鬼になったらきっとスイカが食べたいだろうと、わざわざ用意したのだ。

「お義父さんね、二、三日前から、毎日スイカを買ってきてたの」

早紀子も微笑む。

「……もう、スイカの季節じゃないのに？　おじさんが？」

「季節はずれのスイカは値段が高《たけ》えって、明は絶対に買ってこねえよな？　それにしてもあのタコオヤジ、素直じゃねえな。最初から許す気でいたんじゃねえか」

「そういう問題じゃない」

明はエディの頭を軽く叩いた。

高涼がどんな思いでスイカを買っていたかを思うと、胸の奥が鷲掴みにされたように痛み、切ない。明は旨そうなスイカを前に、ポロポロと涙を零した。

「泣ーくーなー」

「だって……エディ……っ……こんな立派なスイカ……っ……お、おじさんが……買ってくれてた……なんて……っ」

涙が後から後から溢れて止まらない。

明は体を震わせ、畳の上に涙を零した。

「ね？　食べて、明君。きっと物凄く美味しいわよ？」

聖子は瞳を潤ませ、スイカを一切れ明に持たせる。

「おばさん……っ」

「私たちはいずれ寿命を全うして死んでしまうけれど、あなたはエディさんとずっと仲良くね？」

明は大きく頷くと、泣きながらスイカを齧った。

甘く瑞々しい味と香りが口の中いっぱいに広がる。

こんな旨いスイカは、今まで食べたことがない。明は瞬く間に食べ終わると、涙と鼻水でぐしゃぐしゃになった顔で、二切れ目に手を伸ばした。

エディはそんな明の頭を乱暴に撫でると、ポンとコウモリに変身してスイカの上にダイブする。

コウモリを目の当たりにした優涼と早良が、「きゃー！」と歓喜の声を上げた。

「こらこら。エディ君はオモチャじゃないから、掴まえてバラバラにしちゃだめなんだよ？　お父さんもバラバラにしたいのを我慢してるんだから、お前たちにもできるはずだ」

聖涼はにっこり笑って酷いことを言うと、コウモリを掴まえようと両手を動かす早良を抱っこしたまま立ち上がる。

「二人きりで、ゆっくり食べなさい」

聖子と優涼を抱いた早紀子も立ち上がり、彼らを残して仏間から出て行った。

鼻をすする音とスイカを齧る音だけが響く。

体中をスイカだらけにしたまま、コウモリがふと顔を上げた。

「もう泣くな」

「ごめん……」

明は手の甲で口を拭い、高価なスイカにへばりついているコウモリを見下ろす。

「すっげー旨いな、このスイカ」

「ああ。俺、吸血鬼になって初めてスイカを食べた。人間でいたときより旨く感じる」

「旨いもんを食うと幸せな気分になれんのは、人間も吸血鬼も変わんねぇ」

明は頷きながら、再びスイカを口にした。

「だからお前も、もう幸せなはずだ」

「……エディ。人間の形に戻れ」

「へ？　スイカを食うなら、やっぱこの愛らしい格好だろ？　違うのか？」

「いいから。すぐ元に戻れ」

目は真剣だが、スイカを囓ったままだと間抜けだ。

だがコウモリは、笑うのを堪えて人型に戻る。

「どうした」

エディは首を傾げ、唇についたスイカのカケラを指で摘んで口に入れた。

明は食べかけのスイカを盆に置くと、物凄い勢いでエディを抱き締め、そのまま畳に転がる。

「あた……っ。おい、明……っ！」

「エディ」

明はエディを押し倒したまま、彼にキスをした。一度だけでなく、角度を変えて何度も何度も繰り返す。

最初は驚いたエディも、明の頭を撫でながら好きなようにさせた。

「スイカチュウかよ」

やっと唇が離れたところで、エディが笑いながら言う。

「……さっき、できなかったじゃないか」

「おう。邪魔された」

「でも、今は誰も邪魔しない。……どうしようエディ。あまりの嬉しさに、俺はとんでもないことをしてしまいそうだ」

明は瞳を深紅にするとエディに覆い被さり、彼のシャツのボタンを外し始めた。

「お？」

「俺……こんな嬉しいことは……」

明はエディの首筋や胸に甘えるようにキスをする。

「お前は心配性過ぎる」

エディは明を優しく抱き締めると、左右に揺すった。

「俺様が側にいるのに泣きやがって。自分一人でタコオヤジの前に出やがって。ちったあ俺様を信用しろ。ダテに何百年も生きてねえ」

彼は、ただ黙って高涼と明の会話を聞いていたわけではなかった。

腐っても齢数百年の吸血鬼。もしものときは、明を安全なところまで「瞬間移動」させようと思っていたのだ。

「これからは……ちゃんと信用する」

「ってことは、今までは違ってたのか？」

「今回は頭に血が上ってたから、だから……ごめん」

「仕方ねえ。俺様は育ちがいいから、ハニーの間違いを許してやる。けど、今回だけだ」

エディは明を抱えたままゆっくり体を起こし、彼の唇に触れるだけのキスをする。

「もっかいスイカチュウ、する？」

「バカ」

そう言いながらも、明はスイカを一口齧ってエディにキスをした。


二人はしっかりと手を繋いで、道恵寺の境内から桜荘へと続く獣道を歩いた。

『ここだけの話、うちの両親と君の両親は、明君が生まれる前に、もし生まれてくる子が女の子だったら、私と結婚させようって話をしていたらしい。……あー、過去のことだから、エディ君は怒らないように。私だって、ついさっき聞いて驚いたんだ。……でも君は男として生まれてきたから、私たちの結婚の話はそれで終わった』

綺麗サッパリ食べ尽くされた盆を持って、母屋の台所に行ったとき、二人は聖涼からとんでもないことを聞かされた。

早紀子もその場にいたが、苦笑していた。

「聖涼と結婚させようと思ってたのに、お前は男として生まれたからダメんなった。聖涼の子供と、お前の子供を結婚させようと思ってたけど、それもダメんなった。そりゃタコオヤジでなくても、お前が吸血鬼になるのを怒るわなー」

「おじさんがあんなに怒って反対したのは、それだけじゃない」

明はムッとした声で言うと、エディを睨む。

「そんなん分かってる」

「だったら、そう言うことを言うな」

「お前が吸血鬼を選んでくれて嬉しい。もし人間でいることを選んでたら、百年も一緒にいられなかった」

「エディ……」

「お前は吸血鬼になるって覚悟を決めたあと、いろんなもんを捨てた。でも俺様は、それを絶対に後悔させねえ。だからしっかりついてこい」

エディは自信満々に微笑んで、握りしめていた明の手の甲にキスをした。

明の瞳にじわりと涙が浮かぶ。

「あーもー。なんでお前は、すぐ泣くんだ？　俺様はお前に泣かれんのが、一番嫌なんだぞ？　おい」

「俺を泣かせるようなことを言う、お前が悪い」

「…………すまねえ」

泣き笑いの表情を浮かべる明の前で、エディは嬉しそうに目を細めて謝った。


管理人室の前で、大野と橋本が両手に何かを持って立っていた。

「あ！　比之坂さん！　エディさん！」

「俺たちから、魔物祝いですっ！　秘蔵のワインをゲットしました！」

彼らは明に四本のワインが入った袋を、嬉しそうに渡す。

「ありがとうございます。でもこんなことしなくていいのに……」

嬉しいやら申し訳ないやら、明は二人にペコペコと頭を下げた。

「気にしない、気にしない。俺たち、比之坂さんにはいつもお世話になってるから」

「そうそう。二人で飲んでくださいね？」

橋本と大野の言葉に、エディと明は揃って頷く。

「じゃあ。今日は久しぶりに部屋の掃除をしなくちゃ」

「俺は洗濯があるので」

彼らはにこにこと笑いながら自分たちの部屋に戻った。

「そーいや……今日は日曜だっけ？」

最近まで棺桶の中にいた明は、曜日の感覚が戻っていない。

エディは肩を竦めて「そうだ」と呟いた。


「この棺桶、道恵寺の宝物殿に置いてもらおう」

ワインを静かに台所の床に置いた明は、部屋の半分を占める自分の棺桶を見下ろして言った。

「もうしばらくここに置くんじゃなかったのか？」

「本当はそうしたいけど……でも、俺がエディと一緒にいるんだから、棺桶も棺桶同士、一緒に置いてやろうかなって」

照れ臭そうに言う明を、エディはきゅっと抱き締めてやる。

「なんて可愛いことを言いやがるんだ、俺様のハニーは。もうあまりの可愛さにクラクラする。今すぐエッチがしてえ」

「バカ！　その前に俺は、やることがある！」

「え……？」

エディは怪訝そうな顔で明を見つめた。

「コウモリ用のエプロンを用意するはて。」

エディは眉を顰めてしばらく考え込むが、思い出したのか頬を引きつらせた。

「俺様は、エプロンをつけてメシは食わねえぞっ！　みっともねえ！」

「でも汁を垂らすじゃないか。俺もつけるから、お揃いになろう」

明はエディから離れると、チャーリーと雄一からもらったマンゴーを冷蔵庫から出して皮をむき始める。

「お前は可愛いからいいが、俺様には似合わねえからだめ！」

「そんなことを言っても、聖子おばさんに作ってもらったら、つけないわけにはいかなくなる」

「マダムからのプレゼントじゃ、つけないわけにはいかないわけには……って！　俺様の育ちがいいことを利用するな」

「いいじゃないか。エプロンをつけたコウモリは、凄く可愛いに違いない。お揃いで可愛い姿になってみないか？」

エプロンをつけて、ぴたりと寄り添う愛らしい生き物。

自分は嫌だが、明コウモリのエプロン姿は可愛らしいと思う。いや、絶対に可愛らしい。

そこでエディは、とある条件をつけた。

「お前がコウモリになれたときなら、一緒にエプロンをつけてもいい」

「俺……自分の意志でコウモリになれないんだが……」

「練習あるのみ。そうすりゃ来月、お母様とジジィ、そしてアンガラドが日本に来たとき、コウモリ姿を見せられるだろ？　俺様が、お前を立派なコウモリにしてやるから、頑張って練習しろ」

「そ……そうだな。残ってる心配事っていったら、あとはそれだけだもんな」

明は情けない顔で微笑み、軽く首を左右に振る。

「来月までまだ時間がある。焦んな。……ブラッドベリーだって、芽を出すまで半年もかかったんだぞ？」

エディは畳の上にあぐらをかくと、安心させるようにっこり微笑んだ。

「それはそうだが……」

植物と明を一緒にはできないが、どちらも不思議世界の生き物だと考えれば納得がいく。

地道に練習すれば、きっといいことが起きるだろう。

明はそう気分を切り替え、切り分けたマンゴーを皿に載せて棺桶の上に置いた。

「そう言えば……ギネヴィア・クリスさんが……」

「お母様がどうした？」

「あ、いや、これは内緒だった」

明は視線を泳がせながら腰を下ろす。

「俺様に内緒とはいい度胸じゃねえか」

「電話で……そう約束したし。今の俺の言葉は忘れろ」

「ダメ。俺様に教えろ」

二人はしばらく睨み合ったが、明が折れた。

「ブラッドベリーの芽が出たとき、イギリスに電話しただろ？」

「おう」

「そのとき、面白い話を聞いたんだ。……ブラッドベリーは」

明はギネヴィア・クリスの言葉を思い出しながら、話し始める。

ブラッドベリーはクレイヴン家の領地でなければ育たない。だがそう言われているのは表向きで、実は、愛される伴侶となった吸血鬼がクレイヴン家から種を受け取り、愛情をもって世話をすれば、どの土地でも芽を出す。

ただしこれはイギリスの土地のことで、海を渡ってしまうとどうなるか分からない。

異国で試した者は、吸血鬼の長い歴史の中でも誰もいない。

だからギネヴィア・クリスは、日本でブラッドベリーの芽が出たことを「奇跡」と呼んだのだ。

「ギネヴィア・クリスさんは、『これは愛を受ける、つまり身も蓋もない言い方をすると、突っ込まれちゃう方の吸血鬼にしか知らされない秘密なのよね。女性の吸血鬼は、一応みな知っているけれど。どちらにしろ、吸血鬼でなければブラッドベリーを育てることはできないの。だから、人間のままでブラッドベリーを育てたあなたは、二重の奇跡を起こしたわけ。ブラッドベリーは人間のあなたに、早く吸血鬼になりなさいって言っていたのかもしれないわね』と言った。だから俺は……」

「そんな秘密があったなんて、今初めて聞いた」

エディは目を丸くしてぽかんと口を開ける。

「ステファンさんも知らないって。だから……その……なんだ。突っ込む吸血鬼では、お前が初めて知ったことに……なるのか？」

明は気恥ずかしくて俯いた。

「なんか……バカバカしいような気もするが、随分とややっこしい食い物っつーことは分かった。でも、ま。俺様のハニーがいくつも奇跡を起こすのは、ダーリンとして誇らしい。次は是非とも、妊娠の奇跡が見てぇな」

「いや、それは無理だから」

明は即座に突っ込むが、エディは譲らない。

「今まで無理だったことを、お前はやってのけたんだぞ？　妊娠だって不可能じゃやねえ」

「どこから出す！」

思わぬ反撃に、エディは顔をしかめて考え込んだ。

「妊娠とかバカなことを言うよりも、まずはいつでもどこでもコウモリになれるようになることが先だと思わないか？　エドワード先生」

　明はエディの頭を軽く叩くと、彼を上目遣いでじっと見つめる。

「先生？」

　エディの顔が、だんだんとだらしなくなった。

「いいな。その甘ったれた声で先生って言われるの。なんか、すっげーエロいことをしてるような気分になる」

「エロいって……お前。俺は新米吸血鬼なんだから、ダーリンが先生でなくて誰が先生になるんだ？」

「他の誰にも先生役は譲れねぇ！　お前は俺の、生涯最初にして最後の生徒だ。そしてラブリーキュートなハニーだ」

　エディは明を抱き締め、すりすりと頬ずりをする。

「できの悪い生徒かもしれないが、捨てるなよ？　捨てたら復讐だ」

「だから、捨てるなんて勿体ねえことは、絶対にしねえ。俺様は滅茶苦茶お前を愛してるんだぞ？　何度も言わせんな」

「それが聞きたいから、俺は何度も言わせるんだ」

　明は顔を赤くしながら、嬉しそうに笑う。

「愛してる」

「うん」

「絶対に離さねえ」

「うん」

「一生、ずっと一緒だ」

「当然だ」

　初めてあった頃は、こんな愛しい感情を持つなんて思ってもみなかった。

　それどころか、化け物に好かれて途方に暮れた。

　なにのに今は、好かれてなくちゃ途方に暮れるから、人（？）の気持ちは面白い。

「新米吸血鬼には、仕事がいっぱいだ。コウモリになる練習、エディのお守り、化け物を見ても怖がらないようにすること、エディのお守り、ちゃんと鏡に映ること、エディのお守り、それと……エディのお守り」

「俺様だって、やることはいっぱいある。明とエッチ、明のお守り、明のお守り、明とエッチ、そんで最後に明とエッチ。体が幾つあってもたりねぇ」

　二人は真剣な顔で見つめ合うが、揃って噴き出した。

「絶対に、俺の知らないところで灰になるなよ？　というか、勝手に灰になったら殴る」

「お前……またこの、わけの分かんねえことを」

「俺はお前を滅茶苦茶愛してるんだ。だからお前しか見えなくて、わけの分からないことを言っても、おかしくない」

明は笑いながらエディを見つめ、偉そうに言い切る。

エディもまた、自信満々に微笑んで言い返した。

「俺様だって、お前しか見えてねえ」

いつか二人で、イギリスに帰ろう。

あそこには仲間が大勢いる。

俺様の城で暮らそう。

絶対に泣かせないから。

幸せにするから。

お前には、いつでも笑っててほしいから。そして、この星がなくなるまでずっと二人でいよう。

エディは笑いながら明をきつく抱き締め、二人仲良くシンクレア城で暮らす日々に思いをはせた。

そして、観光気分で日本へやってきたステファンとギネヴィア・クリス、アンガラドの三人は、まず道恵寺を訪れて、高涼と聖涼に挨拶をした。

「私たちの大事な明を、今まで支えてくださってありがとう。クレイヴン家を代表して感謝します」

ステファンの言葉に、ギネヴィア・クリスが頷く。

聖子は思わず涙ぐみ、高涼は気丈に、彼らを母屋へ招いた。

アンガラドは生まれて初めて見る日本の寺に興奮しているのに、聖涼と早紀子の子供まで見せてもらって歓喜した。

「可愛いわ、可愛いわ！　私もいつか、運命の相手と出会って、こんな可愛い子供を産むのね！」

「運命の相手はエディでなくていいのか？」

明はニヤニヤと笑いながら彼女にツッコミを入れるが、「だって明は吸血鬼になったじゃない」と頰を膨らませた。

どうやらアンガラドは、本当にエディを諦めたようだ。

明は心の中でコッソリと安堵する。

「……え？　お城で結婚式、ですか？」

そこへ聖子の驚きの声が聞こえてきた。

一体誰が結婚するんだろうと思って首を傾げていたら、アンガラドが「あなたとエドワードお兄様よ」とバカにした口調で言われた。

「え？　俺とエディが結婚式？　そんな金ないぞ！　俺は慎ましく事実婚でいい！」

するとエディが大きなため息をつく。わざとだ。

「ざけんな。誰がハニーに金を出させるかってんだ！　クレイヴン家で仕切る！」

「おいエデー。だったら遠山家は明のための晴れ着を用意するぞ！」

「着物だろ？　任せた！　楽しみにしてる！」

エディと高涼がいきなり握手を交わした。

「……俺には話がよく見えてないんだけど」

「まあまあ、お節介な連中が、君のために素晴らしい式を考えているんだ。話に乗っておくといい」

ステファンはにっこりと微笑み、明の頭を優しく撫でる。

ギネヴィア・クリスと聖子は、食事やブライズメイドとグルームズマンのことを真剣に語り、アンガラドは早紀子の狐耳と尻尾に感激している。

「結婚式なんて……考えたこともなかった」

吸血鬼だし、男同士だし……と、明は胸に手を当てて、みんなに感謝した。

「ハニーには、白無垢《しろむく》を着てもらうからな？　あと、ウエディングドレス。これは絶対だ」

ちょっと待て。

明は、瞳を輝かせて語るエディを見つめて眉間に皺を寄せた。

「女装なんてしないからな？」

「なぜ」

そこで「なぜ」と言ってしまえるのがエディだ。

明はまず、この超絶美形の伴侶を説得するところから始めなければならない。

愛するダーリンはきっと、明の言うことを聞いてくれるだろう。

だってハニーは愛されているんだから。


「俺は絶対に女装はしない、ドレスは着ないと言ったじゃないかっ！」

色とりどりのバラの花で飾られた新婦控え室で、明は下着姿のまま、純白のドレスを前にして地団駄を踏んだ。

「ほらほら、こんな素敵な夜に大声を上げるものではないわ。美しいドレスじゃないの」

「そうよ、比之坂さん。早く着替えないと結婚式が始まる前に朝になってしまうわよ？」

介添人のギネヴィア・クリスと早紀子は、駄々をこねる明を優しく諭す。

明は唇を尖らせて、自分に用意されたウエディングドレスを一瞥した。

デザインはノースリーブのマーメイド形。裾にはパールが縫いつけられ、ギネヴィア・クリス曰く「人魚が水しぶきを上げている様を表現したの」だそうだ。

あまり膨らみのないすらりとした形は、長身の新婦が着たらよく似合うだろう。

「二人とも男なのに、なぜ俺だけドレスっ！　不公平じゃないですかっ！　お義母さんっ！　高涼おじさんが用意してくれた羽織袴《はかま》で式に出たい！」

母と呼ばれたギネヴィア・クリスは、嬉しさのあまりだらしなく顔を綻《ほころ》ばせた。

「ああステキ。可愛い明ちゃんに母と呼んでもらえるなんて……っ！」

「ギネヴィア・クリスさん、これからたくさん感動できますから今は我慢してください。比之坂さん、ドレスを着るのはたった数時間のことでしょう？　ここは男らしく……」

「早紀子さんっ！　男らしいからこそ、ドレスは着たくないんですっ！」

明の言うことはもっともだが、彼にドレスを着せないことには結婚式は始まらない。

「明君、羽織袴なら、お色直しで着ればいいじゃない？」

今まで成り行きを見守っていた聖子は、黒留袖《とめそで》姿でおっとりと言うが、明は首を横に振る。

女性陣はと顔を見合わせ、ため息をついた。

「物凄い怒鳴り声が聞こえてきたけど、明君はまだごねてるの？」

「結婚式がいやなのか？　別にそれでもいいぞ、明。日本に帰ろう」

そこに、退魔師親子がドアを開けて顔を覗かせた。

聖涼はスーツ姿だが高涼は紋付き袴を着ている。

「女性以外は入っちゃだめなんですよ？　もう。……あ、ステファンさんまで」

ステファンは壁を通り抜けながら早紀子にウインクをした。

「私の可愛い孫娘を宥めてあげようと思ってね。エドワードは既に着替え終わって、控え室でふんぞり返っているよ？」

「あいつは、いつでもどこでもふんぞり返ってます。そういうヤツです」

「明君。……招待客をいつまでも待たせておいていいのかい？　せっかく日本からも妖怪様ご一行を招待したというのに」

ステファンの言葉に、高涼と聖涼は「人間もいる」と横から突っ込む。

「それは……分かっていますが……」

結婚式は盛大になればなるほど、準備に時間がかかる。

……ということで、道恵寺でも結婚式の話で盛り上がったが、実際の式は半年後の初夏に執り行われた。

桜荘の住人＋道恵寺ご一行の大所帯は、エディと明の結婚式に参加するため、イギリスはシンクレア城にクレイヴン家のチャーター機でやってきた。

彼らは吸血鬼たちに大歓迎され、早くもメール交換をするほど仲良くなっている。

一番戸惑っていたのはチャーリーと雄一だったが、二人とも、マリーローズの夫でモンマス・エール社の経営者であるモンマス氏と意気投合した。

とにかく、みな好き勝手に行動しながらも、旅行の目的である「エディと明の結婚式」を心から楽しみにしている。

「そんな…人生最大の晴れの日に、俺がドレスを着なくちゃならないのかと思うと……」

エディが着ればいいんだ。超絶美形だし、髪だって俺より長い。絶対にドレスが似合うはずだっ！　俺がドレスなんて着た日にゃ、あの世の両親と祖父ちゃんが悲しむっ！　まったくもーっ！　どんなに好きだって、できることとできないことがあるのが分からないのかよ、あの俺様はっ！

明はいろんな意味で目頭を熱くし、唇を尖らせたまま頬を膨らませた。

「だったら二人でドレスを着ればいいんじゃないの？」

「だったら二人でドレスを着りゃあいいんだ」

親子だけに息もぴったり。聖涼と高涼は呑気に提案する。

「それはいい考えだっ！　なるほどねえ、エドワードにもウエディングドレス。素晴らしいっ！　ふふふ。是非ともビデオカメラで撮影しなければ」

ステファンは瞳を意地悪く輝かせ、面白おかしいものを想像した。

ギネヴィア・クリスも「それもまた、華やかでいいわねえ」と賛成する。

「ひ、比之坂さん。エディさんとお揃いならドレスを着てくれる？」

「それがいいわねえ」

この際仕方がないし、きっと彼らなら気持ちが悪いほど似合うだろうと、聖子と早紀子は苦笑を浮かべながら明に尋ねた。

「二人揃ってドレスだなんて……それは結婚式ではなく仮装パーティーです。エディにドレスを着せて俺がタキシードっ！」

ああもう、本当に頑固なハニーちゃんだ。

イギリスに行く前から「俺は絶対にウエディングドレスは着ない」と言っていた明は、シンクレア城に着いてからも頑《かたく》なに拒んでいた。

挙式当日の、バラの花で飾られた新婦控え室に入ってからも最後の抵抗を試みている。

「あの、ね……？　比之坂さん」

「明ちゃん。とっても素敵なドレスなのよ？」

介添人となった早紀子は困惑した表情を浮かべてため息をつき、主役の母であるギネヴィア・クリスは必死で明を宥めた。

「桜荘と道恵寺のみなさんも、エドワードと明ちゃんの結婚式をお祝いしに来てくれているのよ？　期待に応えてあげなくちゃ」

何の期待ですか、お義母さま……っ！

明は唇を噛み締めて首を左右に振り、新婦控え室はやるせない雰囲気に包まれる。

そのとき、ドアの向こうで何やら揉める声が聞こえてきた。

「だめだったらっ！　エドワードっ！」

「うるせえ、マリーローズっ！　俺様はハニーのご機嫌を取るんだっ！」

「このおバカっ！　新郎が結婚式前に新婦の控え室に押しかけるなんて、聞いたこともないわっ！　チャーリーと雄一っ！　手伝ってちょうだいっ！」

「任せたまえっ！　このマヌケ新郎っ！　結婚式のしきたりに従いなさいっ！」

「そうですよっ！　エディさん、大人しくしてくださいっ！」

「だーっ！　お前ら全員邪魔だーっ！」

　激しい攻防の末に新婦控え室のドアが開き、人間と吸血鬼が団子状態でなだれ込む。

「明っ！　お前が恥ずかしがってドレスを着ないと言っているのを聞いて、俺様自らご機嫌を取りに来たっ！　喜べっ！」

　純白のスワロウテイル《燕尾服》姿のエディはその場に跪いたまま、明に向かって両手を差し出す。

「お前な……」

「はっ！　もしや明は、俺様に服を脱がせてほしくて今まで拗《す》ね拗ねハニーだったのか？　だとしたら何もかも納得がいくっ！　俺様が今から脱がしてやる……って！　もうパンツ一丁だし！」

　このバカ伯爵。バカ息子。クソ吸血鬼。

　エディ以外、全員の心が今一つになった。

「俺もう……結婚式なんてしなくていい……っ！」

　明は眉間に皺を寄せて掠れた声で宣言すると、ドレスの後ろで蹲る。

「……ったく」

　エディは優雅に立ち上がって前髪を掻き上げ、冷ややかな視線で自分を注目しているギャラリーを一瞥した。

「俺様は本格的にハニーを宥めっから、お前ら全員ここから出て行け」

　ハニーを宥めるどころか怒らせてしまったダーリンに何ができるか定かではないが、彼らはぶつぶつ文句を言いながら新婦控え室から出て行く。

　エディは部屋中に飾られたバラの中から一本を選ぶと、それを持ってハニーの後ろにしゃがみ込んだ。

「綺麗な満月だぞ？　綺麗な満月の下で結婚式とガーデンパーティーしてえだろ？　早く着替えろ。な？」

「もういい。俺はTシャツにジーンズの、いつもの格好で式に出る。エディにはドレスを着たくない俺の気持ちなんか少しも分からないんだ。あんなに説得したのに……このバカダーリンがっ！」

「そんなに恥ずかしいの？」

エディはバラの花で明の首筋や肩を撫でて苦笑する。

「だったらお前はどうしたい？　本当に結婚式、挙げなくていい？」

「バカエディ……」

明は今にも泣きそうな顔で振り返ると、エディの頬を両手で摘んで引き延ばした。

「挙げたいに決まってんだろ？　みんなに祝ってもらいたい。でも男だからドレスは着たくない。エディみたいにタキシード着たい。なのにみんな、俺がドレスを着るのは当然だって顔で……。せっかく用意してくれたのは嬉しいけど……」

自他共に認めるエディのハニーで、ベッドの中では押し倒されてはいるけれど、公の場で「俺、女の子役なんです。参ったな。あはは〜」とアピールはしたくない。

伯爵様のハニーは爆発的に可愛いが、大変男らしくもあった。

エディは軽く首を振って明の指を頬から離すと、愛しそうに目を細めてハニーの頬を両手で包む。

「分かった。結婚式は俺様とお揃いにしよう。ただブーケを持つのはハニーだぞ？」

「本当に？」

「おう。その代わり、ドレスも着ること」

喜びに輝いた明の表情が、「お色直しは羽織袴だぞ？」と、すぐに暗くなった。

「おバカハニー。お前がドレスを着るのは、俺の前でだけ。俺様にだけ、お前のラブリーでシャイニーなウエディングドレス姿を見せろ。……俺様の我が儘、聞くよな？」

明は頬を赤く染め、恥ずかしそうに俯く。

「俺様のわがままを聞くのは、ハニーの特権じゃねえの？」

エディは微笑みながらそう言うと、明の頬に触れるだけのキスをした。

「そんな特権あるかよ。バカダーリン……」

「でも明は、そんな俺様も大好き……だろ？」

明は上目遣いでエディを見つめ、照れ臭そうに小さく頷く。

その仕草が凄く可愛くて、エディは「俺様は世界一幸せな吸血鬼」と再確認した。

「二人して真っ白な正装で結婚式やって、みんなに祝ってもらおうな？」

「……うん」

「明が着るのは俺様の正装だから、少し大きいけど我慢しろよ？」

「……うん」

「みんなの前でキスするときは、唇にチューするからな？　いきなり俺様を殴んなよ？」

明は苦笑しながら何度も頷く。

「俺様はハニーを滅茶苦茶愛してるから、ハニーのわがままはなんでも聞いてやる。最高のダーリンだろ？」

「俺を最初に怒らせなければ、最高のダーリンだ」

「はいはい。申し訳ありませんでした」

二人は顔を見合わせ、「ぷっ」と噴き出した。

「やっぱ、ハニーの機嫌を直すのはスーパーダーリンの俺様しかいねえだろ」

エディは明をそっと抱き締め、明もエディの背に腕を回す。

「早く明の唇にチューしてえ……」

式を待ちきれないエディの切ない呟きに、明は恥ずかしそうに「バカ」と返した。


この国がもっとも美しくなる初夏。

緑鮮やかな芝と美しいバラに彩られたシンクレア城の庭にはテントが張られ、パーティーの準備が整っている。

満月の下には正装した招待客たちが新郎新婦の入場を、ビデオカメラやデジタルカメラを手にして待っていた。

桜荘＋道恵寺のご一行は吸血鬼たちとすっかり仲良くなり、チャーリーや雄一も和気藹々と会話をしている。

エディは、湖のような大壕に面した承認台の前に立ち、承認役となった聖涼に「俺様のハニーは焦らすのが上手くて、ちょっとムカつく」と文句を言った。

使用人たちで構成された楽団は、それまでＢＧＭ代わりの軽やかな音楽を奏でていたが、頬を紅潮させて現れたギネヴィア・クリスの合図で、結婚行進曲を奏で出す。

談笑がぴたりと止み、みなパーティー会場入り口のバラのアーチに注目した。

純白のスワロウテイルに身を包み、白バラのブーケを持った明が、紋付き袴姿の高涼と腕を組んで現れる。

明にとって「父親役」は高涼しかいない。だから彼は、バージンロードの父親役を高涼にお願いした。

高涼は目にうっすらと涙を浮かべて、頷いてくれた。

明が吸血鬼になることも、エディと共に生きることも大反対した高涼だったが、彼が一番願っているのは明の幸せなのだ。だから今、「息子役」の明と一緒に歩いて行く。

頬を染めた明のスワロウテイル姿は可憐で初々しく、クレイヴン家の嫁にふさわしい。ドレス姿を期待していた招待客も、落胆するどころか感嘆のため息をついていた。

エディは襟を正して、愛しのハニーが自分の元に辿り着くのを辛抱強く待つ。

高涼はじろりとエディを睨み、それから、明の右手をエディに引き渡した。

親族の席に移動した高涼に、妻の聖子が「ステキだったわ、あなた」と囁く。

エディと明は、承認台の前で聖涼と向き合った。

「クレイヴン伯エドワード・ヒュー・キアランは、比之坂明を伴侶とし、未来永劫《えいごう》愛し続けることを誓いますか?」

聖涼の穏やかな声が夜の庭に響く。

「誓います」

「比之坂明は、クレイヴン伯エドワード・ヒュー・キアランを伴侶とし、未来永劫愛し続けることを誓いますか?」

「誓います」

「よろしい。ではここに署名をしてください」

承認台の上にはクレイヴン家の婚姻帳。クレイヴン本家分家の者は婚姻関係を結ぶ際、ここに名前を記す。

ステファンやギネヴィア・クリスもサインをした婚姻帳の一番新しいページに、エディは堂々と、明は緊張に震える手で名前を、漢字で仲良く並べた。

「ここに、クレイヴン伯エドワード・ヒュー・キアランと比之坂明の婚姻を承認いたします。では、承認確認のキスを。ここに集まったすべての招待客に、二人の愛を示してください」

明は頬を真っ赤に染め、潤んだ瞳でエディを見つめる。

エディと出会ってから今日この日を迎えるまでの出来事が、彼の胸の中で瞬く間に駆けめぐる。

照れ臭くて、でも嬉しくて、信じられないくらい幸せな時を過ごした。そしてこれからも、二人で幸せな日々を歩む。

「エディ……」

明は今にも泣き出しそうに顔を歪め、瞳を涙でいっぱいにする。

「愛してるぞ、俺様の可愛い新米吸血鬼ちゃん」

エディは明の涙を指で拭って優しく呟くと、彼の唇に触れるだけのキスをした。

招待客から歓声が上がり、祝福の拍手が響く。

楽団は陽気な音楽を奏で、みなをダンスの輪へと誘った。

「踊るぞ、ハニー」

「新郎と踊ったあとは、お祖父ちゃんと踊るんだからね、可愛い孫娘」

「はいはい。ジジィはどいてなさい」

エディはステファンを無視して明をエスコートする。

聖涼も妻と子供たちの元に戻る。

人間も吸血鬼も妖怪も、みな一つになって楽しそうにダンスを踊った。

明はエディに抱き締められるようにリードされ、可愛らしいダンスを披露する。

踊り方など知らないが、エディに身を預けていれば心配ない。

高涼も照れくさそうに、聖子と仲良く踊っている。

二人とも着物なので、吸血鬼たちから「アメージング」と言われて写真をたくさん撮られていた。

聖涼と早紀子は、双子たちを抱いて、音楽に合わせてゆっくりとステップを踏む。

早紀子は明と目が合うと、可愛らしいウインクを投げて寄越した。

『私たちとは違う幸せの道を選んだ比之坂さん、お幸せにね』

彼女の気持ちが胸に優しく染みていく。

アンガラドはエディと踊りたそうにモジモジしていたが、やがて一人の美少年に踊りに誘われて、美少女らしく傲慢《ごうまん》な一面を見せて、彼と踊りの輪に入った。

さすがにチャーリーは自重したのか、それとも雄一に説教されていたのか、ダンスには加わらない。

雄一と二人で何か語りながら、ワイングラス優雅に傾けている。

吸血鬼と妖怪と人間たちの宴は、眠りを貪っていた土地の妖精たちを起こした。

妖精は砂糖菓子や果物を失敬する代わりに、宴の空に宝石の花を蒔く。

満月に照らされた宝石の花は、それは美しく新郎新婦を彩った。

「エディ」

「ん?」

「俺、こんなに幸せでいいのかな?」

「明は俺様の大事な大事なハニーなんだから、幸せでいいに決まってる」

エディの偉そうな返事に、明もまた偉そうに「そうだな」と微笑んだ。

明は、お色直しで羽織袴姿になったが、ついにドレス姿は誰にも披露しなかった。

その代わり、ドレスは明のスーツケースの中にしまわれて日本へ渡った。


本当に結婚式をしたのか信じられないほど、あの一夜のパーティーは素晴らしかった。

明は、裸のだるい体をゆっくりと起こしながら、部屋の隅に飾ってあるドレスを見つめて、照れ笑いする。

みな仕事を持っている人々ばかりなので、ゆっくり観光する暇もなく帰国して、日常に戻った。

「はー…………だるい」

体が重いのは、昨夜の愛の営みのせいではなく、吸血鬼だからだ。

しっかりと閉じられたカーテンの向こう側には、日光が燦々《さんさん》と降り注いでいる。

目覚まし時計を見たら、午後一時。

「もう少し寝てろ」

エディの右腕が伸びて、明の腰を掴んで引っ張る。

「つい、人間のときの癖でさ」

「外に出るなよ？　灰になる」

「おう、分かってる」

「俺様を男やもめにすんな」

「分かってるよ」

だがエディは明を見上げて、「分かってねえ」と唇を尖らせた。

「ったく。俺は新米吸血鬼なんだから、ダメなところは素敵なダーリンがフォローしてくれ」

「する！」

ガッと勢いよく押し倒されて、エディの腕の中に閉じ込められた。

「俺たち新婚だろう？」

「それ以外の何があるってんだ」

「新婚だから、これからいちゃいちゃするんだよな？」

「する」

筋張った長い指が、明の肌をゆっくりとなぞって快感を引きずり出していく。

「言っておくがな？　新婚でなくても、ずっといちゃいちゃするぞ？」

エディの瞳が空色から欲望の赤に変化した。

「ん。そうしてもらわないと、俺も吸血鬼になった甲斐がない」

「俺様の愛は生涯続くんだから、これから末永く、たっぷりと堪能しやがれ」

「ああ。凄く、楽しみだ」

エディの指がいやらしく動くので息が上がる。

モジモジと動いていた足も、意を決してゆっくりと開いた。

するとエディはその間に体を滑り込ませてくる。

「ずっと愛してるぞ。俺の大事なエドワード」

明の囁くような声に、エディは目を細めて幸せそうに微笑んだ。

「俺の大事な明。ハニー。ダーリン。甘くて、ちょっとだけ、苦い、可愛い新米吸血鬼」

エディの甘い声が明の耳から入って体に浸透していく。

真実の言葉が明を縛り、守っていく。

嬉しくて涙が零れ落ちる。

「また泣く。本当に、俺様のハニーは気が強いくせに泣き虫だ」

からかうように笑われても、幸せだから別にいい。

そのうち、気が向いたら、イギリスから持って帰ったドレスでも着てやろう。きっとエディにすぐ脱がされてしまうだろうが、着ると言った約束は果たしてやりたい。

明はエディの愛撫に喘ぎながら、そんなことを思った。

「気持ちいい？」

「ん。凄い、いい……っ、もっと弄って」

「俺様は、淫乱ハニーが結構好き」

「結構？」

「訂正。かなり好き。ほら、明の大好きな俺様の指で、感じるところを全部弄ってやろうな？」

エディがクスクスと小さく笑って、小刻みに指を動かすと、明は「ひゃ、あっ！」と声を上げ、体をピクピクと震わせる。

こんな昼間から、布団の中でいやらしいことをしているけれど、新婚さんだから許してほしい。

でも新婚でなくても、これから昼間はきっと愛の営みの時間だ。

二人は吸血鬼で日光に弱い。

だから日の当たらない場所で、日が暮れるまでの時間を有意義に使うのだ。

「エディ、愛してる」

明はこの言葉を、これから数え切れないほど囁くだろう。吸血鬼に寿命は存在しない。

「明、愛してる」

エディも同じだ。

二人は、生涯続く愛しい思いを言葉に乗せて、抱き締め合う。

愛してる、愛してると、言葉の意味さえ分からなくなるほど囁きながらキスを交わし、頬を寄せ合い、指を絡めて腰を揺らす。

「新婚って……いいな？」

新米吸血鬼には、これから乗り越えていかなければならない問題がいろいろと出てくるだろう。

それでも明は、エディが側にいてくれれば、どんなことも些細な出来事になるだろうと思った。

二人一緒なら無敵だ。

これからどんな未来が待ち受けていようとも。

はじめまして&こんにちは、高月まつりです。

伯爵シリーズこれにて完結です。

書き足しや書き下ろし、あれこれ書かせていただきました。

一番書きたかった、エディと明の結婚式を書くことができて、本当に良かったです。

一番大事ですもんね。私的にはエディがウエディングドレスを着てもまったく構わないし、多分エディが着ても似合うと思うのですが……でも、やっぱり明に着てもらいたいですね。ごねてごねてなかったことにしましたが、彼は。

人外と人間のカップリングはホントめちゃくちゃ好きなカップリングで、エディと明の話を書けて本当に良かったです。

永遠の命と限りある命をどうするか……という課題をクリアした彼らは、この先、幸せな生活を送ります。多少の波風は立つでしょうが、二人で乗り越えて行くはずです。

あと個人的に、チャーリーが落ち着いてくれて、安堵しております。雄一は大変でしょうが（笑）。

実はシンクレア城にはモデルがあって、これがイギリスのリーズ城なんですが、本当に美しく素敵なお城なんです。

湖のような大豪も本当にあるんですよ。

彼らが結婚式をするなら、絶対にここだと決めていたバラ園もあります。機会があるなら、私も再びリーズ城に行きたいです。


同人誌を含めて、なんだかんだで伯爵シリーズとは十年以上の付き合いになっております。

イベントで、エディと明の吸血鬼正装コスプレをして尋ねてきてくださったレイヤーさんもいて、本当に嬉しかったです。エディがむっちゃ綺麗で明が可愛くて、作者死亡するところでした（笑）。

表紙を書き下ろしてくださった蔵王大志先生、本当にありがとうございました。蔵王先生のエディと明にまた会えて嬉しかったです。

改訂や書き下ろしを待ってくださった担当I様、本当にありがとうございました。

そして、伯爵シリーズに拘わってくださった全ての皆様、本当に、本当にありがとうございました。

そして読者の皆様。

最後まで読んでくださって、エデイと明を愛してくださって、本当にありがとうございました。

**俺様な貴族の吸血鬼×男前なアパートの管理人**

## 狼男や妖怪たち、さらに退魔師まで
## くんずほぐれつ百鬼夜行な日常生活!?

桜荘の新米管理人・比之坂明が保護したコウモリは、超絶美形な貴族の吸血鬼だった! エディと名乗るその吸血鬼は、極上な血を持つ明のことを「おまえは俺の愛しい……ゴハン」と言い放ち、無理やり桜荘に住み着いてくる。家賃の代わりと称してエッチな悪戯を仕掛けてくるエディと、攻防戦を繰り広げる明だが、そこに退魔師や明に一目ぼれした魔物ハンターが吸血鬼を退治しようと乱入してきて、更に大混乱に…! しかも明を好き勝手に扱いエサ呼ばわりしているエディがなぜかエッチには情熱的で、さらに求愛までされちゃって?!

大幅改稿+書き下ろしの完全版がついに刊行!

この本をお買い上げいただきましてありがとうございます。
ご意見・ご感想・ファンレターをお待ちしております。

＜あて先＞
〒173-8561　東京都板橋区弥生町78-3
(株)フロンティアワークス ダリア編集部
感想係、または「髙月まつり先生」「蔵王大志先生」係

初出一覧

伯爵様は秘密の果実がお好き♥：
プランタン出版発刊「伯爵様は秘密の果実がお好き♥」を大幅加筆修正
伯爵様は魅惑のハニーがお好き♥：
プランタン出版発刊「伯爵様は魅惑のハニーがお好き♥」を大幅加筆修正

Daria Series
伯爵シリーズ2

# 伯爵様は魅惑のハニーがお好き♥

2015年3月20日　第一刷発行

著　者 ―― 髙月まつり
©MATSURI KOUZUKI 2015

発行者 ―― 及川 武

発行所 ―― 株式会社フロンティアワークス
〒173-8561　東京都板橋区弥生町78-3
[営業] TEL 03-3972-0346
[編集] TEL 03-3972-1445
http://www.fwinc.jp/daria/

印刷所 ―― 中央精版印刷株式会社

装　丁 ―― nob